Armin Peter
Konzept und Korrektur

Armin Peter

Konzept und Korrektur

Vier Lese-Dramen

Ein Projekt der Agentur am Aspersort
August-Krogmann-Straße 174, 22159 Hamburg
Telefon 040-64551454, E-Mail: peter-aspersort@t-online.de
www.agentur-aspersort.hamburg

Gestaltung und Satz:
Christian Wöhrl, Hoisdorf, feingedrucktes.de

Bibliografische Information der Deutschen Nationalbibliothek:
Die Deutsche Nationalbibliothek verzeichnet diese Publikation
in der Deutschen Nationalbibliografie; detaillierte bibliografische
Daten sind im Internet über dnb.dnb.de abrufbar.

Verlag:
BoD · Books on Demand GmbH, In de Tarpen 42,
22848 Norderstedt
Druck:
Libri Plureos GmbH, Friedensallee 273, 22763 Hamburg
ISBN: 978-3-7583-4053-6

Inhaltsverzeichnis

Die Hochzeit des Fauns

Personen

Arthur Schopenhauer
Elisabet Ney, Bildhauerin
Dr. Wilhelm Gwinner, Gelehrter und Jurist
Margarethe Schnepp, Haushälterin
Jules Lunteschütz, Maler
Johann Schäfer, Fotograf

Ort und Zeit

1942 Oktober 1859 in und bei Schopenhauers Wohnung
an der Schönen Aussicht in Frankfurt am Main

Eins

(Schopenhauers Studierstube mit einem Bücherregal, einem Schreibtisch, auf dem eine Büste Kants steht, einer Konsole in der Ecke mit goldener Buddha-Statuette; über einem Sofa mit rundem Tisch ein Porträt Goethes, an den Wänden Porträts Kants, Shakespeares, Descartes', Claudius', Familienbilder, Daguerreotypen Schopenhauers und Hundestücke. Margarethe Schnepp putzt; später Elisabet Ney)

Schnepp Komm her, du alter Heidengott! Der Doktor sieht's nicht gern, dass ich dir zu Leibe rücke mit dem Tuch. Aber der sieht auch nicht den Staub, der in deine Rippen kriecht. Die vielen Falten! Den Wedel soll ich nehmen, sagt der Doktor. Der hat gut reden. Überall Staub, auf den Büchern, auf den Papieren, überall. Mit dem Staubwedel! Nachher niese ich wieder, wenn ich den Kaffee bringe – und der Doktor sagt: wieder nicht durch die Nase geatmet draußen in der frischen Luft, wie, liebe Frau Schnepp? Das Wasser wird dem goldigen Kerl nicht schaden. Grinst mich an, dieser Heidengötze. Willst du mich verspotten? Bleiben Sie Ihrem Gott treu, liebe Frau Schnepp, der Mensch braucht einen Gott, das hat der große Kant uns gesagt. *(geht zu Kants Büste)* Komm her, kriegst auch den nassen Lappen auf den Schädel. *(putzt die Büste Kants)*

Ney *(in der Tür)* Alle Türen stehen offen! Guten Tag. Entschuldigen Sie bitte, dass ich störe. Wohnt hier der Doktor Schopenhauer?

Schnepp Bleiben Sie da wohl stehen! *(geht zur Tür, Elisabet Ney über die Schwelle).* Ja. Der wohnt hier.

Ney Habe ich das Vergnügen mit Frau Doktor Schopenhauer?

Schnepp Es gibt keine Frau Doktor. Ich bin die Aufwärterin.

Ney Liebe Frau, Verzeihung! Ich heiße Elisabet Ney, Bildhauerin aus Berlin. Ich möchte gern dem Doktor Schopenhauer meine Aufwartung machen.

Schnepp Aufwartung? Ei, hören Sie!

Ney Der Doktor Schopenhauer ist wohl nicht da?

Schnepp Nein, Fräuleinchen, er ist zu Tisch.

Ney So spät noch? Ich hörte, der Doktor Schopenhauer pflege um eins zu speisen, im Englischen Hof.

Schnepp Heut' ist er spät gegangen. Alles ist durcheinander. Er saß den ganzen Morgen. Da! So ein Berg! Das muss der Herr Doktor korrigieren, für den Herrn Brockhaus in Leipzig.

Ney *(läuft zum Schreibtisch, blickt auf das oberste Blatt der Bögen)* Mein Gott! ‚Die Welt als Wille und Vorstellung'! Die neue Auflage, die dritte! Mein Gott! – das ist überwältigend –

Schnepp Fassen Sie nichts an, Fräuleinchen.

Ney Das vierte Buch, Kapitel 44 – Metaphysik der Geschlechtsliebe.

Schnepp Pfui, Fräuleinchen, Geschlechtsliebe. Ist das was für ein Fräulein? Meta – ?

Ney Mein Gott! *(liest vom Blatt, ohne es zu berühren)*

Ihr Weisen, hoch und tief gelahrt,

Die ihr's ersinnt und wisst,

Wie, wo und wann sich alles paart?

Warum sich's liebt und küsst?

Ihr hohen Weisen, sagt mir's an!

Ergrübelt, was mir da,

Ergrübelt mir, wo, wie und wann,

Warum mir so geschah?

Schnepp Der Herr Doktor dichtet auch?

Ney Das ist vom August Bürger – den kennen Sie doch auch, liebe Frau – ach, bitte, ich weiß Ihren Namen gar nicht.

Schnepp Ich bin Frau Schnepp.

Ney Lenore!

Schnepp Margarethe, Margarethe Schnepp.

Ney Lenore. Seine schöne Ballade, die kennen Sie doch, Frau Schnepp – und hurre, hurre, hopp, hopp, hopp ging's fort in sausendem Galopp –

Schnepp Ja, das kenne ich. Und das hat der Herr Doktor in sein Buch geschrieben?

Ney Ein Motto, Frau Schnepp, ein hübscher Spruch! Ihr Weisen, hoch und tief gelahrt – Margarethe Schnepp, Beneidenswerte, Sie dienen einem Weisen, was sag' ich, dem Genius des Jahrhunderts. Oh, der Buddha! Und da – Immanuel Kant! Das Geistergespräch, das er mit ihnen führt! Hier in dieser Stube!

Schnepp Mit mir? Fräuleinchen!

Ney Ich habe die Lehre des Buddha studiert, ich habe den Kant studiert – jetzt steh' ich hier in der Studierstube Arthur Schopenhauers, der noch tiefer, weiter, größer gedacht als diese Lehrer der Menschheit. Ich bin überwältigt –

Schnepp Sie müssen gehen, Fräuleinchen. Der Herr Doktor wird ärgerlich, wenn er Sie hier sieht. Zornig, fuchsteufelswild – er hat schon einmal ein Frauenzimmer die Treppen hinuntergeschmissen –

Ney Aber er wohnt doch im Parterre!

Schnepp In Ihrem Berlin, wo der Herr Doktor Professor war. Gehen Sie, Fräuleinchen!

Ney Bitte, bitte, liebe Frau Schnepp, liebe gute Frau Schnepp, sagen Sie mir, wann ich den Doktor Schopenhauer besuchen darf!

Schnepp Das geht nicht.

Ney Morgens.

Schnepp Morgens? Wo denken Sie hin? Keiner darf in seine Stube morgens. Nicht einmal das Frühstück darf ich ihm bringen. Wenn er gebadet hat, seinen Kaffee getrunken, studiert er.

Ney Den ganzen Tag?

Schnepp Am Vormittag. Neuerdings kommen ja Besucher ins Haus – so gegen elfe.

Ney Um elf!

Schnepp Er ist ja jetzt wohl eine Berühmtheit geworden, der Herr Doktor. Früher ist nie einer gekommen. Jetzt kommen die jungen Leute –

Ney Um elf!

Schnepp Wenn die Besucher weg sind, spielt er.

Ney Er spielt –

Schnepp Auf der Flöte. Eine Stunde lang.

Ney Auf der Flöte!

Schnepp Da vergisst er alles. Da muss ich klopfen, damit er den Frack anzieht für den Englischen Hof.

Ney Kann ich dem Doktor da begegnen!

Schnepp Um Gottes willen! Fräulein!

Ney Und nach Tisch?

Schnepp Er kommt nach Haus, trinkt seinen Kaffee und legt sich ein Stündchen auf die Seite. Da dürfen Sie nicht stören, Fräuleinchen.

Ney Aber er schläft doch nicht den ganzen Nachmittag!

Schnepp Was denken Sie! Ein Doktor! Er liest. Wenn er nicht korrigieren muss, wie jetzt für den Herrn Brockhaus.

Ney Geht er auch einmal spazieren?

Schnepp Wenn er gelesen hat. Ja, jeden Tag. Da will er allein sein. Nur einer darf ihn begleiten, der Butz.

Ney Der Butz.

Schnepp Der Pudel.

Ney Der Pudel! Der Butz!

Schnepp Mit dem rennt er um die Wette, wie ein junger Mann – und der Herr Doktor war doch siebzig im letzten Jahr! Den Main hinauf, nach Sachsenhausen, Oberrad – und er fuchtelt mit seinem Bambusrohr in der Luft, er stößt ihn auf den Boden – er spricht mit sich, Fräuleinchen, ja, und mit dem Butz.

Ney Aber dann – dann ist er doch daheim?

Schnepp Dann geht er ins Lesekabinett am Turm. Dort studiert er die Zeitungen, all die englischen und französischen Sachen. Ja, der Herr Doktor weiß, was in der Welt vorgeht – und manchmal erzählt er mir's. Sachen passieren in der Welt, Fräuleinchen!

Ney Aber am Abend vielleicht? Kommt der Doktor denn so spät zurück?

Schnepp Um acht geht er zum Nachtessen. Das kann spät werden, Fräuleinchen, und wenn er früher heimkommt, ja dann –

Ney Dann liest er?

Schnepp Dann liest er. Dann raucht er seine Pfeife. Und ehe er zu Bette geht, liest er noch in – in seiner Bibel. In der Bibel dieses Heidengotts – dem da! *(zeigt auf den Buddha)*

Ney *(geht zum Sofatisch)* In der da? *(schlägt den Titel auf)*

Schnepp Fräuleinchen!

Ney Die Upanischaden. Oh, die habe ich auch gelesen!

Schnepp So was lesen Sie? Fräuleinchen!

Ney Ich muss mit ihm sprechen, ich muss, ich muss! Seinetwegen bin ich nach Frankfurt gereist. Liebe Frau Schnepp! Wenn die Besucher gegangen sind, am Vormittag, zwischen den Gästen und der Flöte, da könnten Sie doch – liebe, liebe Frau Schnepp! Ich warte, und Sie geben mir einen Wink –

Schnepp Der Herr Doktor empfängt keine Frauenzimmer.

Ney Er wird mich empfangen! Ja, er kennt mich nicht. Aber ich kenne ihn. Ich verehre ihn – ich liebe ihn!

Schnepp Der Herr Doktor ist ein alter Mann, Fräuleinchen, der könnte Ihr Großvater sein. Lieben! Ei, so was.

Ney Ich komme. Ich komme morgen! Frau Schnepp, ich komme morgen. Auf Wiedersehen, Frau Schnepp! *(ab)*

Schnepp *(geht zum Schreibtisch, blickt auf die Bögen)* Geschlechtsliebe. Wirklich. Me-ta-phy-sik. Geschlechtsliebe. Das hätte ich nicht gedacht vom Doktor. Schreibt so was und lockt sich die jungen Dinger ins Haus. *(liest)* „Die Dichter ist man gewohnt hauptsächlich mit der Geschlechtsliebe beschäftigt zu sehen. Dies ist in der Regel das Hauptthema aller dramatischen Werke, der tragischen, wie der komischen, der romantischen, wie der klassischen, der Indischen, wie der Europäischen" – Hat der Doktor nur Liebesromane auf den Borden? Deshalb darf ich kein Buch anfassen! *(blickt eine Weile stumm lesend auf das Blatt)* Romeo und Julia. Die neue He-luise. Der Werther. Rien – das ist französisch. Lateinisch. Der Doktor kann sieben Sprachen, aber das Frankfurtisch, das versteht er nicht. Aber er ist auch ein bisschen harthörig. *(blickt und horcht zur Tür, hebt Blätter auf, liest)* Jesus! *(stutzt, liest)* „Ein

Weib, das gerade gebaut und schöne Füße hat" – das hat der Herr Jesus gesagt? Jesus Sirach. Das ist nicht der Herr Jesus. Klein sollen die Füße sein! Achtzehn bis achtundzwanzig Jahre! Das könnte dem Alten so passen – dieses Fräuleinchen ist doch höchstens zwanzig. *(liest)* „Außerhalb jener Jahre hingegen kann kein Weib uns reizen" – uns! Dieser Alte! Könnte ihr Großvater sein! – „ein altes Weib erregt unsern Abscheu – Jugend ohne Schönheit hat immer noch Reiz, Schönheit ohne Jugend keinen" – dieser alte Bock! Abscheu! Ich hätte auch noch einen finden können, der mich gewollt hätt', wenn ich nicht über zehn Jahre hier bei dem Doktor in der Schönen Aussicht verhockt hätte, mit diesem alten, diesem – abscheulichen Mann. Hält sich wohl für einen schönen Mann mit seinem Backenbart, hinter dem die Zähne wackeln! – „ein voller weiblicher Busen übt einen ungemeinen Reiz auf das männliche Geschlecht aus" – ungemein? Gemein! *(betastet ihren Körper)* Da hat das Fräuleinchen nichts zu bieten, nichts. Das hat er auch noch unterstrichen! So ein alter Bock. Da muss ich mich ja schämen, dass ich noch in seinem Hause bin! Der mit seinen grauen borstigen Locken, die ihm wie Hörner vom Kopfe stehen.

Zwei

(Studierstube. Arthur Schopenhauer, Wilhelm Gwinner)

Gwinner *(stehend am Schreibtisch, an dem Schopenhauer sitzt, in den Korrekturbögen blätternd)* Lassen Sie mich Ihnen helfen, verehrter Herr Doktor. Meine Augen sind jünger als Ihre.

Schopenhauer Ja, wenn ich die Ohren brauchte zum Korrigieren, mein lieber Herr Gwinner! Meine Augen sind scharf und klar. Mein Lebtag habe ich sie in kaltem Wasser gebadet. Das rate ich Ihnen auch, junger Freund. Am Tage hocken Sie über Ihren Pandekten und Akten, und nachts lassen Sie sich das Gemüt von Ihren mystischen Gespenstern verdüstern. Klarheit, Licht! – die unbarmherzige Härte der wirklichen Dinge! Das ist es! Mit unseren Augen denken wir. Hüten Sie Ihre Augen, mein junger Philosoph, sie sollen achtzig Jahre unsere unbestechlichen Berater sein.

Gwinner Es gibt so viele Fehler aus Flüchtigkeit und Unverstand, in allen Drucken. Warum wollen Sie sich damit plagen, Herr Doktor? Warum soll der Meister tun, was der Lehrling leisten kann?

Schopenhauer Flüchtigkeit? Das hat Methode. Flüchtig, oberflächlich, dumm gegen alle Feinheit: das ist der törichte Geist unserer Jetztzeit! In jedem Komma müssen wir einen Damm errichten gegen die alles überschwemmende Unsinnsflut unserer elenden Brotskribenten, die keine Zeit für ein Komma haben. Ich denke mir etwas, wenn ich ein Komma setze! Ich werd' es ihnen ins Stammbuch schreiben, diesen Pfuschern, diesen flüchtigen Geistern! Wo hab' ich's denn? *(kramt in Papieren)* Nun, ich werd's in die Vorrede nehmen, einmeißeln wie Lettern in den Granit einer Grabplatte. Nicht ein Komma sollt ihr mir verrücken, in alle Ewigkeit. Fluch über die Flüchtigkeit! Ein Damm gegen die schändliche Verstümmelung unserer deutschen Sprache. Wer mir nur einen Satz, ein Wort, eine Silbe entstellt –

Gwinner Überlassen Sie es mir, Herr Doktor. Es ist die Aufgabe eines Schülers, das Wort des Lehrers hochzuhalten.

Schopenhauer Als Steinbruch für eure Philosophie werdet ihr mein Werk benutzen – ich kenne euch.

Gwinner Ich könnte Ihnen bei den Übersetzungen zur Hand gehen, Herr Doktor.

Schopenhauer Lassen Sie's, Herr Gwinner! Ich liebe meine Dichter und will schon meine Worte für ihre Gedanken finden.

Gwinner Von der Jugend werden Sie verehrt, Herr Doktor. Ich bin jung. Ich könnte Ihnen hier und dort die Sprache der Jugend leihen.

Schopenhauer War ich nicht selber jung, als ich die Welt als Wille, die Welt als Vorstellung dachte – kaum dreißig Jahre? Jünger als Sie, mein junger Freund! Die dritte Auflage – nach vierzig Jahren. Und die ersten beiden hat ein stumpfes Publikum zu Makulatur gemacht.

Gewinner Die dritte Auflage wird die erste sein – die erste von Hunderten!

Schopenhauer Ja, ich spür's, die Augen öffnen sich. In meinen kleinen Schriften habe ich dem Publikum den Schlüssel gefeilt, den es jetzt ins Schlüsselloch des Hauptwerks zu stecken begierig ist. Der Wille, der die Welt aus ihrem Innersten bewegt, und die Vorstellung, in der er zur Ruhe findet – der weht jetzt die Herzen der Damen aus den Blättern der Magazine und Kalender an. Sie schmelzen dahin! Und wenn ich am Mittagstisch bei meinem Braten sitze, soll ich mit den jungen adeligen Damen über die Schlechtigkeit der Welt und über das Mitleid gegen alle Kreatur schwadronieren! Oh, wie grün die alle sind, die dummen Dinger. So habe ich mir meinen Ruhm nicht vorgestellt. Der Ruhm kann eine Fratze haben, wenn er zu einem Greisen kommt. Die Komödie des Ruhms!

Gwinner Der Philosoph der Jugend ist kein Greis! Er hat der Jugend die Welt in ihrem Schrecken und ihrem Zauber gezeigt und die geistige Kraft in ihr geweckt, dem Trugbild Widerstand zu leisten. Eines Tages – oh, glauben Sie es, Herr Doktor – wird die Jugend Ihr Haupt zwischen den Buddha *(weist zu ihm)* und den großen Kant *(streichelt die Büste)* stellen!

Schopenhauer Da müsst' ich ja dem Künstler stillsitzen! Schon toll gemacht hat's mich, als der Lunteschütz das Porträt von mir zu fertigen nicht lassen mochte.

Gwinner Das Porträt! *(sucht mit den Blicken)* Ich sehe es nirgendwo.

Schopenhauer Ein Apostel hat es erstanden, ein Gutsbesitzer aus dem Brandenburgischen. Er wollte ein eigens Haus bauen, darin es hängen sollte. So hat mir doch schon einer eine Kapelle gestiftet – seinem Hausheiligen. Einen prachtvollen Pokal hat er mir zu meinem Siebzigsten verehrt – einen Pokal! Bin ich der Turnvater Jahn, der den Geist der Jugend in ihrem Körper ertüchtigt? Nein, nein, der Kopf, den die Leutchen sich auf die Kommode stellen, ist immer hohl.

Gwinner Nehmen Sie es als Zeichen der Dankbarkeit. Mag es rührend scheinen – es beweist doch die Liebe zur Philosophie und zu ihrem Meister, der ein Welträtsel gelöst hat.

Schopenhauer Das! Meine Philosophie hat das letzte Wort gesprochen.

Gwinner Letzte Antwort – und doch so viele Fragen!

Schopenhauer Der da (*weist mit dem Stift auf die Büste Kants*) würde mir vom Schreibtisch springen, wenn er hörte, dass ich sein Ding an sich befragt habe, dieses unbegreiflich Unantastbare, mit meinem ungebärdigen Willen ausgefüllt und ihm den heißen Atem der Welt eingeblasen habe.

Gwinner Ich werde noch viele Jahre Zeit haben, über meine Fragen mit dem Platon unserer Zeit zu disputieren.

Schopenhauer Fürs erste, mein junger Freund, sammeln Sie mir die Rezensionen meiner Lehre in den Gazetten. Ich will doch sehen, wie die Philosophieprofessoren und Unsinnschmierer mit der Lehre fertig werden, die sie zu guter Letzt nicht unterdrücken konnten. Da ist das Licht von einem Stern zu ihnen gedrungen, der älter als die Menschheit ist. Wie gefällt Ihnen das, mein junger Herr Doktor, meine Vorrede für die neue Auflage? (liest) „Das Wahre und Ächte" – das Ächte! Das wollen die nämlich mit dem E schreiben, ächt, ächt, ächt, mit ä, das Ächte leitet sich von Achtung her! – „das Wahre und Ächte würde leichter in der Welt Raum gewinnen, wenn nicht die, welche unfähig sind, es hervorzubringen, zugleich verschworen wären, es nicht aufkommen zu lassen". Echo, Erfolg, Ehren – im 72. Jahr. Wäre ich noch einmal jung! Hätte ich die letzten vierzig Jahre im Schlaf verbracht wie der Endymion, den Sie, mein Lieber, in Ihrem famosen Roman zum Helden machten.

Gwinner Eine Jugendsünde, Herr Doktor Schopenhauer, ich bitte um Vergebung.

Schopenhauer Diana und Endymion. Sagen Sie, wer war die schöne Diana, die dem Endymion aus den zärtlichsten, scheuesten Küssen fünfzig Töchter gebar?

Gwinner Ich habe nur einen Sohn, den ich Arthur nannte, und seine Mutter heißt nicht Diana.

Schopenhauer Nach der großen Tat vierzig Jahre selig schlafen in der ewigen Jugend, die ein Zeus dem Endymion schenkte! Sich dann mit der Kraft des dreißigsten Jahrs aus dem Traum der Jugend erheben und sehen, dass er lebt. Sie, mein junger Philosoph, sind der wahre Meister, denn Sie sind jung. Jetzt gehen Sie aber rasch. Machen Sie Platz für die Gefährtin meines Lebens. Für meine Flöte.

Gwinner Auf Wiedersehen, Herr Doktor. Morgen fesseln mich meine Pflichten ans Stadtgericht, aber übermorgen – auf Wiedersehen, Herr Doktor.

Schopenhauer Ja, mein Endymion.

Drei

(Studierstube. Schopenhauer spielt auf der Flöte „di tanti palpiti" aus Rossinis „Tankred" oder den Marsch aus Mozarts „Titus". Elisabet Ney hat behutsam die Tür geöffnet und geht, wie auf Spitzen tanzend, in den Raum, bis sie hinter Schopenhauer steht. Schopenhauer hält im Spiel inne)

Ney Oh, dieses zauberhafte Spiel.

Schopenhauer *(fährt herum, schreit)* Haaa – *(springt auf)*

Ney Ich bitte um Vergebung, Herr Doktor Schopenhauer –

Schopenhauer *(laut)* Vergebung? Wer schleicht da in meiner Stube herum? Hat meine Magd Ihnen die Tür geöffnet? Frau Schnepp! Schnepp!

Ney Frau Schnepp ist unschuldig, Herr Doktor. Ich war so kühn –

Schopenhauer Kühn? Unverschämt!

Ney Unverschämt.

Schopenhauer Ist das die Nymphe Echo? Tanzt hier wie eine Geistererscheinung nach meinen Melodien. Ich wünsche nicht gestört zu werden! (*fixiert sie*) Habe ich Sie nicht schon gesehen, beim Mittagsmahl im Hof? Eine von den exaltierten Damen, die auf meinen Teller starren und dieser Sehenswürdigkeit von Philosophen die Bissen in den Mund zählen? Ich wünsche nicht gestört zu werden in meiner Häuslichkeit, meine Dame!

Ney Elisabet Ney, Bildhauerin aus Berlin. Herr Doktor, sehen Sie mir meine Kühnheit nach, meine Unverschämtheit. Nicht im Englischen Hof bin ich meinem Meister begegnet. Aus seinem großen Buch ist mir sein Geist vertraut geworden.

Schopenhauer So! Mein Geist. Und deshalb nehmen Sie sich die Kühnheit heraus, mir wie ein Geist zu erscheinen. Künstlerin?

Ney Als Künstlerin komme ich zu Ihnen.

Schopenhauer Ein künstlerisches Fräulein – so.

Ney Ja. Ich bin nicht berühmt, mein Name ist noch unbekannt –

Schopenhauer Ney. Da gab's den Né, Napoleons berüchtigten Marschall, der so kühn war, dass sie ihn zum Schluss erschossen haben.

Ney Mein Großonkel, verehrter Herr Doktor.

Schopenhauer Die Nichte des Marschalls, so. Sag ich's doch immer: von den Vätern haben wir den Charakter –

Ney Ich weiß, Herr Doktor Schopenhauer, die Metaphysik der Geschlechtsliebe, im II. Teil, im 4. Buch, Kapitel 44.

Schopenhauer Metaphysik der – Das nenn' ich mir eine recht marschallmäßige Attacke, Fräulein Né.

Ney Bitte, Ney, Herr Doktor. Ich bin eine deutsche Künstlerin. Ich bin Christian Rauchs Schülerin. Er starb vor zwei Jahren.

Schopenhauer Der Goethes schönen Kopf gemacht?

Ney Ja. Das Monument des großen Friedrich zuletzt. Er hat dem König und der Königin von Hannover, dem Ernst August, das Grabmonument gemacht – und das ist die Referenz für seine Schülerin. Ich bin unterwegs nach Hannover, wo ich den König Georg in Marmor bilden soll.

Schopenhauer Den König. So. dann eilen Sie, Mademoiselle Né.

Ney Noch erwartet der Hof mich nicht. Ehe ich zum König eile, dacht' ich mir, besuche ich den König der Philosophen, Arthur Schopenhauer, und frage ihn und bitte ihn –

Schopenhauer Ich kann Ihnen keine Empfehlung an den König geben, Fräulein Marschallin, der blinde König wird mein Werk nicht gelesen haben.

Ney Ich will eine Büste aus Bronze machen, Ihre, Herr Doktor Schopenhauer.

Schopenhauer Meinen Kopf wollen Sie? Soll er vielleicht gar die Flöte blasen?

Ney Wenn Sie es wünschen, Herr Doktor Schopenhauer.

Schopenhauer Ich wünsche keine Büste, Fräulein Né. Wer in aller Welt hat dies Unmögliche bestellt bei Ihnen? Ja, die Leute bestellen sich den Schopenhauer in ihr Haus seit neuestem. Haben Sie die abscheuliche Fratze gesehen, die Fotografie des Mylius in der Leipziger Illustrierten Zeitung? – ganz verhunzte Stirn, das abscheuliche Maul, schielige Augen, infam. Sechstausend Abonnenten, dreißigtausend Gaffer.

Ney Es ist die Begeisterung über Ihr unsterbliches Werk. Sie hat mir den Auftrag gegeben, sie allein. Ich arbeite auf eigene Rechnung. Ich werde, wenn Sie es erlauben, Ihre Büste in die Ausstellung geben, nach Paris, nach Berlin. Das Publikum soll den Kopf sehen, der die Welt als Wille und Vorstellung ersann. Nein, erschuf!

Schopenhauer Das verfluchte Publikum!

Ney Ihre Anhänger, Ihre Schüler, Herr Doktor!

Schopenhauer Ich wünsche keine Büste zu haben, am wenigsten von einem so jungen und mehr als kühnen Fräulein!

Ney Soll ich zwanzig Jahre warten? Sie wären neunzig, Her Doktor Schopenhauer.

Schopenhauer Kühn und unverschämt. So dulden Sie auch eine Unverschämtheit aus meinem Mund. Schätzen Sie nicht auch die Romane meiner Mutter? – diese Fräuleinliteratur? Als der Goethe – oh, er hat mich gekannt, er war einer meiner frühen Leser – als der Goethe also ein Bildnis der Johanna Schopenhauer sah, aus Frauenhand – was sagte er wohl? Kunstarbeiten von Damen setzen einen jedes Mal in Verwunderung, geben aber nie Gelegenheit zur Bewunderung. Ich wünsche meinen Kopf nicht von Ihnen, Fräulein Né.

Ney Dort auf dem Tisch des größten Denkers unseres Jahrhunderts liegt sein Werk –

Schopenhauer Ein Haufen Papier, über dem ich mir die Augen noch verderben werde. Mein Werk? Das wissen Sie? Hat die Nymphe Echo nach meinen Melodien auf meinem Tisch getanzt?

Ney Die platonische Idee, das Objekt der Kunst, drittes Buch, Kapitel 36 – demzufolge besteht der geniale Ausdruck eines Kopfes darin, dass ein entschiedenes Übergewicht des Erkennens über das Wollen darin sichtbar wird. Was Sie lehrten, Arthur Schopenhauer, will ich sichtbar machen. Ich kann's! Die Lust des Lebens, den Schmerz, das große Nein –

Schopenhauer Haben Sie mein Werk nicht allzu flüchtig gelesen, Fräulein Né? Was lehrte es über die Aufgabe der Skulptur? Sie soll die Idee, in welcher der Wille den höchsten Grad seiner Objektivation erreicht, anschaulich darstellen. Das vermögen Sie, Fräulein Né? In Ihrer Familie scheint das Unmögliche eine fixe Idee zu sein.

Ney Die Idee, ja.

Schopenhauer Sie mögen mit Ihren zwanzig Jahren –

Ney Sechsundzwanzig!

Schopenhauer – den Charakter der Gattung im schönen reizenden Ausdruck begreifen. Doch den Ausdruck des Charakteristischen, in dem sich bei aller Eigentümlichkeit und Dignität des Individuellen die Idee der Menschheit verkörpert – das übersteigt wohl Ihre zarte Kraft, mein Fräulein. Dazu reicht Kühnheit allein nicht. Ja, wenn Sie meinen Pudel modellieren wollten!

Ney Ich mache ihn. Ihren Butz –

Schopenhauer Sie wissen seinen Namen? Mein allwissendes Fräulein!

Ney Ich modelliere auch Ihren Pudel, Herr Doktor Schopenhauer.

Schopenhauer Erst den Butz und dann mich? Oder erst den Herrn und dann den Hund?

Ney Herr Doktor, ich danke Ihnen! Oh, Sie werden mit mir zufrieden sein! Ich eile, ich gehe. Morgen, morgen bin ich wieder bei Ihnen! Auf Wiedersehen, Herr Doktor Schopenhauer! *(läuft hinaus)*

Schopenhauer Die Nichte des berüchtigten Marschalls! *(ergreift die Flöte zaudernd, legt sie wieder weg)* Soll das Fräulein mich zu meinen Korrekturen rufen. Hat auch sein Gutes *(greift zur Feder)*.

Vier

(Studierstube. Schopenhauer. Margarethe Schnepp bringt den Kaffee)

Schopenhauer Sie haben das Fräulein gesehen? *(Margarethe Schnepp serviert stumm)* Sie heißt Ney. Elisabet Ney. Sie kommt morgen wieder.

Schnepp Wann?

Schopenhauer Wann! Fragen Sie das Fräulein.

Schnepp Wo ist es?

Schopenhauer Fort! Sie kommt morgen.

Schnepp Wie soll ich das Fräuleinchen fragen, wenn ich nicht weiß, wo es wohnt.

Schopenhauer Aber sie kommt morgen.

Schnepp Ja, wann?

Schopenhauer Sie wird zur rechten Zeit kommen. Sie ist ein naseweises Ding. Sie wird oft kommen, wohl jeden Tag.

Schnepp Herr Doktor!

Schopenhauer Ich werde ihr sitzen müssen.

Schnepp Sitzen?

Schopenhauer Das dauert lange. Zwei Wochen, drei Wochen, wer weiß. Dem Maler Lunteschütz habe ich zwanzigmal zwei Stunden gesessen.

Schnepp Das Fräuleinchen will Sie malen, Herr Doktor? Ich denke, sie ist – *(schlägt sich auf den Mund)*

Schopenhauer Zu jung? Jung ist sie. Ja, jung und liebenswürdig. Ein

Schelm. Sehr charmant.

Schnepp Ist sie das? Das Fräulein Ney.

Schopenhauer Die Großnichte des Marschalls, den der König von Frankreich hat füsilieren lassen, weil er Napoleon in den hundert Tagen seines Desasters treu geblieben ist. 1815. Da habe ich angefangen, mein Buch zu schreiben.

Schnepp So was! Eine Französin!

Schopenhauer Sie will mich in Bronze gießen.

Schnepp Ein Denkmal! Ein Denkmal für den Herrn Doktor! Vergolden, ja? Wie den Buddha, ja. Aber Herr Doktor, dass Sie dem Fräulein nicht sitzen wie der Buddha da in seinem Schneidersitz.

Schopenhauer Unsinn! Frau Schnepp, Sie schweigen still! Ich mache mich auch nicht über Ihren angenagelten Heiland lustig. So ein Unsinn.

Schnepp Ein Denkmal für den Herrn Doktor! Wie das vom Goethe auf dem Rossmarkt. Aber, Herr Doktor, Sie werden doch noch viele Jahre leben wollen –

Schopenhauer Kein Denkmal! So ein Unsinn. Eine Büste, der Kopf –

Schnepp Ach, nur so etwas Kleines! Wie der Schädel vom Kant da.

Schopenhauer Was reden Sie, Frau Schnepp! Ich werde mich hinstellen lassen wie der Goethe? Ich bin ein Philosoph, ich bin ein Gelehrter. Ein Denker ist ein Kopf, und sonst nichts. Sollen sie den Kriegsherren, den Staatsmännern ihre großen Standbilder hinstellen, einem Denker ziemt das nicht.

Schnepp Der Goethe war wohl auch ein Denker und steht gewaltig da mit seinem Kranz in der Hand.

Schopenhauer Das war ein Fehler! Ich hab's dem Komitee und dem Magistrat bewiesen in meinem Gutachten zur Denkmalsfrage. Sie haben nicht auf mich hören wollen. Ein kapitaler Fehler. Der Kopf! Die Stirn, das Auge, die Energie der Erkenntnis – eine Büste auf einer Säule, nicht zu hoch. Aug' in Aug' mit dem Betrachter.

Schnepp So einen Kopf macht Ihnen das Fräuleinchen? Und das steht dann hier in der Stube? Mein Gott, die Haare!

Schopenhauer Wie? Was?

Schnepp Wie will das Fräuleinchen Ihre Haare machen, Herr Doktor? In Bronze! Die weißen Haare? Will sie die machen wie auf der Fotografie von Herrn Hartmann, die Sie mir geschenkt haben?

Schopenhauer Werfen Sie das weg! Abscheulich. Eine Fratze. Auf dem Bild sehe ich aus wie der Talleyrand, den ich oft gesehen habe, als ich zwanzig war, auf dem Erfurter Fürstenkongress.

Schnepp Ein so schönes Bild, Herr Doktor!

Schopenhauer Die Kammer. Die obere Kammer. Fräulein Ney braucht ein Atelier. Sie kann nicht immer hier bei mir sitzen.

Schnepp Die Kammer. Ja, Herr Doktor, aber die Wäschekörbe!

Schopenhauer Dafür wird sich ein Platz finden. Die Kammer. Sie wird dort lange arbeiten müssen. Frau Schnepp, das Mittagessen. Sie holen es aus der Restauration da oben, jeden Tag.

Schnepp Kann das Fräuleinchen Sie nicht in den Hof begleiten, Herr Doktor?

Schopenhauer Das gäbe was zu tuscheln, zu schwätzen und zu lachen. Sie macht mir den Butz auch, Frau Schnepp.

Schnepp Der Butz und der Herr Doktor? Wie er mit ihm spazieren geht? Der Schwanz mit dem Pinsel hochgereckt in die Luft –

Schopenhauer Die Kammer soll sauber sein, kein Staubkörnchen, verstanden! Sie geben Fräulein Ney einen Schlüssel.

Schnepp Einen Schlüssel? Herr Doktor!

Schopenhauer Ja, Frau Schnepp, da kommt ein junges Leben in die Wohnung. Es ist auch manchmal gar so still und tot. Kein Mensch im ganzen Haus –

Schnepp Kein Mensch!

Schopenhauer Keine Frau.

Schnepp Was bin denn wohl ich?

Schopenhauer Meine liebe Frau Schnepp doch. Fräulein Ney wird Ihnen gefallen. Sie ist sehr liebenswürdig, ein Elfchen, eine kleine Fee. Sie wird Ihnen gefallen. In ihrem Wesen liegt etwas Bestrickendes, ein

exquisiter Charme. So etwas sehen Sie nicht alle Tage. Kein Alltags-
mensch, nichts von der Fabrikware der Natur –

Schnepp Fabrikware, so! Habe ich das um Sie verdient, dass Sie mich
immer so beleidigen müssen?

Schopenhauer Liebe Frau Schnepp! Meine Philosophie. Sie unterschei-
det den Genius und die Fabrikware der Natur, den gewöhnlichen Menschen, der nur sein kleines Selbst im Auge hat und seine törichten Begierden. Sie sind meine treue, selbstlose Dienerin, sie sind nicht ge-
meint. Das Fräulein Ney ist ein kleiner Genius. Die Nymphe Echo.

Schnepp Fabrikware! Genius! Die macht Ihren Kopf, Herr Doktor – und
dann passen Sie mal auf! – dann stellt sie ihn zu den Wachsfiguren ins
Kabinett. Fabrikware macht sie daraus, wie die Bembel. Dieses Fräuleinchen! *(ab)*

Schopenhauer Frau Schnepp! Die Kammer!

Fünf

*(Studierstube. Schopenhauer auf dem Sofa, Elisabet Ney auf einem Stuhl am
Kaffeetisch)*

Schopenhauer Den Pudel sollten Sie mir als erstes machen, Fräulein Né.

Ney Als Probe meines Talents? Herr Doktor Schopenhauer! Wer auf
dem Weg zum König von Hannover ist, braucht keine Hundeplastik
als Empfehlungsbrief.

Schopenhauer Haben Sie meinen Butz gesehen?

Ney Allerliebst. Ich sah Frau Schnepp ihn putzen.

Schopenhauer Haben Sie in sein Auge geschaut? Die Weltenseele
blickt dich an. Der Wille zum Leben leuchtet dir in unergründlicher
Schwärze entgegen, mit dem Glanz des ersten Erkenntnislichtes, den
sich die tierische Kreatur aufgesteckt. Bilden Sie ihn mir!

Ney Ich habe es Ihnen versprochen.

Schopenhauer Die Tierbildhauerei ist eine große Kunst. Der Charakter der Art, nicht des Individuums, ist zu erfassen. Aber auch die eigentümliche Manifestation des Willens, des tiefen Quells, der alle Geschöpfe verbindet. Machen Sie ihn gut, Fräulein Né, den Butz, machen Sie ihn vortrefflich, damit Sie bei seinem Anblick ergriffen sagen: tat twam asi. Das heißt –

Ney Dieses Lebende bist du! Oh, Herr Doktor, ich kenne doch meinen Schopenhauer, ich kenne doch die heiligen Bücher der Hindu.

Schopenhauer Sie sind ein erstaunliches Geschöpf, Fräulein Né.

Ney Né, Né, bitte sagen Sie Ney. Meine Vorfahren kommen aus Schwaben.

Schopenhauer Ney, Ney, Elisabet. Da ist mir wohl wie meinem August Bürger ein Schwabenmädchen ins Haus getanzt? Da kommt der Kaffee! *(Frau Schnepp serviert)*

Ney O danke, Frau Schnepp! Ich sehe manches gelungene Porträt von Ihnen an den Wänden, Herr Doktor Schopenhauer.

Schnepp Eins hat der Herr Doktor mir geschenkt! *(geht zu einem Servierwagen)*

Schopenhauer Ja, meine Apostel, meine Evangelisten – sie haben mich zu den Herren Daguerrotypisten und Fotografen geschickt. Alles gräulich. Alles Karikaturen. Und die Lithographie des Gemäldes erst! Misslungen. Fremde Gesichter. Ich gebe es zu, ich mache es den Künstlern nicht leicht. Ich kann nicht stille sitzen. So mobil mein Körper, so versatil mein Gesicht. Ich weiß. Die Künstler sehen in jeder Minute einen anderen Schopenhauer. So sehe ich mal wie ein Dorfschulze aus, mal wie ein grimmiger Frosch, da sehen Sie einen alten Drachen –

Schnepp *(mit Gebäck kommend)* Herr Doktor!

Ney Der Doktor meint sich selbst, Frau Schnepp. Köstlich, danke, Frau Schnepp.

Schopenhauer Wie Sie in meinen Parerga lesen können, Fräulein Ney – jedes Menschengesicht ist eine Hieroglyphe. Sie lässt sich allerdings entziffern. Ja, wir tragen ihr Alphabet fertig in uns. Der Künstler – pardon, die Künstlerin – muss mich geistig aufzufassen wissen. Schade, mein Fräulein Ney, dass Sie mich nicht malen wollen. Vielleicht gelänge Ihnen das lyrische Gedicht, das mir für ein Porträt vorschwebt – in der Lyrik können Frauen Großes leisten. Eine Landschaft der Seele, in der man die gewachsene Persönlichkeit uns entgegensprechen sieht, mit ihrem ganzen Fühlen, Denken, Wollen. Die Jugend mit der Ahnung des Alters, das Alter mit den Spuren der Jugend. Frau Schnepp! Frau Schnepp! Noch Zucker!

Ney Ich würde gern die Porträts mit in meine Kammer nehmen, Herr Doktor Schopenhauer. Sie könnten mir hier und da, in Details, im Ausdruck, eine Stütze sein.

Schopenhauer Nein, das erlaube ich nicht! Nicht diese Karikaturen! Der Maler Lunteschütz kommt bald mit dem Herrn Schäfer – das ist ein kunstreicher Fotograf. Sollte ihm sein Werk gelingen, könnte es Ihnen auf die Sprünge helfen.

Ney Am liebsten wär' mir eine Maske, Herr Doktor.

Schopenhauer Eine Maske! Mit Schlamm und Gips mir Haut und Haar verschmieren und verkleben!

Ney Sie spüren nichts, es ist ein äußerst schonendes Verfahren.

Schopenhauer Nein, nein, nein. *(springt auf)* Nein! Meine Augen! Meine Augen könnten Schaden nehmen. Keine Maske!

Schnepp *(bringt den Zucker)* Eine Totenmaske! Herr Doktor, nein, bitte, keine Totenmaske.

Schopenhauer Damit die Mägde mir in alle Ewigkeit den Staub aus dem Gesichte blasen.

Ney Eine dünne, feine Maske, leicht wie ein Seidentuch. Was reden Sie von Totenmaske, Frau Schnepp!

Schnepp Der Herr Doktor hat herrliche weiße Halstücher, keiner in Frankfurt trägt so schöne Halskrausen – die Kragen erst.

Schopenhauer Raus! *(Frau Schnepp geht zögernd)*

Ney Der Kopf ruht auf einer breiten Brust, kraftvoll der Nacken und die Schultern, straff die Muskeln –

Schnepp Den Doktor nackt! Fräuleinchen! Nackt! Herr Doktor!

Schopenhauer *(springt auf)* Raus! *(setzt sich)* So hat Ihr Meister Rauch den Goethe gemacht. Aber nicht nach dem Leben. Fräulein Ney, ich bin kein junger Mann. Ja, der Kopf sitzt fest auf den Schultern, und ich darf wohl sagen – die Muskulatur ist kräftig noch. Das kommt von meinen Wanderungen bei Wind und Wetter *(geht zur Kant-Büste, hält sie hoch)* Der Kopf! Könnte man den Kant sich mit der nackten Brust vorstellen? Seine Haut. Würde wohl mürbe schlottern auf dem Skelett?

Ney Denken Sie an Sokrates, Herr Doktor Schopenhauer.

Schopenhauer Sein Bart mochte wohl den mageren Hals verdecken – ach, lassen wir's, Fräulein Ney. Ich lass' mich noch einmal malen von dem Lunteschütz. Gehen Sie einmal ins Städel, Fräulein Ney, dort finden Sie seine Venus und den Amor. Ein liebliches Bild!

Ney In der Skulptur bleiben Schönheit und Grazie die Hauptsache. Das sagte unser Arthur Schopenhauer. Ich werde das nicht vergessen, wenn ich an seiner Büste arbeite.

Schopenhauer Schönheit! Grazie! Ich war dreißig, als ich diese Sätze schrieb, und es war ein aschblondes Haar, das mir den Kopf rahmte, nicht die grauen Flatterborsten – *(rennt zu einer Lithographie und strählt im Glasspiegel die Haare in die Höhe)* Schauen Sie mich an! Bin ich nicht Pan, der schon gehörnt, bärtig und mit krummer Nase zur Welt kam, so dass seine Mutter erschrocken floh vor seinem Anblick – ?

Ney Aber sein Vater Hermes trug ihn zum Olymp.

Schopenhauer Besser ist die Malerei für einen alten Mann. Das leistet nur der Pinsel – den eigentlichen Charakter des Geistes darzustellen, wie er hervortritt in Affekt, Leidenschaft, im Wechselspiel des Erkennens und des Wünschens. Der Ausdruck des Gesichts und der Gebärden – den wollen Sie im Eis der Bronze bannen? Lassen wir's, Fräulein Ney.

Ney Jetzt bin ich durch Ihre Gunst Ihre Hausgenossin geworden, Herr Doktor Schopenhauer, und ich werde Ihre Wohnung nicht verlassen, bis ich den Kopf des größten Denkers unserer Zeit in meiner Tasche habe! Ich bringe ihn nach Berlin. Dort wird er gegossen, von den ersten Künstlern ihres Fachs. Die Welt wird staunen! Wille und Vorstellung in einem Kopf vereint.

Schopenhauer Wille und Vorstellung.

Ney Aus der Hand der Nymphe Echo.

Schopenhauer Die Hirten und Hüter meines Werks sind unduldsam, sie werden die Nymphe zerreißen. Fürchten Sie nicht meine Kritik, Fräulein Ney?

Ney Kritisieren Sie die Kantische Philosophie, Herr Doktor Schopenhauer, und die Welt mag auf Sie hören. Aber achten Sie meine Kunst. Bitte, Herr Doktor, rufen Sie Frau Schnepp, sie möchte mir meine Kammer zeigen.

Schopenhauer Die Kammer! Das Atelier! Ich stehe zu Ihren Diensten, mein Fräulein Ney *(bietet ihr den Arm, führt sie hinaus)*.

Sechs

(Studierstube. Elisabet Ney geht an den Schopenhauer-Porträts an der Wand entlang, skizziert. Margarethe Schnepp, Dr. Wilhelm Gwinner)

Schnepp Fräuleinchen, der Doktor Gwinner ist da. Er fragt, ob er Ihnen Gesellschaft leisten darf, bis der Herr Doktor kommt.

Ney Gewiss. Es ist mir eine Freude.

Schnepp *(führt Gwinner herein)* Das ist der Doktor Gwinner.

Gwinner Wilhelm Gwinner, gnädiges Fräulein.

Ney Ich bin die Elisabet Ney –

Gwinner Großnichte des berüchtigten Marschalls – so hat Sie mir unser Doktor präsentiert. Seien Sie dem Marschall dankbar, Fräulein Ney, ohne die Protektion seines Namens hätten Sie den Zugang zu dieser Klause nicht gefunden *(Frau Schnepp schüttelt den Kopf, ab)*

Ney Sie haben ihn wohl auch gefunden, Doktor? Mein Großonkel ist leider ein Verlierer gewesen, zu guter Letzt. Ein Doktor der Philosophie? Ein Apostel oder ein Evangelist?

Gwinner Doktor der Philosophie und der Jurisprudenz – das macht mich dem Doktor Schopenhauer vertrauenswürdig. Kein Apostel, nur ein Verehrer – vielleicht ein Evangelist, der später einmal, vielleicht, mit der Feder den großen Lehrer rühmen wird. Sie arbeiten schon an Ihrem Werk, Fräulein Ney?

Ney Ich mache mich vertraut mit seinem Kopf. Das Innere kenne ich ein wenig, das Äußere gibt mir noch Rätsel auf. Das ist eine harte Nuss.

Gwinner Lassen Sie mich Ihnen raten. Ich kenne Arthur Schopenhauer seit fünf Jahren aus vertrautem Umgang. Viele Jahre bin ich um ihn herumgeschlichen, wenn er in der Stadt spazieren ging, ich habe mich an seine Tafel im Englischen Hof gemogelt, dann habe ich mir ein Herz gefasst und ihn besucht –

Ney Und sind jetzt ein Sohn des Hauses?

Gwinner O nein! Auch die knorrige Eiche, die einsam in freier Landschaft steht, blickt manchmal wohl jovial gesellig auf den niederen Strauch am Wegesrand hinab. Mag der Solitär seine Einsamkeit auch stolz genießen, mag ihm die Ödnis seines menschenleeren Tages auch der Abglanz seiner Freiheit sein, er wird doch manchmal mit dem Don Carlos rufen: ,Jetzt gib mir einen Menschen!'

Ney Jurist, Philosoph und Poet dazu!

Gwinner Nur ein Richter in dieser schönen Stadt, die unsern Philosophen verlockt hat, sich in ihr niederzulassen. Sie könnte sich gastlicher gegenüber ihrem großen Gast erweisen, sie tut es nicht – aber nicht ohne die Schuld unseres Doktors. Ein einziges Mal ist es mir gelungen, ihn in mein Haus zu locken. Aber er hat den Braten verschmäht, mit dem meine Frau ihn traktieren wollte. Immerhin: das war wohl der einzige Besuch, den Doktor Schopenhauer in unserer Stadt einer Dame machte. Dass er Ihnen, Fräulein Ney, seine Tür geöffnet hat, ist wohl ein Wunder. Das Misstrauen gegen Welt und Mensch ist seine zweite Natur. Ich wünsche Ihnen Glück zu Ihrem Plan, Fräulein Ney. Ich bewundere Ihren Mut. Der Kopf wird schwer zu machen sein. Er hat hundertmal zu mir gesprochen. Schweigt er, meine ich, sieht er dem Beethoven ähnlich, spricht er, so glauben Sie, Voltaire vor sich zu sehen. Machen Sie einen Kopf daraus! Rühren Sie sein Herz, Fräulein Ney. Dann werden Sie – vielleicht – den Kopf dazu gewinnen. Sehen Sie die Bilder und unsern lebensvollen Greis – das sind alles doch nur Schattenbilder.

Ney Und doch hängen sie hier.

Gwinner Er lebt in der Gesellschaft seiner selbst. In dieser Stube, Fräulein Ney, spielt seit vielen, vielen Jahren ein unsägliches Monodrama. Bücher! Die Bilder und Büsten der Heiligen. Nur eine Stimme – die seine, ja, und die der Margarethe Schnepp. Mit ihr schimpft er, weil es nicht immer Spaß macht, nur auf dem Papier auf den Unverstand der Welt und seiner Zeitgenossen zu schimpfen, und wenn er seinen Pudel schilt, fällt ihm kein grimmigeres Schimpfwort ein als: du Mensch!

Ney Einsamkeit kann ein Glück für einen Künstler sein.

Gwinner Ein verzweifeltes. The solitude of kings – die Einsamkeit der Könige. Das ist die Losung dieser Stube, das stolze Wort Lord Byrons, eines Geistesvetters.

Ney Unser Doktor Schopenhauer war nie vermählt? Keine Liebe in seinem Leben? Er hat nach den Wurzeln des Leids in der Welt gegraben, und er hat doch die kosmische Kraft der Liebe und des Mitleids gefunden.

Gwinner Ja, ja, und den Herren Astronomen bewiesen, dass der neuentdeckte Planet Neptun besser Eros heißen müsste. Aber es ist nicht der Stern der Liebe, der sein Schicksal lenkt. Er war in Rom, er war in Venedig, er war in Dresden als junger Mann! In Berlin hat der reife Mann um die Hand eines Mädchens geworben, vergeblich – sie war siebzehn! Sie kommen von Berlin, Fräulein Ney? Ist Ihnen der Name der Caroline Medon bekannt? Schauspielerin, Sängerin. Sie war seine Geliebte – die Mutter seines totgeborenen Kindes. Zu seinem siebzigsten Geburtstag noch hat sie ihm einen Brief gesandt, ein Echo aus einer lebendigeren Zeit. Schauen Sie, dort auf dem Tisch, das Etui der Brille!

(Elisabet Ney neugierig zum Tisch) Nicht berühren! Die Stickerei aus der Hand seiner Geliebten. Eine Brieftasche, ein Notizbuch, das Futteral für seinen Schlüssel. Achten Sie darauf! Die feinsten goldenen Fäden bestricken sein Herz noch heut'.

Ney Rührend. Der arme alte Mann.

Gwinner Der Philosoph lebe in Freiheit!, ruft er. Nur Muße, kein Muss. Keine Rücksichtnahme auf Weib und Kind. Die echten Philosophen, alle, seien ledig geblieben – und die Ehekomödie des Sokrates sei ja der Welt bekannt. Es klingt – ich muss es wohl sagen – recht philiströs aus seinem Mund, wenn er vom Ehestande sagt: doppelte Pflicht, halbes Recht. Einmal habe ich's gewagt zu erwidern: halbe Sorge, doppelte Freude. Ja, Sie! – hat er gesagt. Ich bin wohl doch kein Philosoph. Und die traurigen Witze erst, die er über uns Ehemänner macht! Umgekehrte Papagenos seien wir. Vor den Augen des Papageno habe sich eine Alte blitzschnell in eine Junge verwandelt, vor denen des Ehemanns verwandelt sich eine Junge fast ebenso schnell in eine Alte. Wie traurig. Unabhängigkeit! Der Doktor ist vermögend, er ist ein glücklicher Erbe. Können Sie sich unsern Doktor in einem Brotberuf vorstellen? Er würde verhungern, müsste er Konzessionen an einen Brotherrn machen. Können Sie das ausdrücken in Ihrem Werk, Fräulein Ney – diese Öde seines Daseins, seine Menschenverachtung, das gepanzerte Herz?

Ney Glauben Sie ja nicht, dass wir Künstler das Innere ausspähen können, Doktor Gwinner! *(umfasst die Kant-Büste mit ihren Händen, betastet den Schädel mit ihren Fingerspitzen)* Das wusste der Kant! Und doch haben die Schädeldoktoren und auch die Bildhauer versucht, in diesem Schädel einen Charakter zu erkennen. Eine Furche hier – und schon haben sie ihm das Organ der Ruhmsucht und der Eitelkeit wegoperiert. Hier glätten sie eine Wölbung – seht her, wollen sie zeigen, alle Leidenschaften und Begierden waren diesem Manne fremd! Ein Totenschädel! Aber der Mann war nicht tot.

Gwinner Menschen von Genie haben wohl starke Leidenschaften. Sollte es bei unserm Doktor anders sein? Jetzt preist er das Alter – als wollte er mich über meine Jugend trösten. Wenn einer die Erlösung von der dämonischen Gewalt der Sinnlichkeit feiert wie er – müssen in ihm die Triebe und der Wille nicht besonders heftig toben?

Ney Dämonisch gar!

Gwinner Ja. Er sieht die Feuer, welche so lange in seinen Adern glühten, lächelnd verlöschen. „Die Liebe zwingt uns alle nieder" – sagt er mit Friedrich Hölderlin, und das – Sie wissen es, wenn Sie sein Buch gelesen haben – ist der Kern, der Brennpunkt des Willens, den unser Arthur Schopenhauer im Vulkan des eignen Wesens beobachtet hat. Der Vulkan ist stumm, er bricht nicht mehr aus.

Ney Er arbeitet immer noch an seinem Werk. Es müssen doch wohl noch starke Funken sprühen.

Gwinner Fußnoten, Randnotizen! Er hat das Leben ausgesperrt!

Schnepp *(an der Tür)* Der Herr Doktor kommt. Ich höre den Butz bellen. Gehen Sie weg von seinem Tisch, Fräuleinchen!

Ney Oh, ich gehe. Ich will ihm nicht meine Kritzeleien zeigen müssen *(eilig ab)*.

Gwinner *(setzt sich auf einen Stuhl)* Ich begreife den Doktor nicht! Hätte er nicht einem Künstler seinen Schädel anvertrauen können?

Schnepp *(blickt durch die Tür)* Das sage ich dem Herrn Doktor auch, Herr Doktor. So ein junges Ding.

Sieben

(Atelier, Mansarde mit Schrägwand. Tisch, Tonkübel, Rohmodell auf dem Tisch. Elisabet Ney am Modell, Schopenhauer in einem Sessel)

Schopenhauer Eine halbe Stunde, haben Sie gesagt!

Ney Nicht länger, ja. Sie sind entlassen, Herr Doktor Schopenhauer. Darf ich Sie morgen um die gleiche Zeit in meinem Atelier erwarten?

Schopenhauer Den Herren Fotografen bin ich schon nach einer halben Minute weggezappelt. Ihr Werk fasziniert mich. „Hier sitze ich und forme Menschen" – der Blick des Prometheus ist in Ihren Augen, Fräulein Ney! Ton, nicht wahr, es ist reiner Ton, den Sie mit Ihren Händen streicheln?

Ney Ton, fein geschlämmt, gereinigt, frei von totem Sand. Das plastische Material. Gleichermaßen geschmeidig und stabil, veränderbare und doch dauerhafte Form.

Schopenhauer Wie der Charakter des Menschen. So kommt er durch dies Jammertal seiner Existenz in der Gefangenschaft seiner Erscheinung in Zeit und Raum.

Ney Ist das Tonmodell vollendet, muss ich es rasch in Gips abgießen. Beim Trocknen verändert der Ton seine Form.

Schopenhauer So geht's dem Menschen, das Feuchte verdunstet, das Fett schmilzt unter der Haut, hat die Sonne nur lange Zeit seinen Körper malträtiert. Und dann der Bronzeguss!

Ney Aber nicht in Ihrer Wohnung, Doktor. Hier werde ich nicht mit dem glühenden Material hantieren. Neun Teile Kupfer, der Rest ist Zinn und Zink – und Blei! Das fließt, das füllt, das schmiegt sich dem feinsten Strich an.

Schopenhauer Dünnflüssig und heiß wie das Blut in den Adern!

Ney Das Kupfer bringt die schöne Patina –

Schopenhauer Den Rost!

Ney Den Glanz der Ewigkeit, den schönen warmen Schimmer unantastbarer Lebendigkeit.

Schopenhauer Ich gehe jetzt. Meine Korrekturen warten. Herr Brockhaus wird schon ungeduldig *(steht auf, bleibt am Tisch stehen)*. Darf ich's einmal probieren?

Ney An diesem Klumpen können Sie mir nichts verderben, verehrter Doktor.

Schopenhauer *(drückt mit den Daumen vorsichtig auf die Kinnpartie)* Sind Sie glücklich, Fräulein Ney, wenn Sie in den Spiegel schauen? Ja, Sie sind hübsch! Sie bringen jeden Spiegel zum Lächeln.

Ney Mein Spiegel ist mein Freund in glücklichen Minuten, aber sonst – kennen Sie einen Menschen, den er glücklich macht?

Schopenhauer Ich kenne einen, den er glücklich machen müsste, ich kenne ihn seit sieben Tagen – Sie, mein Fräulein! Ich schaue nie in den Spiegel.

Ney Aber Herr Doktor – müssen Sie nicht prüfen, ob die schöne Spitzenkrause ihre Form hat, die Halsbinde richtig in Ihrem Frack sitzt? Oder fragen Sie Frau Schnepp?

Schopenhauer Mein Gesicht gefällt mir nicht. Das will ich nicht verhehlen. Ist Ihnen nicht aufgefallen, dass wir zwei Gesichter haben? Nein, nicht Sie, Sie sind jung! Die intellektuelle Physiognomie in Stirn und Auge, das ist das eine, das obere Gesicht. Das andere ist das sinnliche um Mund und Kinn. Nun, Fräulein Ney, was in Ihrem hübschen Antlitz ein schönes Gleichgewicht hält, was sich in ihm harmonisch ineinander fügt wie in den Zügen eines Engels – bei mir fällt's auseinander *(drückt heftig beide Daumen in die Tonmasse)*.

Ney Herr Doktor, Sie sprengen mir Ihren Kopf! Und die Hände! *(nimmt ein Tuch und säubert seine Hände)*

Schopenhauer Stirn und Auge – gut! Ich denke, die intellektuelle Partie ist prägnant genug, um für die eines Philosophen zu gelten. Aber Mund und Kinn und auch die massige –! Das Untere passt nicht zum Oben! Der physische Ausdruck steht in einem Missverhältnis zum intellektuellen. Das müssen Sie doch sehen – Sie sind eine Künstlerin.

Ney Ich habe das Gesicht des Denkers unter meinen Händen, der uns den Willen zeigte, den mächtigen, drängenden, quälenden Lebenstrieb hinter den Erscheinungen. Und er schenkte uns die Vorstellung, die in ihrer reinen Kraft den Willen bändigt und bezwingt. Wenn ich Ihren Kopf forme, Herr Philosoph, schaffe ich das Abbild eines Philosophen. Aber Sie haben Recht, Herr Doktor Schopenhauer! Wenn ich nicht Ihre Schülerin wäre, würd' ich als Künstlerin wohl an Ihrer Büste scheitern.

Schopenhauer Nicht wahr? Es ist Ihnen aufgefallen? Dieser breite, gierige, nur zum Fressen geschaffene Mund. Dieses willenskräftige Kinn, das sich immerfort in alle Händel der Welt und leidenschaftlich in das Wirrsal seiner Umtriebe stürzen will! Die Kerben um den Mund, die alle Linien der Stirn in die Tiefe reißen! *(seine Worte werden von Fingergesten im Gesicht begleitet)*

Ney Sie übertreiben schrecklich, Arthur Schopenhauer! Sie verderben mir das Bild, das ich mir von Ihnen machte. Der Spiegel, in den Sie schauen, ist nicht das Auge eines Menschen, ist nicht das Auge einer Frau.

Schopenhauer Trösten Sie mich, Fräulein Ney?

Ney Haben Sie uns nicht das Genie zu erkennen gelehrt? – wie in ihm der Wille und der Intellekt immer weiter auseinandertreten? Soll das nicht auch für seine Physiognomie gelten?

Schopenhauer Verstecken Sie das Kinn im Kragen! Lassen Sie die Bartkoteletten über Wangen und Mundwinkel wachsen.

Ney Und über den Mund soll sich ein Schnauzbart wölben?

Schopenhauer Ein Bart kann hässlich sein, aber er verdeckt des Mannes tierische Natur.

Ney Oh, Herr Doktor, soll ich Ihnen auch das Flammenhaar in die Stirn kämmen? *(strählt mit ihren Händen das Haupthaar zur Stirn hin)*

Schopenhauer Was tun Sie? *(wischt verlegen die Haare hoch)*

Ney Vertrauen Sie Ihrer guten Natur, Herr Doktor! Vertrauen Sie mir! Haben Sie uns kleinen Künstlern in Ihrer Lehre nicht geschmeichelt, auch durch uns wirke der Genius?

Schopenhauer Die Kunst, ja, sie ist das Werk des Genies – es ist das reine willenlose Subjekt der Erkenntnis, das hinter den Erscheinungen das Wesentliche und Bleibende erblickt. Ja!

Ney Und bedarf der Künstler nicht der Phantasie? Er will doch, so sagten Sie, in den Dingen nicht nur das sehen, was die Natur wirklich gebildet hat. Er muss herausarbeiten, was sie zu bilden sich bemühte, aber nicht zustande brachte wegen dieses ew'gen Kampfes des Willens mit sich selbst.

Schopenhauer Nicht zustande brachte – das habe ich gesagt? Geschrieben?

Ney Das ist Ihr Kopf, wie ich ihn sehe! Der geniale Ausdruck eines Kopfes besteht darin, dass in ihm ein entscheidendes Übergewicht des Erkennens über das Wollen sichtbar wird.

Schopenhauer Aber das eben hat die Natur in meinem Kopf nicht zustande gebracht! Einen Doppelkopf habe ich, in der Waagerechten gespalten, in die Höhe und die Tiefe auseinandergerissen.

Ney Haben Sie dem genialen Individuum nicht eine besondere Heftigkeit aller seiner Willensakte zugesprochen? Was Sie das Unten in Ihrem Wesen nennen, das nicht zum Oben passe, ist nichts als der Kern Ihrer Philosophie. Ein melancholisches Temperament wird wohl seine Spuren in ein Gesicht zeichnen. Ich korrigiere das, mit sanfter Hand. Ich bin ein sanfter Geist – *(streicht mit der Hand über das Tonmodell)*

Schopenhauer Mit dem Gesicht des Engels!

Ney Eines dummen Kindes? Glauben Sie, Herr Doktor Schopenhauer, ich hätte Ihr vertracktes Buch gelesen, weil ich kein leichteres gefunden hätte? Nur vom Geist wird der Geist vernommen – sagt Arthur Schopenhauer. Soll der Künstler die Natur nicht verstehen und klarer ausdrücken, was sie nur stammelt? Und ihr entgegengehen und rufen: das war es, was du sagen wolltest.

Schopenhauer Tragen Sie einen Spiegel in Ihrer Tasche? *(Elisabet Ney gibt ihm den Spiegel, Schopenhauer betrachtet sich)* Mein Gesicht widerlegt meine Lehre. Das ist's. Was lehre ich? Die Verneinung des Willens! Aber mein Gesicht schreit: ja! ja! ja! Alle Heftigkeit des Willens ist in ihm, mit seinem unerbittlichen Griffel hat er alle seine Widersprüche hineingegraben – eine Gravur der Leidenschaft. Da haben Sie mein verräterisches Gesicht! *(hält dem Modell den Spiegel vor)* Die Skulptur, Fräulein Ney – das können Sie in Kapitel 45 lesen! –, ist nur der Bejahung des Willens angemessen. Warum sind Sie keine Malerin? Sie hätten meine Augen treffen können! Die Malerei allein kann das Schöne im Hässlichen zeigen. Wo die Skulptur nicht Schönheit, Kraft und Fülle zeigt, ist sie ein Nichts.

Ney Ach, Herr Philosoph, Sie haben Ihre Ästhetik geschrieben, ohne je einen Klumpen Ton in Ihrer Hand gehabt zu haben. Schönheit! Grazie! Die Idee der Menschheit soll ich dem plumpen Stoff hineinkneten? Darf nicht auch das Charakteristische dem Schönen seine Grenzen zeigen? Alle wollen sie den Apoll. Aber das Hässliche ist das Charakteristische.

Schopenhauer Das Hässliche!

Ney Hässlichkeit ist die Schönheit des Individuums, das sich herausarbeitet aus der Gattung. Die Schönheit kann im Hässlichen hervortreten – die Alten haben es gewusst. Neben den Apoll stellten sie den trunkenen Silen, den bockshäuptigen Faun.

Schopenhauer Habe ich nicht – ?

Ney Ja, das ist Ihr Kapitel 45, im ersten Teil. Und wenn ich Sie, lieber Doktor, als den Pan darstellte, der die Flöte spielt – wäre das nicht auch das ideelle Bild des Philosophen? Pan belehrte Apoll: von wem lernte der den tiefen Blick in die Welt? Und die Musik, das Flötenspiel dazu. Ein Philosoph, der sich auf die Musik versteht wie keiner –

Schopenhauer Ja, das sagte mir der Richard Wagner auch! *(spricht den Vornamen englisch aus)* Aber seine Musik spiele ich nicht!

Ney Auf die Musik, aus der der Wille spricht, rein und unmittelbar, in allen seinen Regungen. Pan ist ein bescheidener Gott. Sitzt er auch nicht auf dem Olymp, lebte er doch bis zu seinem Tode zufrieden auf der Erde in Arkadien –

Schopenhauer – war gutmütig und faul und liebte seinen Nachmittagsschlaf.

Ney Und alle Nymphen waren ihm zugetan.

Schopenhauer Der Wille, der große Pan. Schluss mit Ihren Scherzen, Elisabet Ney! Das fehlt mir noch, dass ich einen Engel engagiert hätte, um mich als Teufel darstellen zu lassen *(heftig ab)*.

Acht

(Studierstube. Johann Schäfer mit Foto-Kasten, Säurebehältern, Glasplatten; Jules Lunteschütz im Klischee-Kostüm eines Malers, mit französischem Akzent sprechend; später Elisabet Ney; Schopenhauer)

Schäfer Sie hätten sich die Mühe nicht machen müssen, Herr Lunteschütz.

Lunteschütz A votre service, Monsieur le Photographe! Es war der Wunsch des Meisters, mon cher ami! Er wünscht die Anwesenheit seines künstlerischen Beraters.

Schäfer Sie können mir raten, Herr Lunteschütz? Mein Metier ist nicht die Malerei. Ich fotografiere. Das Licht malt. Kein Pinsel, kein Griffel! Die Strahlen des Lichts brennen das Bild in die Silbersalze meiner Platten.

Lunteschütz Kollodium! Technique! L'art du chemiste. Totes Abbild der Natur, wie sie sich zufällig einem Apparat präsentiert.

Schäfer Natur ist Wahrheit, Herr Lunteschütz. Mein Lichtbild transportiert das Bild des Arthur Schopenhauer in die Welt. Und in die Nachwelt, massenhaft. Wo sind Ihre Porträts? Im Museum? In den Studierstuben der Verehrer? Die wenigen, die sie sehen mögen, streiten: ist er's, ist er's nicht? Vor meinem Lichtbild gibt es keinen Streit. Wissen Sie, wie viele Kopien ich von meiner Platte ziehen kann? Soviel die Welt verlangt. Zwei Formate, das größere für die Bücherstuben und die Gazetten, das kleine für die Schreibtische, beides auch im Oval, das lieben die Damen. Ich liefere das Gesicht zum Werk. Wer mag ein Buch lesen, ohne das Gesicht des Autors zu kennen? Das Gesicht, das ist das Buch!

Lunteschütz Der Ausdruck, mein Freund, l'attitude! Die Komposition macht das Bild. O cher ami! Wir Künstler müssen euch Techniker an die Hand nehmen. Wir müssen euer Auge führen. Da hat der Meister recht mit seinem Misstrauen gegen euer Handwerk.

Schäfer *(lacht)* Das Licht ist der Künstler, das Auge sein Gehilfe. Wir kennen das Licht und wissen, wie es in dieser dunklen Kammer wirkt.

Lunteschütz Camera obscura! Dann ist jeder ein Künstler, der nur seinen Kopf unter das schwarze Tuch stecken kann. Wollen Sie Krethi und Plethi malen – in Ihrer Dunkelkammer? Que devient l'exclusivité?

Schäfer Haben Sie, Herr Lunteschütz, je ein Gesicht gesehen, das nicht bedeutend ist? Ich will Herrn Schopenhauer bewegen, seinen Fotos mit eigener Hand den Stempel der Echtheit aufzudrücken. Kopf und Hand, der Gedanke und die Schrift –

Lunteschütz Das wird er Ihnen verwehren, verehrter Herr Schäfer! Auch Ihr Wunsch ist abgelehnt, das Foto in die Pariser Ausstellung zu geben. Da könnte es ja der leibhaftige Bonaparte betrachten! Le docteur est contraire, totalement.

Schäfer Will der Schopenhauer sich gegen seinen Ruhm wehren? Es gibt eine lebhafte Nachfrage nach seinen Bildern – ein Symptom seiner Zelebrität. Wir Fotografen mehren den Ruhm, wir sind die ersten Gehilfen eines neugierig-teilnehmenden Publikums, die Welt will Bilder! Aber stören Sie mich nicht! Ich muss arbeiten. *(macht sich am Apparat zu schaffen)* Aber Sie können mir helfen! Sorgen Sie dafür, dass der alte Herr stille sitzt. Ich brauche nur zehn Sekunden. Ich mache nur drei Aufnahmen. Das wird er wohl ertragen.

Lunteschütz Impossible! Zehn Sekunden für die Wahrheit, zehn Sekunden für die Seele? Stundenlang, Tage lang habe ich sein Gesicht studiert, diese Landschaft einer großen Leidenschaft.

Schäfer Sparen Sie sich die Zeit. Strapazieren Sie nicht die Geduld des Genies. Sie können es künftig nach meinem Foto malen. Nach der Natur! Tun Sie so viel Seele hinein, wie Sie wollen, es bleibt Natur.

Lunteschütz Commencé d'après nature et achevé d'après nature? Die Kunst schafft die Natur!

Schäfer Hier im Hause arbeitet die Bildhauerin aus Berlin –

Lunteschütz Mademoiselle Ney, oui.

Schäfer Sie soll, sagt der Doktor, eine Kopie erhalten, als Vorlage für die Büste, die sie unter den Händen hat. Warum arbeitet sie nicht nach dem Porträt des großen Jules Lunteschütz?

Lunteschütz Es ist das dritte Porträt, das ich male. Es ist nicht vollendet. Es wird das beste, getreueste – ich wünsche – pardonnez moi! – der Meister wünscht, von Ihnen abgelichtet zu werden in der Haltung, die ich ihm auf seinem Porträt gegeben habe.

Schäfer So. Setzen Sie ihn, wie Sie wollen! *(steckt den Kopf unter das Tuch; Schopenhauer und Elisabet Ney kommen; Schopenhauer schleicht hinter Schäfers Rücken)*

Schopenhauer Kuckuck! *(Schäfer fährt zurück, Elisabet Ney lacht)*

Schäfer Guten Tag, Herr Doktor! Ich finde Sie in guter Stimmung, das ist vortrefflich. Alles ist vorbereitet.

Schopenhauer Fräulein Ney, das ist der Herr Schäfer, der Lichtbildner.

Schäfer Guten Tag, Fräulein Ney. Auf diesen Stuhl, bitte, Herr Doktor *(führt ihn zum Stuhl)*. Bitte, sagen Sie mir, wenn Sie bereit sind, damit ich die Platte anfeuchten kann. *(Schopenhauer setzt sich, Lunteschütz richtet seinen Kopf, winkelt die Arme an den Körper)*

Lunteschütz Die linke Hand aufs Bein! Magnifique.

Schäfer Aber die Finger, bitte, krümmen.

Schopenhauer Bin ich ein Greis, den die Gicht plagt?

Schäfer Die Perspektive –

Lunteschütz Die rechte Schulter etwas zurück. So –

Schäfer Die Brille? An der Schnur? Die schwarze Schnur auf den weißen Spitzen?

Schopenhauer Die Brille?

Lunteschütz Oui , Monsieur le Docteur, wie auf dem Gemälde –

Schopenhauer *(zu Elisabet Ney)* Er hat mir schon auf dem ersten Gemälde den Kneifer in die Hand gedrückt.

Schäfer Wir könnten die Schnur unter den Aufschlägen verbergen.

Lunteschütz Verbergen? Die Brille in die rechte Hand, Herr Doktor, bitte.

Schäfer Ich kann die Schnur auch retouchieren.

Schopenhauer Retouche? Unterstehen Sie sich! Mit Brille, mit Schnur!

Ich trage die Schnur, weil sie mir bequem ist.

Schäfer Den Arm vielleicht etwas höher? Diese Knöpfe, die vielen Knöpfe –

Schopenhauer Haben Sie etwas gegen die Knöpfe an meinem Frack? Ich trage den Frack seit meiner Jugend – mit den Knöpfen.

Schäfer Mit den Knöpfen.

Ney Warten Sie, Herr Doktor Schopenhauer! *(nimmt einen Kamm aus der Handtasche, kämmt das Seitenhaar hoch und lockert es)*

Lunteschütz Excellent, Mademoiselle Ney – o là là! Wie auf meinem Porträt. Eine Künstlerin!

Ney Die Weste beult ein wenig *(zupft die Weste glatt)*.

Schäfer Alles bereit, Herr Doktor? *(verschwindet unterm Tuch, macht die Aufnahme)* Die Hand auf dem Bein! Sie wirkt wie lahm, wie tot!

Schopenhauer Lahm? Tot?

Schäfer Ein Taschentuch vielleicht?

Schopenhauer Ein Taschentuch? Soll das Publikum meinen, ich müsste mir die Stirne trocknen, weil mir vor Ihrem Apparat der Schweiß aus den Poren rinnt? *(Elisabet Ney nimmt ein Tuch aus ihrer Tasche, drapiert es in seiner Hand)*

Schäfer Ein größeres! Wir brauchen einen Kontrast zur Manschette. Größer, kariert, geblümt, kräftiger.

Lunteschütz Ich protestiere gegen das Taschentuch! C'est ridicule! Déplaisant.

Schopenhauer Was soll ich tun, Fräulein Ney? Die Künstler streiten.

Ney Der Herr Fotograf braucht ein Taschentuch. Gehorchen Sie ihm, Herr Doktor!

Schopenhauer Ein Taschentuch *(erhebt sich, holt ein Tuch aus der Hosentasche)* Wohin damit?

Schäfer In die linke Hand, auf den Schoß *(Schopenhauer legt die Hand mit dem Tuch auf den Schoß, Elisabet Ney drapiert es)* Vortrefflich. Den Kopf wollen wir ein wenig neigen.

Lunteschütz Die Augen! Nein, nein, das geht nicht! Die Augen –

(Schopenhauer druckt das Kinn auf die Brust, Elisabet Ney hebt den Kopf am Kinn in die Höhe)

Ney So? Nicht wahr, Herr Schäfer?

Schäfer Vortrefflich. Bitte, ganz still! *(macht die Aufnahme)* Ich danke Ihnen, Fräulein Ney. Wir wollen nicht nur das Kniestück machen. Jetzt noch das Brustbild.

Schopenhauer Mit der Brille in den Fingern?

Lunteschütz Die Brille des Philosophen – die Gläser, durch die er die Welt gesehen.

Schopenhauer Als junger Mann benutzte ich keine Brille. Ich hätte die Welt nicht schärfer, nicht kälter sehen können.

Ney Auf meinem Philosophenkopf wird keine Brille sitzen.

Schopenhauer Herr Schäfer! Vernichten Sie Ihre Platten. Sofort! Keine Brille, hören Sie, keine Brille.

Lunteschütz Les lunettes, oh, un symbole indispensable!

Schäfer Ich muss Herrn Lunteschütz beipflichten, Herr Doktor. Das Publikum will einen Philosophen sehen, einen Gelehrten. Ein Gelehrter ohne Brille? Herr Doktor, wir dürfen das Publikum nicht enttäuschen.

Schopenhauer Das verfluchte Publikum!

Ney Auch ein Philosoph braucht sein Publikum. Mit Brille, ja, Herr Doktor? *(Schäfer trägt den Apparat näher zu Schopenhauer)*

Schopenhauer Soll das Publikum meine Falten leichter zählen können? Will das Publikum auch die Falten?

Schäfer Das Publikum will die Falten auf der Stirn eines Denkers, ja, Herr Doktor. Ich kann ein wenig retouchieren –

Schopenhauer Keine Retouche! Mein Kopf ist mein Kopf! *(Aufnahme)* Werden Sie mir Falten machen in mein Gesicht, Fräulein Ney?

Ney Ein paar Linien auf der Stirn, vielleicht.

Schopenhauer Da werden wir ja sehen, mein lieber Herr Schäfer, ob Ihre Bilder mit der Büste unserer Künstlerin konkurrieren können. Fräulein Ney macht meine Büste, Herr Schäfer! Sie werden sehen. Der Brockhaus macht mir einen Artikel über den Kopf in den Literarischen Blättern, und in Berlin habe ich einen treuen Agenten meiner Lehre, der wird der Tante Voss ein wahres und ausführliches Wort darüber zu soufflieren wissen. Da wird Fräulein Ney leicht hundert Büsten absetzen können! Da hat das Publikum einen Vergleich.

Schäfer Hundert, Herr Doktor. Hundert. Ich bin ein Fotograf. Ich werde tausend absetzen. Bei Ihrem Renommee, das mit jedem Tag wächst! Mit meiner Hilfe!

Schopenhauer Sehen Sie, Fräulein Ney. So beuten die Leut' meine Seele aus. Gehen wir zurück in Ihr stilles Atelier, mein Fräulein *(reicht ihr den Arm, beide ab; Schäfer baut seinen Apparat ab)*

Lunteschütz Herr Schäfer, wollen Sie sich diese Fee entgehen lassen? Sie müssen sie fotografieren.

Schäfer Nur, wenn ich den Alten mit auf die Platte kriege *(ab; Lunteschütz folgt ihm).*

Lunteschütz Lässt sich fotografieren! Lässt sich von einem Mädchen seine Büste machen. Hat er nicht selber den Voltaire im Mund geführt? C'est le privilège du vrai génie, et surtout du génie qui ouvre une carrière, de faire impunement de grandes fautes. Er soll sich malen lassen von mir, dem Jules Lunteschütz, von ihm allein.

Neun

(Atelier in der Kammer. Von der Schrägwand hängen an Fäden leichte weiße Papiermasken mit männlichen Zügen. Elisabet Ney ist in ihre Arbeit am Modell vertieft. Schopenhauer kommt leise ins Zimmer, beobachtet sie bei der Arbeit)

Ney *(blickt auf, sieht Schopenhauer)* Warum sehen Sie mich so an, Herr Doktor?

Schopenhauer Psst! Ich bin nicht gegenwärtig. *(hält sich eine der Masken vors Gesicht)*

Ney Es ist mein Privileg, Sie zu beobachten, Herr Doktor Schopenhauer.

Schopenhauer Ich beobachte Sie nicht. Ich staune.

Ney Nicht wahr? Ihr Kopf wächst unter meinen Händen.

Schopenhauer Ich bin nicht ungeduldig, Fräulein Ney. Ich wundere mich *(nimmt die Maske vom Gesicht, Elisabet Ney blickt ihn fragend an)*. Ich gebe mir Mühe, einen kleinen Anflug von Schnurrbart an Ihnen zu entdecken. *(Elisabet Ney schüttelt den Kopf)* Von Tag zu Tag erscheint es mir immer unglaublicher, dass sie eine Frau sind, mein Fräulein.

Ney *(lacht)* So! Ich verstehe meinen Philosophen. Der Bildhauer muss Phidias oder Praxiteles sein oder Schadow und Rauch heißen. Frauenhände sind geschickt für Figurinen auf der Kaffeetafel. Es tut mir leid, Herr Doktor, mit einem Rauschebart kann ich nicht dienen *(hält sich eine der Masken vors Gesicht)*

Schopenhauer Glauben Sie einem, der Rom und Florenz gesehen hat – das Bilden, mein Fräulein, ist ein männlicher Trieb.

Ney Ich pflege mich zu rasieren, Herr Doktor, jeden Morgen, und wenn ich den ganzen Tag anstrengend gearbeitet habe, abends dazu.

Schopenhauer Als Muse ist die Frau dem Künstler willkommen! Eine Muse mit Schnurrbart, garstig! *(nimmt ihr die Maske vom Gesicht)*

Ney Der große Christian Rauch teilte nicht Ihr Vorurteil.

Schopenhauer Er wollte eine Muse und hat eine Meisterin gefunden!

Ney Die Musen sind die Erfindung der Meister, die bewundert und besungen werden wollen.

Schopenhauer Meine Mutter wollte nicht die Muse der Meister sein, sie wollte selber Meisterin sein – nicht ohne Effekt, ja. Aber ich gestehe es frei: ich gehörte nicht zu ihren Bewunderern.

Ney Aber der Arthur Schopenhauer hat seinen Intellekt von seiner Mutter geerbt – so sagt es seine Philosophie.

Schopenhauer Der Intellekt mag hoch stehen, doch wird er geliebt?

Ney Der Intellekt weckt die Liebe. Der Charakter, den wir vom Vater erben, fordert Achtung. Haben Sie Ihren Vater nicht geachtet, Herr Doktor Schopenhauer?

Schopenhauer Ich habe ihn geliebt, obwohl sein Charakter ihm befahl, mich zum hanseatischen Kaufmann zu machen, was mir nicht gefiel. Es war die Mutter, die mir auf den Weg der Bildung half.

Ney Sie hat den Philosophen erschaffen! Und ich werde den Kopf des Philosophen erschaffen, ich, Elisabet Ney, eine Frau! Das Fräulein ohne Schnurrbart!

> – dass ich mit Göttersinn
> und Menschenhand
> vermöge zu bilden,
> was als Weib
> ich animalisch kann und muss.

Das ist Ihr Goethe, Herr Doktor.

Schopenhauer Goethe? Wer? Der? *(grübelt)* Das habe ich in meinen Korrekturen gerade anders gelesen – „was bei *meinem* Weib ich animalisch kann und muss". *Das* sagte der Alte! Sie Falschmünzerin. Die Schöpfung und das Zeugen, mein Fräulein, sind ein männliches Geschäft.

Ney Das Fräulein mit Schnurrbart! *(hält eine Maske vors Gesicht)* Es hat den abnorm überwiegenden Intellekt, der – wie Arthur Schopenhauer in seiner Ästhetik lehrt –, sich vom Willen ablöst und doch tätig bleibt. Er erhebt sich, frei von den Fesseln des Willens, zum objektiven Schönheitssinn, er öffnet das Auge für die menschliche Gestalt. Den Bildungstrieb dagegen, der sich nicht vom Willen trennt, nennt mein Philosoph –

Schopenhauer Ja, sagen Sie's nur, Geschlechtstrieb.

Ney Geschlechtsliebe nennt er ihn! Liebe nennt er den Trieb, weil er der fein sichtenden Auswahl fähig ist.

Schopenhauer Trieb oder Liebe – ist egal. Die Auswahl macht's. Die Liebe ist sehend, der Trieb nur ahnungsvoll – beide streben zum Genius der Gattung.

Ney *(nimmt die Maske ab)* Eine rechte Philosophenliebe! Die Metaphysik der Geschlechtsliebe – Kapitel 44 im vierten Buch. Ein Fräulein darf das gemeine Wort im Munde führen, wenn es der Philosoph metaphysisch geadelt hat.

Schopenhauer Nicht wahr, mein Fräulein! Ich zeigte der Welt die Unschuld des Willens zum Leben!

Ney Auch wenn Sie ihn verneinen.

Schopenhauer Er ist eine unschuldige Macht. Ich verneine nicht den Willen, ich verneine seine Macht über uns.

Ney Und darum haben Sie Ihr Nein gesagt zu dem lebendigen Wunsch, die Wahrheit Ihrer Metaphysik der Liebe in Ihrem Leben zu erproben? So viele schöne Frauen werden Ihr Nein mit großer Traurigkeit gehört haben. Oh, ich darf Sie das fragen. Denn wir – Arthur Schopenhauer und Elisabet Ney – hätten nie ein Paar sein können.

Schopenhauer Der abgrundtiefe Graben der fünfundvierzig Jahre! Das Alter! Die grausame Grenze, die Wahl und Neigung beschränkt.

Ney In Ihrem Buch hockt nur die alte Frau vor diesem Graben, der Mann dagegen –

Schopenhauer Ich war jung, als ich das schrieb. Ich wusste nichts von der Tragik des alten Mannes. Ich habe dem Kapitel jetzt einen Anhang beigegeben –

Ney Und wären Sie Romeo, Herr Doktor! Und ich eine Julia. Die Metaphysik hätte ihre Schranke zwischen uns errichtet – nicht nur die schwache Brüstung des veronesischen Balkons.

Schopenhauer Ach, Shakespeare! „Wer liebte je, der nicht beim ersten Anblick liebte" – ich habe mich auf seine Wahrheit gern berufen.

Ney Der Mangel liegt in mir!

Schopenhauer Weiß der göttliche Shakespeare nicht auch darauf eine Antwort?

> Ich frag' nicht, ich sorg' nicht,
> ob Schuld in dir ist:
> Ich lieb' dich, das weiß ich,
> was immer du bist.

Ney *(nimmt eine Maske vors Gesicht)* Aber ich bin ein Fräulein mit einem Schnurrbart! Und haben Sie das vergessen, Herr Doktor? Haben Sie das chemische Gesetz Ihrer metaphysischen Liebe vergessen? *(bei den* *folgenden Worten hebt und senkt sie die Maske vorm Gesicht)* In unzähligen Graden der Mannheit und der Weiblichkeit sind wir Menschen gemischt. Und das ist Leidenschaft: dass die Extreme zueinanderstürzen. Der männlichste Mann wird das weiblichste Weib suchen, die absolute Frau den totalen Mann. Die Flamme der Liebe brennt heiß und hell, wenn Ungemischtes sich begegnet. Ich trage einen Schnurrbart in Ihren Augen, Herr Doktor Schopenhauer! In meinem Wesen liegt eine halbe Mannheit! Ich mag nicht vermuten, dass in Ihrem kühnen Charakter, mein Herr, eine halbe Weiblichkeit verborgen ist. Wo also wär' das Element der Spannung, wo die Ursach' der Anziehung? Es hapert an mir: ich bin kein chemisch reines Element in Ihren Augen.

Schopenhauer Oh, dass ihr gleich auch noch ein Kinnbart wachse, der Sophistin!

Ney Sie nehmen mir den Schnurrbart ab, Arthur Schopenhauer? *(lässt die Maske sinken)*

Schopenhauer Wenn Sie mir meine Metaphysik lassen. Ich halte mir einiges darauf zugute, das Geheimnis der Liebe ans Licht gehoben zu haben. Mann und Frau wollen sich ergänzen, ja, wenn sich's so simpel sagen ließe. Aber nicht, weil sie zusammen ein Rundes und Ganzes bilden wollen, wie's der Plato wollte. Was ist des Menschen Wille gegen die Strategie der Natur? Die Liebe ist nichts als die List des Kindes, da sich seine Eltern sucht – zusammensucht. So, wie sich Ihr Kunsttrieb, mein Fräulein Künstler, auf meinen Kopf kapriziert hat, so ist der Geschlechtstrieb auf ein bestimmtes Individuum gerichtet, das entstehen soll. Dieses bestimmte Kind mit seinem Gesicht, seiner Gestalt, seinem Geist will gezeugt werden! Dieses einzigartige neue Wesen gibt dem Vater und gibt der Mutter den Befehl, sich in wechselseitiger Liebe zu entflammen. Das ist der wahre Zweck des ganzen Liebesromans, in dem es nicht nur darum geht, dass der Hans seine Grete findet. Der Lebenswille des neuen Individuums drängt ins Dasein und sucht sich seine Gaben in Mann und Frau, die er zusammentreibt in der Gewalt einer Leidenschaft, die alle Widerstände überwindet, alle Unterschiede, die Konventionen, jede Rücksichtnahme. Es ist die Gattung, die sich in jedem Kinde unaufhörlich neu formiert, es ist die Gattung, in der sich der Wille zum Leben darstellen will. Das Kind hat einen Namen! Amor! Und seine Pfeile treffen ins Herz, mag der Verstand sich wehren, mag die Sitte Zeter und Mordio schrei'n, mögen alle Kalkulationen zusammenbrechen. Die Lust der Liebe, sie ist nichts als eine List. Die Strategie der Ungeborenen.

Ney Die Eltern des Arthur Schopenhauer werden ein selten glückliches Liebespaar gewesen sein.

Schopenhauer Glück? Fragt Amor nach Glück? Strebt Ihre Kunst nach Glück, Fräulein Ney? Der Wille zum Leben strebt nach Wohlgeratenheit, nach der Angemessenheit seiner Erscheinung zu seinem Zweck. Auch aus einer misslungenen Ehe werden wohlgeratene Kinder hervorgehen, wenn die Eltern sich in ihren Gaben ergänzen. Ist das dauerhafte Liebesglück die Regel? O nein, es ist so selten wie der Zufall, der ein ideales Brautpaar traut. *(Beide greifen eine Maske und halten sie gegeneinander, dann lassen sie sie fallen)* Wie Ihre Kunst, Elisabet Ney, steht die Liebe unter der Leitung des Schönheitssinns. Jeder strebt zum schönen Gefährten, und schön ist der, der ihm, in seinen Augen, den Charakter der menschlichen Gattung am reinsten verkörpert. Das Schöne, das wir lieben, ist das, was uns fehlt. Mag es eine Unvollkommenheit sein! – es ist nur das Gegenteil des Eigenen. Die kleinen Männer suchen die großen Frauen, die Blonden lieben die Schwarzen –

Ney – die Heftigen die Sanften, die Klugen die Dummen -

Schopenhauer Die Jungen die Alten – ach, wär' es so! Nehmen Sie's, wie Sie's wollen. Nichts ist so berechnend wie die Liebe. Sie ist die Klugheit eines ungeborenen Kindes. So bezwingt das Geschöpft seinen Schöpfer. Geht es dem Künstler nicht ebenso? – der Künstlerin? So töricht wie der Künstler mag der Liebende handeln – wird aller Vernunft zum Trotz sein eigenes Lebensglück aufs Spiel setzen. Was fragt die Liebe nach törichter Heirat, nach Händeln, die einem Vermögen, Ehre und Leben kosten, selbst nach Verbrechen wie dem Ehebruch oder gar der Notzucht. Fragen Sie den König von Hannover, wenn Sie ihm seinen Kopf machen – seine Familie kann viele Lieder davon singen. Die Liebe sitzt auf dem Throne, was ist dagegen eine Krone?

Ney Sie haben sich nie durch ein Kind auf den Leim einer törichten Leidenschaft locken lassen?

Schopenhauer Wer die List des Willens durchschaut, ist gegen sie gefeit.

Ney Und nie hat die Ahnung einer schönen Stirn, hat der Zauber schöner Augen ein Kind aus einem Schoß des Nichts rufen lassen: diese da, die ist's, ihr Geist, ihre Seele soll mein schönstes Erbteil sein? Hat nie ein Engelshaar die Seelenhaut berührt? Hat nie eine schöne Nase Sie entzückt, die doch den Typ der Gattung so rein verkörpert? Oder hat ein kurzes aufgestülptes Näschen die Himmelfahrt verdorben?

Schopenhauer Lachen Sie! Über das Lebensglück unzähliger Mädchen hat eine kleine Biegung der Nase, nach unten oder oben, entschieden, – und das mit Recht, denn der Typ der Gattung soll getroffen werden.

Ney O ja, die Nasen. Sie stoßen uns auf das Problem der Skulptur.

Schopenhauer Meine Nase! Ja, ja, ja. Wie werden Sie meine Nase machen?

Ney Es wird Arthur Schopenhauers sein. Oder möchten Sie die Nase eines Philosophen haben? Sie sind ein anspruchsvolles Kind, Arthur. Sie werden mir meine Kunst nicht in das Gefängnis Ihrer Metaphysik sperren! Die Kunst ist frei, sie ist freier als die Liebe.

Schopenhauer Kommen Sie mir nicht mit der Freiheit des Willens! Mit der habe ich aufgeräumt. Sie wollen mein Werk studiert haben? Künstlerflausen! Es gibt nur eine Freiheit, aber die liegt nicht in unserm Tun und Lassen. Sie liegt in unserer Natur. Im Sein. Im So-sein. Wir haben es gewählt, als wir unsere Eltern in ihren Liebesbund zwangen. Wir haben uns, vor aller Zeugung, vor aller Geburt, für den Despoten unseres Schicksals entschieden. Ein für allemal!

Ney So haben Sie mich gewählt um Ihres Kopfes willen.

Schopenhauer Sie haben mich gewählt um Ihres Kunstwerks willen. Wir sind ein Paar, mein Fräulein, ob Sie es wollen oder nicht.

Ney Ich will unserm Kopfkind sein väterliches Erbteil geben, die Eigenschaften des Herzens – will die Festigkeit des Willens zeigen, die Entschlossenheit, den Mut.

Schopenhauer Und geben Sie unserm Kind den Intellekt, die leuchtende Kraft der Seele, den Charme, den nur der Geist verleiht. *(Sie gehen die Reihe der Masken entlang und versetzen sie abwechselnd mit ihren Händen in Schwingungen)* Machen Sie unser Kind liebenswürdig! Welch ein Kind werden wir haben, Elisabet Ney!

Zehn

(Auf der Obermainbrücke. Schopenhauer und Elisabet Ney, langsam promenierend)

Ney Mit euch, Herr Doktor, zu spazieren, ist ehrenvoll und ist Gewinn.

Schopenhauer Mein Fräulein, Sie machen Sensation heute in der Reichsstadt Frankfurt. Wissen Sie das? Zum ersten Mal seit Menschengedenken – Butz! Butz! *(man sieht den Pudel nicht)* Also wohl – noch nie sahen die Frankfurter den Doktor Schopenhauer in Begleitung promenieren. In Begleitung einer Dame. Einer jungen. Einer schönen jungen Dame.

Ney Was wär' ein Philosoph, wär' er nicht immer für eine Überraschung gut.

Schopenhauer Sehen Sie? Die Leut' bleiben stehen, sie äugen herüber. Butz! *(Sie bleiben an der Brüstung stehen)* Ein schöner Sonntag. Der Oktober schenkt uns sein wärmstes Licht. Die Leute werden sich ihr tierisch Maul zerreißen.

Ney Die Frankfurter sind gebildete Leut', ein Philosoph wird immer von einem Schüler begleitet. Das wissen sie.

Schopenhauer Einer Schülerin auch?

Ney Sie werden nicht an Faust und Gretchen denken. Die sind wohl auch über diese Brücke gegangen?

Schopenhauer Wo denken Sie hin? Im hellen Tageslicht? Das versteckte sich im Garten, in der Kammer. Butz! Wir müssen zurück. Der Butz wird die Enten jagen.

Ney Lassen Sie ihn jagen. Schauen Sie, der Main. Das Licht, das seinen Spiegel sprenkelt.

Schopenhauer Der träge, blinde Strom. Das Licht dringt nicht einen Finger breit unter seine schwarze Haut. Irrlichter, die auf der dunklen drängenden Masse tanzen. Die unaufhörliche Bewegung in ihrem gierigen Chaos, in dem sich die Elemente quirlend selbst zermahlen. Das weint, das schluchzt, das klagt. Da! Am Ufer drüben. Das Treiben und Flanieren der Ahnungslosen! Die wähnen sich in Freiheit und wissen nicht, dass sie bis zur Kinnspitze in diesem Flusse stecken und von ihm fortgerissen werden. Alle diese Tropfen, die sich für ein kugeliges Individuum halten und doch mit jedem Atemzug zerfließen in diesen Strudeln eines mächtigeren Willens. Der dumpfe unerlöste Wille in ihnen, unter ihnen, zwischen ihnen! Lichter, Lichter ja, aber kein Licht. Geräusche, Laute, Rufe, aber keine Sprache.

Ney Ich habe von meinem Philosophen gelernt, dass wir den Willen verneinen sollen. Ich habe es gelernt, als ich die indischen Schriften studierte, noch ehe Sie mir, lieber Doktor Schopenhauer, die Begriffe schenkten. Aber darf ich Ihnen ein Geständnis machen? – ohne dass ich fürchten müsste, mir die Gunst des Lehrers zu verscherzen? Wenn ich auf diesen Fluss blicke, diesen blitzenden, in tausend Farben blinkenden Main – ich möchte hineinspringen! Ich möchte mir alle meine Kleider von meinem Leibe reißen und hineinspringen! Ich bin eine gute Schwimmerin. Ich möchte spielen in diesem Element, mit mir selbst und mit jeder Welle, die meinen Körper zärtlich berührt, ich möchte tanzen mit den Wellen, mich Rücken auf Rücken zu ihnen legen mit offenen Augen, als wäre ich selbst ein Teil des Spiegels, auf den der Himmel und alle Wolken ihre Botschaften schreiben. Sind wir nicht Menschen? Wir stehen auf einer Brücke. Wir sind die Brücke zwischen dem Ewigen und dem Vergänglichen. Warum sollen wir den

Willen verneinen, wenn wir ihm doch eine Gestalt geben können? Haben wir nicht die Gewalt über den Willen?

Schopenhauer Springen Sie, mein Fräulein, springen Sie! Geben Sie mir Ihre Kleider! Ihr Hütchen! *(nimmt ihr den Hut vom Kopf)* Das Tuch! *(nimmt ihr ein Schultertuch ab)* Fort mit dem Mantel –

Ney Herr Doktor!

Schopenhauer *(hält ein)* Weiß ich doch, dass ich mit einer Nymphe spazieren gehe! Warum sollte sie es nicht besser wissen als der Philosoph? Hat sie doch den Zeus und den Bacchus erzogen, den Apoll sogar und ihm die Kunst des Dichtens und Wahrsagens geschenkt.

Ney Bin ich nicht eine Künstlerin? Wie schwächlich und gespensterhaft wäre unsere Kunst, würde nicht der Wille zum Leben aus seinen tausend Quellen uns in die Sinne dringen. Sollten wir verneinen, was unsere Kunst lebendig macht?

Schopenhauer Undankbare! Euch Künstlern habe ich doch das Privileg verliehen, euch mit dem Willen zu verbünden. Ihr seid doch diese Wasserwesen, die sich ins Innere des Willens begeben dürfen – um in willenloser Anschauung uns seine geheimste Botschaft zu entziffern. Ihr schenkt uns die Seligkeit des Augenblicks, in dem die Anschauung den Willen zur Ruhe zwing und uns rufen lässt: Das Rad des Ixion steht still! Ihr schenkt uns doch den Sabbath von der Zuchthausarbeit des Willens!

Ney So dürfte ich springen?

Schopenhauer Ja, springen Sie! Sie können ja schwimmen. Kehre heim zu den Quellen, Nymphe Elisabet. Und lass den alten Schopenhauer an seinem Fenster an der Schönen Aussicht seine Flöte blasen. Soll er, die Blicke an den ewigen Strom geheftet, die Melodien seiner Gedanken produzieren. Lass ihn sich im Spiel die Geschichte des Willens erzählen. Lass ihn lauschen auf den klingenden Moment, in dem die Tür unseres Gefängnisses aus Zeit und Raum aufspringt. Butz! Wo steckt er nur? Was stöbert der da herum? Butz, komm! Du verfluchter Mensch. Ah, da seh' ich den Streuner *(reicht ihr den Arm)*. Mein schönes Fräulein, darf ich wagen, meinen Arm und Geleit ihr anzutragen? *(Sie gehen über die Brücke).*

Elf

(Studierstube. Margarethe Schnepp beim Staubwischen. Gwinner, Lunteschütz, Schäfer, Schopenhauer)

Schnepp *(poliert die Büste Kants)* Jetzt wird der Doktor hier auch bald hocken mit seinem Schädel, auf seinem Tisch. Als wenn die Bücher nicht reichten. Staubfänger alles. Kant, Kant, du gefällst mir besser. Du bist lange tot. Aber der Doktor! Der wird noch lange leben – und stellt sich seinen eigenen Schädel auf den Tisch! Er soll sich in die Ecke hocken zu dem Heidengötzen. Ob sich der Doktor auch einen goldenen Schädel machen wird? Ich muss dem Doktor den Schädel polieren. So schön glatt wie der vom Kant ist der sicher nicht.

Gwinner *(an der Tür)* Das ist freundlich von Ihnen, Frau Schnepp, dass Sie ein wenig mit dem einsamen Philosophen plaudern.

Schnepp Der Herr Doktor Gwinner!

Gwinner Guten Tag, Frau Schnepp, Herr Doktor Schopenhauer bittet mich, Ihnen ein wenig Gesellschaft zu leisten.

Schnepp Mir –

Gewinner Ich soll auf den Herrn Lunteschütz warten. Er ist angemeldet.

Schnepp Der Herr Doktor kommt nicht! Der hockt den ganzen Tag bei seinem Fräulein in der Kammer. Im Atelier, wie er das nennt!

Gwinner Heut' ist der letzte Tag. Fräulein Ney ist fertig mit der Büste.

Schnepp Die geht nicht mehr fort.

Gwinner Sie ist fertig. Ich hab' es grad gehört.

Schnepp Die bleibt hier. So? Hat sie den Doktor fertiggemacht? Dann wird sie jetzt ihren eignen Kopf machen wollen. Nein! Erst macht sie den Butz und dann ihre eigene – Büste. Dann stehen hier drei Köpfe herum. Wir werden noch ein richtiges Museum.

Gwinner Nein, nein, Frau Schnepp das Fräulein reist – bald.

Schnepp Sagt das der Doktor? Wenn er's nicht sagt, glaub' ich's nicht.

Gwinner Die Künstlerin hat ihr Werk vollendet, ihres Bleibens ist hier länger nicht. Sie geht nach Berlin. Unser Herr Doktor wird dort in Bronze gegossen.

Schnepp Den Schädel nimmt sie mit?

Gwinner Sie nimmt ihn mit.

Schnepp Der Herr Doktor hat mir nicht gesagt, dass das Fräulein reisen wird.

Gwinner Sie wird ihm fehlen.

Schnepp Mir auch, mir auch!

Gwinner Sehen Sie wohl! So eine liebenswürdige junge Dame.

Schnepp Also, Herr Doktor, wenn die beiden hier am Nachmittag auf dem Sofa sitzen – ich sage Ihnen! Der Doktor ist so – liebenswürdig. Ich kenne ihn gar nicht mehr! Er ist – so höflich, zu mir! Ich kenne ihn gar nicht mehr. Wenn Sie mich fragen, Herr Doktor –

Gwinner Ja?

Schnepp Das Fräuleinchen bleibt hier. Die geht mir nicht.

Gwinner Ich bitte Sie, Frau Schnepp.

Schnepp Ist der Kopf gut geworden, Herr Doktor?

Gwinner Ja. Ja doch.

Schnepp Der Herr Doktor wird mäkeln. Der Herr Doktor wird sagen: machen Sie mir einen neuen. Dann wird sie noch einmal vier Wochen hier im Hause sein. Gut? Sagen Sie? Ich habe den Kopf gesehen. Gut! Gar keine Ähnlichkeit! Und dieser nackte Hals. Die Schultern, die Brust – nur Haut und Knochen.

Gwinner Nun, liebe Frau Schnepp, ein Jüngling ist unser Doktor eben nicht mehr. Ein gewisser Realismus – bei aller Idealität –

Schnepp Ideal? Das nennen Sie ideal? Nur Haut und Knochen, alles eingefallen, ein Totengerippe. Und nackt! Ein alter Mann, so nackt! Der Herr Doktor ist so eigen mit seiner Kleidung. Und jetzt nackt. Ja, hat er sich denn etwa ausgezogen da oben in der Kammer vor dem Fräuleinchen?

Gwinner Das ist die künstlerische Phantasie, Frau Schnepp.

Schnepp Aber dieser Kopf! Den kenn' ich auch nicht wieder. Das werde ich dem Herrn Doktor auch sagen. Und diese toten Augen! Sie hat Löcher hineingestochen. Da muss es den Herrn Doktor doch gruseln!

Gwinner Liebe Frau Schnepp, das ist Kunst. Davon verstehen wir nichts.

Schnepp Ich werd' dem Herrn Doktor meine Meinung schon sagen. Ich muss meine Arbeit machen, Herr Doktor. Der ganze Tag kommt mir durcheinander, seitdem das Fräuleinchen hier zu Hause ist *(Gwinner setzt sich auf einen Stuhl beim Schreibtisch, nimmt Blätter vom Tisch, liest)*

Lunteschütz Einen guten Tag! *(Gwinner springt auf, Frau Schnepp blickt kaum hoch)*

Gwinner Herr Lunteschütz! Guten Tag. Doktor Schopenhauer hat mich gebeten, Sie zu empfangen. Er ist noch beschäftigt.

Schnepp Mit dem Fräulein.

Lunteschütz Im Reich der Kunst. Bon, bon! Da muss ich nicht hinauf, in das Atelier der Künstlerin. C'est bien.

Gwinner Heut' ist der Tag der Vollendung.

Lunteschütz Da hat der Meister mich wohl gerufen, dass ich mein Urteil verkünde. Mon dieu! Ich gehe!

Gwinner Bleiben Sie! Ich muss meinen Auftrag erfüllen. Die Büste gefällt Ihnen nicht?

Lunteschütz Ich habe den Fortschritt des Werks beobachtet – mein Missfallen ist gewachsen mit jedem Tag. O Mademoiselle, was haben Sie aus dem Kopf des großen Denkers gemacht? Einen Voltaire mit spitzer Nase. Er ist kein Voltaire, er ist Schopenhauer. Und Sie, mon cher ami?

Gwinner Ich? Ich bin kein Künstler.

Lunteschütz Ich bin ein Maler. Ich habe der Welt das Antlitz ihres großen Philosophen gegeben. La face d'un homme de génie! Mein Porträt lebt! Es atmet die Farbe des Bluts, es strahlt den Glanz des Geistes, es verströmt den Schimmer der Energie. La splendeur! La nature, la vie, l'esprit. C'est ça! Man muss ein reifer Mann sein, um das Ingenium eines großen Mannes zu begreifen. Man muss ein Künstler sein, um es der Welt zeigen zu können.

Gwinner Herr Lunteschütz, auch ich habe oft zweifelnd vor dem Modell gestanden. Ja, ja, ich ahne sie schon, diese Kraftfülle des Originals. Aber kommt es nicht auch auf die Korrektheit an –

Lunteschütz Nun, nun –

Gwinner Auf die Proportionen im Einzelnen! Auf die richtige Auffassung im Ganzen!

Lunteschütz Oui , Monsieur le Docteur! L'expression de l'esprit!

Gwinner Es ist unserer Künstlerin wohl nicht gelungen, meine ich, die Beweglichkeit der Gesichtszüge – dieses so charakteristischen faszinierenden Gesichts! – in sicheren knappen Formen zu fassen. Der Unterkiefer ist zu stark. Er gibt dem Kopf einen fast unedlen Ausdruck. Das wird noch verstärkt durch die Nacktheit des Halses und des Nackens –

Schnepp Jetzt sagen Sie das auch, Herr Doktor! Und vorhin haben Sie das abgestritten.

Lunteschütz Oh, das Publikum –!

Schnepp Was sollen die Leute von unserm Herrn Doktor denken!

Gwinner Das Körperliche zieht den Geist hinunter. In der Modellierung der so wichtigen feineren Züge hat es unsere Künstlerin nicht weit gebracht. Es ist alles recht skizzenhaft ausgefallen.

Lunteschütz Skizzenhaft. C'est vrai!

Schnepp Ihr Bild ist schön, Herr Lunteschütz.

Lunteschütz Merci, merci. Aber ich bin ein Maler. Ich will mich nicht vergleichen mit einem Bildhauer –

Schnepp Einer Bildhauerin, einem Küken!

Lunteschütz Sie haben mit unserm Meister über Ihr Urteil gesprochen, cher docteur?

Gwinner Mit Fräulein Ney. Nur mit ihr.

Lunteschütz Was sagt Mademoiselle Ney zu Ihrer Kritik?

Gwinner Sie lacht.

Lunteschütz Ja, wie will man mit einem Lachen diskutieren?

Schnepp Herein!

Schäfer *(mit seinem Apparat, bleibt an der Tür stehen)* Guten Tag, meine Herren. Der Herr Doktor –?

Schnepp Oben! Bei dem Fräulein. Im Atelier.

Schäfer Hm. Das ist mein Ziel. Aber ich bin zu Fräulein Ney bestellt. Der Herr Doktor ist im Atelier? Dann werde ich wohl warten müssen. Im Vertrauen, meine Herren – *(blickt auf Frau Schnepp)*

Gwinner Liebe Frau Schnepp, ich glaube, der Herr Doktor hätte nichts dagegen, wenn Sie uns eine kleine Erfrischung bringen würden.

Schnepp Meine Arbeit! Alles bleibt liegen, alles ist durcheinander. *(ab)*

Schäfer Meine Herren, Fräulein Ney hat mich beauftragt, die Büste zu fotografieren. Es soll eine Überraschung sein für den Herrn Doktor. Die Büste ist fertig.

Lunteschütz Das Meisterwerk. Fotografieren Sie es!

Schäfer Kein Wort zum Doktor, ja?

Lunteschütz Das künstliche Bild des künstlichen Bildes.

Schäfer Herr Doktor Schopenhauer ist nicht zufrieden mit der Büste?

Lunteschütz Fotografieren Sie das Meisterwerk. Es wird gewinnen dadurch.

Gwinner Wir sind nicht recht zufrieden, Herr Schäfer. Wir meinen, Doktor Schopenhauer hat nicht recht daran getan, seinen Kopf in die Hände Fräulein Neys zu geben.

Schäfer So, so. Ich werde meinen Auftrag erledigen. Was dem Kopf an Wahrheit fehlt, wird mein Lichtbild ihm geben. Licht werde ich auf den Tonklotz werfen! Wir Fotografen schaffen das Kunstwerk der Zukunft.

Gwinner Wollen Sie Herrn Lunteschütz brotlos machen, Herr Schäfer? Psst! Da kommt der Doktor. *(Frau Schnepp mit Limonade, hinter ihr Schopenhauer)*

Schopenhauer Limonade am Vormittag. Welch eine große Gesellschaft.

Sie kommen zu früh, meine Herren! Fräulein Ney hat verfügt, dass ihre Skulptur erst morgen enthüllt werden darf.

Gwinner Aber es ist doch vollendet, Herr Doktor, das Werk!

Schäfer Ich gehe! Erlauben Sie, Herr Doktor Schopenhauer, ich bin in Eile. Alle Welt schreit nach Bildern.

Lunteschütz Ich begleite Herrn Schäfer.

Gwinner Herr Doktor Schopenhauer, bitte, entschuldigen Sie mich – meine Pflichten bei Gericht.

Schopenhauer So trinken Sie erst Ihre Limonade, meine Herren! (*Margarethe Schnepp reicht die Gläser)* Sie sehen mich vergnügt, meine Herren. Besuchen Sie mich morgen! Morgen wird der Gipsabguss meiner Büste auf meinem Tisch stehen –

Schnepp Auf dem Tisch!

Gwinner O ja Herr Doktor! Neben der Büste Immanuel Kants der Kopf des einzigen, der ihn verstanden hat, des einzigen, der ihn kritisieren durfte.

Schopenhauer Fräulein Ney hat ein Meisterwerk geschaffen. Meine Herren, Sie werden staunen. Wer hätte das dem zarten Persönchen zugetraut! Wie viel Kraft, wie viel Energie in ihrem Blick, ihrer Hand. Die Büste ist sehr schön gearbeitet. Und die Ähnlichkeit! Höchst ähnlich! Bewundernswert. Nie hätte ich gedacht, dass die Bildhauerei unserer Tage so etwas Bedeutendes leisten kann. Herr Gwinner, ich werde meinem Werk eine Fußnote anfügen müssen – ich muss doch gleich – (*geht an den Schreibtisch, blättert in Konvolut)* Kapitel 44!

Gwinner In der Metaphysik der Geschlechtsliebe?

Schopenhauer Nein, nein, im ersten Teil, über die Bildhauerei, nein, nein, keine Fußnote! In den Text, in den Text!

Gwinner Den Namen der Elisabet Ney in Ihr Werk – ?

Schopenhauer Die Harmonie von Intellekt und Charakter, die Versöhnung von Vorstellung und Wille im Gesicht eines Mannes, der ja nun fürwahr nicht einer der kleinen ist. Höchst ähnlich! So schön gearbeitet. Meine Herren, besuchen Sie mich, besuchen Sie mich morgen! Wir enthüllen die Büste – in Gegenwart der Künstlerin. Ich werde Ihnen Gelegenheit geben, meine Herren, einer unvergleichlichen Künstlerin zu huldigen. Inkomparabel! Jetzt aber zu Tisch! Frau Schnepp, meinen Mantel, meinen Stock! *(Margarethe Schnepp eilig ab)* Begleiten Sie mich, meine Herren.

Schäfer Ich – ich habe einen Auftrag zu erfüllen, in der Nachbarschaft.

Schopenhauer Inkomparabel! Das Fräulein Ney wird Aufsehen machen. *(alle ab)*

Schnepp *(mit Mantel und Stock)* Wo ist er denn? Ist er weg? Ohne Mantel! Jetzt hat der Herr Doktor ganz und gar seinen Kopf verloren. *(kopfschüttelnd ab)*

Zwölf

(Schopenhauer spielt auf der Flöte „Ein Mädchen oder Weibchen …". Elisabet Ney

Ney *(in der halb geöffneten Tür, ein Bild unterm Arm)* Darf ich Sie stören?

Schopenhauer Ja!

Ney Ein letztes Mal?

Schopenhauer Da sollte ich widersprechen. So reisen Sie heute?

Ney Ja, ich darf nicht länger säumen.

Schopenhauer Heute. Ja, stören Sie mich! Es ist lange her, dass Sie mich zum ersten Male in meinem Spiele störten. Und Sie wollen mich nie mehr stören, mein Fräulein Ney?

Ney Ich bringe Ihnen ein Geschenk, Herr Schopenhauer.

Schopenhauer Ein Abschiedsgeschenk. Ein trauriges Geschenk. Oh, ein Bild wohl! So haben Sie mich auch gemalt im geheimen?

Ney Eine Fotografie aus Meister Schäfers wahrheitsliebendem Apparat. *(legt das Bild verdeckt auf den Tisch)* Bitte, Doktor, setzen Sie sich. Ich werde es enthüllen. *(führt Schopenhauer zum Sofa, nötigt ihn, sich zu set-*

zen) Ich setze mich an Ihre Seite. *(setzt sich, hebt das Foto hoch. Es erscheint blass an der Wand über dem Sofa und zeigt Elisabet Ney stehend, Kopf an Kopf neben der auf einem Sockel stehenden Büste, deren Basis mit ihrer Taille abschließt)*

Schopenhauer Ah! Die Meisterin und ihr Werk! Der Faun und die Fee!

Ney Lieber Herr Schopenhauer! Denken Sie an Ihre Hausgenossin, wenn sie ihr Werk in Berlin einem kritischen Publikum präsentiert. Sie wird Ihr freundliches Gedenken brauchen. Ich danke Ihnen für Ihre Gastfreundschaft und für Ihre große Geduld.

Schopenhauer Ich danke Ihnen für die Gabe, die mein altes Herz erfreut *(ergreift ihre Hand, küsst sie)*

Ney Ist dem Meister Schäfer nicht ein schönes Bild gelungen?

Schopenhauer Ein Engel über meinem Haupt! Sie machen mich glücklich, Elisabet Ney. *(Er nimmt ihre Hände in die seinen)* Sollten sie zu Ende gehen, die Wochen dieses schönen Schaffens? Die Tage, an denen in diesem Haus die Sonne schien? Ich werde Ihr Geschenk hochhalten bis ans Ende meiner Tage. Das Bild einer hohen Zeit! Und werden Sie nicht vergessen, mir meinen Kopf zu schicken aus Berlin?

Ney Herr Doktor! Ich habe ihn für Sie gebildet!

Schopenhauer Wohl auch für das Publikum. Sie werden im Beifall Ihres Publikums den alten Schopenhauer vergessen. Sie werden den Königen und Staatsmännern die marmorne Unsterblichkeit verleihen und den alten Kauz mit seinen philosophischen Märchenbüchern vergessen –

Ney Nie! Sie haben mich so reich beschenkt! Mich, die Elisabet Ney, sollten Sie nicht vergessen!

Schopenhauer Ich sollte Sie vergessen? Vergessen sollte ich die hellen Augen, die tausendmal in der grauen Greisenmaske nach den Spuren des grünen Lebens forschten? Ich sollte die sanften energischen Hände vergessen, die mittels eines Klumpen Tons in götterhafter Leichtigkeit an meinem alten Ich eine neue Individuation vollbrachten? Unsere Spaziergänge am Fluss sollt' ich vergessen? Unsere Gespräche? Der Butz ist traurig, dass Sie uns verlassen. Sollte ich vergessen, wie wir so viele Male hier auf unserm Sofa saßen, und redeten, nicht wie die Bücher, wie die Menschen reden? Ich sollte Ihr Lachen vergessen, das über den grimmigen Ernst des Lebens lachte? Sie lachen nicht über mich, mein Fräulein Ney, nicht wahr? Wenn ich Ihnen ein Geständnis mache – Sie lachen nicht? Wenn wir hier am Nachmittag bei unsrer Tasse Kaffee saßen, wenn die Tür hinter unserer unleidlichen Schnepp mit lautem Schnapp ins Schloss gefallen war – dann kam's mir manches Mal so vor, als wären wir verheiratet. Jetzt lachen Sie!

Ney Sind wir's denn nicht, Herr Doktor Schopenhauer? Haben wir denn nicht im Reich der Kunst unseren Lebensbund geschlossen? Sehen Sie, ich lache nicht *(lacht)*.

Schopenhauer Sie lachen. Lachen Sie!

Ney Ich lache über die Metaphysik des Arthur Schopenhauer. Die muss er vergessen.

Schopenhauer O nein! Die vergisst er nicht! Sie ist es ja, ihr grausames, ihr listiges Gesetz, vor dem die Sofaträume eines alten Mannes lächerlich werden.

Ney Ich Ihre Gattin? Sie mein Gatte? – wenn alle Paarung nur den Zweck verfolgte, die Gattung in prächtigen Exemplaren am ewigen Leben zu erhalten? So hätte kein Paar aus uns beiden werden können. Wie Recht er hat, der Philosoph. Aber hat er Recht?

Schopenhauer Nicht disputieren! Nicht heute. Er hat das Gesetz gefunden, es steht, an ihm ist nicht zu rütteln. Wir haben uns in das Gesetz zu schicken.

Ney *(hält ihm das Foto vors Gesicht)* Wer ist der Mann an meiner Seite? Wer?

Schopenhauer Was fragen Sie? Der alte Schopenhauer, dem Ihre Kunst schmeichelte. Gut getroffen. Vortrefflich.

Ney Der Arthur Schopenhauer, Mann und Kind meiner Phantasie. Der Mann, in dessen Idee sich meine Phantasie verrannte. Ist eine Künstlerin nicht auch eine Liebende? Hat denn die Gattung Phantasie? Hat dieser dicke lange Willenswurm, der in ewiger stumpfer Wiederholung

Glied an Glied fügt, Geschlecht an Geschlecht, der vorne wächst und hinten stirbt, ein Fünkchen Phantasie? Die Gattung will nur immerfort dasselbe. Der Mensch, der einzige, der eigene, der besondere, er sucht sich seinen Partner in der gesetzlosen Phantasie. In der Phantasie finden wir den Menschen, den wir suchen. Wie der Philosoph, der sich in seine Idee verrennt, so verrennen sich Liebende und die Geliebten in ihre Idee voneinander und machen sie zu ihrem Geschöpf. Der Partner, den wir finden, ist unser Kind. Oh, wir können irren! Die Phantasie irrt oft. Was Sie Gattung nennen, mein Herr Philosoph, ist nichts als das Produkt aus unserer Phantasie und unserm Irrtum.

Schopenhauer Nein, nein! Nein.

Ney Ich habe Ihnen mein Bild geschenkt, Her Doktor. Sie können es sich über das Sofa hängen. Das Bild eines schönen Paares, nicht? Leben Sie wohl, Herr Doktor Schopenhauer. Ich werde die Kiste mit dem Modell Ihres Kopfes heute Mittag holen lassen. Sie schärfen es den Männern ein, Herr Doktor, sie sollen sie vorsichtig tragen! *(steht auf)* Adieu, Herr Doktor! Bitte, begleiten Sie mich nicht. Kein Winken an der Tür! Ich habe noch ein Wort mit Frau Schnepp zu sprechen.

Schopenhauer Leben Sie wohl, Elisabet Ney. Sollt' ich nicht „auf Wiedersehen" sagen? *(Er küsst ihr die Hand, begleitet sie bis zur Tür)* Da geht sie hin. Wer hätte je gedacht, dass es so ein liebenswürdiges Mädchen geben könnte. Das liebenswürdigste Mädchen, so mir je vorgekommen. Oh, wir harmonierten wundervoll. Dieses Fräulein Né! Inkomparabel. *(Er setzt sein Flötenspiel fort, hört nach ein paar Takten auf)* Die Korrekturen! Der Herr Verleger Brockhaus wartet, er wird ungeduldig. *(geht an den Schreibtisch, kramt in den Bögen)* Die Welt wartet!

Der Bart des Brabazon

Personen

Lily Langtree, Souffleuse
Colonel Brabazon, Kommandeur eines Husarenregiments
General Evelyn Wood, Kommandierender in Aldershot
Leutnant Winston Churchill
Captain Haig
Major Watkins
Edward, Prinz von Wales
Alexandra, seine Frau
Lord William Beresford
Lady Lilian, seine Frau
General Bindon Blood
Regisseur
Sergeant
Gäste in Deepdene

Zeit und Ort

Garnison Aldershot und Deepdene/Großbritannien um 1895

I

1

(Souffleuse Lily Langtree in einem nur im Lesedrama einsehbaren Souffleurkasten vor dem Vorhang)

Lily Mein Name ist nicht fettgedruckt im Programmheft. Aber ich spiele mit. Mein Name steht ganz unten. Ich spiele mit. Ich heiße Lily Langtree. Ja, die da ganz unten, das bin ich. Guten Abend, meine Damen und Herren. Ja, ich darf mit Ihnen sprechen. Ich bin eine von Ihnen. Ich könnte auch bei Ihnen sitzen, im imaginären Parkett, dort, oder auf dem Rang da oben. Das Lesepublikum hat mich – sozusagen - auf die Bühne delegiert. Beraterin. Publikumsrat, ja. Wir brauchen das. Eigentlich gefällt mir das Stück nicht. Es ist so ein Männerspiel. Wissen Sie, ein Heldenstück. Oh, ich liebe Helden. Helden sind – Sie wissen schon – so bemitleidenswert. Aber meistens doch schöne Männer. Ich liebe schöne Männer. Sie werden nie einen so schönen Mann gesehen haben wie meinen Helden Brabazon. Colonel Brabazon, das Haupt der Vierten Husaren. Husar!, das sagt doch alles. Außerordentlich gut aussehend, eben ein britischer Offizier im gesetzten Alter, ein Mann in seiner Blüte, Hibiskus im Herbst, markante Mannesschönheit braucht den frühen Herbst. Ein heller militärischer Stern am Himmel der Gesellschaft, am Hof, in den Clubs, auf der Rennbahn, auf der Jagd, die Zierde jedes Events. Übrigens, ein guter alter Freund des Prince of Wales. Edward – also Bertie – ist auch ein stattlicher Mann, nicht so schön wie Colonel Brabazon, aber er hat das gewisse, das – Sie wissen schon, meine Damen. Oh, wie habe ich ihn geliebt. Das ist lange her, nun ja, wohl zwanzig Jahre. Er liebte die Bühne wie Sie, meine Damen und Herren, ja, er war ein Bühnenheld. Ein Schwärmer, umschwärmt. Er suchte die Schönheit, vor allem im Bühnenlicht. Auf der Bühne fand er mich. Bertie hat mich geliebt, o ja.

Ich wäre nie seine – nun, Sie wissen schon – geworden, mit allen stillen Rechten, mit allen stillen Freuden einer – Sie wissen schon –, wenn ich nicht eine so vielversprechende Schauspielerin gewesen wäre. Aber Brabazon ist der schönere Mann. Und ein Junggeselle dazu, – Prinzen sind ja immer verheiratet. Eine großartige Erscheinung, diese klar geschnittenen Züge, diese Ruhe und Majestät des Hauptes, vollkommene Symmetrie, gemeißelt, sage ich nur, die grauen Augen, die unter den Brauen blitzen. Sie werden es erleben, meine Damen, ein Bild von einem Mann, so muss ein Mann aussehen, gut, nicht ganze sechs Fuß, aber er wirkt, als hätte er mehr. Wenn ein Mann das Idealbild ist, ohne es wirklich zu sein – das ist Schönheit, meine Damen, das ist Größe. Habe ich schon von seinem Bart gesprochen? – imperial, kaiserlich. Gut, mein Fall ist dieser Bart nicht, aber, ich gebe zu, magnifik. Ein bisschen altmodisch, die ganze Figur, aber liebenwert. Lie-bens-wert! Gebildet, belesen. Und ein Held, ein wirklicher Held. Der Prince of Wales hätte ihn ja am liebsten an der Spitze seines Eliteregiments gehabt, das sind die Zehnten Husaren, nicht die Vierten. Aber das ist nicht so einfach. Das geht über den Tisch der Queen – und die, ja nun, die Victoria hat nichts im Sinn mit der Bühne. Uniformen können sie entzücken, aber doch nicht Kostüme. Der Brabazon ist vorzüglich besetzt heute Abend, meine Damen und Herren, ich habe dem … (*Name des Regisseurs*) dringend zugeraten, den … *(Name des Darstellers)* zu nehmen. Der hat zwar nie gedient, wie sollte er? Aber er hat dieses, ja, eben dieses – Imperiale. Wie übrigens Edward auch, der … *(Name des Darstellers)*, vielleicht fehlt ihm ein bisschen das Herzliche, das Gemütliche, das ich an meinem Bertie so geliebt habe, dieses – nun, Sie wissen schon – aber das ist zu intim, das kann ich von dem … nicht erwarten. Das Persönliche muss schweigen, wenn es um die richtige Wahl der Personen geht. Ich spiele mit, das ist gut. Ich, die Lily Langtree, Ihre professionelle Repräsentantin, meine Damen und Herren. Ich war einmal eine gute Schauspielerin, wirklich, bis mich der Bert mit seiner gefräßigen Liebe aus der Bahn geworfen hat. Lieben Sie nie einen Helden, meine Damen. Sie, meine Herren, dürfen Heldinnen lieben, das schadet Ihrer Karriere nicht. Sie können immer noch König werden. Ich wollte auch meine Rolle haben. Lily Langtree spielt Lily Langtree? hat der … (*Name des Regisseurs*) genölt und gegrummelt. Ich könnte ja in Ihrem Stück einen anderen Namen tragen, habe ich gefleht. Concilia, das wär' ein hübscher Name. Ich blase den Geist der Versöhnung in das Heldenstück, damit es nicht so harsch, so männlich, so dickschädelig-heldenhaft wird. Concilia – Lily Langtree. Nein, nein, hat der … am Schluss gedonnert, dann in den Kasten mit Ihnen, Mrs. Langtree. Oder lieber hinter den Vorhang? Auf jeden Fall unsichtbar, unhörbar. Vertreterin des Publikums! Letzte Zeile, ganz unten im Programmheft. Was haben Sie mit dem Publikum zu diskutieren, das muss schweigen, das darf klatschen. Gucken Sie auf den Mund der Helden, wie das Publikum. Da, da ist er, der schönste Mann, Colonel Brabazon. Der mit dem Bart, das ist er. *(Der Vorhang hat sich geöffnet)*

2

(Garnison Aldershot, Dienstraum eines Regimentskommandeurs, auf einem Tisch ein Sattel. Colonel Brabazon, Major Watkins, Captain Haig, Lily Langtree)

Brabazon. Zwanzig Stürze, fünf Unfälle, fast jeden Tag. Gentlemen, das ist zu viel. Die Lazarettmeldungen haben den Generalinspekteur alarmiert. Nicht nur hier in Aldershot, überall das gleiche Problem. Können die verdammten Boys nicht mehr mit den Gäulen umgehen? General Luck erwartet Vorschläge. Alle Husarenregimenter sind gefordert. Wir sind das Vierte, das heißt, Gentlemen, wir haben das erste zu sein.
Haig Ja, Sir.
Brabazon Ja! Ja! Vorschläge. Ideen. Ursachen. General Luck wartet. Was sagt der Chef der Reitschule? Major?

Watkins Unsere Rekruten werden hart herangenommen, Sir.

Brabazon Das ist keine Ursache, das ist ein Zweck.

Watkins Wir können den Drill nicht steigern –

Brabazon – verbessern.

Watkins Ausdauer, Härte, Strenge, unser Viertes ist berühmt dafür. Eine bessere Ausbildung gibt es nirgendwo. Dafür lege ich meine Hand ins Feuer. Unfälle gibt es immer.

Brabazon Die Zahlen steigen, sagt General Luck. Auch bei uns?

Haig Das kann ich nicht bestätigen, Sir.

Brabazon Runter! Runter! Nicht vom Pferd, aber mit den Zahlen, auch bei uns. Wir sind ein Vorbild. Wir sind ein musterhaftes Regiment, Gentlemen.

Haig Ich fürchte, Sir, wir haben es mit einem allgemeinen Phänomen zu tun. Immer mehr Rekruten kommen zu uns, die nicht mit Pferden aufgewachsen sind. Die Urbanisierung des modernen Lebens – wir müssen den Boys beibringen, was sie früher spielend gelernt haben. Für viele ist ein Pferd ein exotisches Wesen. Sie lieben den Nimbus, sie lieben den Thrill des Reitens, aber sie haben Angst vor dem Pferd wie vor einem Raubtier.

Brabazon Thrill? Drill! Drill!

Haig Das gilt sogar für die jungen Offiziere. Sportsleute, Draufgänger, das sind sie, ja. Aber viele sind nicht mehr erzogen im Geist der ritterlichen Reiterei. Rittertum, das ist der Rücken der Pferde, Reitenlernen vor dem Laufenlernen, die Kameradschaft mit dem Pferd von Kindesbeinen an. Wissen, was ein Pferd kann und will, das edle Tier und der Adel auf Du und Du. Das fehlt.

Brabazon Für die Offiziere kann das nicht gelten, Captain, der Offizier ist von Adel.

Haig Ich bin nicht adelig, Sir.

Brabazon Das Offizierspatent adelt, und der Adel und die Pferde, Captain, die sind eine metaphysische Einheit. Metaphysisch! Seit die alten Magyaren im Kampf gegen die Türken die leichte Reiterei erfanden, ist der Rücken des Pferdes der Sitz des Herrn, in Krieg und Frieden.

Watkins Die Leutnants schinden und quälen sich mit den Gäulen wie die Rekruten, Sir. Reiten ist eine Kunst, die liegt im Blut, zur Hälfte, nur die andere ist Drill.

Brabazon Dann sehen Sie zu, dass Sie die beiden Hälften zusammenbringen. Husaren sind Geschöpfe der Reitschule. Das ist die härteste Schule der Welt. Machen Sie sie härter, Gentlemen. Reitschule, Ställe, Kasernenhof – legen Sie Stunden drauf.

Haig Unmöglich, Sir, der Stundenplan ist schon jetzt unmenschlich.

Brabazon Reiten, reiten, reiten. Das muss ein Liebesverhältnis sein zwischen den Rekruten und den Gäulen, die müssen zusammen frühstücken, müssen zusammen gehen den ganzen Tag, müssen sich nachts in ihren Gliedern spüren, macht aus ihnen ein Paar.

Watkins Tortur und Drill machen die Ehe nicht glücklicher, Sir. Pardon!

Brabazon Springen müssen sie, den ganzen Tag. Weg mit dem Sattel, weg mit dem Geschirr (*Geht zum Tisch, hebt den Sattel, lässt ihn fallen*) Ab und auf, auf und ab – der nackte Rücken, die Zügel aus den Mähnen geflochten, die Schenkel dem Gaul in die Rippen gewachsen. Metaphysisch, Gentlemen! Die Hände auf den Rücken, dass das Kreuz geschmeidig wird! Haltung macht den Herrn!

Haig Wir sind die Fleißigsten in Aldershot, wir, die Husaren.

Watkins Unser Drill ist musterhaft. Wenig Verletzte nur, wenn weniger Drill.

Brabazon Also keine Verwundeten, wenn keine Kriege! Wir sind im Krieg, jeden Tag. Krieg im Frieden, das ist der tägliche Kampf gegen sich selbst, Stunde um Stunde. Wir schlagen uns die Sporen selbst in den Leib, wir führen uns selbst am Zügel, wenn alle Muskeln reißen.

Haig Der Frieden, Sir, der Frieden macht die Leute lax. Wofür sich anstrengen? Für unsere große Parade? Für die Queen? Die sieht das glänzende Schauspiel ihrer Truppen, und wenn die Kavallerie vorüberbraust, sieht sie den Reiter nicht. Das wissen unsere Husaren.

Watkins Die machen sich lustig über unsere Reitschule. Sir, haben Sie das gelesen, in der Aldershot Times? *(Geht zum Schreibtisch, holt die Zeitung)* Hier, die Anzeige. „Major Watkins, Professor der Reitkunst …" – Kavallerie, Kaserne Ost – damit meinen die mich, Sir! – „lehrt das Jagen in zwölf Stunden, Hindernisrennen in achtzehn." So kritisieren die mich, weil ich Tempo machen lasse.

Brabazon Professor der Reitkunst, nicht schlecht. Hm. *(Streicht sich über den Bart)* Sie sind zu zivil, Major! Sie sind ein Akademiker, Sie lassen die Rekruten nicht reiten, Sie hemmen sie durch Ihre Regeln.

Watkins Sir! Ich denke –

Brabazon Sie haben recht, Major Watkins, behalten Sie Ihre Bemerkung für sich. Wir streiten –

Lily – um des Kaisers Bart – Bart –

Brabazon Lassen wir das. Captain Haig, Ihre Bemerkungen zur Rekrutierungspraxis leuchten mir ein. Ja. Es sind nicht die Knochen und Muskeln, die gegen das Pferd bocken, es ist der Geist. Der Geist einer neuen Zeit, der dem Pferd nicht günstig ist. Der alte Ziethen bei den Preußen, der trug noch den Tigerpelz geschmückt mit goldnen Sternen, Sonnen und Monden. Kavallerie, das war der Sieg. Wir hätten uns nie den Karabiner in die Hand drücken lassen dürfen, der hat uns auf die Füße gezwungen. Säbel und Pallasch, der große wuchtige Leib des Schwadrons mit seinen hundert scharfen Armen. Noch haben wir unsere dreißig Regimenter. Wie lange noch? Aber solang wir sie haben, sind wir Husaren in Gold und Blau, schnüren wir unsere Brust straff unter dem steifen Kragen, damit wir den Kopf oben behalten in jeder Situation, die eine Attacke befiehlt. Ja, was ich sagen wollte, Captain Haig –

Lily General Luck – General Luck –

Brabazon General Luck will seinen Bericht. Fertigen Sie mir einen Entwurf, Captain. Ihre Bemerkungen über die Rekruten aus den Städten, exzellent. Das leuchtet nicht nur einem alten irischen Landlord wie mir ein. Damit können sich die Kommissionen lange beschäftigen. Meine Herren –

Watkins Der Sattel, Sir!

Brabazon Der Sattel, richtig. Ein Sattelmacher aus London hat General Wood diesen Sattel geschickt, ein neues Modell. General Wood fordert einen Bericht über seine Eigenschaften.

Watkins Ich habe ihn mir angesehen, Sir! Nichts Neues – General Wood wird zufrieden sein, wenn wir ihm das melden. Erspart ihm Diskussionen mit dem Ministerium.

Brabazon Haben Sie ihn erproben lassen, Major?

Watkins Sir, ich kenne mich mit dem Sattelzeug aus. Es ist kein Vorteil zu erkennen.

Brabazon Vielleicht sollten wir Damensättel machen lassen. Zwei Berichte, meine Herren, der Sattelreport für General Wood, der Schlappschwanzreport für General Luck.

Lily Draußen wartet –

Brabazon Draußen steht der Leutnant Churchill. Auch einer, der das Reiten lernen will. Schicken Sie ihn rein, meine Herren, seien Sie so freundlich. *(Watkins und Haig ab)*

3

(Leutnant Winston Churchill in Husarenuniform)

Brabazon Winston, lieber junger Freund, willkommen bei den Vierten.

Winston Sir! Ich danke Ihnen, dass Sie mich empfangen.

Brabazon Ich hätte mir schon früher das Vergnügen gegönnt, doch ich war auf Reisen. Wie geht es der Frau Mama? Ist sie zufrieden mit mir?

Winston Ich überbringe Ihnen die Grüße meiner Mutter, Sir. Sie dankt Ihnen herzlich, dass Sie mich in Ihr Regiment aufgenommen haben. Ich danke Ihnen. Sie haben mir meinen Herzenswunsch erfüllt, Sir.

Brabazon Sie haben mir meinen Wunsch erfüllt, Winston. Ein Churchill bei den Husaren! Das habe ich mir gewünscht, seit ich den kleinen Winston auf seinem Pony gesehen habe. Sie haben Schneid, lieber junger Freund. Ich habe es Ihrem Vater immer gesagt: er ist der geborene Husar.

Winston Seit dem Tod meines Vaters haben die Husaren in meiner Familie nur Verbündete, Sir.

Brabazon Sir Randolphs Aversion gegen die Reiterei! Wenn ich es richtig sehe, hat er recht gehabt. In ein paar Jahren werden Sie Abgeordneter sein. Im Parlament wird nicht in Linie geritten. Aber das hat Sir Randolph nie begriffen: keine bessere Schule fürs Regieren als ein Husarenregiment. Wir werden aus Ihnen einen kämpferischen Tory machen.

Winston In meiner Familie geht man nicht gern die alten Wege, Sir.

Brabazon Ihr neues Jahrhundert, Winston, braucht seine Ritter. Lassen Sie das Heer und die Marine mit ihren Ingenieuren glücklich werden, der Rücken der Armee –

Lily Das Rückgrat der Armee –

Brabazon Das Rückgrat der Armee muss die Kavallerie bleiben. Sie fordert den ganzen Mann, mit Leib und Seele.

Winston Sie wissen, Sir, das ich nach Indien will, nach Afrika, in die Welt. Das Parlament interessiert mich nicht –

Brabazon Noch nicht!

Winston Mein Vater hatte kein Verständnis dafür, dass ich das Schützenregiment verlassen habe. Meine Mutter war Ihre Fürsprecherin, Sir, und damit auch meine.

Lily Das Herz der Söhne schlägt in der Brust der Mutter.

Brabazon Wie? Das Herz der Söhne schlägt in der Brust der Mutter.

Lily Der Charakter macht das Glück, nicht die Geschicklichkeit.

Brabazon Der Charakter macht das Glück, nicht die Geschicklichkeit.

Winston Aber mein Vater hat sich versöhnen lassen. Kurz vor seinem Tode –

Brabazon Ein entsetzlicher Verlust, für das Königreich, für die Welt.

Winston Kurz vor seinem Tode – Sie wissen, Sir, er war sehr krank – hat er mich gefragt, ob ich schon meine Pferde hätte. Ich reite mit dem Segen meines Vaters.

Brabazon In eine große Zukunft, Winston. Wir lehren Sie, was sie braucht – Härte, Entschlossenheit, die Angriffslust des Löwen, den Teamgeist. Sie sitzen allein auf dem Rücken des eigenwilligen Gauls und sind doch ein Teil der lebendigen Maschine.

Winston O ja, Sir! Es hat mich aufgewühlt bis auf den Grund meiner Seele. Sir, als Sie mich zu General Lucks Manöver eingeladen hatten – da wusste ich: die Kavallerie. Vierzig Schwadrone, fünftausend Pferde, eine brausende Division im Gedonner und in Wolken von Erde und Staub in einer Einheit des Willens. Dieses präzise Zusammenspiel, diese geheimnisvoll gelenkte Ordnung, in der jeder Reiter seine Kunst und Kraft aufbietet in einer glänzenden Performance des gemeinsamen Wollens. Wenn sich die Winkel der Linien verändern und in den Flanken jeder Reiter an seinem Standort sein eigenes Tempo finden muss, wenn sich die Kommandos von Kopf zu Kopf fortpflanzen, als seien sie im Kopf jedes Pferdes und Reiters geboren – das ist ein Rausch für den Betrachter! Für den Reiter ist es das Glück.

Brabazon Nicht zuviel Husarenpoesie, mein junger Freund. Neunundneunzig Teile Arbeit, ein Teil Poesie. Als Leutnant sind Sie für die neunundneunzig zuständig. Aber Sie haben Recht. Was motiviert uns mehr zu unseren Taten als die Poesie.

Winston Sir, manchmal spiele ich mit dem Gedanken, meine Eindrücke zu beschreiben. Zu schreiben, für ein Publikum –

Brabazon Ein Dichter! God save the Queen! In meinem Regiment. Haben Sie ihren Gaul Pegasus getauft, Winston?

Winston Sir, Heldentum gibt es nicht ohne Poesie. Es muss einer da sein, der beschreibt, was geleistet wurde. Erinnern Sie sich, Sir, dass Sie mich einmal in die Messe eingeladen haben, als ich noch in Sandhurst war? Das war eine große Ehre für mich –

Brabazon Eine Leimrute war das, Winston, der Tag der offenen Tür für das Talent, das ich seit Jahren in Ihnen wittere. Enttäuschen Sie mich nicht, junger Freund.

Winston Die Messe eines Kavallerieregiments, das Bankett der Helden unserer Zeit! Der Tisch überhäuft mit den Pokalen und Trophäen der Siege in Kampf und Sport von zweihundert Jahren. Die Offiziere in Blau und Gold, jeder eine königliche Erscheinung. Glanz und Schimmer spiegeln sich in jedem Auge, Wort, Witz und Heiterkeit, Kameradschaft, voller Würde in Zeremonie und Disziplin, das köstliche Mahl gewürzt von den Melodien der Streicher, ein Wort, Sir – das Elysium der Gentlemen. Der Herrenorden, der die Welt regiert.

Brabazon Haben Sie diese Schwärmereien nötig, Winston, ein Churchill aus Marlboroughs Geschlecht? Leisten Sie erst mal meinen harten Dienst. Placken Sie sich ein halbes Menschenleben, mein junger Herr! Als ich so alt war wie Sie, diente ich bei den Grenadiergarden. Ich musste sie verlassen, weil ich das Geld nicht hatte, das einer braucht in unsrem Land, um ein Gentleman zu sein. Ich konnte nicht wie Ihr guter Onkel George die Familienjuwelen verkaufen, um meine Schulden zu bezahlen und die Heldenkarriere zu retten. Ich musste mein Geld verdienen.

Winston Sir, auch ich muss meinen Unterhalt verdienen. Von meinem Namen lebe ich nicht.

Brabazon Als Freiwilliger im Aschantifeldzug habe ich mir meine Sporen verdient. Kein Glanz, kein Gloria, kein Bankett mit Streichorchester. Ein elender grausiger Krieg, dreckige Gefechte, diese verdammten krausköpfigen Häuptlinge mit ihren 3333 Weibern, Aschanti gegen Fanti, und wir Briten mittendrin. Was mischen wir uns ein? Tausende starben in den Gefechten und an den Seuchen der Wildnis. Wir waren ein ziemlich trauriger Herrenorden. Aber wir haben ja gegen Sklaverei und Menschenopfer gesiegt? Gut, ein bisschen Wildnis weniger in der Welt. Und bei uns zu Hause? Mit Ach und Krach haben sie sich verständigt, die Kinder erst mit zehn statt mit acht zur Arbeit zu schicken. Vergessen Sie Ihre Ritterträume, Winston. Krieg ist kein Spiel für Gentlemen. Wir sind keine Herren. Wir und unsere Pferde – wir sind nichts als Instrumente und Waffen. Aber scharf müssen sie sein, mein junger Freund, scharf. Wir Offiziere sind die Säbelschleifer. Der Sattel ist kein Königssitz, er ist ein Schlitten zur Hölle. Die Messe, die Sie fasziniert hat, Winston, ist nur der Ort, an dem wir unser Überleben feiern. Krieg, Winston, ist kein Abenteuer –

Lily Krieg bedeutet Blut, Schweiß, Tränen.

Brabazon Krieg bedeutet Blut, Schweiß, Tränen.

Winston Blut, Schweiß, Tränen, ja, Sir. Ich will es nicht vergessen. Aber wenn schon Krieg, dann bei der Kavallerie.

Brabazon Leutnant! Wir sprechen uns noch. Seien Sie willkommen bei den Vierten Husaren. Ich muss jetzt gehen, Winston. General Wood wartet nicht gern.

Winston Ich danke Ihnen, Sir!

Brabazon Kommen Sie! Ich habe einen schweren Gang vor mir. Vor den Sieg haben die Götter das Reglement und die bürokratische Prozedur gesetzt. (*Beide ab, im Gehen:*)

Lily Gestatten Sie mir eine Bemerkung, Sir?

Winston Gestatten Sie mir eine Bemerkung, Sir? Menschenopfer, Sklaverei – das ist doch immer eine Attacke wert, nicht wahr, Sir?

Brabazon Wenn Sie deshalb nach Afrika wollen, Winston, meinetwegen. In Europa gibt es so etwas nicht mehr. Aber folgen Sie lieber Ihrem Vater ins Unterhaus. Sie werden in einem zivilen und humanen Jahrhundert leben, sogar in Afrika.

Lily Das neue Jahrhundert – das neue Jahrhundert – zu spät, weg sind sie.

4

(*Büro des kommandierenden Generals in Aldershot. Sir Evelyn Wood, Colonel Brabazon, Lily Langtree*)

Brabazon Sir!

Wood Colonel Brabazon, ich freue mich, dass Sie Zeit für mich gefunden haben. Gestern standen Sie leider nicht zur Verfügung.

Brabazon Ich hatte Reiseerlaubnis, Sir. Die Expertenkommission im Kriegsministerium.

Wood So. Sie wissen, Colonel, worüber ich mit Ihnen sprechen will. Muss.

Brabazon Nein, Sir. Ich hörte nur –

Wood Sie hörten richtig. Und ich hörte, zum wiederholten Mal, dass Sie Kritik an meinen Anordnungen üben.

Brabazon Kritik, Sir? Nein. Ich sah mich genötigt, die Frage zu erörtern, ob wir in den Ställen nicht zum Arbeitszeug zurückkehren sollten, das sich im letzten Jahr hervorragend bewährt hat. Meine Unteroffiziere –

Wood Seit wann lassen Sie sich von Unteroffizieren Diskussionen aufnötigen, Colonel Brabazon?

Lily Schweig, Brab, schweig!

Brabazon Meine Mannschaften haben sich daran gewöhnt, ihre Arbeit in den Ställen in dem bequemen Drillichzeug zu tun, das ich eingeführt habe. Die Mannschaften wollen nicht zurück zu den alten Stalljacken, diesen Korsetts, die jede Bewegung zu einer Mühe machen. Das bedrückt die Mannschaften – und sie machen Ihrer Unzufriedenheit Luft. Nur in Aldershot –

Wood In Aldershot kommandiere ich, Colonel!

Lily Schweig, Brab, schweig!

Brabazon Es gibt bereits Überlegungen im Kriegsministerium, mein – das neue Stallzeug überall einzuführen. Das hat auch wirtschaftliche Gründe.

Wood Die Armee ist keine Fabrik, Colonel. Hier in Aldershot kommandiere ich, und ich hatte gute Gründe anzuordnen, dass die Arbeit so geleistet wird, wie sie in der Armee und auch in der Kavallerie seit langem geleistet wird. Mit Erfolg, Colonel, wie Sie ja wohl nicht bestreiten werden.

Lily Sir, das bestreite ich nicht –

Brabazon Sir, das bestreite ich nicht. Keineswegs. Leistung, ja, Sir. Aber die Arbeit in den Ställen, die viel Kraft erfordert, die viel Zeit bindet, sollte erleichtert werden zugunsten der Ausbildung, die unsere Leistung wirklich fördert. Das Gute wird überall vom Besseren verdrängt.

Und dem können wir uns auch in der Armee nicht verschließen.

Wood Das Gute? Das Bessere? Das Beste ist unsere Tradition. Ich habe das Kommando in Aldershot nicht übernommen, um hier Experimente zu veranstalten. Es wurde höchste Zeit, wieder Zeichen zu setzen für den Geist der Disziplin, der die königliche Armee erfolgreich macht. Haltung, Colonel, Haltung. Was Sie Korsett nennen, nenne ich Haltung.

Lily Schweig, Brab, schweig! *(Brabazon schweigt und blickt zum Fenster)*

Wood Arbeitshaltung. Das geht von außen nach innen. Auch in den Ställen will ich Haltung, Straffheit, das Bewusstsein, dass jeder Handschlag für den höheren Zweck geschieht.

Lily Schweig, Brab, schweig!

Brabazon Ja, Sir. Aber zum Zweck führt das Zweckmäßige, und die Zweckmäßigkeit meiner Neuerungen ist unumstritten. Erst gestern hörte ich im Ministerium –

Wood Wir sind in Aldershot, nicht in London. Ich darf erwarten, Colonel, dass Sie im Kriegsministerium nicht über meine Anordnungen diskutieren. Das ist Ihre Sache nicht. Sie sind für die Durchführung meiner Anordnungen verantwortlich in Ihrem Regiment. Mit dem Ministerium diskutiere ich – wenn es jemals nötig sein wird. Und dass es nicht nötig sein wird, dafür stehe ich.

Lily Ja, Sir – ja, Sir – *(Brabazon streicht seinen Bart)*

Wood Ein für allemal gilt, was ich bei meinem Antritt gesagt habe. Veränderungen gibt es in Aldershot nicht, solange ich das Kommando habe.

Brabazon Sir! Können wir nicht an den Veränderungen festhalten, die wir mit Zustimmung Ihres Vorgängers eingeführt hatten. Sie haben schon so viele Befürworter in der Armee gefunden. Aldershot ist ein Vorbild, Sir.

Wood Ein Vorbild für Schlampigkeit, für Schlabbrigkeit? Sie wollen wohl auch Ihre lächerlichen chromgelben Litzen an den wollenen Arbeitshosen verteidigen? Alles aus Gründen der Bequemlichkeit? Sie machen aus den Pantalons lächerliche Unterhosen mit Ihren – Ihren Veränderungen.

Brabazon Dann müssten wir auch die Pantalons wieder abschaffen. Sie sind eine Erfindung der französischen Revolution.

Wood Pantalons. Sie kostümieren unsere Rekruten wie Stallknechte. Jumpers! Erst machen Sie die Rekruten zu Hanswürsten im Stall und dann zu traurigen Figuren auf dem Pferderücken. Wissen Sie, was eine Uniform ist, Colonel?

Lily Schweig, Brabazon, schweig! *(Brabazon streicht sich den Bart)*

Wood Die Uniform ist das Markenzeichen des Siegs. Das Bild des Erfolgs. Der Geist des Regiments. Uniform ist Geist, Colonel! Was hat das zu tun mit Mode, mit Bequemlichkeit, mit – mit Billigkeit. Daran wollen Sie herumkorrigieren. Das Gold bleibt! Das ist keine beliebige Farbe, das billige Gelb ersetzt nicht das Gold. Gold ist eine Substanz, die nicht im billigen Abklatsch zu haben ist. Mit Ihrem Serge können Sie Damenschuhe drapieren oder Möbel bespannen, das gehört nicht zu einer Uniform. Die Uniform ist die harte Haut von Männern. Firlefanz, sage ich, Clownskostüm. Was haben Sie noch an meiner Anordnung zu kritisieren, Colonel?

Lily Nichts, Sir, gar nichts –

Brabazon Nichts, Sir, gar nichts. Aber im Kriegsministerium, Sir –

Lily Schweig, Brab, schweig!

Brabazon Im Kriegsministerium hörte ich, dass man das Arbeitssystem in Aldershot das Aldershot-Modell nennt.

Wood Haben Sie es so weit gebracht, Colonel? Konspirieren Sie gegen mich?

Brabazon Nein, Sir, nein, keineswegs. Ich hörte nur –

Wood Hören Sie mich. Kein Wort mehr davon! In Aldershot werden alle Veränderungen rückgängig gemacht. Wollen wir über weitere Neuerungen diskutieren, Colonel? Wenn man allen Ideen, allen Initiativen freien Lauf ließe – Colonel, ich beschwöre Sie –, welches Bild würden die Truppen bieten, wenn wir sie in der großen Parade der Königin präsentieren?

Brabazon In der Parade ändert sich nichts, nur bei der Arbeit, Sir.

Wood Die Parade ist das Resultat unserer Arbeit, das wir vorzeigen können. Ihr Glanz ist unsere Handschrift. Die Parade ist das Meisterwerk, und das lebt aus dem Detail. Jedes Detail muss stimmen. Wir verlieren unser Gesicht, Colonel, vor der Königin wie vor der Nation, ja, der Welt. Haben Sie die Preußen auch von Ihren Veränderungen überzeugt, Colonel? Die britische Armee! Sie hat ein Gesicht, Colonel. Die Kavallerie hat ein Gesicht. Oder würden Sie, Colonel Brabazon, Ihren Bart zurückschneiden, weil bei Frost und Wind Eiszapfen in ihm hängen könnten.

Brabazon Sir!

Wood Sind Sie nicht ein bisschen stolz auf Ihre – Ihre schöne Barttracht, Colonel? Charakteristisch, ja charaktervoll, das ist Ihr Gesicht, man liebt es in Aldershot. Würden Sie es verändern wollen? Würde man den berühmten Colonel Brabazon noch erkennen?

Lily Sie haben mich überzeugt, Sir –

Wood Habe ich Sie überzeugt, Colonel? Meine Anordnungen bleiben. Kein Wort der Kritik. Das ist ein Befehl, Colonel.

Brabazon Zu Befehl, Sir.

Wood Kommen Sie, Colonel Brabazon. Einen kleinen Schluck, zur Versöhnung *(nimmt Flasche und Gläser aus dem Schrank)*.

5

(Brabazon allein in seinem Büro, vor dem Innenspiegel der Schranktür seinen Bart streichend; Lily Langtree, dem Publikum zugewandt)

Brabazon Zwei Jahre Arbeit vertan. Unverständnis. Kritik. Unbeweglichkeit. Muss ich mir das bieten lassen?

Lily Du wirst dir noch vieles bieten lassen müssen, alter Brab. Wer nicht einen Schritt zurücktreten kann, steht sich selbst im Weg.

Brabazon Wie stehe ich da vor meinem Regiment? Ganz Aldershot amüsiert sich.

Lily Du wirst bewundert von allen, Brab. Sie mögen dich. Du bist mutig, Brab.

Brabazon Was vernünftig ist, muss vernünftig bleiben. Das Praktische muss praktisch bleiben. Ich kann das Rad nicht zurückrollen. Die praktische Vernunft muss die Dienstvorschriften buchstabieren – the Queen's Regulations!

Lily Du kannst die Vorschriften nicht ändern, Brab. The Queen's Regulations! Willst du den Thron des Weltreichs zittern lassen?

Brabazon Das Kriegsministerium steht auf meiner Seite, aber es applaudiert dem Wood. Was ich tue, ist richtig, aber der Wood ist im Recht. Aldershot wird von einem Pedanten kommandiert. Anordnungen aus dem Mund eines Denkmals.

Lily Das Recht muss pedantisch sein, Brab. Pochst du nicht jeden Tag und jede Stunde auf dein Recht? Eure ganze schöne Befehlspyramide – ist sie nicht das logische Abbild eurer ewigen Rechte? Willst du sie auf die Spitze stellen? Sollten die Pferde im Stall das Kommando übernehmen, weil sie gut und flink gestriegelt werden wollen von Husaren, die's bei ihrer Arbeit bequem haben wollen?

Brabazon Ich kann das nicht auf sich beruhen lassen. Ich verliere mein Gesicht, wenn ich mich nicht einsetze für das, was ich, mein Regiment, was ganz Aldershot für praktisch und vernünftig hält.

Lily Sprich mit deinem hohen Freund über deine Sorgen, sprich mit Bertie.

Brabazon Könnte ich nicht mit Bertie über den Starrkopf reden? Er wird bald König sein. Er kann die Vorschriften ändern. Er wird sie ändern. Er leidet an der Unbeweglichkeit der Dinge. Ach, der wird mich nicht anhören. Die Königin ist unsterblich wie ihre Vorschriften. Alt die Königin, alt der Kronprinz. Wird er je König sein?

Lily Kannst du nicht lernen, geduldiger gegen die Vorschriften und ihre Hüter zu sein? Morgen wird ein anderer in Aldershot kommandieren. Deine Neuerungen verbreiten sich in der Armee. Aldershot ist nicht die Armee. Musst du in Aldershot deine Triumphe über die Vorschriften der Königin feiern wollen? Die Königin wird's nicht merken, dass die Zeit hineinpustet in ihre verstaubten Vorschriften.

Brabazon Ich muss ins Ministerium. Ich habe Freunde dort, einflussreiche, verständige Freunde. Der Wood wird mir keinen Urlaub geben. Der ist auf der Hut. Ich werde schreiben müssen. Verdammt, das ist nicht gut. Schreiben ist nie gut.

Lily Sieh zu, Brab, dass dein Streit mit Wood nicht auf dem Marktplatz verhandelt wird. Du kennst doch die Gesellschaft und ihren liebsten Tratsch: wer gegen wen, wer mit wem, wer setzt sich durch, wer hat die Nase vorn im Wettbewerb mit wem? Jeder Sieg schafft Feinde. Sprich mit Bertie! Dein alter Freund hat Takt und Geschick, Parteien zu versöhnen. Ich kenne ihn, o ja, ich kenne ihn gut. Er ist ein Diplomat geworden, weil er kein Herrscher sein darf.

Brabazon Ich schreibe. Was in der Armee akzeptiert wird, weil es vernünftig und praktisch ist, muss auch in Aldershot gelten. Wir können hier keine rückständige Insel sein. Ich schreibe. *(Setzt sich an seinen Schreibtisch)* Common sense, Gentlemen! Ist der Wood von allen guten Geistern verlassen?

Lily Und wenn es Rechthaberei wäre, die dich umtreibt, Brab? Oder gar Revanche? Oder Rache. Kämpfst du gegen das Gespenst deiner Erniedrigung? Das Schauspiel hast du der Welt schon einmal gegeben. Erinnere dich. Und hast du wirklich als Triumphator die Bühne verlassen? Der Rachegeist ist klein, und er macht klein. Ist es denn so schwer, sich einmal klein zu machen, wenn man doch weiß, dass man ein Großer ist?

Brabazon Ich schreibe, ja. Freundschaftlich, ganz inoffiziell, ein bisschen Sarkasmus darf sein. Ich plaudere ein bisschen über Aldershot. Man wird es richtig zu lesen verstehen. Ein Brabazon hat Verdienste, die ihm ein Urteil über einen Wood erlauben *(schreibt)*.

Lily Denk an deinen Sieg, der eine Niederlage war, alter Brab. Meine Damen und Herren, ich muss Ihnen eine Geschichte erzählen. Auf der Bühne werden keine Geschichten erzählt, ich weiß das, aber ich kann die Husaren nicht mit Steckenpferden auf den Brettern galoppieren lassen. Ich komme zu Ihnen herunter. *(tritt aus dem Souffleurkasten hervor)* Brabazon, Kämpfer in den Reihen der Zehnten Husaren in Afghanistan und Suakim, von Tapferkeit und Charakter rasch hinaufgetragen auf der Rangleiter, kommt in die Heimat zurück und findet sich dem Kommandierenden des Regiments nachgeordnet. Welch eine Schmach! In Feindesland an der Front das Kommando, im Mutterland der Gehorsam, draußen der Erste, drinnen nicht einmal Zweiter. Das erste Manöver kommt. Der misstrauische Kommandeur übt Kritik an Brabs Schwadron, er findet Fehler, weil er sie wohl suchte. Hat Brab Fehler gemacht? Seine Reiter falsch geführt? Es brüllt der Kommandeur: Colonel, zurück mit Ihrem Eskadron in die Kaserne! Versteinert die Männer, Rückzug mit glühendem Blei in den Knochen. Dann, ein paar Wochen später, das große Manöver eines größeren Verbandes. Es gilt die Rangordnung einer kämpfenden Armee. Jetzt hat Brabazon das Kommando. Er ist der Vorgesetzte seines Regimentschefs, für ein paar Stunden. Sollte er die Schmach vergessen, die der ihm angetan hat? ihn großherzig behandeln wie einen Kameraden, der an seiner Seite reitet? Ich hätte es ihm geraten, meine Damen und Herren. Aber Brab? Auch er findet den Fehler, den er gesucht hat. Er kritisiert ihn, hart und harsch, in den gleichen Worten, die sein Chef ihm in die Seelenhaut geschnitten hatte, und brüllt: Zurück zur Kaserne, Sir, Ihr ganzes Regiment. Die Welt erstarrt, ein Panzer aus Eis legt sich auf Reiter und Ross. Weiß wie sein Schimmel wendet der Kommandeur sich heim. Brab war im Recht – für diese Stunde. Oh, Brab, eine Stunde ist kein Leben. Dein Name steht im Schuldbuch derer, die über dir stehen. Es sind viele, viele. Dass du im Recht warst, macht deine Schuld nicht kleiner, und mit Rechtfertigung zahlst du sie nicht ab. Es kommt der Tag, da wird dir das Schuldbuch auf den Kopf geschlagen. Und wenn du selbst recht hättest gegenüber Queen Victoria – solltest du dich wirklich für eine Minute auf ihren Thron setzen? Frage ihren Sohn, den Bertie, deinen Freund. Der ist oft im Recht, doch er schweigt. Er will ein guter König werden.

Brabazon *(schreibt, spielt mit der Feder in der Hand in seinem Bart)* Gut so! The Queen's Regulations, die Dienstvorschrift! Die Queen würde lachen, wenn sie meinen Brief lesen könnte.

Lily Vielleicht wird sie ihn lesen. Queen Victoria liebt ihre Armee. Erst kommt ihr Albert, und dann ihre Armee. Oh, alter Brab, sie liebt ihre Armee, nicht deine.

6

(Vor den Ställen. Winston Churchill, Captain Haig)

Winston Was ist mit den Gäulen los, heute? Die keilen und wiehern.

Haig Die wittern das Gewitter.

Winston Gewitter, glaube ich nicht.

Haig Das Gewitter in den Köpfen. Die Pferde ergreifen Partei.

Winston Captain, Sie meinen – Brabazon, Wood?

Haig Der Colonel kann den Mund nicht halten. Mault, grummelt, kaut in seinen Bart. Die Anordnungen des Generals treffen ihn wie ein Sporenschlag, der Mann ist eine einzige blutige Flanke.

Winston Das habe ich auch bemerkt. Er tut mir leid. Ich wollte den Colonel schon ansprechen.

Haig Um Gottes willen! Mundhalten, keine Frage. Eine Bemerkung, und Sie sind drin im Komplott. Das heißt – warten Sie, Leutnant. Colonel Brabazon ist doch ein Freund Ihrer Familie, so ein bisschen Sohn sind Sie doch für ihn?

Winston Er kannte mich schon als Kind, das ist richtig. Aber Sohn?

Haig Gut, Sie haben Einfluss auf ihn.

Winston Niemand hat Einfluss auf den Colonel.

Haig Nennen wir es – es gibt ein gewisses Vertrauensverhältnis zwischen Ihnen. So ein bisschen väterliches Vorbild, so ein bisschen Vaterstolz eines Junggesellen?

Winston Nein, nein, Sir. Ich bewundere ihn. Mit mir hat er nichts im Sinn.

Haig Bewunderung ist gut. Das spürt ein Held. Das macht ihn sanfter. Sie müssen mit ihm reden, Leutnant.

Winston Ich bin seit zwei Wochen hier. Ich habe keinen Kopf mehr, nur noch Muskeln und Knochen. Ich kann kaum gehen und stehen. Was geht mich dieser Streit um die Vorschriften an? Ich bin froh, wenn ich meinen Dienst schaffe.

Haig Trotzdem, Leutnant, Sie müssen ins Feuer. Sie sind nicht der Einzige, der den Colonel bewundert. Wir müssen ihm helfen. Er macht einen Fehler. Er macht viele Fehler.

Winston Der Colonel ist ein mutiger Mann, er kämpft für das, was er für richtig hält.

Haig Er wird sich beschweren, im Kriegsministerium, über General Wood. Er rennt und galoppiert in einen Sumpf. Kennen sie General Wood? Vielleicht haben Sie eine Vorstellung, wer Colonel Brabazon ist. Wood aber, Leutnant, übersteigt jedes Vorstellungsvermögen.

Winston Erlauben Sie, Captain Haig, ich sollte Sir Evelyn nicht kennen? Ich kenne alle Biographien unserer Helden –

Haig Ach ja, richtig, Sie studieren ja in Ihrer Freizeit auch die Parlamentsberichte seit den Tagen der Pitts, und die Generäle haben es Ihnen nicht weniger angetan.

Winston Es gibt nichts Spannenderes als das Leben der Männer, die uns führen, nichts aufregender als Laufbahn, Aufstieg und Fall. Wir müssen sie kennen, unsere Führer, denn wir sind für die Auswahl unserer Führer verantwortlich.

Haig Karrierekurven. Brabazon reitet auf ihrem Scheitel, aber er weiß es nicht. Nun, was weiß der Biograph über General Wood?

Winston Ein toller Kerl! Muss bald sechzig sein. Mit 17 in der Seebrigade bei der Belagerung von Sebastopol unter Sir William Peel, schwer verwundet bei Redan, dann Fähnrich in der Armee, mit 20 Auszeichnung im indischen Aufstand – oh, nach Indien, da möchte ich auch sein – mit 21 – da war er so alt wie ich – Chef der irregulären Reiterei –

Haig Merke, Leutnant – Marine, Heer, Kavallerie! Ein Universalist.

Winston Major mit 24. Als Oberstleutnant das 90. Infanterieregiment 73 im Aschantikrieg bei General Wolseley –

Haig Aschantikrieg, da kreuzten sich Woods und Brabazons Wege zum ersten Mal. Wie oft noch?

Winston Das weiß ich nicht. Im Zulukrieg 79 befehligte Wood die fliegende Kolonne, die das Lager von Kambulla Hall unter gewaltigen Opfern verteidigte. Generalmajor in Südostafrika – Afrika, da will ich auch hin – Befehlshaber in Colchester –

Haig Und und und. Ein Held, ein wirklich großer Mann, dieser Wood. Für uns ist nur eines wichtig: er ist Kommandant in Aldershot. Und unser Held von Ouida ist nur Kommandant eines Regiments in Aldershot. Zwei Helden können zuviel in einem Lager sein.

Winston Ich weiß, dass sie sich respektieren. Es sind Männer von gleichem Schrot und Korn.

Haig Die aufeinander feuern.

Winston Zwei starke Figuren, zwei kantige Männer, die keinen rechten Winkel bilden. Ist das nicht ein Trauerspiel? Da haben wir das Glück, zwei unvergleichliche Männer zu Führern zu haben, Männer, die wir bewundern können, aber wenn die zusammentreffen, stehen wir im Schrapnellregen und müssen unsere Haut retten. Warum gibt es zwischen den Großen so wenig Sympathie? Überall dasselbe, in der Armee, im Parlament, in den Companies. Überall.

Haig Charakter, Leutnant. Große Ereignisse, große Erfolge machen den Charakter bizarr. Er macht sich zum Muster der Einmaligkeit, die exklusiv sein will. Wir Briten neigen dazu. Das Volk einer Insel, jeder eine Insel –

Winston Eine Klippe!

Haig Gut. Schroff, spitz, schrundig, Wellenbrecher, Widerstand gegen alles, was sie berührt. Hier stehe ich, weiche du.

Winston General Wood war doch ein Haudegen, einer der improvisieren und zuschlagen konnte, wie es die Situation befahl. Warum macht sich so einer zum Hüter von Dienstvorschriften? Und Colonel Brabazon ist ein waschechter Tory, konservativ bis auf die Knochen. Warum attackiert gerade so einer die Dienstvorschriften?

Haig Jeder hat sein Programm, aber charaktervoll muss es sein. Wood und Brabazon haben den gleichen Charakter. Aber es gibt einen Unterschied.

Winston Der Colonel ist ein bisschen exzentrisch, beim Bart des Brabazon, das ist er.

Haig General Wood hat einen Verbündeten, den mächtigsten, den es gibt. The Queen's Regulations, die Dienstvorschriften. Die macht aus jedem Kritiker einen Ketzer. Und Ketzer werden verbrannt.

Winston Mit dem Segen der Königin. Und der Prince of Wales ist gezwungen, den Scheiterhaufen anzuzünden. Armer Brab!

Haig Warten wir's ab, Leutnant. Das gibt einen prächtigen Kampf.

Winston Die Gäule geben keine Ruhe. Ich will nach meinen Pferden sehen. Captain Haig!

Haig Leutnant! *(beide ab)*

II

1

(Salon im Haus der Beresfords in Deepdene, offene Türen geben den Blick frei zu angrenzenden Räumen und einem dining-room. Lady Lilian Beresford, Lily Langtree. Lady Lilian geht mit prüfenden Blicken durch die Räume)

Lily Ich mag sie, die Lilian Duchess. Ich liebe sie. Ist sie nicht zauberhaft? Bürgerliche Aristokratin. In dritter Ehe verheiratet mit Lord William Beresford, eine Glücksprinzessin. Reich, reich. Der Herzog von Marlborough hat sie sich aus Amerika geholt. Die erste Ehe brachte die Millionen, die zweite den Glanz, die dritte das Glück. Eine beneidenswerte Karriere. Der Lord liebt sie abgöttisch. Eine würdige Fee in einem Feenpalast. Sie himmelt ihn an, ihren Ritter – toller Sportsmann, Polo, Wildschweinjagd, Pony- und Pferderennen, wie ein junger Mann. Und dieses Haus! Dieser neuenglische Chic , Behaglichkeit ohne Steifheit, ein Komfort! Ein Traum für unser altmodisches Land. Das ist etwas für meinen Bertie. Wenn er in Balmoral, bei seiner Mutter, ein paar Tage gefroren und sich entsetzlich gelangweilt hat, kommt er nach Deepdene zu den Beresfords. Das hätte er gern in seinem Marlborough House oder in Sandringham. Da war ich seine Hausherrin! Aber fröhlich und heiter war's dort auch, wenn er meine Freunde zum Dinner bei sich hatte. Eine so gute Hausherrin wie Lilian war ich wohl nicht, aber doch eine Königin wie sie. Altwerden in Würde, an der Seite eines immer jungen Mannes, ein immergrünes Leben, das gibt es, wirklich. Das gibt es. Nicht für mich, schade. Aber hier gibt es das, in Deepdene. Ich habe nur den Kosenamen mit dir gemein, zauberhafte Lily Beresford.

Beresford *(suchend)* Lily! Lily?

Lilian Ist Bertie schon da?

Beresford Sie sind noch auf ihren Zimmern. Lily, wir haben einen Fehler gemacht. Wir haben zwei Fehler gemacht, Lily. Du musst die Tischordnung ändern, dann können wir wenigstens einen Fehler korrigieren.

Lilian Wir können alles korrigieren, Billy, aber bitte nicht das Menü.

Beresford Ein Fehler ist meiner und einer ist deiner. Ich hätte nicht auf Bertie hören sollen. Wir hätten Brab und General Wood nicht einladen dürfen, nicht zusammen. Das war ein Fehler. Das war mein Fehler. Das geht nicht gut. Ich tue alles für Bertie, aber das geht nicht gut. Er hat mir nicht gesagt, was er im Schilde führt. Sind Wood und Brab schon da, fragte er vorhin – und dann: so kann unser Friedensfest ja beginnen. Friedensfest! Wir kriegen Krieg.

Lilian Er will Frieden stiften zwischen den beiden, das habe ich mir gedacht. Mich hat er durch Alexandra bitten lassen, die beiden Seite an Seite zu platzieren. Das ist der zweite Fehler, ja?

Beresford Ja, Liebe, deiner. At arms' length – das reicht nicht. Wir müssen einen Abgrund zwischen die beiden legen, den Ärmelkanal, mindestens ein langes, breites Tischtuch.

Lilian Sollen sie es mir zerschneiden? Bertie setzt auf seinen Charme. Aber er steht auf Brabs Seite. Und Sir Evelyn weiß das. Und du alter Kavallerist ergreifst auch Partei für Brab. Sir Evelyn weiß, dass er in Deepdene ist und nicht in Windsor. Was habt ihr euch da ausgedacht, Billy?

Lily Ich hab' eine Idee –

Lilian Ich hab' eine Idee. Ich setze mich zwischen die beiden. Ich bin der Dolmetscher, ich breche das Eis, wenn's schon bei der Suppe frostig wird.

Lily Ich bin der Engel der Versöhnung.

Lilian Ich spiele den Engel der Versöhnung.

Beresford Ach, Lily –

Lilian Die Tischordnung wird nicht verändert. Ich hab's Bertie versprochen. In meinem Haus gibt es keinen Streit zwischen Gentlemen.

Beresford Könntest du nicht General Blood neben den Wood setzen? Die beiden könnten den ganzen Abend über die Taktik am Malakand Pass reden, über Indien, meinetwegen, beide wären glücklich, und Aldershot wäre vergessen. Bertie soll sehen, wie er seinen Waffenstillstand zwischen Brab und dem General arrangiert.

Lilian Aber Brab ist doch so liebenswürdig. Er wird doch in unserem Haus nicht den Starrkopf spielen. Und Sir Evelyn! Ich bitte dich. Das ist doch ein kluger Mann. Ich lasse ihn nicht aus meinen Augen.

Beresford Wenn ich nur sicher wäre, dass sie den ganzen Abend an deinen schönen Augen hängen, Liebe. Jeder ist so ein prächtiger Mensch. Aber zusammen? – eine Katastrophe. Ich habe einen Fehler gemacht. Bertie ist naiv. Der Brab, der guckte vorhin so grimmig, und Sir Evelyn – ausgesprochen reserviert.

Lilian Wir geben unsere weekend-party dem Prince of Wales, nicht dem Chef von Aldershot und nicht dem Oberhusaren. Wenn Bertie seine Absichten verfolgt, meinetwegen, er ist der Diplomat, ich bin die Gastgeberin. Ich bin neugierig, was stärker ist, mein Dinner oder euer Krieg.

Beresford Ich finde den ganzen Streit lächerlich.

Lilian Du, Billy? Ihr redet doch schon seit Tagen über die Garnisonsquerelen. Nichts lieben Männer mehr als einen Streit über einen Streit. Als ob Englands Zukunft davon abhinge. Aldershot ist euch wichtiger als der Wahlsieg Salisburys, und der ist doch tausendmal wichtiger als die Dienstvorschriften einer Armee, mit der Salisbury nichts im Sinn hat.

Beresford Der Premier –

Lilian Du hältst mich auf, Billy. Heute Abend ist nur mein Dinner wichtig. *(geht in den dining-room).*

(Auftritt Sir Bindon Blood)

Blood Bill, hast du Winston schon gesehen?

Beresford Nein. Aber der junge Mann sollte längst hier sein.

Blood Wenn eine Tante mich als Leutnant mit 21 Lenzen zu einer Weekend-Party für den Prinzen von Wales eingeladen hätte, würde ich schon seit fünf Stunden durch deinen Park marschieren. Manieren haben die jungen Leute heute!

Beresford Selbstbewusstsein, mein Lieber. Wer hoch hinaus will, wartet nicht so lange, der kommt immer in Attacke.

Blood Ja, er hat's sehr eilig. Der langweilt sich schon wieder in Aldershot. Der sucht das Abenteuer. Ich habe ihm versprechen müssen, ihn mit nach Indien zu nehmen. Meine verehrte Gastgeberin hat mir auch in den Ohren gelegen.

Beresford Keine Party ohne Winston! Unser England wird von Familien regiert, und den größten Einfluss in den Familien haben die Tanten. Lilian ist vernarrt in unsern jungen Brausekopf. Das weißt du doch.

Blood Also ich will Winston sagen, dass es nach Indien geht, vielleicht schon nächstes Jahr. Dann weiß er mehr als Brab. Seine Vierten Husaren gehen mit. Das ist so gut wie beschlossen. Aber psst! Ich habe Brab gerade gesehen. Er guckte durch mich hindurch, als sei ich ein Domestik.

Beresford Keine gute Laune, der Brab? Vielleicht hat er schon mit seinem Chef gesprochen?

Blood Es hat mich überrascht zu hören, dass du den Wood eingeladen hast – sehr überrascht.

Beresford Das war der Wunsch des Prinzen. Der Zug nach Dorking geht um 6. Winston müsste längst hier sein. Merkwürdig.

Blood Kennst du den? Also: der Brab kommt auf den Bahnhof von Aldershot. „Wo ist der Zug nach London?" fragt er den Stationsvorsteher. „Er ist abgefahren, Colonel", sagt der. „So? Abgefahren.

Bringen Sie mir einen andern!"

Beresford Brab, Wood, Winston – die machen mich nervös heute Abend.

4

(Im Hintergrund Gäste. Lilian kommt mit Prinz Edward und Prinzessin Alexandra zu den vorigen)

Alexandra Sir Bindon, so lange habe ich Sie nicht gesehen! Und alle Welt spricht von Ihnen. Ich freue mich, Sie zu sehen.

Blood Hoheit, man muss reisen, um interessant zu sein.

Edward Dein Haus, Lilian, ein Traum. Wie hell, wie duftig, wie leicht hier alles ist. Wenn ich an Sandringham denke! Für jeden Tag des Jahres ein Zimmer, aber keins, das mir das Herz wärmt wie das kleinste in deinem Haus.

Alexandra Das kannst du ändern, Bertie. Ein Dänenhäuschen, ganz aus Holz, mit rotgewürfelten Gardinen, das wäre das richtige für dich.

Beresford Ich wüsste etwas Passendes für dich, in Schottland.

Edward Schottland! Nein! Dann sitze ich lieber das ganze Jahr in Marlborough House und komme am Wochenende zu euch. Oh, ich sehe Brab *(geht)*. Ihr entschuldigt mich.

Lilian Alexandra, ich kann unsere Gäste nicht zu Tisch bitten. Wir sind nicht vollzählig.

Alexandra *(blickt um sich)* Sind nicht alle da?

Beresford Der junge Churchill fehlt. Winston. Ich weiß nicht, wo er bleibt.

Blood Wir werden ja wohl auf den Leutnant nicht warten wollen.

Lilian Da gibt es eine kleine Schwierigkeit. Winston ist – nun ja, mein Neffe ist unser zwölfter Gast.

Blood Und der Leutnant muss unbedingt das Dutzend voll machen?

Lilian Nicht das Dutzend, Sir Bindon. Ohne Winston können wir nicht zu Tisch. Er ist der Vierzehnte am Tisch.

Blood Zwölf, vierzehn.

Alexandra Oh, wie rücksichtsvoll, Lilian. Der königliche Familienhorror gegen die Dreizehn! Ich spreche mit Bertie, deinetwegen wird er über seinen Schatten springen, Lilian. Meinst du, dass er zählen wird?

Beresford Ich fürchte ja, Alexandra. Dafür hat Bertie einen Blick.

Alexandra Aber Winston wird doch erscheinen! Bertie wird den Anblick eines leeren Stuhls wohl zehn Minuten ertragen können. Ich spreche mit ihm *(ab)*

Blood Zehn Minuten gebe ich ihm. Danach bleibt ihm das Tor nach Indien auf ewig versperrt. Könnten wir nicht einen Stuhl wegnehmen?

Lilian Dreizehn bleibt dreizehn. Wir werden warten müssen, Billy. Schrecklich. Dieser verflixte Bengel! *(alle zu den anderen)*.

5

(Edward allein, mit Zeichen der Ungeduld auf und ab gehend;
Lily Langtree)

Edward Pünktlichkeit ist Bescheidenheit. Der junge Mann macht mich lächerlich. Wir übertreiben die Liberalität in unserm Land.

Lily Bertie, ich bin doch da. Willst du mich nicht mitzählen? Ich sitze bei dir am Tisch. Ich habe oft an deinem Tisch gesessen. Ich bin bei dir, gestern, heute, immer.

Edward *(blickt um sich)* Wie?

Lily Hier, Bertie, hier unten. Ich bin deine Prinzessin, die du versteckst. Zu meiner Zeit hast du deine Gäste nicht gezählt. Es wimmelte von frohen Gesichtern in deinem Haus. Verse, Gesang, Fröhlichkeit, ein Kommen und Gehen auf der Bühne, die dein besseres Leben war. Und ich an deiner Seite, keine Prinzessin, aber deine Königin. Weißt du noch, was eine Königin des Herzens ist? Eine Königin der Nacht? Nie zähltest du deine Gäste, du hattest nur Augen für mich.

Edward (*blickt sich um, dann auf den Souffleurkasten*) Wie reden Sie mit mir? Was treiben Sie da unten?

Lily Ich spreche den Text des Erinnerns und des Vergessens. Ich spreche den Text der Lust und des Leids. Keine Trauer und keine Träne verdunkeln meine Stimme. Willst du ein fröhliches Gespräch an deinem Tisch? Dann setz mich auf diesen leeren Stuhl, mich, den Menschen, der dir fehlt. Haben zwanzig Jahre mein Bild aus deinem Herzen gelöscht? Oder ist mein Gesicht erloschen? Aber du hörst doch meine Stimme, die immer nur für dich gesprochen hat, auf der buntesten Bühne deines Lebens. Stimmen verändern sich nicht, auch wenn sie ins Dunkel verbannt sind. Ich bin Lily Langtree, deine Lily.

Edward Lily? Lily!

Lily Deine diskrete Prinzessin. Du siehst, ich habe die Diskretion zu meinem Beruf gemacht. An deiner Seite habe ich sie gelernt. In Marlborough House brauchte ich mich nicht zu verstecken. Sogar deine Dänenprinzessin hat mich geduldet. War ich nicht die Sonne über deinem Tisch?

Edward Ich träume. Lily!

Lily Geben wir eine Komödie, geben wir ein Trauerspiel? Du bist der Stern, wenn auch der deutsche Pitt dir nur die kleine Rolle gönnte – schon im dritten Akt bist du wieder draußen. Oh, ich bewundere deine schöne Alexandra. Trägt sie immer noch das breite Perlenband? Ach nein, wir sind doch in einem Alter, das den kleinen Makel am Schwanenhals nicht verbergen muss, da gäb' es and'res zu verhüllen. Gut siehst du aus, Bertie. An deinem Tisch ist ein Stuhl frei für mich, für deine Glücksprinzessin. Setz' mich an deine Seite! Mit mir musst du nicht über Pferde, Wahlen, Kolonien oder über den preußischen Willy reden, nicht über The Queen's Regulations. Wir können in der Sprache der Bühne sprechen, der Sprache der Empfindung, der Leidenschaft, des Traums. Ich will dir Stichworte geben, die dein altes Herz entzücken.

Edward Entzückende Lily! Ja, komm. Sei bei mir. Ich setze dich wieder auf den Thron des Glücks. Ich langweile mich so, Lily. Sag mir einen neuen Text. Sag mir den Text, den wir vor zwanzig Jahren gesprochen haben, nur die Worte des Entzückens, oh, ich habe ihn ja nicht vergessen. Sprich du mir deinen Text. Ich will nicht die Texte all dieser Leute sprechen, alle diese leeren dürren Worte ohne Rhythmus und Reim, ich will nicht ihr Lachen lachen, ich will nicht das Echo ihres Klatsches und Tratsches sein, will nicht auf der Bühne des Protokolls den König im Wartesaal mimen, ich will in die Kulissen, ich will in meine Loge, ich will Frauen und Männer sehen, die niemals altern, und Könige auf den Brettern, denen der Tod noch die schönste Pose ist.

Lily Du führst mich an deinen Tisch, Bertie, ich komme an deine Seite. Psst! Da kommen die grimmigen Helden. Dem einen haben wir den imperialen Bart angeklebt, dem andern haben wir den Ladestock ins Hemd gesteckt. Wir sehen uns, Bertie, wir sehen uns bei Tisch. Dem kleinen Churchill werd' ich eine Zugverspätung in die Rolle schreiben (*kritzelt an ihrem Skript*).

6

(Brabazon und Wood gehen auf Edward zu)

Edward Wir sind in Deepdene, meine Herren, nicht in Aldershot! Warum so feierlich? Sir Evelyn! Brab!

Wood Ich würde mich freuen, Hoheit, wenn wir Sie bald einmal wieder in Aldershot willkommen heißen dürften.

Edward Pardon, pardon, ich habe die letzte Parade versäumt. Ich bin gern in Aldershot, das wissen Sie, Sir Evelyn.

Brabazon Bill hat drei neue Hannoveraner im Stall, prachtvoll. Die musst du sehen, Bertie.

Edward Genügt ihm unser englisches Vollblut nicht?

Brabazon Er will sie selbst ins Training nehmen.

Edward Wir wollen doch nicht über Pferde sprechen, meine Herren?

Wollten wir nicht über Uniformen sprechen?

Wood Hoheit, ich bedaure es sehr, dass unsere Angelegenheiten in Aldershot so hohe Wellen schlagen –

Edward Sie tun es, ja, ja.

Wood Es hat gewisse Auseinandersetzungen gegeben in Aldershot, das ist wahr, über Neuerungen, denen eine – eine gewisse Zweckmäßigkeit im täglichen Betrieb nicht abzusprechen ist, die aber doch so tief eingreifen in das Reglement –

Edward Die Dienstvorschriften, ich weiß.

Wood The Queen's Regulations, ja, Hoheit. Ich bin ihrer Majestät, der Königin, persönlich verantwortlich, dass die Ausrüstung unserer Truppen den bewährten und erprobten Standards unserer Armee entspricht. Ich bin überrascht, dass sogar Sie, Hoheit, dieser Frage Ihre Aufmerksamkeit schenken. So bedeutend ist sie wirklich nicht.

Edward Oh, sagen Sie das nicht, Sir Evelyn. Von vielen Seiten hat man mir bedeutet, dass in Aldershot Grundsätzliches zur Debatte steht.

Wood Zur Debatte, Hoheit, zur Debatte eigentlich nicht. Ich hatte Gründe, an die Einhaltung gewisser Vorschriften zu erinnern.

Edward Und du bist der Übeltäter, Brab. Du hast die Armee infiziert mit deiner Neuerungslust.

Brabazon Nicht gegen den Willen des Kommandeurs, Bert. Die Veränderungen waren ohne jegliche Kritik bereits erprobt und überall für gut befunden worden, ehe Sir Evelyn das Kommando in Aldershot übernahm. Es war mein Fehler, dass ich den kommandierenden General bei seinem Antritt nicht gleich über meine – über die neuen Praktiken umfassend ins Bild gesetzt habe.

Edward Ja, lieber Brab, das grenzt an Hochverrat. Weißt du denn nicht, dass meiner Mutter die Montur ihrer Soldaten am Herzen liegt?

Wood Das ist so, gewiss, Hoheit. Gott sei Dank.

Brabazon Ja, ja.

Edward Die Königin hat sogar der praktischsten Neuerung der Militärgeschichte ihren Widerstand entgegengesetzt. Khaki! Milchkaffee, sagt sie, wie grässlich. Zwar nur für Dienst- und Kampfanzüge, aber das sieht doch miserabel aus. Es hat lange gedauert, sie zu überzeugen, die Kaffeeanzüge wenigstens fürs heiße Klima zu akzeptieren. Es ist ein Hoheitsakt, mein lieber Brab, wenn meine Mutter über die Uniformen der schottischen Garden entscheidet. Vor ein paar Jahren – die Veränderung der Marine-Uniform nach ausländischem Vorbild. Da gab es einen hoch energischen Protest. Wo doch sogar mein Neffe Willy am liebsten unsere englischen Uniformen trägt. Na ja, er kopiert uns ja auch in anderen Dingen.

Brabazon In Aldershot geht es nicht um das Tuch von Generälen und Admiralen, sondern um Stallanzüge.

Wood Erst kommen die Knöpfe, dann der Schnitt, dann nähen die Mütter der Rekruten die Hosen selbst, pardon, Hoheit.

Edward Die Mütter, ja, die Mütter. Brab, willst du es der Großmutter zumuten, dass ihr Berliner Enkel ihr seine schönsten Uniformen zum Ändern schicken muss?

Brabazon Bert, mir ging's um Praktikabilität und Ökonomie. Was wir in Aldershot gemacht haben, hat sich längst bewährt.

Wood Colonel –

Lily Ich habe mit Colonel Brabazon –

Wood Colonel, Sie haben –

Lily Ich habe mit Colonel Brabazon alles noch einmal besprochen –

Wood Ich habe mit Colonel Brabazon alles noch einmal besprochen, Hoheit. Nicht wahr, Colonel?

Brabazon Ja, das haben wir, Bert.

Wood Wir sind uns entgegengekommen, nicht wahr, Colonel?

Edward Sehr gut, meine Herren. Wir kommen uns entgegen. Ich bin dabei. Was immer Sie besprochen haben, meine Herren, ich bin dabei. Ich gebe Ihnen Flankenschutz, in St. James, Windsor und Balmoral. Mit dem Kriegsministerium habe ich nichts zu tun. Wann endlich kommt dieser verdammte Winston?

Brabazon Winston?

Edward Wir warten auf ihn.

Brabazon Wir warten auf Winston?

Edward Unsere Gastgeberin wird ungeduldig.

Wood Leutnant Churchill? Ich wusste nicht, dass ich ihn hier sehen würde.

Edward Wenn Sie ihn sehen, Sir Evelyn! Er kommt ja nicht. Da hat dieser junge Mann das Privileg, Kind im Hause der liebenswürdigsten Gastgeberin zu sein und mit seinen Kommandeuren zu speisen –

Wood – und mit dem Prinzen von Wales, Hoheit!

Edward – und er kommt nicht. Er verspätet sich!

Brabazon Um auf Sir Evelyns Vorschläge zurückzukommen, Bert –

Wood – auf unser Gespräch.

Brabazon General Wood ist bereit, seine Anordnungen ruhen zu lassen.

Wood Gegen die Dienstvorschrift, Hoheit.

Brabazon Ja, ruhen zu lassen, bis das Kriegsministerium nach gründlicher Prüfung der praktischen Aspekte –

Wood – und zwar zwischen allen Beteiligten und Zuständigen.

Brabazon Ja. Nach gründlicher Erörterung soll das Ministerium ersucht werden, die Dienstvorschriften zu modernisieren.

Wood Gegebenenfalls zu ändern, Hoheit.

Edward Ewiger Frieden also! Großartig, meine Herren, ich beglückwünsche Sie. Ich bin erleichtert, dass die leichte Reiterei die Chance hat, noch leichter zu werden. Es wird mir ein Vergnügen sein, ihre Majestät über Ihre Bemühungen um die neue Beweglichkeit der Kavallerie in einer günstigen Stunde zu unterrichten. Sir Evelyn, ich bitte Sie schon heute, Colonel Brabazon den Befehl zu geben, die neue Husarenmode vorzuführen, wenn –

(Alexandra und Lilian sind hinzugetreten)

Alexandra Ich höre Mode, Husarenmode. Brab, meinte Bertie vielleicht Ihren schönen Bart?

Edward Wir sprechen von Uniformen, Alexandra.

Alexandra Ich sage meinem Mann immer wieder, er solle häufiger Uniformen tragen. Finden Sie nicht auch, meine Herren? Lilian, was sagst du?

Lilian Bitte, nicht in Deepdene, Bertie.

Lily Lilian versteht mich –

Edward Lily – Lilian versteht mich. Das zivile Jahrhundert ist angebrochen. Da sehen die Untertanen ihre Majestäten lieber in Bowler, Knickerbocker und Gamaschen.

Alexandra Du solltest dir ein Beispiel an deinem deutschen Willy nehmen, der ist immer so fesch.

Edward Wenn ich Pickelhaube trage, halten mich die Leute für einen preußischen Polizisten. Eine Unverschämtheit! Dieser Winston! Meine Herren, ich glaube, wir können noch eine Zigarre rauchen. Kommen Sie, meine Herren! (*Die Männer in einen Salon*)

Alexandra Es tut mir so leid, Lilian. Aber Bertie kommt über diesen Tick nicht hinweg. Diese Dreizehn! Was machen wir im Jahr 1913? – das Land wird ohne seinen König sein, wir müssen ins Ausland reisen, in ein Land, das keinen Kalender kennt.

Lilian Mein Gott, wenn dieser verflixte Winston nun gar nicht kommt! Ich kann meine Gäste doch nicht ewig herumstehen lassen. Es ist so peinlich (*gehen langsam in einen anderen Raum*).

7

(Lily Langtree allein)

Lily Mein Textbuch ist alles, ist Traumbuch, Tagebuch, Märchenbuch, warum sollte es nicht auch ein Fahrplan sein. Den 6-Uhr-Zug nach Dorking hätte er nehmen sollen. Eile mit Weile, kostbar sind der Jugend die Stunden, und so hat er den 7.15 genommen. 8.18 in Dorking, wenn das Bähnlein pünktlich ist. Es ist selten pünktlich. Wie ein Blitz wird ihn der Gedanke treffen: ich kann gar nicht pünktlich sein. Ich bin auf der Bahn und nicht zu Pferd. Jede Station kostet marternde Minuten. Der Zug nähert sich Dorking, es ist 8.55. Gott sei Dank, er hat sich schon im Zug umgekleidet. Er streckt den Kopf aus dem Fenster, um einen Dienstmann zu finden. Zehn Minuten, fünfzehn wohl, braucht der Einspänner nach Deepdene, wenn er von einem fliegenden Pferd gezogen wird. Er weiß: ein schreckliches Gericht wartet auf mich, der Prince of Wales, die Generäle, der Colonel, die aufgelöste Tante. Ach, denkt er, ich werde mich hineinschleichen, mich still und unbemerkt auf meinen Stuhl setzen – wer bin ich denn, dass man von mir Notiz nimmt. Später werde ich mich entschuldigen. Ja, was sage ich nur? Nur erst ankommen, nur erst ankommen! Er würde sich mit seinem Phaeton in die Sonne stürzen, ahnte er, welch eine Nervenkrise er heraufbeschworen hat, in allerhöchsten Kreisen. Eine glänzende Karriere steht auf dem Spiel. Auch wenn einer Churchill heißt, darf er hohen Herren keine Zigarren verpassen. Er läuft, er rennt, in unserm England haben auch die kleinen Schlösser lange Treppen und Korridore. Trapp, trapp!

8

(Gastgeber und Gäste im Salon, Winston, Lily Langtree)

Viele Stimmen Winston!
Winston *(verwirrt, umarmt die Tante)* Liebe Tante, ich bitte um Vergebung. Meine Verspätung ist unverzeihlich, aber ich – ich –
Lily Der Zug hat sich verspätet.
Winston Ich habe die Dauer der Fahrt nach Deepdene unterschätzt. Königliche Hoheit, ich bitte um Nachsicht! *(Edward wendet sich brüsk ab)* Es ist unverzeihlich, ich weiß –
Lilian Ich freue mich, dass du den Weg zu uns ja noch gefunden hast, Winston.

Beresford Du hättest reiten sollen.

Edward Sagen Sie, Winston, lehrte man Sie in Ihrem Regiment nicht pünktlich zu sein? *(blickt zornig auf Brabazon)*

Brabazon Leutnant –

Lily Schweig, Brab, schweig.

Edward Leutnant! Leutnant! Da regen Sie sich in Ihrer Garnison über Biesen und Tressen und Knöpfe auf, meine Herren, da machen Sie aus Textilien eine Staatsaktion. Gibt es ein Kapitel über Pünktlichkeit in The Queen's Regulations, meine Herren? Kennt Ihre Dienstvorschrift das Wörtchen Rücksichtnahme? Taktik, Taktik – Takt, mein Herr Leutnant, wo bleibt Ihr Takt? General Wood, ich ergreife Ihre Partei. Ihre Anordnungen in Aldershot werden wohl doch ihr Gutes haben. Ach, sei still, Brab! Erst macht ihr's den jungen Leuten leicht, und dann machen sie es sich leicht. Halseisen sollte man euch an die Uniformen nähen, euch Riemen um die Ohren legen wie den Gäulen, damit ihr hört, dass die Glocke bimmelt.

Winston Königliche Hoheit –

Brabazon Kein Wort mehr, Leutnant!

Edward Ist ja gut. Ist ja auch alles gesagt. Meine Damen, dürfen wir noch unsere Zigarren rauchen? Winston, kommen Sie. Sie können jetzt wohl einen Schluck vertragen *(alle, außer den Generälen, in den Hintergrund)*

9

(Wood, Blood)

Blood Ein schrecklicher Moment.

Wood Der Colonel tut mir leid.

Blood Der junge Mann. Ein schlimmer Fauxpas, in der Tat. Der wird ihm noch in den Knochen stecken, wenn dem Greis längst alle Knochen schmerzen.

Wood Mein Brabazon war wie gelähmt, erstarrt – so habe ich ihn noch nie erlebt.

Blood O ja, auf seinen Bartspitzen tanzten Elmsfeuer.

Wood Colonel Brabazon wird's verschmerzen können. Der Prinz ist sein Freund. Gibt es eigentlich irgendjemanden im Königreich, der nicht sein Freund ist? Er hat eben besondere Talente. Der Ruhm des Offiziers, der Charme des Zivilisten, beneidenswert. Er ist ein guter Botschafter der Armee in der Gesellschaft. Man muss ihm wohl einiges nachsehen, auch wenn man Gründe hätte, ihn zu kritisieren.

Blood Extravaganz bis in die Bartspitzen, aber doch ein Standbild für Disziplin. Der Offizier aus dem Bilderbuch.

Wood Er beherrscht die gesellschaftliche Kunst, die Regeln nach Regeln zu verletzen. Gut, sei's so. Man kann sich mit ihm arrangieren.

Blood Ich bin immer wieder überrascht zu hören, wie viele Freunde der Colonel im Ministerium hat. Man liebt ihn dort. Sagen Sie, Sir Evelyn, warum ist Brabazon noch nicht General?

Wood Er wird's sein, Sir Bindon, wenn – nun, wenn er nicht so oft auf diesem engen Standpunkt stünde, auf dem andere keinen Platz finden. Es genügt nicht, Freunde zu haben. Auch Freunde können stille Gründe haben, ihn nicht gar zu hoch steigen zu sehen.

Blood Wir stehen vor großen Herausforderungen in der Welt, in Indien, in Afrika, im fernen Osten. Ich denke, dass wir Brabazon brauchen. Wer gebraucht wird, dem fällt der Rang zu.

Wood Der Colonel hat Freunde im Kriegsministerium, sagten Sie, Sir Bindon? Ich hörte dort auch viel Kritisches über ihn.

Blood Wo bleiben Freunde von Kritik verschont?

Wood Ich frage mich manchmal, warum unser kleiner Streit in Aldershot um die Vorschriften so große Kreise zieht, sogar in der Gesellschaft.

Blood Die Armee ist das Rückrat des Empire, wenn's da knirscht, ziept's bis in die Fingerspitzen. Dass Sie Meinungsverschiedenheiten in Aldershot haben, Sir Evelyn, macht Sie zu einem interessanten Mann in den Salon und Clubs.

Wood Ich sehne mich nach Übersee, weit, weit, nur weit weg.

Blood Da stimme ich Ihnen zu, Sir Evelyn, aus vollem Herzen. An der Front, da fühl' ich mich zu Hause. Schicken Sie Colonel Brabazon an die Front, er wird Ihnen dankbar sein.

Wood Das liegt nicht in meiner Hand. Das Ministerium wird über ihn verfügen, bald, hoffe ich.

Blood Ja, das hörte ich auch. Ich werde ihn wohl bald in Indien treffen. Aber solang er hier ist, wird er seinen Ehrgeiz bei Ihnen in Aldershot zu befriedigen suchen. Seine Darlegungen wurden an allerhöchster Stelle mit großer Aufmerksamkeit aufgenommen.

Wood Seine Darlegungen? Geht er mit unserm Streit in Aldershot antichambrieren? Er hatte keinen Urlaub in der letzten Zeit.

Blood Brabazon verschafft sich überall Gehör. Nein, nein, in seinem Brief hat der Colonel überhaupt nicht über Aldershot gesprochen. Die ganze Armee ist sein Thema – darunter macht er's nicht. Meine Division zum Beispiel –

Wood Er hat einen Brief geschrieben?

Blood Einen Brief oder ein Memorandum, ich hab's nicht gesehen. Aber ich hörte, dass seine Darlegungen einiges bewegen werden.

Wood Er hat einen Brief geschrieben? Sir Bindon, ich habe eine Vereinbarung mit dem Colonel! Unser Streit über die Dienstvorschriften soll ruhen, bis sich das Ministerium abschließend mit dieser, dieser – Kleiderfrage befasst. Er schreibt einen Brief!

Blood Hat er nicht –?

Wood Er hat nicht! Sir Bindon, er hat nicht. Hinter meinem Rücken hat er – ich kann es nicht glauben! Hat er einen Brief geschrieben, an das Ministerium.

Blood Sir Evelyn, das wird sich aufklären. Es tut mir leid, ich habe nicht gewusst –

Wood Sir Bindon, darf der kommandierende General von Aldershot wohl eine Party verlassen, die für den Prinzen von Wales gegeben wird?

Blood Ich fürchte, Sir Evelyn –

Wood Ich fürchte auch. Ich fürchte, ich werde kein geselliger Gast an der Tafel sein. Lassen Sie uns gehen. Leutnant Churchill braucht einen Leidensgefährten in seinem Schock.

III

1

(Brabazons Dienstzimmer. Brabazon, Winston)

Brabazon Ich habe nur die Armee, Winston, nichts als die Armee. Vaterland, das Empire, was ist das für einen armen irischen Bauern wie mich –
Winston Sir!
Brabazon Irischer Bauer, ja. Die Armee ist meine Heimat. Meine Vorfahren waren stolz auf ihren Grundbesitz, der war ihr Status, ihre Würde, ihr Auskommen. Für mich ist das alles auf den Rücken eines Pferdes geschrumpft, den ich mir zwischen die Schenkel klemme. Ich habe nur meinen Beruf. Sie haben alles, junger Freund, Ihnen steht die Welt offen.
Winston Der Grundbesitz, Sir, verliert für alle seinen Wert. Ich meine, Sir, dass wir uns in Zukunft alle den Pferderücken und den Sattel suchen müssen. Wir müssen – sozusagen – sattelfest werden.
Brabazon Sie, Winston, werden von der alten Macht aber etwas schneller in einen größeren Sattel gehoben. Gut, gut, Industrie, Finanzen –
Winston Eine Revolution, Sir, still, rasant, keine Barrikaden, kein Schuss, kein Blut – wir Briten machen unsere Revolutionen mit dem Wahlrecht und den Steuern.
Brabazon Welchen Wahlkreis werden Sie sich einmal suchen, Winston? Sheffield, Manchester? Sie werden sich einen suchen, in denen der alte Name zählt.
Winston Es war mein Traum, Sir, mir meinen Platz im Parlament an der Seite meines Vaters zu erobern. Er ist tot, Sir, ich will mir meine Sporen in der Welt verdienen – und wenn ich glücklich bin, an Ihrer Seite, Sir.
Brabazon Wir verlieren alle den Boden unter den Füßen. Wir suchen in der Welt, was wir zuhause verlieren – in Indien, in Afrika. Warum? Für ein bisschen Macht, die überall angefochten wird. In unseren Kämpfen

wehren wir uns gegen einen Verlust, der uns sicher ereilen wird. Alle kämpfen so, ich auch.

Winston Es gibt immer etwas Neues zu gewinnen, Sir, Gewinner verlieren, Verlierer gewinnen. Man kann gut verlieren, schlecht gewinnen. Aber der Kampf, Sir, ist doch etwas Herrliches. Solange wir kämpfen, sind wir Gewinner.

Brabazon Wir sind in Rom, Winston, und unser Cäsar ist eine alte Frau. Ich gehe auf die sechzig, und ich muss die Dienstvorschriften lesen. Die Regeln von gestern, mit denen wir die Kämpfe von morgen gewinnen sollen. Gleich gehe ich zu General Wood. Das wird meine größte Schlacht, vielleicht meine letzte. Sie haben mich nicht unterstützt, Winston. Ich dachte, Sie wollten an meiner Seite reiten?

Winston Sir, wie – ?

Brabazon Ihre verdammte Unpünktlichkeit, Winston, Ihre Nachlässigkeit! Unbegreiflich! Vielleicht werden Sie ja mal Premierminister, den Churchills ist manches zuzutrauen – aber auch dann können Sie den Prinzen von Wales nicht warten lassen. Vielleicht werden Sie ja mal General, aber Sie können General Wood nicht warten lassen, nicht General Blood, nicht mich, Ihren Vorgesetzten. Verdammt noch mal.

Winston Sir! Es tut mir leid, Sir. Ich habe mich entschuldigt, und der Prinz hat mir verziehen. Er war sehr nachsichtig, Sir, sehr leutselig während des Dinners. Es tut mir leid, Sir.

Brabazon Fragen Sie nicht, ob ich Ihnen verziehen habe? Ich stand da als der Meister des Schlendrians, vor Wood, vor Blood, vor allen.

Winston Sir! Ich bedaure, wenn ich – wenn mein Verhalten, meine unverzeihliche Nachlässigkeit der Grund für die Verstimmung –

Brabazon Verstimmung? Leutnant!

Winston Es hat mich sehr geschmerzt zu beobachten, dass Sir Evelyn kein Wort mit Ihnen gewechselt hat, Sir.

Brabazon Wie die Zwillinge von Siam hat uns Ihre verehrte Tante an ihre Tafel genagelt, ich, der Chang, stiere nach rechts, er, der Weng, nach links, und mal nach oben und mal nach unten. Wenn Bertie –

wenn der Prinz nicht so charmant geplaudert hätte, wären wir an unserer Stummheit erstickt. Eine Tortur!

Winston Es tut mir leid, Sir. Ich konnte mir nicht vorstellen, dass meine Unpünktlichkeit diese Folgen haben könnte. Ich hätte mich bei Sir Evelyn persönlich entschuldigen müssen. Ich bedauere es sehr, dass ich nicht den Mut dazu gefunden habe, Sir.

Brabazon Es geht nicht um einen ungezogenen Leutnant, es geht um einen widerborstigen Oberst. Gleich sitze ich wieder mit dem General an einem Tisch, nicht nebeneinander – gegenüber. Aber ich werde wohl stehen müssen. Kennen Sie die verdammten Dienstvorschriften, Leutnant, The Queen's Regulations?

Winston The Queen's Regulations – Sir, ich –

Brabazon Nicht so spannend wie Ihre Parlamentsberichte, wie? Winston, lesen Sie immer nur das Wichtige!

Winston Ich hörte in Deepdene, dass Sie mit General Wood bereits eine Einigung über die strittigen Fragen erzielt haben. Sir, Sie haben doch schon Ihr Versöhnungsopfer auf dem Altar der Dienstvorschrift gebracht. Sie wissen doch, Sir – „für das geschorene Lamm lindert Gott den Wind".

Brabazon Wer sagt das?

Winston Alle denken, die Bibel – aber es steht bei Sterne, in der Sentimentalen Reise.

Brabazon Und haben Sie die gelesen?

Winston Ich, ich – nein. Aber ich weiß, dass Sie sie gelesen haben, Sir.

Brabazon Winston, Sie sind naseweis. Ich sollte Sie zu General Wood schicken. Zitiert mein Lieblingsbuch und hat es nicht gelesen, unglaublich. Sie begleiten mich zum General. Ich ernenne Sie zu meinem Adjutanten in Sachen Dienstvorschrift. Kommen Sie!

Winston Sir, bitte – die Administration liegt mir nicht.

Brabazon Sie fürchten um Ihre Karriere, Leutnant. Gut. Dann gehen Sie ein Stück mit mir. Schützen Sie das geschorene Lamm gegen den Wind (*beide ab*).

(Kasino. Watkins, Haig, Winston)

Haig Leutnant, wir sind neugierig. Was spricht man in den hohen Regierungs- und Kommandokreisen? Was spricht man am Hof von St. James? Welche Nachrichten servierte der Prinz zum Dessert? Raus mit der Sprache, Leutnant.

Watkins Indien oder Afrika?

Winston Ich war bei meiner Tante in Deepdene. Sie hat mich nicht eingeladen, damit der Prinz über Staatsangelegenheiten mit mir plaudert – oder andere.

Haig Schade, Leutnant. Aber Sie sind doch ein neugieriger junger Mann. Leutnant, Sie halten doch die Ohren offen. Kein Fingerzeig, nichts?

Watkins Salisbury hat Chamberlain das Kolonialministerium gegeben. Das ist doch ein Signal. Südafrika, sage ich. Wenn der Premier den großen Joe beruft, dann will er den Buren einen Schrecken einjagen. Unsere Landsleute am Kap jubeln schon, und der gerissene Krüger spinnt seine Fäden zu den Holländern und den Deutschen. Da entwickelt sich doch etwas. Nach Südafrika, meine ich, das ist doch kapsonnenklar.

Winston In Indien nehmen die Unruhen zu. Wir sind Husaren, meine Herren. Queen Victoria ist Kaiserin von Indien. Wenn es in Indien Turbulenzen gibt, wird sie nach ihren Lieblingsregimentern rufen.

Haig Nach Indien, ich hab's doch gewusst.

Winston Das ist meine persönliche Meinung, Captain Haig.

Haig Leutnant, heraus mit der Sprache. Sie wissen mehr.

Watkins Wir bleiben nicht mehr lange in Aldershot.

Haig Sie bleiben doch hier, Major Watkins. Sie sind das Herz der Reiterei. Sie müssen doch für Nachschub sorgen.

Watkins Mich braucht Colonel Brabazon. Wo er ist, will ich sein. Farewell, Aldershot *(hebt sein Glas)* Auf Indien, das Juwel der britischen Krone – wie der Colonel sagt.

Haig Wird Ihnen nicht das Herz bluten, Major, wenn Sie Ihre geschmeidigen Zentauren, wenn Sie Ross und Reiter auseinanderreißen müssen?

Watkins O ja, es ist ein Alp. Statt sich um die Dienstvorschriften zu streiten, sollte das Kommando lieber darüber nachdenken, wie wir unsere Pferde nach Indien schaffen könnten.

Winston Sir, es ist nicht ausgemacht, dass wir nach Indien gehen.

Haig Ist es nicht seltsam, meine Herren, wie klein und borniert unser Leben wird, wenn sich die Aufgabe, an die wir unser Leben geben, nur in Vorbereitung, Training und Administration erschöpft? Zuhause nehmen wir Dinge wichtig, die wir draußen nicht bemerken würden. An den Fronten wissen wir, was nötig ist. Tausend Hände regen sich und rüsten den riesigen Apparat für die Stunden der Entscheidung, aber in der Entscheidung haben wir's im kleinen Finger.

Watkins Weil Sie's gelernt haben, Captain, weil der Apparat Sie in Form gebracht hat. Kriege sind tausend Stunden Rüstung und eine Stunde Kampf.

Winston Britannien führt keine Kriege. Expeditionen, Kampagnen, Operationen, Attacken, ja. Doch Kriege, nein. Wir Engländer sind klug, wir wissen, dass es keine Kriege mehr geben wird.

Haig Leutnant, was sagen Sie da? Wollen Sie denn nicht Ihr Victoria-Kreuz gewinnen?

Winston Große Kriege passen nicht in die Zukunft. Kämpfe ja, Gefechte mit den Derwischen und den Aufständischen, überall und immer wieder, aber der große Krieg mit der gigantischen Macht von Massen und Maschinen? Das gibt es nicht in unserer modernen Zeit. Millionen, die tot sein können, werden jeden Krieg verhindern. Wo Regierungen gewählt werden, gibt es keinen Krieg. Und wir Husaren – sind wir für den großen Krieg gemacht? Dass einer von uns fallen könnte, gut, nun gut, das ist ein Risiko, aber wie klein ist das gegen unsere Lust am Abenteuer. Was uns treibt, meine Herren, ist doch nur der Sportsgeist, in einem glänzenden Spiel. Wenn wir nicht fechten, treiben wir die Kugel über den Polorasen.

Haig Oho! Winston, der letzte Ritter einer untergehenden Welt.

Winston Nicht untergehend, Captain Haig, siegend. Die europäische Zivilisation wird siegen, ohne Krieg. Wir kämpfen an den barbarischen Rändern der kommenden Weltzivilisation.

Watkins Sie wissen, junger Freund, dass Sie nicht fallen werden bei Ihrem – Ihrem Kriegssport?

Winston Ich will lernen, tapfer zu sein. Tapferkeit wird auch im Frieden gebraucht.

Haig Sie haben noch nicht gekämpft, Leutnant.

Winston Ich kenne die Kriegsgeschichte. Ich sehe, dass Kriege unmöglich geworden sind. In den Kriegen der Zukunft gibt es nur eine Gewissheit – den Massentod. Ganze Brigaden werden weggemäht im Stahlhagel von Artillerie und Maschinengewehren, die Verwundeten erhalten nur die Tickets für den Ausweg aus der Hölle, und die den einen Tornado überleben, werden vom nächsten gefressen. Nicht zu sterben, zu leben wird das Risiko in einem großen Krieg sein.

Haig Winston Churchill träumt den Husarentraum. Er träumt vom ritterlichen Kriegsrecht. Alle europäischen Mächte verpflichten sich, im Falle eines großen Konflikts ihre sportlichen Husarenkorps aufs Manöverfeld zu schicken. Der sportliche Sieger erkämpft das moralische Recht! Stellvertretung der Nationen durch die Besten! Wie's der Baron Coubertin mit seinen olympischen Spielen will.

Winston Es wäre in der Tat besser, Captain Haig, den Krieg in den Händen von Experten und guttrainierten Leuten zu lassen.

Watkins Der Orden für das Siegerteam - das Victoria-Kreuz, der Pour le Merite, der Maria-Theresia-Orden, der Andreasorden.

Haig Nur das VC natürlich *(öffnet Zeige- und Mittelfinger zum V-Zeichen)*.

Winston Ein Friedenskreuz vielleicht.

Haig Ich bin beruhigt. Leutnant Churchill wird der Armee erhalten bleiben. Für eine politische Karriere ist er ungeeignet, er ist ein Träumer.

Watkins Ich kenne nur den Alptraum – Wood oder Brabazon. Entweder es sitzt mir ein sturer General oder ein zorniger Oberst im Nacken.

Winston Ich darf Ihnen doch ein Staatsgeheimnis verraten, meine Herren. Ich hab's in Deepdene erfahren, von General Blood, und der hat's aus dem Mund des Prinzen: Der General und unser Colonel sind sich entgegengekommen. Sie wollen die Streitaxt begraben bis zu einer Entscheidung des Ministeriums. Der Streit ist eingefroren.

Haig Und deshalb laufen die beiden mit frostigen Mienen herum? Ein Hoffnungsschimmer, Leutnant. Hab ich's doch gesagt – die Ohren hält unser Leutnant offen.

3

(General Woods Dienstzimmer. Wood, Brabazon. Lily Langtree während des Dialogs kopfschüttelnd, hält sich manchmal die Ohren zu)

Wood Wir müssen uns nicht setzen, Colonel. Ich habe Ihnen nicht viel zu sagen. Was ich Ihnen zu sagen habe, hätte ich Ihnen schon am Wochenende sagen können. Sie haben bemerkt, dass es unserer charmanten Gastgeberin nicht gelungen ist, mir zu helfen, meiner Verstimmung Ihnen gegenüber Herr zu werden. Das hat mir leid getan, für Lady Beresford. Ich hatte Ihnen wirklich nichts zu sagen.

Brabazon Sir, ich –

Wood Noch ein Wort, Colonel. In Deepdene habe ich zu meinem Erstaunen erfahren, dass Sie in unserer strittigen Frage einen Brief an das Kriegsministerium geschrieben haben.

Brabazon Sir, ein privater Gedankenaustausch mit Freunden. Absolut informell, persönliche Ansichten, Sir. Es gibt keinen Grund –

Wood Keinen Grund, Colonel? Abgründe. Sie haben sich beschwert. Ich will Ihnen nicht das Recht absprechen, sich zu beschweren über Anordnungen, die zu kritisieren Sie Gründe zu haben glauben. Sie haben vergessen, Colonel Brabazon, dass wir eine Vereinbarung hatten. Sie ist mir schwergefallen, ich gebe es zu, sehr. Es war die Achtung vor einem meiner fähigsten Offiziere, die mich bewogen hat, meine Anordnungen überprüfen zu lassen, nicht von Ihnen, Colonel, vom Ministerium und von Fachleuten. Sie haben es Ihrem kommandierenden General gegenüber an Achtung fehlen lassen. Was ich Ihnen zu sagen habe, hätte ich Ihnen auch brieflich mitteilen können. Sie haben ja eine Neigung zur Briefschreiberei. Briefe schreibt man, wenn das Wort versagt. Ich lehne es ab, schriftlich mit Offizieren zu verkehren, die an meiner Seite gekämpft haben. Mit Kameraden, Colonel.

Brabazon Sir, ich habe mich nicht beschwert. Ich habe mir erlaubt zu schildern, dass meine früheren Anordnungen in vielen Teilen der Armee für praktisch und gut befunden worden sind.

Wood Sie haben meinem Vortrag vorgegriffen, Colonel. Sie haben mich genötigt, mich verteidigen zu müssen. Ich bin gern bereit, mich zu verteidigen – ich habe viele verteidigt. Aber ich lasse mich von Ihnen nicht anklagen, Colonel Brabazon. Sie hätten mich über Ihre – Ihre Initiative informieren müssen, damit ich mich darauf einstellen kann, The Queen's Regulations zu verteidigen. Wir verteidigen immer die Königin, das ist unser Beruf. Ich stand an Ihrer Seite, Colonel, schon sehr nah. Ich hatte meine Gründe, nicht mit fliegenden Fahnen zu Ihnen überzulaufen. Sie hatten einen Waffenstillstand mit einem Freund. Sie haben ihn gebrochen. Sie haben mich enttäuscht. Sollte ich sagen: Sie haben mich getäuscht?

Brabazon Sir! Ich bitte Sie.

Wood Wenn Sie ein junger Offizier wären, Colonel, würde ich Ihnen einen Vortrag über Ordnung und Freiheit halten. Die Ordnung ist der Vater des Siegs, die Freiheit seine Mutter. Zwinge niemals einen Menschen, für den Vater oder die Mutter Partei ergreifen zu müssen, weder einen Untergebenen noch einen Vorgesetzten. Sie haben mich gezwungen, für die Ordnung Partei ergreifen zu müssen. Das ist unverzeihlich, Colonel.

Brabazon Ich habe mich für sehr kleine Freiheiten eingesetzt, Sir. Ich weiß, dass die stärkeren Bataillone auf Ihrer Seite sind.

Wood Sie haben es mit Mitteln getan, die ich nicht billigen kann. Ich weiß, Colonel, dass Sie ein starker, unabhängiger Charakter sind. Ich schätze das an Ihnen. Respektieren Sie bitte meine Freiheit, die Ordnung zu verteidigen. Charakter ist nicht das Privileg dessen, der die Fahne der Freiheit hochhält. Unterschätzen Sie nicht die Freiheit, die uns die Ordnung schenkt. Sie haben sich stets Freiheiten genommen, ohne von der Ordnung verklagt worden zu sein. Gute Ordnungen sind tolerant, Colonel, wenn ihnen die stille kluge Übereinkunft von erfahrenen Menschen zu Hilfe kommt. In drei Tagen erwarten wir die Königin in Aldershot.

Brabazon Ja, Sir! Wir werden unser Bestes geben!

Wood Geben Sie Ihr Bestes, Colonel. Ich erwarte von Ihnen – das ist ein Befehl, Colonel – , ich erwarte von Ihnen, dass Sie vor ihrem Regiment, vor den Truppen Aldershots und vor ihrer Majestät der Königin erscheinen in voller Übereinstimmung mit den Dienstvorschriften.

Brabazon Sir, meine Anordnungen haben das Erscheinungsbild der Truppen in der Parade nicht im geringsten berührt. Die Königin kann stolz auf ihre Truppen sein, wie immer.

Wood Erscheinungsbild, ja. Das meine ich. The Queen's Regulations. Abschnitt Sieben. Ich meine den Abschnitt Sieben –

Brabazon Abschnitt Sieben, Sir?

Wood *(nimmt die Dienstvorschrift vom Schreibtisch, schlägt auf)* Abschnitt Sieben – „das Kinn und die Unterlippe müssen rasiert sein – mit Ausnahme der Pioniere, die Bärte tragen". Sind Sie Pionier, Colonel?

Brabazon Sir!

Wood Sind Sie ein Pionier, Colonel? Abschnitt Sieben. Kein Wort weiter. Die Königin erwartet von jedem, dass er seine Pflicht tut.

4

(Lily Langtree, Regisseur, Wood, Brabazon)

Lily So geht das nicht, Herr … *(Name des Regisseurs)*. Ich bin ja nicht zu Wort gekommen. Die Herren brauchen meine Hilfe. Das ist eine barbarische Szene. Niemand darf die Menschen einsperren in ihre Rolle, nicht das Leben, nicht die Bühne. Beim Bart des Brabazon – hier geht es doch um die Würde des Menschen, Artikel 1 jeder Verfassung, Herr …, nicht Abschnitt Sieben der Dienstvorschrift, und hätte ein Gott sie erlassen. Sie müssen die Szene wiederholen, Herr … Ich muss auch zu Wort kommen, ich, Concilia, der Engel der Versöhnung.

Regisseur Wir sind in einem Krieg, nicht im Manöver, Mrs. Langtree.

Lily Das ist doch öde und barbarisch, dieser Dialog der Charaktermasken, in dem keine Freiheit für ein Lächeln ist, nur das sardonische Grinsen dessen, der zuletzt lacht. Sie müssen die Szene wiederholen, Herr … Ein paar Momente der Unsicherheit, der Verlegenheit, des Insichgehens in den Dialog hinein, und ich will meine Chance nutzen, das Ticktack von Rede und Gegenrede zu irritieren. Das muss doch möglich sein!

Regisseur Der Pitt hat das so aufgeschrieben.

Lily Seit wann hat ein Autor Autorität für den Regisseur, Herr …? Im übrigen, ich weiß es besser. Die Wahrheit ist – so will's auch der Komment –, dass der Wood dem Brabazon einen schriftlichen Befehl gegeben hat.

Regisseur Wegen des Barts, schriftlich?

Lily Wegen der Dienstvorschrift. Ein schriftlicher Befehl: Ich erwarte, dass Sie auf der Parade erscheinen „shaved in accordance with the regulations". Rasiert, vorschriftsmäßig. Punktum.

Regisseur Punktum. Ob Brief oder persönliche Erklärung, der Punkt wurde gesetzt. Was wollen Sie an einem Punkt ändern, Mrs. Langtree? Ein Punkt ist das unmissverständlichste Zeichen der Welt.

Lily Solange ein Brief nicht geschrieben ist, nicht abgeschickt, gibt es Bedenkzeit, ein humanes Zögern, eine Chance, der Blamage des Barbaren zu entgehen –

Regisseur Und unser Publikum, Mrs. Langtree?

Lily Das Publikum will Menschlichkeit. Menschen wollen immer Menschlichkeit.

Regisseur Das hörten wir schon: Ordnung und Freiheit. Gut, Mrs. Langtree. Geben wir unseren Figuren eine Chance, weil das Theater der

Tempel der Freiheit ist. Wood/Brabazon, Drei/drei noch einmal. Ihr Auftritt, Mrs. Langtree! *(ab; Wood und Brabazon zögernd zurück in den Vordergrund)*

Lily Sir, ich habe Leutnant Churchill –

Brabazon Sir, ich habe Leutnant Churchill wegen seines ungehörigen Benehmens meinen Tadel ausgesprochen. Ich denke, es wird ihm eine Lehre sein. Er wird sich künftig, da bin ich sicher, seiner Verantwortung gegenüber dem Regiment bewusst sein.

Wood Aldershot, Colonel Brabazon, der Ruf Aldershots steht auf dem Spiel.

Brabazon Sir, ich habe dem Leutnant klar gemacht, dass seine herausgehobene Stellung in der Gesellschaft laxe Disziplin nicht entschuldigt.

Wood Ja, Colonel, so ist das wohl. Wer gewohnt ist, sich in der Gesellschaft vertraulich intim zu bewegen, der nimmt sich manche Freiheit und verdunkelt die Pflicht durch das Privileg. Ich war recht verärgert, Colonel Brabazon. Der Prinz, so schien es mir, hat seinen Zorn rasch vergessen.

Lily Der Prinz ist ein großherziger, versöhnlicher Mann –

Brabazon Der Prinz ist ein großherziger, versöhnlicher Mann, Sir, er rügt einen Fehler rasch und heftig und vergisst ihn dann. Ich habe Leutnant Churchill klar gemacht, dass er darin keinen Freibrief für sein Verhalten sehen darf.

Wood Freibrief, das ist gut, Colonel. Ich will mit Ihnen aber nicht über die Unarten Ihres Leutnants sprechen.

Brabazon Sir, es tut mir leid, dass sein Verhalten Sie verstimmt hat. Er hat Ihnen – und mir auch, Sir – den heiteren Genuss des reizenden Abends in Deepdene verdorben. Das ist schlimm, Sir.

Wood Ich war verstimmt, Colonel, das haben Sie richtig beobachtet. Es war aber nicht die –

Lily – der Leichtsinn –

Wood – der Leichtsinn eines jungen, eines frechen Leutnants, der mir den Appetit verdorben hat. Ich hatte ein Gespräch mit General Blood.

Ich habe erfahren, dass Sie, Colonel, unseren Dissens über die Vorschriften zum Anlass genommen haben, sich in einem Brief an das Ministerium über meine Anordnungen zu beklagen. Ich will darüber hinwegsehen, dass Sie offenbar unseren Dissens auch zum Gegenstand vertraulicher Gespräche mit dem Prinzen gemacht haben. Das fällt wohl in die Sphäre der Intimität und Vertraulichkeit, die mir im Gegensatz zu Ihnen und dem jungen Churchill verschlossen ist.

Brabazon Sir –

Lily Der Prinz liebt es –

Brabazon Der Prinz liebt es, Sir, sich durch tausend Fragen über alles kundig zu machen, was in der Armee geschieht.

Wood Der Brief, Colonel, Sie haben einen Brief an das Ministerium geschrieben.

Lily Ich habe viele Freunde –

Brabazon Ich habe viele Freunde, Sir, im Ministerium auch, und in meinen freien Stunden pflege ich viele Briefe zu schreiben. Ich liebe das Gespräch, ich bin allein, und man kann nicht immer Bücher lesen.

Lily Haben Sie sich wirklich über mich beschwert –

Wood Sie haben sich über Ihren Vorgesetzten beschwert, Colonel, das ist kein Privatvergnügen an einem einsamen Abend. Wir hatten eine Vereinbarung, Colonel.

Lily Es waren wirklich nur persönliche Betrachtungen –

Brabazon Es waren wirklich nur persönliche Betrachtungen, die ich in einem Brief, ganz am Rande, zum Ausdruck gebracht habe. Überlegungen zu Reglement und Praxis, ich konnte mir nicht vorstellen, dass man sie als Kritik lesen würde.

Lily Haben Sie nicht daran gedacht –

Wood In dienstlichen Verhältnissen ist jedes Wort zu Dritten Kritik, Colonel, sollten Sie das nicht erfahren haben? Es geht nicht um das Reglement. Es geht um Ihren Brief. Ich bin nicht entzückt von der Freiheit, die Sie sich genommen haben. Sie nehmen sich viele Freiheiten, Colonel. Ich werde mir die Freiheit nehmen, Ihren Brief durch einen Brief zu beantworten. Sie zwingen mich dazu.

Lily Ich bedauere –

Brabazon Sir, ich bedauere, dass mein Brief Anlass zu offiziellen Diskussionen gegeben hat. Das lag nicht in seiner Absicht. Das Wohl der Armee geht mir über alles, es beschäftigt mich unablässig, in allen meinen Gedanken.

Lily Habe ich Ihnen nicht immer Gelegenheit gegeben –

Wood Habe ich Ihnen nicht immer Gelegenheit gegeben, über Ihre Gedanken mit mir zu sprechen?

Lily Ich bin Ihnen dankbar dafür –

Brabazon Ich bin – es hat mich bestürzt, Sir, dass Sie durch Ihre Anordnungen alles rückgängig gemacht haben, was sich bewährt hat, praktisch, hier und anderswo. Sie haben mir keine Gelegenheit gegeben, Ihnen die Nützlichkeit der von mir eingeleiteten Veränderungen dazulegen, als Sie das Kommando übernahmen.

Lily Habe ich das versäumt –

Wood Habe ich das versäumt –

Lily Dann könnten Sie mir jetzt vielleicht –

Wood Ich wünsche heute keine Diskussionen. Auch ich sorge mich um die Armee. Nützlichkeit! Kennen Sie Dienstvorschriften, Colonel Brabazon? Ich rate Ihnen, sie zu studieren, gründlich – statt Briefe zu schreiben in einsamen Stunden. Die Dienstvorschrift, Colonel, ist die Armee! Sie haben nicht das Recht, die königliche Armee zu verändern. Die Dienstvorschrift ist das Prärogativ der Königin, Colonel, so sehe ich das – The Queen's Regulations. Die Uniform ist der Staat. Man verändert sie nicht, weil es nützlich ist. Uniform – das ist die Form, das ist das Gesicht und der Geist der Armee. Jeder Knopf ist ein Gesetz. Den reißt man sich nicht vom Hals, wenn der Kragen drückt.

Lily Im Grundsatz stimme ich Ihnen zu –

Brabazon Im Grundsatz stimme ich Ihnen zu, Sir. Uniformen verändern sich, der Staat verändert sich.

Wood Indem ein Regimentskommandeur Briefe an das Ministerium schreibt, Colonel? Warum nicht gleich an die Königin? Warum nicht gleich an Gott, der doch auch einmal das Gesicht seiner Geschöpfe verändern könnte.

Brabazon Er tut's, Sir, er tut es unaufhörlich.

Wood Philosophieren Sie in Ihren Briefen, Colonel, philosophieren Sie nicht mit mir. Wir sind nicht Gott. Wir sind nicht die Königin, wir sind nicht die Armee. Der Staat hat die Uniform geschaffen, weil wir seinem Geist dienen. Wir sind das Gesicht der Armee, wir haben kein persönliches. Wir können es nicht verändern, wenn uns unser Spiegelbild nicht gefällt. Die Uniform ist ein Zeichen, ein Symbol der Einordung, ja der Unterordnung, sie ist die Bild gewordene Bedingung des Siegs. Nicht Menschen siegen, es siegt die große leistungsstarke Organisation, und die hat ihr Kleid, an der man sie erkennt, in Aldershot wie in der Welt. Ich lasse nicht die Modemacher an ihr herumfummeln.

Brabazon Sir, erlauben Sie, es geht um unerhebliche Details –

Lily Schweig, Brab, schweig!

Brabazon Um Details, Sir, aus Gründen der Ökonomie und der Funktionalität. Sie haben sich bewährt.

Wood Details, in denen der Teufel steckt, wollen Sie sagen. Da eine kleine Marotte, hier eine kleine Exzentrizität, mal ein Zugeständnis an die Bequemlichkeit – oder die Eitelkeit, mal ein buntes Band, ein diskretes persönliches Erkennungszeichen. Ein Ring durch die Nase vielleicht? Die Uniform ist das Kostüm, in dem die Disziplin die Willkür des einzelnen besiegt. Das ist das simple Geheimnis aller Performance.

Lily Schweig, Brab, schweig!

Brabazon Den Erfolg schenkt uns die Übereinstimmung aller unserer Mittel mit dem Zweck. Die Uniform gehört ins Reich der Mittel. Wir müssen sie verändern, wenn sie dem Zweck nicht mehr dient. Wir verändern auch unsere Waffen. Wir reiten nicht mehr mit Rüstung, Lanze und Pallasch.

Wood Ich will nicht mehr diskutieren. Sie haben einen Brief geschrieben, Sie werden einen Brief erhalten, einen schriftlichen Befehl, von mir, Ihrem Kommandeur. Erwarten Sie meinen schriftlichen Befehl.

Brabazon Sir! *(beide ab durch verschiedene Türen)*

Regisseur Das bringt nichts, Mrs. Langtree. Verlorene Liebesmüh. Ihre Szene verändert nicht das Stück. Charakter ist Charakter, den können sie nicht aufweichen. Unsere Bühnentricks kommen gegen das Leben nicht auf.

Lily Der schöne Bart! Das Zeichen männlichen Stolzes und persönlicher Dignität, das Markenzeichen seiner Persönlichkeit. Wie passt er zu Brabazon! Er ist Brabazon. Will der General seinen tüchtigsten Offizier vernichten? Das Regiment wird seinen Chef nicht mehr erkennen. Ein Kommandeur ohne Gesicht, eine Katastrophe, die Regel siegt, das Regiment verliert. Nicht der Bart wird geschoren, ein Kopf wird abgeschlagen.

Regisseur Nur das Kinn, nur die Unterlippe. Der Friseur wird ihm zu helfen wissen. Ein schöner Mann ist ein schöner Mann.

Lily Ein Mann ist kein Mann, wenn ihm die Niederlage im Gesicht geschrieben steht. Er wird seinen Abschied nehmen müssen.

5

(Brabazon in seinem Dienstzimmer, Lily Langtree)

Brabazon *(liest den Brief):* „Rasiert entsprechend den Dienstvorschriften". Er wagt es. Er wagt es! Er will mich niedermachen. Er verlangt das Opfer. Das Menschenopfer! Den Aschantis haben wir's ausgetrieben in blutigen Kämpfen. Bei uns ist es erlaubt – rasiert entsprechend den Dienstvorschriften *(geht zum Schrank, klappt eine Tür mit Innenspiegel auf, streicht, strählt und formt seinen Bart).* Kinn, Unterlippe. Ich muss meinen Abschied nehmen. Ich kann nicht meinen Abschied nehmen. Bart oder Armee? Rasieren und bleiben – ich kann nicht wählen, nur zwischen Tod und Sterben. Die Dienstvorschriften! *(Geht zum*

Schreibtisch, holt das Vorschriftenbuch aus der Lade) Abschnitt Sieben –
das Buch der Plagen *(liest, blättert an anderen Stellen)*. Er kennt sie besser als ich. Mein Bart *(streicht an ihm herunter)* ist ihm schon lange ein
Dorn im Auge. Ich habe, verdammt, ihm selber das Rasiermesser in die
Hand gedrückt. Hieb und Stich, verdammt *(geht zum Spiegel, verdeckt
die Kinnpartie mit den Händen)*. Oben und unten. Nur das Kinn? Gro-
tesk. Ein Artist auf dem Zirkuspferd, eine Peitsche in der Hand, lächerlich *(verdeckt den Bart mit beiden Händen)*. Brabazon. Colonel Brabazon
ohne Bart. Weg mit ihm! Weg mit Brabazon.

Lily Der General ist ein vornehmer, diskreter Mann. Niemand wird erfahren, dass sein Befehl es war, der das Bartopfer verlangte. Die Parade,
Brab, die Parade! Der große Tag im Leben eines schönen stolzen Offiziers. Er verjüngt sich, macht sich schöner für seine Königin und legt seinen Bart auf die Stufen ihres Throns. Es haben Männer schon mehr für
ihre Königin geopfert, aus Liebe, aus Begeisterung. Lass einen Schnau-
zer stehen. Der erinnert deine Königin an den geliebten Prinzgemahl,
der Schnauzbart ist erlaubt in den Vorschriften der Königin. Ach, nein,
das ist nicht möglich, dir fehlt der Backenbart, der Alberts rundes Gesicht rahmte, in drei Tagen wächst dir nur ein garstiger Grind.

Brabazon Ich kann es nicht! Ich kann nicht Hand anlegen. Lächerlicher
Bart! Verlangte mein Gesicht einen Bart? Diesen? Zwanzig müsste
man sein wie der Winston mit seinem Milchgesicht. Verflixte lächerliche Marotte. Hätt' ich nicht auf einen andren Tick verfallen können.
Ein Bart, gut, ein Bart macht den Mann, aber dieser hier? Hätte es ein
anderes Signalment nicht auch getan?

Lily Ich helfe dir. Ich schere dir den Bart mit sanfter, lieber Hand. Ich
habe meinem Bert oft den Bart gestutzt. Ich wollte keinen bärtigen
Geliebten, aber er hat's mir verwehrt, einen glatten weichen Mund zu
küssen.

Brabazon Ein geschorenes Lamm. Ein englisches Vollblut ohne Schweif.

Lily Lass dir helfen von mir. Armer alter Simson, ich heiße Lily, nicht
Delila. Die Philister über dir, Simson! Nein, ich bin nicht die listige

Delila, ich bin eine Frau, die schönen Männern dient. Du musst mich nicht täuschen über das Geheimnis deiner großen Kraft. Im Bart liegt sie nicht. Such sie in deinen Augen, such sie im Schwung der Nase, such sie in den Kanten und dem Grübchen deines Kinns, die der Bart verdeckt, such sie im Kasten deines Schädels. Weg mit den gedrechselten Zotteln, den barbarischen Fransen deines edlen Gesichts. „Wenn man mich schöre, so wichen meine Kräfte von mir, dass ich schwach würde und wie alle anderen Menschen". Hast du Angst davor? Bist du Simson? Dies hier *(hebt das Skript)* ist nicht das Buch der Richter. In meinem, in Lilys Buch steht etwas anderes. Deine Kraft liegt in dir, deine Kraft ist es, die dich anders macht als alle anderen Menschen. Philister über dir, Simson. Und nähmen sie dir deine sieben Locken und stächen sie dir die Augen aus, du bliebest immer Meister über die Philister. Deine Seele stirbt nicht mit den Philistern, nie.

Brabazon Ich muss meinen Abschied nehmen. Das Heer hat eine Million Mann, zwanzigtausend Offiziere nur im Mutterland – welch ein Gelächter! Und dreißigtausend Pferde wiehern hell dazu. Die Garnison ist ein Dorf, in dem die Mauern Ohren haben. Befehl des General Woods an Colonel Brabazon: Bart ab! Alle haben ihn gehört. Auch die Pferde. Es gibt keine Gnade für einen, der in Ungnade fällt. Tausende wollen an meinem Bart schnippeln.

Lily Armer Brab, trauriger Simson, mein geschorenes Lamm.

6

(Brabazons Dienstzimmer. Brabazon, Winston, Lily Langtree)

Brabazon *(an der Tür)* Ist Leutnant Churchill noch nicht da? – gut. Soll reinkommen. – Draußen? Soll gleich kommen. Was macht der draußen? *(geht zum Schreibtisch, setzt sich)* Mag nicht warten, der junge Herr. Lässt warten, lässt immer warten.

Winston Sir! Guten Morgen, Sir *(Brabazon blickt nicht auf, blättert in Papieren)* Ich sah den Tierarzt, Sir. Ich sprach ihn an – mein Pferd –

Brabazon Sie haben immer Gründe, sich zu verspäten, Leutnant, wie?

Winston Ich habe schon gewartet, Sir.

Brabazon Setzen Sie sich, Winston. Eigentlich müssten Sie stehen. Zwei an einem Tisch – die Zwei ist meine Unglückszahl.

Winston Wie bitte, Sir? *(setzt sich)*

Brabazon Lampenfieber, Winston? Das ist Ihre erste Parade, nicht wahr?

Winston Nein, Sir, in Sandhurst –

Brabazon Sandhurst! Wir sind in Aldershot.

Winston Ja, Sir. Ich freue mich auf die Parade.

Brabazon Die Königin kommt am liebsten nach Aldershot. Da ist das nonplusultra. Es ist eine Auszeichnung für Sie, Winston, dabei sein zu können.

Winston O ja, Sir. Aber am liebsten wäre ich als Zuschauer dabei. Gibt es ein glänzenderes Schauspiel als eine Parade, Sir?

Brabazon Am liebsten auf dem Feldherrenhügel neben der Königin, nicht wahr, Winston? Warum nicht gleich in ihrer Kutsche?

Winston Ich meine, Sir – der Überblick über das Ganze, über die geschlossenen Formationen, das Zusammenspiel, der Blick auf den Geist der Schönheit und des Willens, der sich ausdrückt in einem überwältigenden Bild bewegter Einheit.

Brabazon Seien Sie dabei, Winston, Zuschauen ist langweilig.

Winston Erlauben Sie, Sir – Zuschauen gibt dem Bild die Dauer. Es ist der Zuschauer, der das Kunstwerk macht.

Brabazon Wir sind Krieger, Winston, nicht Künstler.

Winston Ist eine Parade kein Kunstwerk, Sir? Eine Garnison von 25 000 Mann, jeder eingeschmolzen in das Bild von Blau und Gold, Scharlachrot und Metall, Bewegung gekoppelt an Bewegung, jeder auf seinem Punkt –

Brabazon Pünktlichkeit, Winston!

Winston – jeder auf seinem Punkt, den eine geheimnisvolle Linie in Bewegung hält, Pferde, Fußvolk, Artillerie, alles –

Brabazon Vergessen Sie nicht die Technik und den Train.

Winston Nein, Sir. Alles ohne Regie. Jeder weiß, was er zu tun an seinem Platz, er wird nur gelenkt durch die Tradition, in der die Regel entstand. Die Pferde haben sie in ihren Hufen.

Brabazon Dressur, Leutnant, Dressur.

Winston Sir, alles wird mitgerissen in einem abgezirkelten Elan. Keiner drängt sich vor, keiner bleibt zurück. Eine Symphonie, Sir. Jede Note stimmt, keine kann auf einer anderen Linie, an einer anderen Stelle stehen. Ein grandioses Schauspiel! Alles für die Königin. Sie ist die einzige Zuschauerin, sie ist das universale Publikum, das dem gemeinschaftlichen Kunstwerk seine Dauer verleiht. Und sollte ich neunzig Jahre alt werden –

Brabazon Stopp, Leutnant. Ein Soldat sollte nicht auf ein langes Leben hoffen.

Winston Neunzig, Sir – das Bild wird mir in der Seele stehen, unauslöschlich.

Brabazon Der Greis auf seinem Gaul. Ach nein, Sie werden dann ja in einem Automobil sitzen. Haben Sie das gelesen, Winston? Die neue Regierung hat das Gesetz aufgehoben, das den Fahrzeugen verbot, schneller als zehn Kilometer in der Stunde zu fahren. Er muss auch keiner mehr mit roter Fahne vorangehen und warnen. Wenn Motoren schneller als die zwei oder die vier Beine sind, dann gibt es bald keine Pferde mehr. Kavallerie auf Rädern, das wird die Zukunft sein. Kavalier am Steuer (geht zum Schrank, holt die Bärenfellmütze, streichelt sie) Das Paradestück! General Wood wird sich in der Vorschriftenkommission dafür einsetzen, dass die Husaren in ihren Automobilen den Kalpak tragen dürfen – nur der Riemen muss ein bisschen fester sein, wegen des Windes. Weil die Tartaren und die Magyaren ihre Bärenfelle schon getragen haben!

Winston Wir tragen die Bärenmütze mit Stolz, Sir!

Brabazon Die Farbe und das Zeichen des Regiments – das zählt, das allein. Unser Regiment, Leutnant, unser Regiment, das allein. Wenn der Blick der Königin nicht auf Ihnen ruht, beifällig, mit herzlicher Zustimmung, auf Ihnen an der Spitze Ihrer Leute ganz allein, wenn ihre Augen nicht Ihrem Schritt ein paar Sekunden lang folgen, dann haben Sie der Farbe des Regiments Schande gemacht.

Winston Das Auge der Königin wird Ihnen folgen, Sir!

Brabazon Die Königin wird mich nicht erkennen.

Winston Aber, Sir –

Brabazon Was Sie über die Noten gesagt haben, Winston, das gefällt mir. Jede Note muss stimmen. Im Bärenfell darf kein Haar quer zum andern liegen. Wir müssen es kämmen und glätten, bis keine Spitze keck den Schimmer des Bildes stört. Was meinen Sie, Winston, darf es keine persönliche Note geben? Darf in Ihrem Konzert keiner ein bisschen lauter oder leiser spielen, nicht eine Spur frischer oder kecker?

Winston Das lässt sich nicht vermeiden, Sir! Aber die Note muss stimmen, gleichgültig, wie der Charakter des Spielers sie färbt.

Brabazon Darf sie auffallen? Winston, wie lange kennen wir uns?

Winston Sir, es gehört zum Glück meines Lebens, dass ich Sie schon seit meiner Kindheit kenne.

Brabazon Würden Sie mir einen Gefallen tun, Winston, einen Dienst erweisen, einen großen?

Winston Jeden, Sir.

Brabazon Sie sind so perfekt rasiert, Winston, glatt wie unser Bärenfell. Ich habe mich entschlossen, mich von meinem Bart zu trennen. Ich lege ihn unserer Parade auf den Altar.

Winston Aber Sir!

Brabazon Ich bitte Sie, Winston, mein Barbier zu sein. Heute Abend. Ich kann es nicht. Das Messer in meiner Hand würde zittern. Ich kann es nicht, Winston. Sie müssen mir helfen. Das ist kein Befehl, Leutnant.

Winston Ich soll Sie – rasieren, Sir? Nein, das ist es nicht – ich soll Ihnen den Bart abnehmen? Ihren Bart? Sir, ich kann das nicht. Den Bart des Brabazon? Entschuldigen Sie, Sir!

Brabazon Nennt man ihn so? Ja, man nannte ihn so.

Winston Wenn Sie mich zwängen, Hand zu legen an den Bart – an Ihren Bart, Sir, da wär's mir, als beginge ich – einen Vatermord.

Brabazon Muss ich mich selber töten, Winston?

Winston Sie haben hundertmal paradiert mit Ihrem Bart, Sir – warum wollen Sie ihn für diese Parade abnehmen, für Ihre letzte –

Brabazon Die letzte? Winston, Sie wissen wieder einmal mehr. Was wissen Sie? Raus mit der Sprache. Was redet man über mich in Ihren Kreisen?

Winston Sir, ich hörte – man sprach darüber, dass die Vierten nach Indien gehen.

Brabazon Wenn das so wäre! Ich glaube das nicht. Aber Indien? Nicht schlecht. Ich war noch nicht in Indien. Die Sikhs sollen prächtige Bärte tragen. Nein, Winston, unsere Parade – der Bart des Brabazon muss ab. Helfen Sie mir, Winston?

Winston Heute Abend.

Brabazon In meiner Wohnung.

Winston Ich glaube, ich kann es nicht, Sir.

Brabazon Ich warte auf Sie. Kommen Sie?

Winston Ich weiß es nicht, Sir.

Brabazon Ich warte auf Sie. Bis heute Abend, Winston.

Winston Sir! *(ab; Brabazon setzt sich die Bärenfellmütze auf, betrachtet sich im Spiegel, nimmt die Mütze ab, betrachtet sich, streicht den Bart und die Mütze)*

Lily Schöner, stolzer Brab. Ich helfe dir. Gib mir das Messer. Ich schleife es an meinem Haar, es wird scharf und sanft. Willst du mir's glauben? Ich habe meinen Geliebten oft rasiert. Mit meinen Lilyfingern fass ich deine Nase, zart, und hebe dein Gesicht zu mir empor. Warum hast du keine Frau, du schöner stolzer Mann? Musst deinen Babyleutnant bitten, dir den Liebesdienst zu erweisen. Ich streichele deine Wangen mit meiner Hand. Ich bin eine Künstlerin. Brab, ich hebe dein reines Antlitz aus der groben Form. Soll ich nicht doch ein Bärtchen unter der kühnen Nase stehen lassen? The Queen's Regulations erlauben das. Hättest du auf mich gehört, Brab! Nie hätte es einen Streit um Brabazons Bart gegeben. Warum gibt es auf der Bühne nie eine Versöhnung? Sollte es wahr sein, dass die mit so viel Blut und Schweiß und Tränen verschmierten Bretter wirklich die Welt bedeuten?

Brabazon Der General hätte es nicht verlangen dürfen. Darf's die Königin?

7

(Kasino. Watkins, Haig, Winston)

Haig Alles für diesen einen Tag. Mir geht das auf die Nerven. Als müssten wir der Königin vorführen, wie wir einen Krieg gewinnen.

Winston Der Welt, Captain Haig, der Welt.

Haig Nicht der Schüler, die ganze Schule geht ins Examen. Examensfieber, Major Watkins, Sie sehen so verdrießlich aus?

Watkins Mir verdirbt der Colonel die Freude an unserer Parade. Der kommt nicht auf den Hof, lässt sich nicht bei den Ställen sehen, will nichts, fordert nichts, nörgelt nicht, macht keine Witze. Ich mache mir Sorgen. Ist er krank? Was ist los mit ihm, meine Herren?

Haig Ja, der Alte ist er nicht. Die Parade – wie hat die ihn sonst in Fahrt gebracht.

Watkins Nein, krank ist er nicht. Die Parade würde ihn von den Toten auferstehen lassen.

Haig Ich sage nur ein Wort – Wood.

Watkins Das Kriegsbeil ist doch längst begraben, Captain. Nein, das ist es auch nicht. Der Colonel wirkt so geistesabwesend. Wie soll ich das sagen?

Winston Melancholisch. Er hat mich heute verwirrt. Stellen Sie sich vor, meine Herren! Er trägt sich mit dem Gedanken – also er hat erwogen, sich den Bart abzunehmen. Noch vor der Parade. Stellen Sie sich vor, meine Herren, den Bart!

Watkins Den Bart des Brabazon? Unmöglich.

Haig Das sagte er Ihnen, Leutnant?

Winston Er sprach von einem Opfer – auf dem Altar der Parade. Als müsste er der Parade die letzte Perfektion geben, indem er sich den Bart scheren lässt.

Watkins Melancholisch, sagten Sie, wunderlich, sage ich. General Wood untergräbt sein Selbstbewusstsein. Die heimliche Nummer 1 entthront. Das nagt, das macht – ja – melancholisch.

Haig Wood, sage ich. Unser bartloser Scipio Africanus hat sich oft genug über Brabazons Bart mokiert. Er hat's geschafft, er hat Brabazons Widerstand gebrochen. Das ist ein Akt der Selbstkasteiung, meine Herren, eine symbolische Handlung – totale Unterwerfung. Der junge Wolf bietet dem alten den nackten Hals.

Watkins Leutnant, der Colonel hat Sie auf den Arm genommen.

Winston Er wirkt traurig. Nach Späßen war ihm nicht zumute.

Haig Meine, Herren, ich gehe noch einen Schritt weiter. Ich vermute, General Wood hat ihm bedeutet – hat ihm nahegelegt, seine Barttracht militärisch zu begradigen. Eine gewisse Extravaganz ist dem Bart des Brabazon in der Tat nicht abzusprechen.

Watkins Unmöglich, Captain, das gibt es nicht unter Gentlemen.

Winston Das wäre eine tödliche Beleidigung.

Haig Es gibt Beleidigungen, die töten wollen. Major Watkins, Sie werden Ihren Bart wohl auch opfern müssen.

Watkins Unsinn, Captain. Wir sind eine bärtige Armee. Lasst bärtige Männer um mich sein, hat die Königin gesagt. Schon bei ihrer Thronbesteigung. Die liebte doch Wellingtons Glattgesichter nicht.

Winston Sir! Die Glattgesichter haben Napoleon geschlagen!

Watkins Der war eben auch ein Glattgesicht.

Haig Colonel Brabazon hat seinen Bart dem dritten Napoleon abgeguckt.

Watkins Mein Bart ist von der Dienstvorschrift toleriert. Leutnant, Sie kennen sie – habe ich Recht?

Winston Pardon, Sir, für Bärte habe ich mich nie interessiert.

Haig Ich bleibe dabei – General Wood.

Watkins Nein, nein, Captain, der General kann so etwas nicht verlangen.

Haig Verlangen nicht. Meine Herren, kennen Sie nicht die Befehle, die Fragen mit hochgezogenen Brauen sind? Ein Blick, der die Mundwinkel bis zum Kragen hinunterzieht? Der Befehl hat hundert Sprachen. Ist nicht der stille Spott aus höherem Mund schon ein Befehl?

Watkins Es kann keinen Befehl geben, der einen Brabazon zum Bartscherer treibt. Darauf verwette ich nicht nur meinen Bart – meinen Kopf.

Winston Er wirkt so verstört. Ich kenne ihn seit meinen Kindertagen. Er hat das Strahlen verloren. Wir werden eine traurige Parade erleben. Was ist das, meine Herren, die Vierten Husaren geführt von einem Mann ohne – Schneid?

Watkins Leutnant! Ich bitte Sie, Sie übertreiben.

Winston Können wir ihm nicht helfen? Der Bart ist der Schlüssel. Der Bart – in ihm nistet eine Tragödie. Wir müssen verhindern, dass er diesen verhängnisvollen Schritt tut.

Haig Den Schnitt! Ritschratsch. Das ist doch Unsinn, Leutnant. Sollen wir hingehen zu ihm – Colonel Brabazon, bitte, bitte, nehmen Sie Ihren Bart nicht ab? Das ist doch lächerlich, Leutnant.

Winston Ich würde mir – erlaubte es die Zeit – einen Bart wachsen lassen, um ihm meine Solidarität zu zeigen.

Watkins Es gibt noch viel zu besprechen. Wir gehen zum Colonel. Wir bringen ihn auf fröhliche Gedanken. Wir könnten –

Haig – ihn nach seinem Bart fragen?

Watkins Gehen wir zu ihm! Wir fragen nach seinen Befehlen. Wir könnten ihn auf den Zahn fühlen.

Haig Ihm um den Bart gehen.

Winston O ja, meine Herren. Bitte, darf ich Sie begleiten?

Major Kommen Sie mit, Leutnant. Es ist wirklich bedauerlich, dass

Bärte so langsam sprießen. Sie könnten ein Zeichen setzen, das mehr sagt als tausend Worte. *(alle ab)*

8

(Brabazons Vorzimmer. Sergeant. Es kommen Watkins, Haig, Winston)

Haig Melden Sie uns bei Colonel Brabazon, Sergeant!

Sergeant Sir, der Colonel will nicht gestört werden.

Haig Es ist wichtig, Sergeant, melden Sie uns.

Sergeant Ich habe Anweisungen, Sir – keine Störung.

Watkins Ist Colonel Brabazon allein, Sergeant?

Sergeant Er ist wohl allein, Sir. Ich glaube, Sir. Ich sah niemand hineingehen –

Haig Ist er nun allein, oder ist er es nicht?

Sergeant Ich hörte eine Stimme, Sir.

Watkins Mein Gott, er führt Selbstgespräche.

Sergeant Eine Frauenstimme, die Stimme einer Dame. Ich habe nicht gelauscht, Sir.

Haig Damenbesuch?

Sergeant Ich weiß nicht, Sir. Ich habe seit vier Stunden Dienst. Ich habe meinen Platz nicht verlassen. Eine Dame habe ich nicht gesehen, Sir.

Winston Ich höre die Stimme auch, meine Herren *(lauscht)*. Eine weibliche Stimme, ja.

Haig Meine Herren, wir stehen hier und lauschen. Das ist doch peinlich. Wir können nicht warten, meine Herren.

Winston Und Sie sahen niemand hineingehen, Sergeant?

Sergeant Niemand. Vor einer halben Stunde befahl mir der Colonel: keine Störung, Sergeant. Ich will nicht gestört werden, Sergeant, auf keinen Fall, von niemand, und wenn's der General ist. Das war sein Befehl. Aber –

Watkins Aber – Sergeant?

Sergeant Einmal habe ich die Mappe mit den Listen aus dem Zimmer geholt.

Watkins Und?

Sergeant Da war niemand im Raum, Sir, niemand, keine Dame. Nur der Colonel.

Haig Eine Dame im Schrank.

Winston Sergeant, Sie haben das Zimmer verlassen!

Sergeant Nein, Sir, nicht eine Minute. Ich hatte darauf zu achten, dass niemand stört, Sir.

Haig Wir stören auch nicht, meine Herren. Der Colonel hat seine gute Laune wiedergefunden. Kommen Sie! (*Das laute Lachen einer Frau, der stöhnende Schrei eines Mannes*)

Haig Nur weg hier!

(*Die Offiziere gehen zögernd zur Tür. Die Tür von Brabazons Zimmer wird aufgerissen. Brabazon erscheint, bartlos*)

Watkins, Haig, Winston Sir! (*Sergeant schlägt die Hände vor die Augen*)

Berthiers Tod

Personen

Alexandre Berthier, Marschall von Frankreich

Marie, seine Frau

Marie Luise, Kaiserin

Lady Hamilton

Marschälle von Frankreich:

   Ney, Marmont, Mortier, Moncey,

   Lefebvre, Macdonald, Oudinot, Davoust

Jonot, Offizier

Talleyrand

Der Mann mit der Tasche

César Berthier

Victor Berthier

Maret, Minister

Caulaincourt, Minister

Bertrand, Großmarschall

Drei Uniformierte

Diener

Zeit und Ort

Bamberg am 1. Juni 1815 in einem Raum der Neuen
Residenz. Der Titel ist ein Zitat aus Goethes Tagebuch,
drei Tage später („Berthiers Tod. Abends Schauspiel")

I

(*Ein Raum der Residenz. Am Fenster vor hellem Himmel die Balustrade eines kleinen Balkons. Tisch und Stuhl. Berthier liegt auf einem Sofa*)

Marie (*geht zu Berthier, betrachtet ihn eine Weile, legt ihm die Hand auf die Stirn*) –

Berthier (*springt auf, stehend*) Der Bote! Der Brief!

Marie Nichts, Alexander. Du musst ruhen. Deine Stirn ist so heiß (*drängt ihn aufs Sofa*).

Berthier Der Bote wird kommen, der Brief wird kommen. Dieses Warten, seit Wochen. Der Kaiser ruft seine Marschälle. Er ruft sie immer wieder. Er gibt keine Ruhe. Er wird seinen Generalstabschef nicht vergessen, nicht den Fürsten von Wagram. Er wird mir seine Befehle senden.

Marie Vergiss endlich den Bonaparte auf seiner Insel. Du hast dem König gehuldigt. Du bist Marschall von Frankreich von Ludwigs Gnaden. Du bist ein königlicher Pair. Du bist nicht mehr der Mann des Kaisers. Warum quälst du dich so, Alexander?

Berthier Er ist zurückgekommen von seiner Insel, ich hab's gefürchtet. Seit drei Monaten gibt es wieder diesen Ruf, hörst du ihn nicht? Vive l'empereur, vive l'empereur. Ich höre ihn, ich höre ihn, ich habe ihn tausendmal gehört. Vive l'empereur. Vive l'empereur.

Marie Ruhig, ruhig. Schlafe. Was geht dich der Bonaparte noch an?

Berthier Schlafen will ich. Ruhe, Ruhe, nur das will ich. Als er sich einschiffte nach Elba, habe ich ihn beneidet. Ein winziges Fürstentum im Meer, eine Rente von zwei Millionen, eine kleine Garde zum Marschallspiel. Wie gern wäre ich an seiner Stelle gewesen. Und er tot! Gefallen in Leipzig oder in Hanau, vom Pöbel in Fontainebleau erschlagen, füsiliert im Luxembourg, nur tot und eine glorreiche Erinnerung. Ich bin über sechzig, ein alter Mann. Ich bedarf der Ruhe! Hören Sie mich, Sire, hör mich, mein General, lass ihn in Ruhe, deinen alten Berthier.

Marie Ruhig, mein Alexander. Du hast deinen Frieden gemacht mit dem rechtmäßigen König von Frankreich. Hinter ihm stehen die Könige Europas. Der General Bonaparte hat dich vergessen, du bist ein Abtrünniger in seinen Augen, er will nichts von dir.

Berthier Napoleon und vergessen? Du kennst ihn nicht. Er wird mich holen, so oder so, er wird mich finden, den Freund oder den Feind. Auch der Ney hat dem Ludwig gehuldigt. Sollte er nicht dem Eindringling den Weg versperren, als er sich von Juan zurück ins Land schlich mit seinem Haufen? Er hat mit seinen Truppen sein vive l'empereur gerufen, hat sich an seine Seite gestellt. Dieser Ney! Werde auch ich wieder mein vive l'empereur rufen? Und dein Vater? Wird er wieder einstimmen in den Ruf der Grenadiere, wenn Napoleon seinen Marsch neu beginnt und siegt und siegt, wenn er wieder Länder und Pfründen und Garantien verteilt, wenn er wieder ausstreut, was er genommen hat und wankelmütige Zauderer zu Siegern macht? Ich kenne meinen Napoleon. Aber kenne ich mich?

Marie Das sind Fieberphantasien. Du musst ruhen, Alexander.

Berthier Das sind Reiter da unten! (*springt auf, rennt zum Balkon*) Der Bote, der Brief! Der Kaiser ruft, der Kaiser befiehlt, er hat mich gefunden. Nein, nein! Er will, dass ich heimkehre. Ich muss seine Truppen für die neuen Märsche ordnen. Ich will nicht! Nehmt den Boten gefangen, zerfetzt seinen Brief! Ich will ihn nicht lesen. Ich befehle es, der Marschall von Frankreich. Keine Siege mehr, der Fürst von Wagram hat genug gefochten (*sinkt an der Balustrade nieder; durch den Raum ziehen drei Uniformierte mit der Adler-Standarte und Schildern, auf denen die Schlachtennamen stehen: Marengo, Wagram, Borodino; leise die Klänge der Marseillaise*).

II

Berthier (*läuft mehre Male zur Balkonbrüstung, blickt hinaus, kehrt zurück*) Wenn ich mehr über seine Pläne wüsste! Er hat Carnot ins Ministerium berufen, hat ihn zum Pair gemacht. Carnot!, den Klugen, das vorsichtige Gewissen der Revolution. So fängt er die alten Geister ein. Den alten Freund aus dem Geniekorps, eisern in seiner mathematischen Schlauheit: hat dem Ersten Konsul die Diktatur aufs Leben verwehrt, hat gegen das erbliche Kaisertum gesprochen, hat sich klug zurückgezogen und die Flamme der Revolution in seinen Schriften genährt, bis sich der Große totgerannt hat. Jetzt stellt er sich an seine Seite. Will er ihn bändigen? Merkt er nicht, dass er benutzt wird? Klug, ja, das ist Carnot. Aber der Kluge ist nur ein Instrument in der Hand des Schlauen. Napoleon lässt sich nicht binden, nicht festbinden. Napoleon ist immer Europa, ihm ist Frankreich zu eng. Carnot, kannst du mir sagen, welches die Pläne des Kaisers sind? Ich muss ihm schreiben, sofort (*setzt sich an den Tisch, schreibt*) Der Ney hat sein Vive l'empereur gerufen. Ney hätte ihm den Weg zurück versperren können mit seien viertausend Mann, die Ludwig retten sollten. Er hat es nicht getan. Er ist der Geist des Krieges. Die Bourbonen haben ihn gedemütigt, trotz seiner Huldigung. Ney, Ney, den muss ich fragen, nicht Carnot! Er ist Napoleons Stütze, ihn muss ich fragen. Ney muss ich schreiben. Ney, Ney (*schreibt; auf dem Balkon erscheint Ney*).

Ney Monseigneur! Kamerad Berthier, Held von Wagram. Hast du dich hier verkrochen?

Berthier (*blickt wirr um sich*) Der Fürst von der Moskwa. Kamerad Ney, lieber alter Freund! Sind Sie hier? Sind Sie der Bote? Bringen Sie mir seinen Brief?

Ney Vive l'empereur!

Berthier Vive – nein.

Ney Berthier, ein Pair in Pension. Ein Marschall von Frankreich als Stallbursche seines erlauchten bayerischen Schwiegervaters. Hat sich das Händchen einer pfälzischen Prinzessin erschlichen und glaubt, das wäre was. Du warst ein kaiserlicher Prinz, du warst Viceconnetable eines gewaltigen Reichs. Meinst du, die befreiten Vasallenseelen geben dir dein Herzogtum von Neuchâtel zurück, den Lohn deines Kaisers?

Wenn deine Könige der alten Ordnung wieder sicher sind, stoßen sie dich in die Gosse. Und deine Prinzessin? Auch das königliche Püppchen des Kaisers hat sich schnell getröstet.

Berthier Nicht Marie! Sie kennen nicht meine Frau. Nicht Marie!

Ney Zum Teufel mit allen Prinzessinnen. Taten adeln, doch nicht das dünne blaue Blut, das wie blasse Tinte auf brüchigen Dokumenten ist.

Marie (*an der Tür*) Hast du mich gerufen, Alexander? Du sollst ruhen, sollst liegen (*führt Berthier zum Sofa, nötigt ihn zum Liegen, legt die Hand auf seine Stirn*) So heiß, so heiß. Du musst ruhen –

Berthier Der Herzog von Elchingen, der Marschall –

Marie Ich weiß, ich weiß – immer die alten Geschichten, in Ulm, um Ulm und um Ulm herum. Gleich sprichst du mir von der Beresina.

Berthier Sieh doch. Da! Der Bote ist gekommen, ein hoher Bote, ein Brief.

Marie Es kommt kein Bote, es kommt kein Brief, heute nicht, morgen nicht (*legt eine Decke über Berthier, geht zur Tür, direkt auf Ney zu, der in einer Pirouette zurückweicht*).

Ney Zauberhafte Prinzessin. Hold, hold. Aber resolut und mütterlich wie deine alte dicke Madame. Berthier! Weißt du noch, Kamerad Berthier, wie wir Marschälle dem Kaiser das Fest in der Oper gegeben haben, nach der Krönung? Deine Madame war es, der unser Kaiser seinen Arm bot, als er in den Saal einzog. Unser Kamerad Murat durfte die Josephine geleiten, aber der war nur der Schwager des Kaisers. Deine Frau aber, Berthier, war das Weib seines Freundes, mit dem er gesiegt hat in Italien, in Ägypten, an den deutschen Fronten. Das zählt! Du warst ein Mitglied seiner Familie, Monseigneur, der Familie seines Herzens. Lass deine junge Prinzessin in Bamberg, komm mit mir nach Paris, komm. Wir machen es zur Hauptstadt der Welt, für immer.

Berthier Kampf, immer nur Kampf. Rufen Sie mich zum Kampf, Kamerad Ney? Ja, in Ihren Augen sehe ich die Clairons blitzen. Ihr habt den König wieder verjagt, ihr marschiert zur Grenze, um eine Republik zu verteidigen, doch ihr meint das Reich, das wir gewonnen und verloren haben, ihr meint Europa bis an die Moskwa, wo schon über zehn Millionen zugrunde gegangen sind. Nach Paris, sagen Sie? Auf die Schlachtfelder meinen Sie, in Lager und Zelt, auf den Rücken der Pferde, – ich bin zu alt, ich will meine Ruhe. Ist das Leben nur Kampf? Immer nur das Regieren mit Hilfe der Regimenter? Was ist ein Fürst, wenn er nicht ein Friedensfürst sein kann!

Ney Fürst von Wagram! Ein Friedensfürst? Du trägst deinen Erfolg im Titel und Namen, wie ich den meinen. Alles, was du bist, dankst du dem Krieg, dein Ansehen, deinen Reichtum. Wer aufhört, für seinen Erfolg zu kämpfen, hat Namen und Titel schon verloren, alles andere dazu. Wagram! Wäre Napoleon nicht von Paris aus aufs Schlachtfeld geeilt, um dir den Stab aus der Hand zu nehmen, wer weiß, ob die tapferen Österreicher Wien verloren hätten? Brennt der Tadel des Kaisers noch in deinem Herzen, Herr Oberbefehlshaber?

Berthier Er hat oft und mit Lust getadelt, nicht nur mich.

Ney Es war kaiserliche Großmut, die dich zum Fürsten von Wagram gemacht hat, nicht dein Verdienst.

Berthier Es zählt nicht eine Schlacht, es ist die Summe der Siege, die einen Fürsten macht. Keiner hat so oft an seiner Seite gestanden wie ich. Ich war der Kopf seines Stabes! Ich dirigierte Mann und Material. Ich war der Ältere und mir stand's zu, dem kecken Jungen zuzurufen: sei auf der Hut. Ist nicht Vorsicht das Privileg des Älteren?

Ney Vorn steht der Mann, ob alt oder jung. Du hast dich oft hinter dem Rücken des Kaisers versteckt. Der Oberbefehl dem Berthier, das Kommando dem Kaiser.

Berthier Unser Hannibalmarsch über den Sankt Bernhard – war das eine Schlacht? Eine Leistung war's, der Sieg von Umsicht, Plan und Kontrolle. Und Marengo? Soll ich mich der Leistung rühmen, die dem Kaiser selbstverständlich war?

Ney Ach, Herr Oberjägermeister, hast wohl auch dem Kaiser hier in der Residenz Quartier gemacht, anno 6, als die Preußen dem Kaiser ihren frechen Brief geschrieben haben. Hübsches Haus, stattliche Residenz für einen Helden außer Diensten. Lieben dich deine Franken denn? Hast du sie nicht ausgepresst und niedergedrückt wie alle, die wir unter unserer Fuchtel hatten? Niemand hat dich geliebt, du Friedensfürst, nur der Kaiser. Der hat mir dir geschimpft, er hat dich lächerlich gemacht, aber er hat dich geliebt.

Berthier Er hat mich geliebt. Seit Italien, seit Ägypten war ich – sein älterer Bruder. Eine Liebe ohne Respekt, ich weiß, das ist das höchste, was der ältere Bruder vom genialen jüngeren erwarten kann.

Ney Der Held der Brücken! Berthier, der glänzende, der tapfere, an der Spitze der Sturmkolonnen mitten durch den furchtbaren Kartätschenhagel über die Addabrücke. Eine der größten Kriegstaten der Weltgeschichte. So viele vergebliche tödliche Versuche, und dann kommt Berthier und jagt die Österreicher – Berthier, Berthier!

Berthier In meinen Memoiren habe ich gesagt, wie's wirklich war. Beim ersten Sturm schon war die Brücke erobert. Noch ist die Zeit zum Bücherlesen nicht gekommen (*hebt einen Stapel Blätter hoch*).

Ney Hast du auch über die Leipziger Brücken geschrieben, Herr Ingenieur, die zu bauen der Kaiser dir befohlen hatte, als uns die Preußen jagten? Hast du sie gebaut? Hast den Rückzug geplant und die Brücken vergessen. Zwei Brücken für ein Heer, und eine ist gebrochen. Kamerad Macdonald musste über die Elster schwimmen. Dass unser polnischer Jungmarschall mit all seinen Geldsäcken auf dem Gaul in der Elster ersoff, was soll's, auch die Kriegsgeschichte will was zum Lachen haben. Aber unsere Soldaten, Herr Brückenmeister! Tausende kamen um, im Gedränge, im Kugelhagel im dreckigen blutigen Wasser.

Berthier Die Brücken über die Beresina ließ der Kaiser selber bauen, er hat mich nicht gefragt.

Ney Ich habe die Nachhut unserer jammervollen großen Armee geführt, ich habe die traurigen Trümmer, die von ihr übrig geblieben waren, gegen die streunenden Kosaken verteidigt. Der Herr Generalstabschef war sich zu schade dafür, das Kommando über den unseligen Rest zu übernehmen. Wo war damals deine Treue gegen den jüngeren Bruder?

Wo ist sie heute? Hältst ihn wohl auch für einen rettungslos Verlorenen, für einen Wahnsinnigen?

Berthier Wahnsinn? Der Armee war nicht zu helfen. Der Kaiser hatte sein Bulletin diktiert und war ihm hinterher geflogen, nach Paris. Ich konnte so wenig tun wie er.

Ney Fahre nach Paris, alter Berthier. Jetzt. Der Kaiser wartet auf seine Marschälle, auf alle, die das Scheitern gestählt hat. Wir wagen den Neubeginn, wir werden klüger als gestern sein. Wir sind Soldaten, wir müssen kämpfen, wir haben keinen anderen Beruf. Der Kaiser muss wieder General sein. Willst du auf der Seite der alten Könige bleiben? Die sind verfaulter und morscher als die Leichen unserer Grenadiere im russischen Morast.

Berthier Was will der Kaiser mit dem älteren Bruder, der die Familie verlassen hat?

Ney Vielleicht liebt er dich nicht mehr, aber er braucht dich. Vielleicht braucht er dich nicht mehr, aber er liebt dich.

Berthier Kamerad Ney, was soll ich tun?

Ney Kämpfen, Berthier, jung werden im Kampf. Auslöschen unsere schmachvolle Unterwerfung unter den trotteligen Bourbonenkönig, im Kampf, in Sieg oder Untergang.

Berthier Verliert der Kaiser noch einmal, wird ihn keiner schonen, kein ehrenvoller Rückzug, keine Inselgarde, keine Apanage.

Ney Sie werden ihn füsilieren, an den Mauern der Tuilerien oder im Luxembourg und mich und dich an seiner Seite. Und das Volk wird rufen: Nieder mit Napoleon, a bas Bonaparte.

Berthier Und siegt Napoleon? Siegt er wieder?

Ney Ja. Dann werden wir Marschälle die Könige Europas sein.

Berthier Dein Traum hat sich für Kamerad Bernadotte erfüllt, das schwedische Volk will ihn zum König wählen, weil er nicht Napoleons Bruder war. Uns werden die Völker auf ewig hassen. Wozu der Kampf, Kamerad Ney? (*Ney ist langsam zum Balkon zurückgewichen, der Balkon verdunkelt sich*).

III

Berthier *(läuft mit großen Schritten durch den Raum)* Ney, Ney, der kennt seinen Weg. Wenn ich zwanzig Jahre jünger wäre! Wenn ich nicht so hoch gestiegen wäre. Wenn ich mein Vermögen wegwerfen könnte – *(rennt zum Balkon, macht die Streugeste)* – ausstreuen, so, so, meine Verfolger abschütteln könnte, wie's der Murat getan hat, als er auf unserer Flucht die Kriegskasse den Kosaken vor die Füße leerte, um sie stolpern zu lassen über ihre Gier. Nach Amerika! Da ging es nicht um Geld, nicht um Macht, da ging es um den Ruhm, den der Sieg der Freiheit schenkt. Wohin geht mein Frankreich? Will es die Freiheit noch? Die Jungen haben sich totgelaufen gegen die Alten. Die Alten kommen zurück. Ich bin mit den Jungen gelaufen. Wie hat es mich geschüttelt, als mir das Direktorium den General Bonaparte nach Italien schickte, als meinen Chef, siebenundzwanzig Jahre alt – und ich war schon ein Graubart von über vierzig Jahren. Soll ich den Alten folgen? Der alte Talleyrand, er ist so alt wie ich, er hat die Jungen toben lassen, er kennt den Weg, den Weg der Alten. Ich muss ihn fragen *(rennt zum Tisch)*. Der Alte, aus altem Geschlecht, der weiß Bescheid *(schreibt)*, der kennt den Weg.

Talleyrand *(steht in Berthiers Rücken, blickt ihm über die Schulter)* Ein Jahr jünger wohl, Monseigneur, als Sie, aber älter, viel älter als Sie.

Berthier *(blickt vom Blatt hoch, ohne Talleyrand zu sehen)* Mein Prinz?

Talleyrand Bin so alt wie Frankreich, das heißt: ich bin jung.

Berthier Ich bin ein ratloser verwirrter alter Mann, mein Prinz. Helfen Sie mir!

Talleyrand: Die Zeiten sind wirr. Da ist es an jedem Mann, sich nicht verwirren zu lassen.

Berthier Mein Prinz, Sie waren mein Ratgeber, seien Sie es wieder.

Talleyrand Ich hätte Ihnen, Monseigneur, einem Marschall des Krieges, einen Rat gegeben?

Berthier Alle Welt weiß, dass der Kaiser Sie mit Ungnade strafte, weil Ihre Stimme an seinem Ohr vor dem Furor unserer tausend Schlachten warnte. Sie wussten, dass ein Krieg, der nicht Ziel und Grenze kennt, alles und alle ruiniert, aber die Sieger noch mehr als die Besiegten. So dachte ich. So habe ich immer gedacht, gedacht wie Sie.

Talleyrand Weil Sie ein müder Kriegsmann waren. Weil Sie den Verlust von Vermögen und Prestige fürchteten. Ich dachte an mein Land. Ich bin ein unabhängiger Mann. Was nützt das goldene Schwert in Ihrer Hand, wenn es immerfort schlagen muss, bis es schartig ist und von Blut und Schmutz stinkt. Ungnade, Gnade! So denken Männer, die sich zum Instrument eines fremden Willens gemacht haben. Tauge ich, tauge ich noch?, fragen die sich. Wann werde ich weggeworfen und durch ein anderes ersetzt? Das sind keine Fragen für mich, Monseigneur, ich bin der Prinz von Talleyrand-Perigord. Auf meinem Gut in Valençay bin ich so mächtig wie im Ministerium des Äußeren. Frankreichs Geist ist mein Herr. Es gibt keine Größe, die nicht ein Instrument in meinen Händen wäre.

Berthier (*greift nach einem Apfel in einer Schale*) Wir haben ihn zum Kaiser gekrönt, in Notre Dame. Ich, Berthier, der Sohn eines Ingenieurs, ein Marschall von Frankreich, habe ihm den Reichsapfel in die Hand gegeben. Lefebvre, der Sohn eines Müllers, Marschall und Herzog von Danzig, hat ihm das Schwert Karls des Großen überreicht. Der Marschall Bernadotte, Sohn eines Advokaten, legte die Kette der Legion auf seine Brust. Und Sie, mein Prinz, ein Sohn des alten Adels, hüllten den Kaiser in den Purpurmantel der Majestät.

Talleyrand (*legt seinen Mantel Berthier um die Schultern*) Oh, die geschmacklosen Pluderhosen und die Brillantenstrümpfe – mon Dieu, welch ein Schauspiel. Ich habe mitgespielt, es hat uns allen Spaß gemacht. Unser Volk liebt die Könige im Glanz. Wir sind eine theatralische Nation, lieber Berthier, und der Fundus ist groß. Hat der Papst doch mitgespielt! Warum sollte ich ein Spielverderber sein?

Berthier Und sein Vorgänger hat den Bann über Sie gesprochen.

Talleyrand: Das musste er wohl. Ich war sein Bischof und habe seine Priester mit dem dritten Stand verbündet. Wir sind eine fortschrittliche Nation, Monseigneur. Sollten die Revolutionäre der Mutter Kirche entlaufen? Mein Hochamt am Altar des Vaterlandes, für dieses höchste Wesen – die Franzosen lieben Schauspiele, und ich liebe Schauspiele, wenn sie dem Vaterland gefallen. Sie aber, Monseigneur, haben den Papst aus Rom verjagt! Das war kein Spaß.

Berthier Ich schonte ihn, ich stand auf seiner Seite!

Talleyrand Ich habe seinem Nachfolger das Konkordat, der Mutter Kirche in unserm Vaterland ihr Recht gegeben. Daran dachte der Papst, als er über meinem schönen Purpurmantel und der aufgelesenen Krone sein „Vivat Imperator in aeternum" murmelte. Meinen Sie, Monseigneur, dem Papst und dem Prinzen Talleyrand ging es um das Reich, das sich ein emporgekommener Kaiser mit seinen Helden auf den Schlachtfeldern zusammenklettet? Gnade, Ungnade, Acht, Bann! Ich brauche keinen kaiserlichen und keinen päpstlichen Segen. Ich machte den Konsul im Brumaire, ich machte den Kaiser in Notre-Dame. Die Stunde wollte es so. Ich war ein Kaufmann in Amerika und habe dort mein Geld verdient, als die Schreckensmänner mir an den Hals wollten, weil ich ein Freund der Konstitution war. Dort fand ich meine Frau, eine Bürgerin, nicht nur der Phrase nach. Ihr Söhne der Revolution seid den Töchtern der Könige nachgestiegen. Das Vaterland braucht starke Hände, die bewegen, und Köpfe, die regieren. Ich gehöre zum Stand der Köpfe, der fragt nicht, ob er der erste oder dritte ist. Das ist ein stabiles Regiment, 1789, 1799, heute, in hundert Jahren, 1999, wenn der ewige Kampf der zweitausend Jahre im Regiment der Köpfe sein Ende findet.

Berthier Aber dieses Jahr, mein Prinz, ich will wissen, was in diesem Jahr geschieht, 1815. Gibt es in ihm einen Platz für mich? Wo? Wo? An wessen Seite? Der Kaiser hat um Ihren Rat geworben, mein Prinz, wie er es schon oft getan hat. Was werden Sie ihm raten? Was raten Sie mir?

Talleyrand Dem Mann ist nicht zu raten. Ihm helfen keine Marschälle und keine Grenadiere. Er hat mich in die Acht erklärt. Ich bin sein Feind. Er ist nicht mein Feind. Er ist ein Nichts. Er ist geächtet von allen, die vor ihm zitterten. Er ist mit seiner Brigg aus Elba nicht im Golf von Juan, sondern mitten in Wien gelandet, auf meinem Kongress, auf dem ich Frankreichs subtile Schlachten schlage. Er muss zurück auf seine Insel. Napoleon verwirt sein Vaterland und stört es, seinen Weg zu finden, den hohen Platz, der ihm gebührt.

Berthier Ihren Weg, mein Prinz. Soll ich den Österreichern dienen?

Marie (*an der Tür*) Was sprichst du mit dir selbst, Alexander? Du sollst dich nicht aufregen. Du sollst jetzt keine Briefe schreiben. Leg dich nieder, du brauchst Ruhe.

Berthier: Der Prinz von Talleyrand. Sieh, der Krönungsmantel, ein Zeichen. Mir ist so heiß (*er reißt den Mantel runter und wirft ihn Talleyrand zu, der ihn im Abgehen fängt und wie einen Vorhang vor sich hält*)

Marie Du machst mir Angst in deiner Unruhe. Leg dich nieder, ich bitte dich, ich werde Doktor Kleinschmidt rufen müssen (*drängt Berthier zum Sofa; Berthier liegt; sie fühlt seine Stirn*). So heiß, so heiß, ich habe Angst um dich. Was redest du von einem Mantel?

IV

(*Berthier auf dem Sofa, ganz von einer Decke verhüllt, die unruhige Bewegungen verrät. Am Tisch, auf Feldstühlen, in voller Marschalls- und Hofuniform, die Marschälle von Frankreich Marmont, Mortier, Moncey, Lefebvre, Ney, Macdonald und Oudinot, der Großmarschall Bertrand, die Minister Maret und Caulaincourt. Ein Diener legt einen Stapel Zeitungen auf den Tisch, als sei er allein im Raum*).

Ney Paris ist verloren, Frankreich ist verloren. Stellen wir uns den Tatsachen! Europa hält uns gefangen. Der Kaiser ist verloren. Wir sind verloren. Wer sagt es dem Kaiser? Kamerad Marmont. Sie kennen Napoleon. Sie waren Zeuge seines ersten Geniestreichs in Toulon. In Marseille haben Sie Armut und Bitterkeit mit ihm geteilt, aus Italien sandte Sie der General mit den eroberten Fahnen zum Direktorium nach Paris. Sie haben mit ihm in der ägyptischen Wüste gefochten. Sie haben dem Kaiser am 18. Brumaire geholfen, sein Führungsrecht durchzusetzen. Sie haben in Spanien gekämpft. Sie haben Paris verteidigt, Fußbreit um Fußbreit auf dem Montmartre. Sie haben ehrenvoll kapituliert. Sie, Kamerad Marmont, Herzog von Ragusa, wurden auf dem Schlachtfeld zum Marschall ernannt. Auf Sie wird der Kaiser hören. Er muss abdanken, so oder so.

Marmont Wir brauchen die Entsagungsakte, so schnell wie möglich. Der Kaiser muss unterschreiben, will er seinem Sohn den Thron bewahren. Jeder Tag macht ihn schwächer. Aber zum Kaiser, Kamerad Ney, gehe ich nicht!

Ney Kamerad Mortier, Sie gehen. Sie haben an Kamerad Marmonts Seite Paris verteidigt. Sagen Sie dem Kaiser, dass Paris nicht mehr kämpfen kann. Die Garde hier in Fontainebleau mag kämpfen wollen, in Paris muss sie untergehen und der Kaiser mit ihr. Soll er vor den Tuilerien, auf dem Concorde fallen?

Mortier Ich habe dem Kaiser Hessen, die Hansestädte, Hannover gegeben, ich habe in Russland und Leipzig meine Pflicht getan. Lassen Sie mich alle meine Schlachten noch einmal schlagen – zum Kaiser gehe ich nicht.

Ney Kamerad Berthier, Sie sind der Älteste von uns allen, Sie gehen! (*unter der Decke auf dem Sofa Berthiers erschrecktes, abwehrendes Gezappel).*

Berthier Zeigen Sie dem Kaiser Ihre Narben, Kamerad Oudinot, die von Zürich, die vom Neckar, von Hollabrunn, die aus Russland, die frischen von Arcis. Als Todkranker haben Sie gekämpft, Herzog von Reggio. Sie dürfen Großes fordern von Ihrem Kaiser.

Oudinot Ich war Gouverneur von Erfurt. Ich würde den Kaiser an die Tage seiner größten Triumphe erinnern. Wer mit dem Kaiser in Friedland gefochten hat, fürchtet sich nicht. Aber mit Napoleon sprechen, jetzt – davor fürchte ich mich. Aber wir müssen tapfer sein. Wir müssen ihn zur Abdankung zwingen.

Marmont Ist das die Garde? (*von draußen Musik, Kommandos*)

Ney Verflucht, er lässt die Garderegimenter im Hof aufziehen. (*langes Schweigen, unter der Decke hebt Berthier die Hände*) Ist er von allen guten Geistern verlassen?

Mortier Er wird sich nicht von uns, nicht vom Zaren, nicht von Preußen zwingen lassen. Er wird seiner geliebten Garde sagen, dass er abdanken wird, in freiem Willen.

Ney O verflucht, das glaube ich nicht. (*Napoleons Stimme, erst leiser, dann lauter, für das Publikum nicht verständlich; Berthier steckt den Kopf unter der Decke hervor, dazwischen:*)

Marmont O Sire! Das ist nicht die Stunde der Rache. Die Garde kann Paris nicht retten.

Soldaten Vive l'empereur! Vive l'empereur! Nach Paris! Nach Paris! Nach Paris! (*langes Schweigen*)

Ney Kamerad Moncey, Sie kennen die Garden. Werden sie marschieren, ohne uns? Kann sie der Kaiser führen, ohne unsere Unterstützung?

Moncey Er kann, er wird es nicht. Er braucht seine Marschälle und ihre Korps. Ich sage es dem Kaiser nicht, Kamerad Ney. Ich fürchte nicht die Ungnade. Ich habe dem Kaiser, lange vor Russland, wieder und wieder und vielen und vielen gesagt, dass der Eroberungsgeist nur grüne Früchte sammelt und die reifen süßen im eigenen Land verfaulen lässt. Für meine Wahrheit durfte ich die Reservekader inspizieren. ‚Halt!‘ habe ich früh gerufen –

Berthier (*steckt den Kopf unter der Decke hervor*) Ich auch, ich auch!

Moncey – heute ‚Halt‘ zu rufen wäre lächerlich. Der Kaiser muss es selbst begreifen.

Ney Sie gehen, Kamerad Macdonald, da darf ich sicher sein?

Macdonald Ja. Aber nicht allein. Ich galt einmal als Freund seiner Feinde. Ich bin nicht sein Freund, ich war nicht sein Feind. Der Kaiser konnte sich auf seinen Marschall verlassen. Er soll sich auf mich verlassen, auch jetzt. Abdanken muss er! Ich habe seinen Rückzug aus Leipzig gedeckt – ich will jetzt seinen Rückzug decken.

Ney Und der Herzog von Danzig, Kamerad Lefebvre? Sie haben dem Kaiser das Schwert des großen Karl gegeben. Nehmen Sie es ihm aus der Hand? Er hat es gut geführt, aber die Hand ist schwach geworden.

Lefebvre Zum Teufel mit dem Herzog, zum Teufel mit dem Kaiser. Männer sind wir. Bei Stockach sind wir mit achttausend gegen dreißigtausend gezogen. Ich würde es wieder tun. Ich habe mit meiner Garde am 18. Brumaire Napoleon im wütenden Gezeter des Rats der Fünfhundert – ach, wie war der damals unentschlossen, zappelig – das Wort erkämpft, das Wort des geborenen Führers, das Klingen braucht, um scharf zu werden. Er hat es fünfzehn Jahre lang klug und gewaltig geführt. Die ganze Welt hat es gehört und wird es noch in hundert Jahren hören. Er soll jetzt schweigen. Was sollen jetzt noch Worte? Man muss wissen, wann das Spiel zu Ende ist. Kameraden, ich gehe nicht.

Ney Und die Herren Diplomaten? Monsieur Caulaincourt!

Caulaincourt Ja, ich gehe. Ich bin geübt darin, um Entscheidungen des Kaisers zu ringen, aber ich weiß, dass ich wieder verlieren werde. Napoleon ist rasch entschlossen, wenn er weiß, was er will und was seine Feinde wollen. Weiß er's jetzt? Ist einer groß, der immer nur die Kleinheit und die Schwäche anderer nutzt? Will er das Wohl Frankreichs, will er seine Dynastie, die ohne ihn ein Popanz ist? Will er wirklich bleiben, in seiner Stadt, deren Magistrat schon die Bourbonen zur Rückkehr eingeladen hat? Er hätte einen guten Frieden haben können. Hat auf den Bruch der Koalition gehofft, weil sich die Russen und die Preußen gegen England und Österreich um Warschau und Sachsen balgten. Er wollte das alte Spiel noch einmal spielen. Er hat sich nicht entschieden, weil er dem Blücher noch ein paar lächerliche Siege abtrotzen konnte. Solange Napoleon Soldaten um sich hat, wird er sich nur für eins entscheiden: für sich und seine Hoffnung. Meine Herren Marschälle, da ist etwas, das Sie wissen sollten. Auf meiner Reise mit dem Kaiser zurück aus Russland hab' ich's erfahren. Der Kaiser trägt Gift an seinem Leib bei sich.

Berthier (*schreit*) Gift! Der Kaiser?

Ney Den General tötet nur einer, der Feind. Monsieur Maret! Herr Sekretärius! Setzen Sie dem Kaiser eine Abdankung auf, groß und würdig. Sie haben seine Bulletins gefeilt, die Siege heller strahlen und die Niederlagen weniger schmerzen lassen. Nehmen Sie Ihren Satz aus dem russischen Bulletin hinein – „der Kaiser ist wohlauf". Der wird seinen Franzosen Hoffnung auf bessere Zeiten geben.

Maret Dieses traurige Bulletin hat der Kaiser selbst diktiert, meine Feder war zu plump. Was wollen Sie, die Herren Marschälle? Wollen Sie kämpfen oder nicht? Sagen Sie ‚nein', dann brauchen wir den Kaiser nicht zur Abdankung zu überreden. Dann wird er unterschreiben. Dann wird er der erste sein, der versteht, dass er allein einer neuen Ordnung der Dinge im Wege steht.

Berthier (*unter der Decke*) Wir haben ein Leben lang gekämpft. Der Kampf ist sinnlos geworden.

Caulaincourt Die Abdankung kann nur noch bedingungslos sein. Die Alliierten sind bereit, die Würde des Kaisers zu respektieren. Es gibt keine Rückkehr mehr. Europa will Napoleon nicht, nicht seinen Sohn, nicht die Regentschaft der Kaiserin. Die Republik hatte am Rhein gesiegt, meine Herren! Sie hätte in Europa siegen können, wenn Napoleon der General der Revolution geblieben wäre, ein Mann des Volkes, des europäischen Volkes. Er hätte der bürgerlichen Freiheit auf die Sprünge helfen können. Er hätte ihr durch Nutzen und Erfolg Flügel geben können. Er hat sich auf das königliche Spiel eingelassen. Jetzt muss er sich seinen Regeln unterwerfen.

Marmont Keine Hoffnung für den kleinen König von Rom? Keinen Funken?

Caulaincourt Der Kaiser wird sein Territorium haben, sein souveränes Fürstentum. Mag es nur ein paar tausend Seelen zählen –

Bertrand Von den Engländern bewacht.

Caulaincourt Frei.

Maret Von seiner Herrschaft bleibt ein lächerliches Symbol.

Caulaincourt Sie, meine Herren Marschälle, können auf die Zusage des

Königshauses bauen, dass Ihre Verdienste um Frankreich und den Ruhm unseres Volkes gewürdigt werden. Ihre Rechte werden nicht angetastet.

Ney Für die Huldigung unsere fürstliche Pension? Ich zweifele.

Berthier (*sitzt auf dem Sofa*) Unser Besitz ist uns nicht geschenkt worden, wir haben ihn nicht erschlichen. Wir sind Soldaten, die dem Vaterland dienten. Da ist nicht einer von uns, der nicht rastlos, in unmenschlicher Anstrengung, kreuz und quer durch Europa gezogen wäre. Den hohen Veteranen ihr Verdienst! Daran können Könige und Minister nicht rütteln. Jetzt muss der Kaiser mir die Ruhe geben, die er mir nie gegönnt hat.

Ney Der gibt uns gar nichts mehr. Wir gehen alle. Bedingungslose Abdankung. Ein Territorium, ein paar Gardetruppen, die Renten für die kaiserliche Familie –

Berthier (*steht vor dem Sofa*) Und für uns, Kameraden.

Ney Ich huldige dem König noch einmal. Tatsachen zählen. Sie huldigen. Wir sind Söhne des Vaterlands. Unser Leben war der Kaiser. Er lebt, wir leben. Wir werden nicht den Verstand verlieren wie der gute Junot, der sich von der Mauer stürzte.

Berthier (*vor dem Sofa kniend*) Den Verstand? Den Verstand?

Ney Ich bleibe der Fürst von der Moskwa. Das war eine große Schlacht. Viele Schlachten gewonnen, den Sieg verloren. Das ist das Leben, meine Kameraden. Und wenn der Kaiser mir Verrat vorwirft, mein Gott, dann soll er mich kennenlernen. Dann werde ich ihm zeigen, dass sein Herzog von Elchingen der Sohn eines schwäbischen, eines saugroben Böttchers ist, der wusste, wie der Hammer gegen sperriges Holz zu führen ist. Ehe ich Grenadier war, habe ich in Saleck am Eisenhammer gestanden. Wir sind die Nachhut, Kameraden, wir gehen, alle.

Bertrand Erlauben Sie, dass sich Sie begleite? Ich bin kein Soldat. Ich habe dem Kaiser in Ägypten die Befestigungen gebaut und bei Aspern die Brücken. Ich bin nur der Marschall des Palastes, nur ein Diener. Ich kritisiere Ihre Haltung gegen den Kaiser nicht, meine Herren Marschälle. Sie haben Größeres geleistet als ich. Es gibt eine Loyalität, die am Ende töricht ist. Es gibt eine Treue, die muss bleiben. Ich werde mit dem Kaiser auf die Insel gehen, wenn er will. Er wird in seinem kleinen Reich einen Großmarschall brauchen. Wenn er seine kleine Garde vor sich sieht, wird er seine Armee vor sich sehen, sieht er mich, wird er zu seinen Marschällen sprechen, die seinem Willen bis zum vorletzten Tag gehorsam waren. Ich werde ihm sagen, dass sein Volk ihn liebt, nicht alle und nicht heute. Sie werden ihn rufen! Sie werden nach ihm rufen, sei er lebendig oder tot.

Ney *(schlägt Bertrand auf die Schulter)* Wir gehen! *(alle ab; Berthier irrt durch den Raum, blickt über die Balkonbrüstung nach draußen).*

V

Berthier *(blättert am Tisch in den Zeitungen, fahrig, mit allen Anzeichen der Unruhe, wirft zerknüllte oder glatte Blätter auf den Boden)* Alle schauen auf ihn. Was denkt er, was plant er, was tut er? Er weiß die Aufmerksamkeit der Öffentlichkeit zu fesseln, seit zwanzig Jahren. Jeder Gedankenblitz ein Coup, aber die Wolken haben sich lange vorher in seinem Kopf geballt, in diesem Riesenschädel, mit dem er uns alle in Grund und Boden gerammt hat. Der weiß, dass Taten regieren. Nichts als Entschlusskraft macht den Herrn. Sein verwegener Plan, seine Übersicht über Ränke und Interessen, sein Vorbild, sein Beispiel! Und mein bürokratischer Apparat mit seinen Hinkefüßen, den er verspottet hat. Ich musste die Folgen seiner Entschlüsse verwalten, nie konnte ich sie vorbereiten. Nie die Strategie der Vernunft, immer nur das eine: Chance und Risiko mit großem Aplomb. Glauben sie wirklich, dass sie ihn einsperren können in Paris? Nein, nein, meine Franzosen rütteln schon wieder an ihren Gittern. Die Bourbonen in ihrer ewigen Blindheit und Dummheit, töricht wie die Revolutionäre in ihrem blutigen Irrsinn! Er ist wieder da. Er marschiert, er siegt, erst kleine Siege, dann große. Der Man kann alles, er kann nur nicht aufhören. Und wenn er siegte? Er wird siegen.

(Während Berthier am Tisch in den Zeitungen blättert und sie zerfetzt, bringt ein Diener in orientalischer Tracht einen Stapel Zeitungen und legt sie auf einen Tisch am Rand der Szene, wo sich ein Vorhang oder eine Tapete öffnet und das Vordach eines Zeltes bildet. Unter ihm sitzen Marmont, Junot, Davoust)

Marmont Was soll ich mit den vierzig Jahrhunderten, die auf mich herunterschauen? Ich will zurück ins Jahr Sieben der glorreichen Revolution. Die Pyramiden werfen keinen Schatten *(reißt sich einen Fetzen aus dem Zeitungsstapel, wischt sich die Stirn)*. Ah, ein halbes Stündchen nur in den kühlen Pariser Mauern.

Berthier *(ist zu den anderen getreten)* Ein Jahr Ägypten, das ist eine kurze Zeit für euch jungen Leute. Da könnt ihr etwas lernen, was euch für euer ganzes Leben nützlich sein wird. Aus Adjutanten werden Generäle. Ihr solltet den General um eine Verlängerung eurer Lehrzeit bitten.

Junot Was soll diese Mamelukenhatz? In Italien, da gab es was zu holen, Städte, Länder, Königreiche. Und hier? Die Fahnen Italiens, die du nach Paris brachtest, Marmont – das war etwas! Wer interessiert sich denn in Paris für die Paniere der Beys, für die Federwedel der Derwische? In Italien konnten wir die bankrotte Revolution finanzieren. Und Italiens Kunstschätze erst, die wir Tonne um Tonne ins Vaterland geschickt haben. Das war etwas zum Anfassen, zum Begaffen, da sah doch jeder, was es heißt, eine siegreiche Nation zu sein.

Berthier Du wirst noch genug Beute machen in deinem Leben, lieber Junot. Wenn du's erlebst. Was meinst du, Davoust, wann lässt der General zum Rückmarsch blasen?

Davoust Ich glaube, unsere Expedition ist bald beendet. Ägypten war nur ein Ausflug in die Geschichte. Davon hat er schon geträumt, als wir als Kinder auf der Kriegsschule in Brienne unser Handwerk lernten.

Berthier Ein geheimnisvolles Land. Es macht ihm Spaß, in einem Land zu siegen, das so viel Größe hat, steinerne Größe, Ewigkeitsgröße. Für Sehnsüchte haben wir hier gefochten. Nie hat eine Armee so viele Künstler und Gelehrte in ihrem Tross gehabt wie unser ägyptisches

Korps. Aber es reicht, ihr habt recht! Sollen sie forschen und zeichnen, für Soldaten ist hier nichts mehr zu tun.

Junot Und nichts zu holen.

Davoust Unsere Kriegsschule in der Wüste. Präzision, Ordnung, Geschwindigkeit, alles unter schwierigsten Bedingungen, der Geist der Truppen formiert auf ein Ziel, keine große Begeisterung, aber alles handwerklich sauber. Wenn das keine Kriegsschule ist! Ich bin froh, dass er mich mitgenommen hat.

Berthier Wir stehen für das Abendland, für Frankreich, für den Sieg des rationalen Geistes der Verwaltung und der Zivilisation in Ländern, die verwildert sind. Zivilverwaltung, mein lieber Davoust, ist die Rückseite der kriegerischen Medaille, das Finanzsystem, eine saubere Justiz, die gleichen Rechte, die Selbstverwaltung, die einem großen ordnenden Geist gehorcht. Was sind Eroberungen, wenn sie die Besiegten nicht selbst als Geschenk des Himmels empfinden?

Junot Unsere Wohltaten werden wohl schlimmer als die sieben Plagen gewesen sein. Wenn wir nur das Gold genommen hätten! – gegen die Beraubung lehnt sich keiner auf. Aber gegen unsere impertinente Perfektion ist das Volk in den Aufstand gegangen. Und wir mussten Kairo in Flammen und Trümmer schießen. Ich mag dies Land nicht. Lasst es den Türken und ihrem Schlendrian oder meinetwegen den Engländern.

Berthier Als wir durch die Rheinlande zogen mit unserem Revolutionsheer, wurden wir als Befreier begrüßt. Ich war Oberst, und wenn ich mein ‚vive la republique‘ gerufen habe, standen die Grenadiere jubelnd für den Sieg des revolutionären Vaterlands. Was rufen wir, wenn unsere Truppen in diesen Wüsten murren?

Marmont Vive Napoleon!

Junot Und lassen uns vom Commodore Smith vor Akka schlagen und in die Flucht treiben. Sind die Engländer noch begeisterter als wir? Wir verrecken in Durst und Pest.

Marmont (*legt seine Hand auf den Zeitungsstapel auf dem Tisch*) Ratet, Kameraden, wer uns die Zeitungen ins Lager geschickt hat! Lasst euren taktischen Scharfsinn spielen. Sie sind an Napoleon adressiert. (*Berthier und Junot zerreißen das Band, durchblättern die Zeitungen*)

Berthier Unser Moniteur!

Junot Wien, London, Mainz, Marseille.

Davoust Wer lange keine Zeitungen liest, verliert den Verstand. Ich habe seit Monaten keine mehr gelesen. Her damit! (*reißt Blätter an sich*)

Marmont Der Postmeister war unser ehrenwerter Gegner von Akka persönlich, der Commodore Smith. Er kennt Napoleons Passion für das gedruckte Wort.

Junot Er will ihn ärgern. Wir haben eine schlechte Presse. In Ägypten sind wir gescheitert. Darüber mokiert sich ganz Europa und Paris vorweg. (*Alle blättern fieberhaft in den Zeitungen und reichen sich die Blätter gegenseitig in die Hände*)

Berthier Ein paar Blätter modern schon. Wir siegen, wir siegen, wir haben gesiegt. Die Trikolore flattert über Zinnen und Moscheen. Frankreich hat dankbare Bürger gewonnen. Wir sind, was wir sind, Helden, mit der Weltgeschichte im Bunde. Ja, hier mein Name, der Zögling des Geniekorps als Ingenieur einer neuen Zeit, da, unser tapferer Marmont. Keine schlechte Presse, im Gegenteil. Was sind Siege, wenn man nicht weiß, wie man sie groß und bedeutend macht. Siegen muss man einen Sinn geben. Das weiß Napoleon, er allein. Jede Proklamation eine Heldenkrönung, jedes Bulletin ein Roman.

Junot Phantastisch, was wir geleistet haben.

Marmont Unsere Franzosen lieben uns. Wir sind ihre besten Söhne.

Davoust Die Zeitungen hätte ich gern früher gelesen.

Berthier Ich mache Napoleon ein Memorandum, das mache ich selbst.

Marmont Lass ihn die Zeitungen selber lesen.

Davoust Sidney Smith? Commodore Smith? Das ist verrückt. Will er uns anfeuern, den Kampf fortzusetzen, mit dieser Begeisterung im Rücken? Ist der verrückt?

Marmont Lass Napoleon selbst seine Zeitungen lesen. Smith hat ihm eine Botschaft geschickt. Lasst sie ihn dechiffrieren, er versteht sich besser darauf als wir. Über die Hymnen auf seine Taten wird er sich amüsieren, hat er sie doch selbst in Töne gesetzt. Er wird etwas anderes lesen, das hier zum Beispiel – da! (*reicht Berthier das Blatt*)

Berthier Sie rufen ihn.

Marmont Und da, und da.

Berthier Sie rufen ihn, sie rufen uns, seine tapferen Heerführer, die der Welt und dem französischen Volk zeigen, was ein Volk vermag, wenn es von den richtigen Männern geführt wird. Die Republik braucht ihn, braucht uns! (*alle lesen mit fetzenden Gesten*)

Marmont Schont die Blätter! Napoleon hat das Recht auf jungfräuliche Zeitungen, das Gastgeschenk seines Widersachers.

Davoust Diese raffinierte Kriegslist! Die Engländer sind klüger als wir. Weglisten, mit Nachrichten eskamotieren will uns der Fuchs. Was wollt ihr im Orient, ruft er von seinen Schiffen, wenn ihr im Vaterland ein Reich erobern könnt! Das Reich, das euch gehört.

Berthier Napoleon muss der Republik den Dienst erweisen, zurück-zukehren. Das Direktorium ist am Ende. Einer muss den Staat ret-ten, einer muss die Revolution zum Ende bringen, einer muss führen, Napoleon. Er hat genug Beweise für sein Genie geliefert. Wir kehren mit ihm zurück, wir, seine treuen Helfer.

Marmont Offiziere zuhauf, die gelernt haben, Schlachten in seinem Geist zu führen.

Berthier Ich bin sicher, wir fahren bald. (*Alle heben die Blätter vom Tisch und Boden, glätten, falten und stapeln sie sorgfältig, Berthier bindet den Stapel*) Ich bringe sie zum General. Ich will gern der Bote der Briten sein. Ich bin der Bote Frankreichs.

Junot, Davoust, Marmont Nach Paris! Nach Paris! (*folgen Berthier, der die Zeitungen feierlich ins Zelt trägt*)

Berthier (*wieder an seinem Tisch inmitten der zerknüllten Blätter vom Be-ginn der Szene*) Das war ein Ruf, ein Ruf! Lauter Liebesbriefe – Solda-ten, Offiziere, die Führer der Nationalgarde, die Deputierten, die Geld-männer, die Schöngeister der Salons, die verschreckten Revolutionäre, die alten Diplomaten. Hatten sie ihn gerufen? Er war der Unentbehrliche. Wer unentbehrlich ist, kann alles fordern. Der Unentbehrliche ist der Tyrann (*wühlt in den Zeitungen*). Wer ruft mich? Ich will gerufen werden! Ich will nicht gerufen werden. Ich verstecke mich vor jedem Ruf (*ballt Papier an seinen Ohren*). Ich will entbehrlich sein! In Ägypten war der Himmel hell, hell wie in Italien. Diese Wolken hier im Frankenland. Wann kommt der Blitz? Keiner ruft ihn, aber er wird kommen. Aus Paris, aus Paris!

VI

(*Berthier liest die Zeitungen am Tisch; auf dem Sofa Marie, ein Buch lesend*)

Berthier Napoleon will seine Frau und seinen Sohn zurückrufen aus Wien – Gerüchte? Er wolle sie krönen lassen –?

Marie Die Marie Louise geht nicht zurück nach Paris.

Berthier Will er sein Volk glauben lassen, er könne Kaiser Franz auf seine Seite ziehen? Aber die Allianz steht an seinen Grenzen! Sie steht, fest zusammen. Er ist in der Acht, ein Feind und Störer der Ruhe des Erdballs, er ist dem öffentlichen Strafgericht preisgegeben.

Marie Der Kongress in Wien wird sich zu helfen wissen, er lässt sich durch den Bonaparte nicht mehr stören. Du solltest die Zeitungen nicht lesen, Alexander, sie regen dich auf.

Berthier Ich bin der Brautwerber gewesen, vor fünf Jahren. Ich habe ihm die Kaiserin zugeführt. Was, wenn er mich aufforderte, mit dem Wiener Hof über die Rückkehr der Kaiserin zu verhandeln? Soll ich zum zweiten Mal den Brautwerber spielen?

Marie Du phantasierst. Sie ist in Schönbrunn, und man sagt, sie werde bald nach Parma gehen.

Berthier Vor einem Jahr noch hat sie den Wunsch gehabt, mit Napoleon nach Elba zu gehen, man hat sie nicht gelassen. Was geschieht, wenn Österreich den Bund mit dem Kaiser der Franzosen erneuern will? Wie viele Bündnisse brechen über Nacht und werden über Nacht geschmiedet.

Marie Es gibt keine Bündnisse mehr mit ihm. Er hat seine Frau verloren, für immer.

Berthier Ja, ich träume. Jede Nachricht ruft mir Napoleons Gegenwart zurück. Alle. Auch die – sie schreiben, dass die Emma Harte gestorben ist.

Marie Emma –?

Berthier Die Lady Hamilton. Alt, krank, elend, in Calais. O mein Gott! Nicht in England! Sie war verbannt nach Frankreich, dessen Feindin sie doch war. Wie undankbar ist die Welt, wie kurz ist ihr Gedächtnis. Nelsons Briefe wollen sie in London publizieren. Ob auch die an seine Emma dabei sein werden? Er ruht in Westminster, der Admiral, ein Heros der Nation, wird man das Grab seiner Geliebten in Calais kennen? Wie traurig ist alles! (*blättert*) In Wiesbaden packen die Badegäste ihre Koffer. Sie haben Angst vor Napoleon, Krieg liegt in der Luft. Euer großer Goethe sitzt auch in Wiesbaden. Ihm hat die schöne Emma die Iphigenie vorgetanzt, in Neapel. O dieses Neapel!

Marie Hat der Goethe dir's erzählt?

Berthier. Nein, nein, Maret hat's mir erzählt, der hat in Goethes Haus gewohnt. Der Minister Goethe hat mir über sein Weimar und sein Jena berichtet, die Sterne am Himmel von Kunst und Wissenschaft. Womit ich mich nicht plagen musste in Deutschland! War ich der Oberverwalter der Deutschen? Wir waren die erlauchten Oberherren, vor denen die Allergrößten ihr Licht nicht unter den Scheffel stellen mochten. Gott, diese Deutschen! Zwei Widersacher habe ich gehabt. Nicht in den deutschen Landen, die waren brav. Nein, in Italien, den Papst und die Emma Harte.

Marie (lacht laut) Das ist ein seltsames Paar. Hat die Lady Hamilton auch dem Papst vorgetanzt?

Berthier Das ist nicht lustig für mich. Die Erinnerungen machen mich krank. Alles knäuelt sich in meinem Kopf. Glaube mir, Marie, es gibt nur zwei siegreiche Mächte, die Schönheit und den Glauben. Und unser praktischer Verstand kriegt nicht einmal einen Zipfel ihres Schleiers in seine Gewalt. Die arme Emma Harte. Sie hat ein besseres Los verdient. Ein Denkmal sollten die Engländer ihr setzten, als Iphigenie, die über die Barbaren siegt (*liest, schüttelt den Kopf*). Dem Blücher wollen sie ein Denkmal setzen, in Rostock. Und wer sitzt in der Jury? Nun? Euer großer Goethe. Ausgerechnet der, den ich in Erfurt vor seinem Kaiser habe dienern sehen – hier, Goethes Sprüchlein für das Monument, bitte, lies es mir vor in eurer schönen Sprache.

Marie (*liest aus einer Zeitung*)

> In Harren und Krieg,
>
> in Sturz und Sieg
>
> bewusst und groß!
>
> So riss er uns
>
> von Feinden los.

Hübsch!

Berthier Dabei hat nicht viel gefehlt und sie hätten den Napoleon in Weimar auf den Sockel gestellt! Ich habe den Brief des Weimarer Herzogs gelesen, 1807 – gratuliert dem unbesiegbaren Heros zu seiner siegreichen Rückkehr nach Paris – aber er will Erfurt haben! Verworren, verworren, bis auf den heutigen Tag (*wischt mit einer Handbewegung die Zeitungen vom Tisch*). In Sieg und Sturz. Mein Kopf zerspringt. Marie, Marie, mein Kopf zerspringt.

Marie All die Tage diese Quälereien. Wir sind nicht in Paris. Sie machen dich krank, Alexander. Ich lasse Dr. Kleinschmidt rufen. (*geht; Berthier am Tisch, den Kopf in die Hände gestützt. Lady Hamilton kommt als junge Frau, in griechisch anmutendem Kleid, drapiert in Schleier und Schals, hält sich die Maske einer Greisin vors Gesicht, umtanzt Berthier, hebt Zeitungsblätter und deckt ihn damit zu*)

Lady Hamilton Die Zeit, die Zeit, Verwandlerin (*tanzt*). Die Zeit ist das Grab unseres Ruhms (*tanzt*). Wer fragt nach uns, wenn aller Glanz verlischt? (*tanzt*) Wir tanzen, wir tanzen, in Rollen, Masken und Attituden. Berthier, Berthier, Monsieur le Maréchal, alter müder Mann! (*nimmt die Maske vom Gesicht*)

Berthier (*befreit sich ruckartig von den Zeitungen*): Mein Quälgeist! (*steht auf*) Madame!

Lady Hamilton Monsieur Berthier, Sie sind alt, Sie sind krank.

Berthier Ich bin alt, ich bin müde. Ich habe Angst, Madame. Die Welt hat gesiegt, Sie haben gesiegt, Madame, Emma Harte, schöne Tochter des großen kühnen Volks der Engländer, von denen jeder ein Ritter ist.

Lady Hamilton Hatten wir nicht beide unsere Talente, Monseigneur? Doch die Liebe hat uns gehoben. Ach, wir armen Geschöpfe der Gunst. Ich bin meinem Geliebten treu geblieben, über den Tod hinaus. Du hast deinen geliebten Helden verraten. Du wohnst, geachtet und würdevoll, in der schönen fränkischen Residenz. Ich musste in der französischen Hütte büßen, am Meer, das meinen Geliebten trug, von Reede zu Reede, um die Flotten des Usurpators zu vernichten. Hat das die Liebe gewollt, die blinde, törichte, die eifersüchtige, die flüchtige Regentin des Lebens?

Berthier Liebe war's, ich geb' es zu. Liebe zur Freiheit, Liebe zum Vaterland, Liebe zum Größten, der beide verschlang, zu meinem Napoleon. Durch tausend Demütigungen Liebe. Er hätte mein Sohn sein können, er war mir Mutter, Vater, Geliebte. War's nicht auch die Liebe, die Sie, Madame, zu meiner Feindin machte?

Lady Hamilton Ich bin in einem Land geboren, das bis zum Ende aller Tage nie einem Fremden untertan sein wird. Nicht als Untertan hätte ich vor einem Bonaparte getanzt. Den Dämon kann man nicht bekämpfen, verzaubert hätt' ich ihn. Doch du darfst dich nicht durch ihn bezaubern lassen wie der Dichter, dem ich in Neapel seine Iphigenie nachgetanzt.

Berthier Der Goethe, der liebt ihn immer noch.

Lady Hamilton Eine trotzige Liebe. Ich habe getanzt vor ihm, wie er vor Napoleon. Du warst dabei, Berthier, als dein Kaiser ihm das Schmeichelhafte über die Macht der zauberischen Dichtkunst sagte. Siehst du den Goethe heute in Wiesbaden sitzen? Er diktiert seinen Roman von der italienischen Reise. Er sieht mich vor seinen Augen, wie du. Was sieht er? Was schreibt er? Sie löst ihre Haare auf, nimmt ein paar Schals und macht eine Abwechslung von Stellungen, Gebärden, Mienen, dass man zuletzt wirklich meint, man träumt. Stehend, knieend, sitzend, liegend, ernst, traurig, neckisch ausschweifend, bußfertig, lockend, drohend, ängstlich et cetera, eines folgt aufs andere und aus dem andern. Das schreibt der Dichter in diesem Augenblick, während wir plaudern. Sie weiß zu jedem Ausdruck die Falten ihres Schleiers zu wählen, zu wechseln, und macht sich hundert Arten von Kopfputz mit denselben Tüchern. Der liebe gute Hamilton, der alte gehörnte Ritter, hält das Licht dazu, im Zauber gefesselt, meiner Scheinkunst ergeben. Ich bin die Meisterin der Attitüde *(Sie lässt ihre Worte von Ausdrücken ihrer Kunst begleiten).*

Berthier Gegen Englands Geist habe ich mit Lafayette in Amerika gefochten. Das war der Geist von gestern. Gegen England die Revolution verteidigt. Gegen England in allen Schlachten gezittert. Gegen das englische Geld wie gegen ein Gift gekämpft. Was suchst du mich heim, englischer Geist? Willst du mir die Macht vors Auge spielen, die mich bezwungen hat?

Lady Hamilton Ich bin die Tochter der Phantasie, die das Vergangene lebendig macht.

Berthier Musstest du deine Zauberkraft in die politischen Geschäfte mischen? Hat der Ehrgeiz auf der Bühne der Phantasie nicht genügend Raum? Hast mir in Neapel die Königin Karoline verrückt gemacht mit deinem englischen Geist. Hast den Nelson närrisch gemacht mit deiner Zauberkraft, du englische Zauberin.

Lady Hamilton Was redest du von Zauberkraft, wenn ein englischer Admiral Franzosen jagt und ihre Schiffe zerstört?

Berthier Du hat mir die Karoline verhext, in Neapel, in Palermo saß die verhexte Königin in ihrem Widerstandsnest, und du mit ihr. Ich bin gescheitert an eurem maßlosen Franzosenhass. Ihr machtet mir Italien unruhig mit eurem Widerstand, stachelt meine Franzosen an zu dummer Wut gegen das Land, dem wir eine neue Ordnung geben wollten. Ihr habe meine Position in Rom untergraben, der Kaiser hat mich abberufen, und bis heute weiß ich nicht, ob er mich in anderer Mission brauchte oder ob er meine Unfähigkeit verfluchte.

Lady Hamilton Herr Gouverneur von Rom! Wer den Papst vom Thron seines Staates jagt und den alten heiligen Mann ins Land des Antichrist verschleppt, muss sich nicht wundern, wenn die Italiener rebellisch werden. Was hatte ich damit zu schaffen? Wer den Apoll von Belvedere – o, eine herrliche Figur aus meinem Repertoire –, wer den Laokoon und all die Lieblichkeiten Raffaels und Vincis Majestäten nach Frankreich schleppt, der raubt mehr als einen Kirchenschatz. Die Republik im Kirchenstaat, die rote Mütze auf dem Haupt des Papstes, euer lächerlicher Altar der Freiheit im Herzen des Vatikans – das war Hochverrat, Herr Marschall, Hochverrat gegen den Geist und den Schönheitssinn. „Sterben können Sie überall"! – das sagten Sie, Herr Gouverneur, einem alten Mann, dem Gott befohlen hat, in Rom zu sterben.

Berthier Sagte ich das? Ich hab den alten Mann geschont. Bedenken sie, Madame, ich war ein General der Revolution. Doch ich war ein Offizier schon vor der Revolution. Nicht die Revolution allein war meine Ehre.

Lady Hamilton Ehre ist das eine, Monsieur, Mut das andere. Ehre verbündet sich mit Geiz, Mut mit Größe. In Rom waren Ihre Landsleute nicht mutig, auch in Neapel nicht.

Berthier Sie haben der schändlichen Reaktion Ihre Hand gegeben, Madame, gegen den Geist der Freiheit und Vernunft setzten Sie mit Ihrer rachsüchtigen Königin auf Folter, Kerker und Terror.

Lady Hamilton Meine Königin war die Schwester Marie Antoinettes. Gehörten Sie auch zu den Königsmördern, Bürger Berthier? Wissen Sie nicht, dass die Völker ihre Könige lieben, auch wenn sie nach der Freiheit rufen?

Berthier: Wir haben den freien Franzosen ihren Kaiser gegeben.

Lady Hamilton Einen Kaiser von eigenen Gnaden, den Cäsar, der in der

Schule der Schauspielkunst seinen Mantel zu tragen lernte. Ein Cäsar aus dem Nichts. Wir kommen alle aus dem Nichts, Sie, Monseigneur, ich, die Lady Hamilton. Halten Sie Talent nicht für Größe! Charme nicht für Geist! Wenn ich meine Statuen zeige, weiß ich, dass ich keine bin – Geschöpfe aus Schleiern und Schals und körperlichem Reiz. Fallen die Schals, gehen sie hinab ins Nichts.

Berthier Der Kaiser hätte Sie erschießen lassen müssen, eine Spionin des englischen Hofs.

Lady Hamilton Die Kugel, die mich tötete, traf meinen Horatio Nelson bei Trafalgar. Es war ja eine französische Kugel.

Berthier Aber warum das Morden, als die Republik in Neapel fiel? Warum das Blutgericht? Warum spielte ihr großer geliebter Nelson den Henkersknecht unter den Rahen seines Schiffes? Welche Figur hat Lady Hamilton gemimt, als ihr Geliebter die Leiche des Admirals Caracciolo in den Golf werfen ließ?

Lady Hamilton Man muss für die Könige kämpfen, ohne die Könige gibt es keine Schönheit, keine Phantasie, keine Gerechtigkeit. Wo es keine Könige gibt, verlieren die Menschen ihre Würde und die Höhe, auf der Götter sie geschaffen haben. Die Kunst, der ich diene, wird von Königen regiert.

Berthier Eine Kugel. Sie tötete Sie, Madame, sie wird mich töten. Tanzen Sie, schöne Lady Hamilton, zeigen Sie mir Ihre große Kunst. Ich durfte nie zu Ihren Bewunderern zählen. Ich musste Sie hassen. Warum streiten wir? Tanzen Sie! (*Lady Hamilton tanzt klassische Figuren*) Eine Kugel, eine englische oder eine französische, eine bayerische gar? Der Umsturz, er rast schon wieder. Wo findet er mich? Welcher König kann mich schützen? (*Lady Hamilton hält sich die Maske der Greisin vors Gesicht und geht in greisenhafter Haltung ab*) Dr. Kleinschmidt! Dr. Kleinschmidt! Mein Kopf, o mein Kopf, er zerspringt.

VII

(Berthier auf dem Sofa, liegend. Am Kopfende ein Mann mit einer Tasche, die die eines Arztes sein könnte. Der Mann streichelt Berthier das Haar)

Berthier Mein Kopf, o mein Kopf, er zerspringt (*will aufstehen, der Mann drückt ihn nieder*) Sind Sie's, Kamerad Massena? Kommen Sie von König Ludwig? Schickt mir der König seinen Pair, Kamerad Massena? Mein Urteil? Meine Schande? Was bringen Sie mir? Die Pairs klagen mich an? Ich habe dem Vaterland gedient wie sie, Kamerad Massena. Verlangen die Pairs Rechenschaft von mir? Wenn Massena kommt, dann steht's nicht gut mit mir. Sind wir nicht beide gescheitert, Kamerad Massena? Was willst du von mir, Massena. Mein Kopf, er zerspringt. Ich habe nicht auf dich geschossen, Kamerad, du weißt, dass es ein Unfall war, die Jagd war hitzig, alle haben es gesagt – ich war nicht schuld daran, dass du dein Auge verlorst. Willst du dein Auge von mir zurück? Schuld, Schuld, Fehler über Fehler. Hab' ich gelebt, um Fehler zu machen? Du bist der Pair des Königs, du kannst großmütig sein. Oder kommen Sie von Ney, Kamerad Massena? Sie sind sein Freund. Hat Sie Ney wieder für Napoleons Sache gewonnen?

Der Mann mit der Tasche Armer Berthier! Und wenn ich vom König käme, um dir ein Amt anzutragen? Willst du, dass ich deiner Unterwerfung unter den neuen alten Herrn die Krone aufsetze? Willst du belohnt werden für deine Huldigung? Willst du einen Preis für deinen Abfall von Napoleon?

Berthier Ich habe Napoleons Interessen geschützt bis zum letzten Tag. Ich habe seiner Sache gedient, weil ich's dem Vaterland schuldig war.

Der Mann mit der Tasche Und wenn Napoleon wieder Frankreichs Zukunft wäre? Die Bourbonen sind verhasst. Willst du frische Würden von einem König, den das Volk schon wieder für eine Spottgeburt der alten Ordnung hält. Ich schützte das Leben des toten Königs in Versailles, an der Spitze meiner Garde, ich wollte ihm das Leben bewahren, als ich den Plan fasste, ihn vor den Rasenden nach Compiègne zu retten. Meinst du, ich würde deshalb von den Bourbonen den Pairs-mantel nehmen? Napoleon, der kleine Fürst von Elba, wollte mich zu seinem Pair machen, um wieder der große Fürst des Abendlandes zu werden. Du kennst meine Antwort. Deputierter bin ich geworden, ein Mann, der vom Volk gewählt wird.

Berthier Herr Generalmajor! Jetzt erkenne ich Sie. Der große Lafayette!

Der Mann mit der Tasche Größe hatten wir, mein Oberst Berthier, als wir so jung wie die ewig junge Freiheit waren. Als wir an Washing-tons Seite in Brandywine und Monmouth von den Engländern und ih-ren deutschen Mietlingen geschlagen wurden. Prachtvolle Niederlagen, die große Siege waren. Wie tapfer warst du auf Rhode Island, mein Oberst Berthier. Virginia, ein großer Sieg. Stolz war ich auf dich, Ber-thier, wie auf jeden Franzosen, der sich auf den Schlachtfeldern eines fremden Landes für die einzige Sache schlug, für die es sich zu kämp-fen lohnt.

Berthier Für die Freiheit.

Der Mann mit der Tasche Alle haben das Wort verraten, die Revolution, Napoleon, du. Nimm es nicht in den Mund, du musst dran ersticken. In eurem Mund hat die Freiheit nur Knechte gemacht, ein dummstol-zes knechtisches Volk, knechtische Herren, Lakaien unter der Fuchtel eines Mannes, der in der Freiheit nur seine Willkür sah. Für die Unab-hängigkeit des Menschen von Herren haben wir gefochten, mein kai-serliches Prinzlein. Gib dem Menschen ein bisschen Eigentum, dass er nicht um Brot und Gnade betteln muss, gib ihm das Recht, über sein Schicksal zu entscheiden, schütze ihn vor Willkür und Vormund-schaft, dann wirst du sehen, wohin Freiheit führt. Diese Freiheit, die ich meine, führt zum Menschen in der Republik und zu einem Mann in ihrer Mitte, der die Krone der Freiheit trägt, die unabhängige Men-schen ihm auf seinen Kopf gesetzt haben, als wär's der eigene.

Berthier Mein Kopf, mein Kopf, er zerspringt. Doktor Kleinschmidt, ist das Fenster offen?

Der Mann mit der Tasche Das Fenster bleibt besser geschlossen. Draußen ist es heiß.

Berthier Öffnen Sie das Fenster, Doktor Kleinschmidt, ich brauche Luft.

Der Mann mit der Tasche Das Fenster bleibt geschlossen.

Berthier Ich öffne es selbst. (*will sich erheben, wird daran gehindert*)

Der Mann mit der Tasche Was willst du, Berthier? Hast du das je gewusst?

Berthier Das Große, wie Sie, Herr Marquis, das Menschenrecht. Wie groß war meine Begeisterung für Sie, Herr Marquis, als Sie vor dem Konvent, auf dem Podium der Welt, die Menschenrechte einforderten. Artikel 1 – der Mensch wird frei und gleich an Rechten geboren und bleibt es. Dass es so bleibt! Sie, Herr Marquis, sind den Höchsten gleich geboren. Sie sind unabhängig, Sie sind reich –

Der Mann mit der Tasche Ich war es einmal.

Berthier Unermesslich reich. Alle Gaben haben die Natur und die Menschheit über Sie ausgegossen, den Geist, die Schönheit der Gestalt dazu, die ihn anziehend macht, die königliche Stellung. Sie konnten ein Krieger der Freiheit auf eigene Faust sein. Nach Amerika fuhren wir auf Ihrem Schiff, Ihre Truppen lebten aus Ihrer Tasche. Ein Freiwilliger waren Sie, ein Mann freien Willens.

Der Mann mit der Tasche Und warst du nicht auch frei, mein Oberst, als du mir in die Kolonien folgtest?

Berthier Es war Ihr Wille, dem ich folgte, dankbar, ja, und seinem Zauber. Ich war der, den Sie brauchten. Immer ist da einer, der mich braucht. Auch der Kaiser brauchte mich, der König. Ich war Werkzeug immer, ich ließ es mir vergolden, um meine Knechtschaft erträglich und würdig zu machen. Ich wollte frei sein, ja, ja! Aber immer wurde ich gebraucht, Kommando folgte auf Kommando, nie ein Jahr der Ruhe, immer Kampf, jede Würde eine neue Bürde, jede schwerer, als ich sie tragen konnte. Sie haben Ihr Spiel gespielt, Herr Marquis, ich war dem Spiel verfallen. Ich war die kleine Figur auf dem Schachbrett, gut, meinetwegen eine große, aber ich musste mich festkrallen, damit ich nicht vom Brett gefegt wurde. Auch Sie haben dem Kaiser gedient, Herr Generalmajor, und Sie hätten in Amerika ein großer Mann sein können. Das Volk hat sie verehrt und geliebt, Sie waren ein Stern. Auch Sie haben dem Kaiser gedient – gegen Ihr Ideal der Freiheit, gegen die Revolution.

Der Mann mit der Tasche Lassen wir die Revolution. Sie wollte die Menschenrechte, die ich ihr aufgeschrieben habe, wie ich sie gelernt habe in Amerika. Aber sie wollte nur die leichtere Hälfte, nur die Rechte, sie wollte nicht den Menschen. Sie hat den Menschen gehasst, ihm misstraut und ihn verachtet, weil der Mensch lebendig ist und seine eigene Meinung von seinen Rechten haben könnte. Die Bourbonen haben mich gejagt, die Jakobiner haben mich gejagt, Jahre saß ich in Gefängnissen, Napoleon hat mich befreit. Ich unterstützte sein Konsulat, weil die Freiheit Ordnung braucht, ja, gerade sie braucht Ordnung. Sie aber, mein Oberst, sind groß geworden in der Tyrannei des Einzigen, jede Frechheit, jeder Sieg war eine Stufe Ihrer glänzenden Karriere. Ich habe mich zurückgezogen auf mein Gut, das letzte, das mir die räuberische Revolution gelassen hatte. Ich bin ein Landmann gewesen, während Sie dem Tyrannen seinen europäischen Kaiserthron gezimmert haben. Sie haben einmal einem General Washington die Hand gedrückt, mein Oberst, Sie haben dem Kaiser die Schleppe getragen, Monseigneur.

Berthier Hundertmal hätte ich den Abschied genommen, wenn der Kaiser mir's erlaubt hätte.

Der Mann mit der Tasche Ja, der Mensch hat das Recht, einem anderen die Schleppe zu tragen. Daran kann keine Revolution ihn hindern. Der große und der kleine Kürbis.

Berthier Wie? Ich mag keinen Kürbis, Doktor Kleinschmidt! Geben Sie mir etwas zu trinken, meine Zunge brennt.

Der Mann mit der Tasche Auf meinem Landgut in Lagrange habe ich den Gärtnern zugeschaut, und oft bin ich ihnen zur Hand gegangen. Nimm zwei Kürbispflänzchen, zwei winzige Blättchen auf einer dünnen Wurzel. Pflanz das eine in ein mageres Beet mit sandiger Erde, an eine trockene Stelle im Schatten. Das verkümmert. Das treibt zwei, drei kleine Blüten und eine schwache Frucht. Das andere setz' in einen mächtigen Komposthaufen, auf den die Sonne scheint, auf den oft ein warmer Regen fällt.

Berthier Wasser, Doktor Kleinschmidt, ein Schluck Wasser!

Der Mann mit der Tasche Das wächst. Langsam erst. Es zeigt sich eine dottergelbe Kronenblüte, und ‚ah‘ sagen die, die sie sehen. Die ersten Blätter, mit kräftigen Rippen und sattem Fleisch, formen sich zu großen Herzen. Ein Stängel wächst aus dem andern, gierige geile Arme, aus jeder Gabel wächst eine Blüte, unter der sich eine Frucht golden rundet. In alle Richtungen wächst die Pflanze, greift mit hundert Armen aus, und an den Armen ringeln sich gierige Ranken, die sich an den eroberten Boden klammern. Und die Pflanze wächst. Ein Blätterheer marschiert ins Feld, neue Kürbisfrüchte bilden sich unter leuchtenden Blüten. Die meisten bleiben klein. Aber einer schwillt und wächst und scheint aus seiner Haut zu platzen. Er führt das Kommando auf dem Komposthaufen, in dem das Grün vergangener Jahre zum Humus für das neue Wachstum fault. Der dicke Kürbis wächst und schwillt, und ein paar Unterkürbisse wachsen und schwellen mit, die einen mehr, die andere weniger, als wollten sie wetteifern mit dem einen großen dicken, der in der Mitte ruht und schon so groß ist, dass seine glänzende Haut das ganze Sonnenlicht und all die Säfte des Komposts trinkt. Mein Oberst Berthier, armer kleiner dicker Kürbis, du. Weißt du, was mit Kürbissen geschieht? Einige werden gefressen, die meisten verfaulen, ich weiß nicht, was mir dir geschieht, mein kleiner Prinz. Aber der korsische Kürbis wird gefressen, oder er verfault. Man kann auch Branntwein aus dem Kürbis machen und sich noch lange an ihm berauschen.

Berthier Mein Kopf platzt, Doktor Kleinschmidt. Kamerad Massena, nimm mich mit nach Paris. Ich werde tun, was du tust. Diene dem König, diene Napoleon, ich tue, was du tust. Richte mich nicht, richte nicht über deine Kameraden. Die Deutschen werden mich nicht in

Ruhe lassen. Nein, nein, Massena, lass mich hier, in Bamberg. Der König von Bayern wird mich schützen, auch der hat seinen Pakt mit dem Kaiser gemacht, und kommt Napoleon zurück, wird er wieder einen Weg finden, mit ihm ins Reine zu kommen. Meine Frau ist eine Prinzessin. Napoleon achtet Prinzessinnen, wie er seine Kaiserin achtet.

Der Mann mit der Tasche Du warst sein Freund, Kamerad Berthier, sein alter treuer Freund. Du warst ein Mächtiger in Europa. Das schützt dich mehr als jeder Pakt, für oder gegen Napoleon. Du kannst ruhig sein. Ruhig, ganz ruhig. Ich werde jetzt doch das Fenster öffnen (*öffnet das Fenster*). Da unten marschieren russische Truppen. Europa marschiert wieder. Europa hört nie auf zu marschieren.

Berthier Herr Generalmajor, in Russland habe ich an Virginia gedacht, oft, sehr oft. Über dem Eis der Beresina schimmerte mir das Bild unserer Siege am Potomac. Warum sind wir nicht in Amerika geblieben?

Der Mann mit der Tasche Wir wollten Amerika nach Europa bringen. Wir wollten unser Frankreich überzeugen, für die Zukunft der Menschheit zu kämpfen. Sechstausend gaben uns unsere Franzosen, sechstausend Helden, die den Ruhm des Vaterlandes in der neuen Welt auf ewig begründeten.

Berthier Sechstausend. Mit sechshunderttausend Mann, aus allen Ländern Europas, sind wir nach Russland gezogen. Welch ein ingeniöser Plan, welche Ressourcen, welch gigantisches Unternehmen. Die Ausrüstung, die Munitionstransporte, die Brückenzüge, fast zweihunderttausend Pferde. Welch eine merkantile Umsicht. Unsere Bäcker, Maurer, Waffenschmiede, Schneider, Schuster, Gärtner, – zwanzigtausend tüchtige Handwerker haben wir von Danzig geschickt. Ein reiches Land hätten wir bauen können. Eine Macht, tapfer und geschickt, wie sie die Welt nie gesehen hat. Welch eine Hochstimmung in Dresden beim großen Fest, mit dem der Kaiser den Feldzug eröffnete. Kaiser Franz mit seiner Gemahlin, König Friedrich Wilhelm und der Kronprinz, der König und die Königin von Sachsen, die deutschen Fürsten, die berühmten Namen. Ich stand neben dem Kaiser, in der Mitte des ungeheuren

Unternehmens. Mir gefiel der Feldzug nicht. Aber dieses Unternehmen, diese Pläne des glänzenden Verstandes – ich habe alles genossen. Das war der Triumph eines Willens, das war die Krönung einer technischen, einer militärischen Meisterschaft, eines großen Könnens. Ich war Soldat, ich bin Ingenieur – sollte ich nicht begeistert sein, von dieser Perfektion? Sind nicht die überlegenen Mittel der Ausdruck eines überlegenen Geistes? Muss dem sich nicht alles beugen ohne Widerstand?

Der Mann mit der Tasche Was dagegen hatte Washington? Schlechte Ausrüstung, wenig Soldaten, ein paar tüchtige Gehilfen. Er hatte nichts als seine Energie und sein Ziel – und seine Soldaten, aber die fochten im eigenen Land. Ich war Franzose, aber ich dachte, ich kämpfte in meinem eigenen Land.

Berthier Als in Moskau das Plündern begann, wusste ich, alle Schlachten waren verloren. Als wir von Moskau loszogen, hatten wir mehr Wagen für das Beutegut als für Waffen und Proviant. Soldaten und Offiziere waren Konkurrenten um das Beutegut.

Der Mann mit der Tasche Ihr großen Führer habt es sie gelehrt. Wer die großen Prämien will, muss den Kleinen die kleinen lassen. Wo ist deine Beute, Berthier? Du sitzt als armer Verwandter in einer fremden Residenz. Du bist geduldet, Fürst von Wagram.

Berthier Kamerad Massena? Marquis Lafayette? Wo seid ihr? Wohin geht ihr? Nehmt mich mit! (*springt auf, stolpert über die Tasche*) Haben Sie Gift in Ihrer Tasche, Doktor Kleinschmidt? Vielleicht kann ich damit besser umgehen, als es der Kaiser konnte.

VIII

Berthier (*am Tisch, schreibend*) Marie! Marie! (*schreibt, geht zur Tür*) Die Fürstin! Die Fürstin soll kommen. Schnell! (*schreibt*)

Marie (*kommt schnell*) Du sollst nicht arbeiten, Alexander. Sollten wir nicht eine Ausfahrt unternehmen? Der Tag ist so schön. Ein herrlicher

Sommertag. Wir könnten in die Gärten fahren. Alles blüht und wächst, alles ist frisch und bunt.

Berthier Die Kürbisse.

Marie Kürbisse? Ja, die Gärtner werden Kürbisse gepflanzt haben. Die Regnitz wird blitzen und schimmern in der Sonne, der Blick wird weit, du wirst auf andere Gedanken kommen, Alexander.

Berthier Die russischen Truppen marschieren. Die marschieren den ganzen Tag. Ich will heute keine Russen sehen.

Marie Sie sind unsere Verbündeten, vergiss die alten Dinge. Bald ist wieder Ruh und Frieden. Es sind Zar Alexanders Truppen. Der Zar wird Napoleon zum Frieden zwingen.

Berthier Und wenn er wüsste, dass ich hier in der Residenz sitze? Ich. Wenn's seine Offiziere, seine Soldaten wüssten?

Marie Du bist Ludwigs Marschall. Er zieht gegen Napoleon, nicht gegen Frankreich.

Berthier Heute der, morgen der. Und ich? Ich bin ein Gefangener, eingesperrt in die Mauern des Misstrauens, ich spüre es. Marschall! Ich bin ein Marschall Niemand in einem Niemandsland. Marie, verachtet man mich? Nein, nein, ich bin vergessen, ich alter Marschall Niemand.

Marie Du hast das deine getan, jetzt ist alle Last von dir genommen und du kannst ruhig sein und ruhig leben. Und deine Frau und deine Kinder mit dir.

Berthier Wo ist Napoleon?

Marie Wo soll er sein? In Paris, meine ich.

Berthier Unser Junge, unser Kind.

Marie Er schläft. Ich kann ihn jetzt nicht zu dir bringen.

Berthier Ich bin 62 Jahre alt, und ich habe einen Sohn von fünf Jahren. Was wird die Zeit ihm bringen?

Marie Du hast drei Kinder, Alexander. Du bist gesund, du bist ein Mann, dem die Welt vertraut. Du brauchst dir keine Sorgen um die Zukunft deiner Kinder zu machen. Vernünftig musst du sein. Überlass das Grübeln dem Bonaparte.

Berthier Mein kleiner Napoleon trägt den Namen seines Napoleon, des Königs von Rom. Wird er wohl Napoleon der Zweite heißen? War das nicht das einzige Ziel des Kaisers?

Marie Sie sind mir voraus, Prinzessin, hat Bonaparte zu mir gesagt, als ich ihm unseren Napoleon präsentierte. Mein Bruder Berthier, sagte er, ist ein glücklicher Mann. Er wird sein Herzogtum mehren, ich verspreche es ihm. Er wird zu den Herren Europas gehören. Vielleicht wird er noch dem König von Rom dienen, den die Kaiserin unter ihrem Herzen trägt, dem Kaiser Napoleon, der im ewigen Frieden in der Familie europäischer Könige herrschen wird. Unsere beiden Napoleons, Madame le Maréchal, werden Brüder und Kameraden sein, wie ihre Väter es sind. Er konnte schon sehr liebenswürdig sein, dein Bonaparte.

Berthier Das hat er gesagt? Wo ist der König von Rom?

Marie Er lebt in Schönbrunn, im Schoß der kaiserlichen Familie. Er ist ein kaiserlicher Prinz.

Berthier Ein Prinz am Wiener Hof. Wer wird meinen Napoleon, wird meine Kinder schützen? Ich kann es nicht, ich bin zu alt, ich werde nicht mehr gebraucht und kann keinen mehr durch Dienst und Nutzen zu Dankbarkeit verpflichten. Mein armer, kleiner Napoleon.

Marie Grillen, Grillen, nichts als Grillen. Unsere Kinder haben königliches Blut, und in Europa werden die Könige herrschen, für alle Zeiten, wenn Bonaparte längst vergessen sein wird. Er hat die Flamme der Revolution ausgetreten, ein für allemal. Die Völker haben gelernt, dass am Ende einer Revolution immer ein Tyrann stehen wird. Sie brauchen die Könige, die sie davor schützen, sich selber umzubringen.

Berthier Meine kluge Marie. Musstest dich mit dem alten Marschall vermählen, weil die Klugheit deiner Familie es gebot – und stehst doch so tapfer und treu zu ihm. Ich begreife es nicht, ich begreife nichts.

Marie Psst! Musste ich, wollte ich, durfte ich? Ich habe es nicht bereut. Jetzt bringe ich dir aber unseren Napoleon (*ab; Berthier blättert heftig in seinem Manuskript, zieht ein Blatt heraus, betrachtet es; Marie Louise kommt und geht um seinen Tisch*)

Berthier Schläft der Junge noch, Marie?

Marie Louise Marie Louise, Herr Marschall, Marie Louise, seit fünf Stunden Ihre Kaiserin, der Gegenstand Ihrer hohen Wiener Mission, mein lieber Fürst.

Berthier *(springt auf)* Hoheit!

Marie Louise Treff ich Sie hier? Noch nicht reisefertig? Haben Sie keine Eile, Fürst, Ihrem Herrn den Erfolg Ihrer Brautwerbung zu melden? Schreiben Sie dem Kaiser, meinem unbekannten Gemahl? Geben Sie mir die Feder, Herr Marschall, ich will ihm einen Gruß hinzusetzen. Ich eile, ich fliege, ich will ihn endlich sehen, meinen Gemahl. Sein Stellvertreter, dem Sie mich heute angetrauten, war doch ein gar zu steifer Bräutigam, der würdige Onkel Franz. Aber doch ein stattlicher Stellvertreter meines Ehemanns, der Erzherzog. Bei Aspern hat er meinen Napoleon geschlagen. Ob er daran dachte, als er mir Napoleons Jawort gab? Sagen Sie mir's, Fürst, ist mein kaiserlicher Gemahl nicht von sehr kleiner Gestalt und – dick? Muss ich mich kleiner machen neben ihm?

Berthier Das müssen wir alle, Hoheit. Und doch werden alle neben ihm größer, als sie es sind.

Marie Louise Ein dicker Zwerg, der alle davon überzeugt, dass er ein Riese ist – sogar meinen Vater, der doch der Kaiser des ältesten und stolzesten Reiches ist.

Berthier Der Kaiser ist ein schöner Mann. Sein Auge ist Wille, sein Mund ist ein Befehl, auf seiner Stirn lächelt der Sieg. Alle lieben ihn. Nicht nur die Frauen.

Marie Louise Und seine Nase, Monseigneur?

Berthier Sie werden ihn lieben und achten, Hoheit, wie alle, die stolz darauf sind, ihm dienen zu dürfen.

Marie Louise Bin ich als Dienerin erzogen worden? Ja, ich bin's. Wer das Unglück hat, als Tochter eines Kaisers geboren zu sein, muss wohl dienen. Je größer der Thron, desto größer der Dienst. Oder sollt' ich sagen, niedriger? Ich weiß, warum der Kaiser die Josephine de Beauharnais verstoßen hat. Sie war ihm dienstbar, als sie ihm nützlich war, den Steigbügel des hohen Schlachtenrosses zu halten –

Berthier Er hat sie geliebt.

Marie Louise Sie hat ihm keinen Sohn geschenkt. Das wird mein Dienst sein. Wird er mich lieben? Werden mich die Franzosen lieben? – lieben wie meine Tante Marie Antoinette.

Berthier Der Kaiser ist in seiner Liebe grenzenlos. Wie viel Dankbarkeit steckt in jeder großen Liebe, Marie Louise! Lern ihn kennen, deinen Mann. Er wartet auf dich.

Marie Louise Seine Schwester will er mir an die Grenze schicken. Sie ist, höre ich, nicht einmal seine Lieblingsschwester. Wird meine Schwiegermutter, die schrullige Letitia, auch in der Karosse sitzen?

Berthier Lass dich überraschen, Marlieschen, der Kaiser liebt Überraschungen. Er wird Sie abgöttisch lieben, tapfere Marie Louise.

Marie Louise Und die Schwiegermutter? Muss ich vor der korsischen Matrone mein Knie beugen?

Berthier Madame Mère ist eine gütige und kluge Frau, die ihren großen Sohn gut erzogen hat. Sie ist eine Patrizierin aus altem korsischem Geschlecht. Sie gehört zum Adel des Volkes. Karoline wird dich empfangen, die jüngste Schwester Napoleons, die Frau des tapferen Joachim Murat, des Königs von Neapel.

Marie Louise Der Sohn des Gastwirts, einer von den Pfaffen, die sich in eure Revolution verlaufen haben.

Berthier Paris wartet auf Sie, Hoheit. Sie werden die Kaiserin von Paris sein, Paris, bedenken Sie! Es war der ehrenvollste Auftrag meines Lebens, deine Hand, schöne Kaisertochter, für meinen Kaiser zu erbitten. Ich bin der Freund des Kaisers, ich bin glücklich über diesen Freundschaftsdienst.

Marie Louise Haben Sie nicht, Herr Marschall, auch am Hof des Zaren über die Hand seiner Schwester verhandelt? Und warum passte ich besser in das kaiserliche Kalkül?

Berthier Gerede, Geschwätz. Österreich und Frankreich, das Herz und der Kopf der abendländischen Kultur! Sie haben sich mit einem großen Volk vermählt, meine Kaiserin. Napoleon ist das Volk.

Marie Louise Solange Napoleon siegreich ist. Habe ich mich nicht auch in seinen Ruhm verliebt? Mein Vater muss seine Völker nicht durch Siege bestechen. In der Niederlage lieben sie ihn mehr als im Sieg.

Berthier Der Sieg adelt, Napoleon ist das geadelte Volk. Meine Franzosen werden ihre Kaiserin als ihre schönste Tochter lieben.

Marie Louise Als eine Trophäe. Sagen Sie mir's, Herr Marschall, warum muss Ihr Kaiser sich die Tochter einer Kaiserin zur Mutter seiner Kinder wählen? Sein Schwiegervater ist das Haupt eines geschlagenen Volkes. Haben seine Marschälle keine schönen Töchter? Ist nicht Frankreich das Land der bezaubernden Töchter? Und wenn euer Marschall Bernadotte den schwedischen Thron besteigt, wird Désirée, ein Bürgermädchen aus Frankreich, an seiner Seite sitzen. Hat nicht auch Napoleon die Désirée geliebt?

Berthier Sie sind tausendmal schöner als das Medaillon in Napoleons Hand. Das sagt Ihnen ein Franzose. Ein Verbündeter, nicht ein Geschlagener, gibt Napoleon die Hand seiner Tochter –

Marie Louise Mein Vater weiß, warum er's tut. Aber Napoleon? Warum will Napoleon der Schwiegersohn eines Kaisers sein, über den er doch lacht.

Berthier Siege sind vergänglich, und im Frieden wird der Glanz des Sieges blass. Schenken Sie dem Kaiser den Glanz einer ewigen Herrschaft, Hoheit. Die Völker Europas lieben den Glanz, der aus Gottes Auge auf die Throne fällt. Ihr Sohn, Marie Louise, wird über das neue Rom herrschen. Der Sohn des Helden und der von Gott Gesegneten. Leistung und Legitimität, das ist das Zauberwort für die Herrschaft über die neue Zeit. Ich könnt' auch sagen, Genie und Schönheit. Im neuen Europa regiert ein neuer Gott durch ein Genie.

Marie Louise Musstet ihr den alten Gott stürzen, um den neuen zu inthronisieren? Ich bin ein Kind des alten Gottes.

Berthier Die Jugend herrscht über Europa. Napoleon ist ein junger Mann. Er war immer jung. Durch Sie, meine Kaiserin, wird Napoleon ewig jung sein. Und mit ihm Frankreich, mit ihm Europa, mit ihm ein

Reich, wie es die Welt nicht gesehen hat. Mit ihm auch ich, der alte Alexandre Berthier. Danke, danke, Marie Louise!

Marie (*kommt rasch, steht neben Marie Louise*) Marie Louise? Alexander, ich bin's, Marie.

Berthier (*schaut abwechselnd, verwirrt, auf beide Frauen*) Marie Louise. Marie.

Marie Marie Louise, Marie Louise. Was redest du da? Hast du über sie geschrieben in deinem Buch? Du wirst jetzt schlafen, Alexander, später will ich dir deinen Napoleon bringen lassen.

Berthier Ja, ja, ich will ihn jetzt nicht sehen, nicht jetzt. Marie! Nimm die Blätter. Verwahre sie gut. Gib sie Napoleon, wenn er erwachsen ist. Er soll wissen, die Welt soll wissen, wer sein Vater war. Der Diener eines Helden, der Organisator seiner Taten, ein Mahner, ein Warner, ein Verräter, ein Feldherr, der sich nach seinem Bett sehnt, jung in Amerika, begeistert in der Revolution, berauscht von Siegen, ein Hasenfuß in der Niederlage, ratlos im Bamberger Wartesaal. Er muss es wissen, Heldentum ist eine Sache der Gelegenheit, Größe ist ein praller Kürbis, von außen golden und mächtig, von innen weich und matschig, und Kronen sind nur luftige goldene Kürbisblüten, unter denen sich Schwellköpfe blähen. Da, nimm's für unseren Sohn – er soll tüchtiger als sein Vater werden (*drückt das Manuskript Marie auf die Hände, Marie Louise schlägt unter den Stapel, der sich flatternd auflöst*).

IX

(*Berthier sammelt die Blätter seines Manuskripts auf und ordnet sie, blickt auf einzelne Blätter, als läse er. Drei Uniformierte treten vom Balkonfenster aus in den Raum*)

Erster Uniformierter Setzen Sie sich, Berthier (*Berthier setzt sich auf den Stuhl am Tisch*).

Zweiter Uniformierter Nicht da! Dort (*Berthier steht auf, blickt sich suchend um*).

Dritter Uniformierter Sollen wir Ihnen den Stuhl tragen? (*Berthier nimmt den Stuhl und setzt sich*)

Erster Uniformierter (*zieht ein Blatt aus dem Manuskript*) Das Urteil ist gesprochen. (*liest*) Braunau am Inn, am 26. August 1806. Der Johann Philipp Palm, geboren zu Schorndorf, 38 Jahre alt, Buchhändler zu Nürnberg, wird zum Tode durch Erschießen verurteilt. Das Urteil ist sofort zu vollstrecken.

Berthier Ich bin der Marschall Berthier. Ich habe den Palm in Nürnberg arretieren und der Militärkommission in Braunau überstellen lassen – im Auftrag Napoleons, seiner kaiserlichen Majestät. Ich bin Berthier, Marschall von Frankreich.

Erster Uniformierter Der Johann Philipp Palm wird für schuldig befunden, das in seiner Buchhandlung verlegte Pamphlet „Deutschland in seiner tiefen Erniedrigung" (*hält Berthiers Hand mit dem Manuskript hoch*) von seiner Steinschen Buchhandlung in Nürnberg an die Stagesche Buchhandlung zu Augsburg versandt zu haben, in der hochverräterischen Absicht, den Aufruhr gegen die kaiserlichen Armee zu schüren und die wohltätigen Wirkungen des kaiserlichen Regiments in den deutschen Landen in Zweifel zu ziehen.

Berthier Er hat behauptet, den Inhalt des Pamphlets nicht gekannt zu haben. Ein Verleger, der die Texte nicht liest, die er vertreibt – wie lächerlich. Auch den Autor der verbrecherischen Schrift will er nicht gekannt haben.

Zweiter Uniformierter Schweigen Sie, Palm!

Erster Uniformierter Die Verurteilung zum Tode wegen absichtlicher Verbreitung ehrenrühriger Schriften wider Frankreich ist ausgesprochen.

Berthier Ihr könnt mich nicht verurteilen. Lest meine Memoiren! Kein ehrenrühriges Wort gegen Frankreich, keins gegen Napoleon. Ich habe Frankreich gedient, über vierzig Jahre lang. Ich habe Napoleon gedient. Er kann mich nicht verurteilen lassen.

Dritter Uniformierter Verrat ist Verrat. Wir gehorchen. Wir urteilen. Wir füsilieren. Wir sind die Musketiere der Majestät. Durch den Willen der kaiserlichen Macht sind wir zu Richtern und Hinrichtern über Buchhändler und Marschälle gesetzt.

Berthier Ich habe dem Willen des Kaisers immer gedient. Der König von Frankreich hat mich zum Treueeid gezwungen.

Erster Uniformierter Jetzt dienen Sie seinen Feinden, Berthier. Ein kaiserlicher Prinz, vom Willen seines Herrn in den heiligen Bruderstand erhoben, hat dem bourbonischen König Treue geschworen und sich zum Rachegeist aller deutschen Völker in Österreich, Preußen, Schwaben, Bayern, Franken gesellt, wir müssen Palm erschießen, wir müssen Berthier erschießen. Der Aufruhr, den ein Buchhändler mit seinen Pamphleten zu stiften vermag, ist ein Grasfeuer gegen den Waldbrand, den der ungehorsame Marschall von Frankreich entfacht.

Berthier Ich war loyal, bis zuletzt, bis der Kaiser der Übermacht erlag, die ich so oft in meinem Rat für ihn als Gefahr für seinen Thron beschworen habe.

Zweiter Uniformierter Für Ihren kleinen Thron, Berthier, Sie fühlten sich um Ihren Lohn betrogen. Wie steht es mit Ihrer Loyalität jetzt?

Berthier Der Kaiser hat mich nicht gerufen.

Dritter Uniformierter Niemand muss gerufen werden, der berufen ist. Wir sind die Richter und Vollstrecker. Wer wollte uns rufen? Wir sind immer da. Der Kaiser lebt. Die Palms und die Berthiers müssen sterben.

Zweiter Uniformierter Der Kaiser hat einen Komplizen des Palm geschont, weil ihn der König von Bayern darum gebeten hat. Können Sie, Berthier, auf die Fürsprache Ihres Königs hoffen?

Berthier Palm, Palm, o dieser Palm! Auch ich wollte den Kaiser um Gnade für den Palm bitten. „Tiefe Erniedrigung" hat der Palm gesagt – erhöht haben wir die deutschen Völker, auf die Höhe einer neuen Zeit haben wir sie geführt. Der Krieg und die Besatzung fordern Opfer, ja, ja, es geht nicht anders, die neuen Gesetze wecken den Widerstand, ja, ja, es geht nicht anders. Können die Leute nicht die Lasten am Gewinn der Zukunft messen? Der Palm hat doch als junger Mann von der Revolution geträumt, wie viele, die sich auf das Wort verstehen. Aber jedes Wort, das Zukunft will, wird auch zum Schwert, und wenn das auf sie niedersaust, um sie zu befreien, schreien sie Ach! Und Weh! und jammern über Tyrannei.

Dritter Uniformierter Der Palm wird erschossen und Sie mit ihm, Berthier. Auch Sie waren ein Zweifler, und Zweifel ist Hochverrat.

Berthier Der Zweifel der Vernunft ist etwas anderes als der Zweifel des Widerstandsgeistes.

Dritter Uniformierter Zweifel ist todeswürdig.

Berthier Ich habe dem Kaiser gehorcht, gegen meinen Zweifel, als es galt, den Palm nach Braunau vors französische Gericht zu schleppen. Was haben wir gewonnen? Die Völker einen Märtyrer und Napoleon einen Feind, dem tausend neue Köpfe wachsen. Beim Namen des Palm werden sie Rache schwören, heute, morgen, in hundert Jahren. Fremdherrschaft, werden sie schreien, Franzosenhass werden sie ausstreuen in die Herzen noch der Schulkinder, die den Namen Palm in ihrer Fibel buchstabieren, alles im Namen des Palm, dessen Tapferkeit darin bestand, sich mit seinen kleinlichen Nörgeleien erwischen zu lassen. Der Mann war töricht, er hat den Tod verdient. Aber mich trifft keine Schuld an ihm. Mich trifft nur die Schuld des Gehorsams.

Dritter Uniformierter Das Urteil ist zu vollstrecken. Die Ordre des Kaisers gibt uns keine vierundzwanzig Stunden für den Schuldspruch und die Vollstreckung. Palm, welch ein gefährlicher Mann müssen Sie sein, dass Sie einen Kaiser so zur Eile treiben.

Berthier Immer eilig, immer prompt. Er entscheidet über Krieg und Frieden in der Kutsche. Sein Blick ist eine Tat, der Lidschlag ein Befehl. Auf dem Schlachtfeld macht er Soldaten zu Marschällen. Das Kreuz der Legion legt er auf Blut und Kot. Immer eilig, immer prompt. Er kennt keine Nachsicht mit einem, der sich mit Entschlüssen quält. Ich war der Stabschef des Todes. An diesem einen, dem Palm, bin ich zum Mörder geworden.

Alle Uniformierten Palm, das Urteil wird vollstreckt! (*führen Berthier zum Sofa, stellen ihn vor ihm auf, holen Gewehre unter der Decke hervor, heften ihm eine große Kokarde aufs Herz, Berthier hält sich das Manuskript vor das Gesicht*) Hebt das Gewehr! Legt an! Feuer! (*schießen; Berthier fällt auf das Sofa*)

Berthier (*während die Uniformierten über den Balkon verschwinden*) Marie! Marie! Marie! Marie!

Marie (*eilt herein; Berthier wird von einem Weinkrampf geschüttelt*) Ruhe, Ruhe. Was soll ich nur tun?

X

(*Berthier schlafend, unruhig. Marie am Tisch, in Berthiers Manuskript lesend; nach einer Weile Berthiers Brüder, César und Victor*)

Marie Psst! Er schläft endlich einmal. Willkommen, meine lieben Schwäger (*die Brüder begrüßen sie schweigend*). Alexander ist sehr krank. Er ist so unruhig, so verwirrt. So habe ich ihn nie gesehen. Er spricht mit niemand, nur mit sich selbst. Er wartet, er horcht, er ist von einer fiebrigen Unrast erfüllt. Er ist in seiner tiefsten Seele erschüttert. Wie freue ich mich, dass seine Brüder gekommen sind!

César Ich danke Ihnen für Ihren Brief, Madame. Ich kam, so schnell es sich einrichten ließ. Das Land ist unruhig, und jeder Tag hat seine Überraschungen in petto.

Victor Madame, Bamberg war mir wichtiger als Paris.

Marie Wenn alles wankt um einen Mann, der sein Leben lang so fest gestanden hat, meine lieben Schwäger, gilt nur noch das Bruderwort, der Brüderrat, die Brüderlichkeit. So dachte ich mir, und ich sandte Ihnen meinen Hilferuf. Jetzt bin ich froh.

Victor Wir sind die kleinen Brüder. Wir lieben unsern Chef. Wir sind gewohnt, seinen Rat und seine Hilfe nachzufragen. Er war schon ein glänzendes Mitglied des Geniekorps, als ich geboren wurde. Er war der Stern, er ist der Stern, wir sind nur die Trabanten in seinem Licht.

Marie Die geliebten Brüder sind gekommen. Das ist viel, das ist alles. In unruhigen Zeiten schenkt nur die Familie ein bisschen Sicherheit.

César Sie haben recht, Madame. Wir kamen, so schnell wir konnten.

Marie Danke, meinen Dank, Graf, meinen Dank Ihnen, Herr General, Alexanders Dank. Die Berthiers! Drei Generäle, drei Söhne einer Mutter – wie beneide ich diese Mutter.

Victor: Und eines Vaters, Madame, unser Vater war ein Offizier von glänzendem Verstand und Geschick, Alexandre hat seinen Namen so hoch getragen (*laut*) – der Fürst von Wagram.

Marie Psst!

Berthier: Marie!

Marie Du hast Besuch, Alexander, deine Brüder sind gekommen.

César César, zur Stelle, Monseigneur!

Victor Victor, dein kleiner Bruder.

Berthier (*richtet sich auf*) Victor! César! (*zieht sie aufs Sofa neben sich, Umarmungen*)

Marie (*vor dem Sofa stehend*) Drei Helden, drei große Männer, einer schöner als der andere.

César Madame, pardon! (*springt auf, holt einen Stuhl*) Drei Generäle huldigen einer Königin.

Berthier Paris! Wie gern wäre ich bei euch in Paris, der Stadt, für die ich lebte und in der ich doch so selten war. Ich war damit beschäftigt, die Parole Paris durch die Welt zu tragen. Frankreich, Frankreich stand auf meinem Panier, und jetzt sitze ich in Franken und umarme meine Brüder, die den Duft meiner Stadt in ihren Kleidern tragen. Sagt, wie duftet euch ein müßiger Veteran?

Victor Auch wir sind Pensionäre, lieber Bruder. In Frankreich ist man mit dreißig General, Mitte vierzig Pensionär. So viele sind unruhig in ihrem Ruhestand. Du bist nicht allein in deiner Ungewissheit. Freu dich, dass du in Bamberg bist, weit weg von den Aufregungen des

Tages, die sich ballen und verflüchtigen wie Gewitterwolken.

Berthier Ich will mich aber aufregen lassen.

Marie Nein, du brauchst Ruhe und nichts als Ruhe. Wenn deine Brüder dich aufregen sollen, muss ich sie bitten, später wiederzukommen.

César Urlaub von Paris! Eine gespaltene, eine zerrissene Stadt.

Victor Nicht gespalten ist Paris. Die Mehrheit schweigt und wartet auf die Rückkehr König Ludwigs.

César In ein Paris ohne Napoleon.

Berthier Es gibt nie wieder ein Paris ohne Napoleon.

César Du glaubst an seinen Sieg?

Berthier Ich weiß nichts. Fürchte ich ihn? Halte ich ihn für möglich? Napoleon ist der Meister in der Kunst des Unmöglichen. Dein König, César –

César Mein König? Huldigtest du Ludwig nicht ebenso wie ich, nachdem der Bonaparte nach Elba verschwand? Hat deine neue Treue zum legitimen Haupt Frankreichs einen so kurzen Atem?

Berthier Ach, mein lieber Graf, mein stolzer korsischer Gouverneur, wir wollen doch nur unsere Ruhe haben vor diesem ewigen Schlachtenlärm, unseren Erfolg genießen, den wir in tausend Gefahren errungen haben. Schluss mit den Karrieren nach der alten Seilschaftsregel – wenn ich zum Gouverneur von Indien ernannt werde, mache ich dich zum Minister von Kaschmir. Muss denn immer wieder der Ehrgeiz wie eine glühende Kugel durch unsere Adern sausen, wenn der Kaiser uns die Ehre antut, uns am Ohr zu zupfen?

César Darum stehe ich auf der Seite des Königs. Der König schenkt dem Land Ruhe und Europa dazu.

Victor Die Jugend wird nicht mehr danach streben, mit dreißig General zu sein, sondern Bischof mit fetten Pfründen. Im Kaiserreich haben wir gelernt, ehrgeizig zu sein und große Karrieren zu schmieden.

Berthier Ja, der Ehrgeiz bleibt. Das ist Napoleons Schule und Erbe. Jeder ist begierig nach seinem Toulon – einmal die große Leistung, einmal der geniale Zugriff zur rechten Zeit am rechten Ort, einmal interessant durch die unerhörte Leistung sein. Und dann hinauf, hinauf! Die Leiter, die mit den Füßen im Sumpf steht und mit der obersten Sprosse am goldenen Himmel lehnt.

Victor Meinen Ehrgeiz hat du mich gelehrt, mein Fürst und Bruder. Soll ich meinen Ehrgeiz genierlich finden, weil die Siege saurer werden?

Berthier Nein. Ehrgeiz ist der einzige Flügel, den die Götter uns gegeben haben. Vor drei Jahren, im Hauptquartier des Kaisers zu Bojarinkowa, da kam zu mir ein junger Mann, knapp dreißig, mit Depeschen aus Paris, ein Feuerkopf, der nicht wusste, ob er sein Glück im Krieg oder in der Literatur machen sollte – er war schon ein kleiner kaiserlicher Kommissar in Braunschweig – Beyle, so hieß er, Henri Beyle. Er wollte wohl ein Autor werden – kennt man den jetzt in Paris?

César Nie gehört, den Namen.

Berthier Der Schelm sagte mir, Krieg sei Karriere, und fördert's nur die Laufbahn, will ich den Krieg für produktiver halten als die Kunst. Beweisen will ich, dass ich zehntausend Franken wert bin, das brauch' ich, für den Anfang; damit ich in unserm Frankreich meinen Weg durch die Ämter, Salons und die Betten schöner Frauen gehen kann. Nur die Gesellschaft kann ein Glückskind adoptieren, in Frankreich ist die Gesellschaft die Natur.

Victor Und? Hat er's überlebt. Davon gibt es Tausende.

Berthier Ich denke wohl. Ein Großmaul war er nicht, war ein tüchtiger Quartiermeister, hat für die Große Armee auf ihrem Hungermarsch fouragiert, dass sein Vetter Daru und ich nur so gestaunt haben. Ob der Mann nun Minister wird oder General oder Schriftsteller, ob der im Staatsrat sitzt oder in den Redaktionen der Gazetten, ob rot oder schwarz, der wird seinen Napoleon nie aus dem Kopf verlieren. Napoleon ist unsterblich. Er ist der Aufstieg ohne Niedergang.

Victor Er stirbt in den Herzen der Franzosen, wenn er sie nicht mehr durch Siege und Eroberungen berauschen kann.

Berthier Du hast zu lange dem langweiligen Bernadotte gedient, Victor. Napoleon, das ist eine geliebte Macht, das ist Herrschaft durch Zauber. Ich habe neben Napoleon am Njemen gestanden, als er seinen Adjutanten zum polnischen Ulanenoberst schickte – einen Polen, keinen Franzosen! – mit dem Befehl, eine Furt zu suchen. Der überlegt nicht lange – mein Gott, das war ein alter Herr! –, galoppierte in den Fluss, schrie sein ‚vivat' und seine Ulanen wie die Lemminge hinterdrein, und Napoleon sieht sie treiben, schwimmen, ersaufen, sich an die Leiber von Pferden und Kameraden klammern – ich ließ Boote schicken, doch vierzig ertranken, jämmerlich. Der Oberst saß am andern Ufer, schüttelte sich vor Napoleons Augen wie ein nasser Pudel, der auf den Ruf wartet, seinem Herrn das Stöckchen zurückzubringen. Ein Augenblick der Besonnenheit nur, und er hätte die sichere Furt gefunden. Zu Knaben wurden sie vor ihm – aber der Oberst bekam das Kreuz, das Napoleon trägt. Der Kleine kann groß sein vor dem Auge des Größten – das ist die Botschaft Napoleons, das ist der Funke an allen Lunten.

César Und über allem die Peitsche des Spotts und des Tadels, wenn die Dinge nicht nach seinem Kopf gehen.

Berthier Sein Spott!

Marie Jetzt regst du dich wieder auf, Alexander. Lass ihn sitzen in Paris und über die Welt spotten. Sie folgt nicht mehr seinem Kopf. Lass ihn spotten. Die Welt hält ihn nicht mehr für groß.

Berthier Sein Spott. Ich habe ihn oft ertragen. Er hat mich krank gemacht mit seinem Spott. Durfte ich befehlen? Ich durfte, wenn ich durfte. Seine Gegenbefehle oft der reine Spott. Meine Bataillone führe ich! – ja, kann einer das denn Führung nennen im Krieg gegen eine Welt! Im Lob oft nur ein Abgrund des Tadels. Das Lächeln ein Eishauch. Er umarmte den einen und vernichtete damit den andern. Dieser Spott! Dieser Triumph des selbstgewissen Intellekts.

César Du liebst deinen Napoleon noch immer.

Berthier Ich weiß, dass mein Leben auf seinem baut. Wird er leben, wird er siegen, wieder, wieder siegen?

César Er ist am Ende. Er hat den Bogen überspannt.

Berthier Mein Bruder César ist des Königs Mann geworden, mein Bruder Victor schwört auf Bernadotte. Mir ist alles weggebrochen, woran ich mich halten könnte. Wirst du nach Schweden gehen, Victor, zu deinem neuen Königssohn? Der Bernadotte. Welch eine Laufbahn! Der Sergeant auf dem Königsthron, kein Usurpator, ein vom Volk und seinem Adel gewählter Mann.

César Auch Napoleon ist gewählt worden.

Victor Von seinem eigenen Volk. Die Schweden haben sich einen Franzosen als Thronfolger ins Land geholt. Hätte Bernadotte Napoleons Entschlusskraft gehabt, ihr wisst es, könnte heute er an der Spitze Frankreichs stehen. Er war der Mann dazu, auch die Franzosen haben ihn geliebt. Wie sähe die Welt heute aus?

Berthier Ein anderer Berthier hätte meine Stelle eingenommen.

Victor Bernadotte – welch eine Hoffnung für Frankreich wäre er gewesen. Die Revolution und die Republik, die bürgerliche Freiheit siegreich in Europa! Nie mehr das träge Gottesgnadentum auf wurmstichigen Thronen, das um Länder und Privilegien rauft. Die Republik –

Marie Solche Worte nicht in Bamberg! Gott und die Liebe des Volks hat die königlichen Familien herausgehoben aus dem menschlichen Geschlecht, um es friedlich blühen und wachsen zu lassen. Soldaten dürfen nicht regieren, ihre Bestimmung ist es, an der Hand von Königen das Leben der Völker zu schützen.

Victor Ja. Mein Bernadotte wird ein guter König sein. Ein König ist ein Glück, wenn der Bürger frei sein darf. Wie klug hat Bernadotte in Hannover regiert, gegen den Willen Napoleons. Der konnte nur rauben und pressen, der hat sein Paris wie eine Saugglocke über Europa gestülpt. Die Kontinentalsperre –

Berthier Halt! Wir hatten große Kriege zu führen, der Segen des Friedens und der Freiheit wäre gekommen, einst.

Victor Die Kontinentalsperre! Den Handel sperren, den Erwerbsgeist boykottieren – welch eine irrsinnige Generalsidee! Gewinnt man so Freunde? gewinnt man so Verbündete? Bernadotte war der gute Geist Frankreichs, er hätte der Revolution und der Freiheit Freunde gewonnen.

Er war die Zukunft, Napoleon war tausend Jahre alt. Er hat den Bürger nicht die Taschen leer geplündert und sie zu Tausenden aus ihrer Stadt gejagt, ihre Wohnungen niedergebrannt wie der Davoust in Hamburg.

Berthier Er war ein treuer strenger Diener des Kaisers – ich kenne ihn besser.

Victor Ein Räuber!

Marie Alexander, meine Herren!

Berthier: Ein Räuber? Unser Ziel war die neue europäische Ordnung aus dem Geist von Freiheit und Recht, wir haben Leistungen vollbracht in Krieg und Frieden, wie sie die Welt noch nicht gesehen hat. Trotz des Krieges war der Aufschwung gewaltig, in Frankreich und in Europa. Wir haben der Welt ein neues Gesetz geschenkt. Wir sind – wir waren der Geist einer neuen Zeit. Begreift denn das niemand? Ich reise nach Paris, ich reise sofort.

Marie Alexander! Du bist krank. Meine Herren, so helfen Sie ihm doch, sagen Sie etwas, er darf nicht reisen. Alexander ist krank.

César Und der Kaiser in den Tuilerien wird breit seine Arme öffnen, wird dich an seine breite Brust ziehen und rufen: da ist er ja wieder, mein Marschall, das Gänschen, das ich zum Adler machte. Hat er seinen Adler gerufen für seinen neuen Adlersprung? Oder will er wieder über den Gimpel spotten? König Ludwig braucht dich, Alexandre! Der König achtet seine Pairs, die sich um das Vaterland verdient gemacht haben.

Berthier Nur Hohn, nur Spott. Marie, meine Brüder wollen gehen. Der eine nach Paris, der andere nach Stockholm. Sie wissen, wohin sie gehören (*drängt sie vom Sofa, legt sich nieder, kehrt allen den Rücken zu*).

Marie César! Victor! Bleibt doch. Habt Mitleid mit eurem Bruder. Liebt euch doch. Er liebt euch. Lasst ihn nicht ohne eure Liebe. Streitet nicht über das Wahre und das Falsche. Wer weiß das schon? Helft ihm! Zeigt ihm eure Liebe. Er war euch ein väterlicher Freund, jetzt braucht er die Liebe seiner Kinder, meine und seine sind noch zu klein. Haltet ihn, er hat keinen Halt, zeigt ihm einen Sinn, er hat ihn verloren, macht ihm eine Hoffnung. Er hat gedient, sagt ihm, dass er gute Dienste geleistet hat. Zeigt ihm, dass ein großer Mann auch groß in seinem Scheitern ist.

César Wir bleiben, ja, aber ob wir ihm helfen können? Wir kommen zurück, Madame. Wir sind Ihre Diener, Madame.

XI

(*Berthier und Marie an der Balkonbrüstung*)

Marie Die Russen marschieren, endlos.

Berthier Endlos.

Marie Werden sie in Bamberg bleiben?

Berthier Sie marschieren hindurch. So still, keine Fahnen, keine Rufe. Ein endloser Zug.

Marie Sie schleppen sich, sie wirken so ärmlich, sie sind müde.

Berthier Sie haben Probleme mit ihrer Artillerie und der Munitionskolonne. Die Pferde sind abgezehrt.

Marie Und wenn sie in Bamberg blieben?

Berthier Die kennen ihr Ziel, die wissen ihren Weg. Nach Paris, gegen Westen, nach Paris.

Marie Bist du sicher, dass sie nicht in Bamberg bleiben?

Berthier Welche Haufen! In Bamberg bleiben?

Marie Sie können nicht ewig marschieren, sie sind müde.

Berthier In Bamberg? Marie, das Manuskript. Ich muss das Manuskript verstecken (*rennt zum Tisch, rafft Blätter zusammen*)

Marie Der Zug stockt, die Pferde keilen, Offiziere preschen nach vorn.

Berthier (*wieder am Balkon*) Eine Stockung, das bedeutet nichts. Die Gassen sind eng, sie steigen an.

Marie Die Offiziere sitzen ab, der da, sieh, der schaut hinauf zu uns.

Berthier Berthier in Bamberg. Sie wissen es! Wo soll ich mein Manuskript verstecken? Es darf nicht in ihre Hände fallen.

Marie Der Zug bewegt sich wieder.

Berthier Ja. Die bleiben nicht. Den ganzen Tag geht das schon. Warum ziehen sie durch Franken?

Marie Sie sind unsere Verbündeten. Sie verbinden sich mit den deutschen Heeren. Das wird eine Streitmacht sein! Hat denn der General Bonaparte noch so viele Soldaten? Er hat keine Verbündeten mehr, er steht ganz allein.

Berthier Er wird sie finden. Wenn er sie ruft, kommen sie.

Marie Gib mir das Manuskript. Ich verstecke es in den Wirtschaftsräumen. Da wird es keiner suchen.

Berthier Um Himmels willen, nicht dort, da wird es gleich gefunden, wenn geplündert wird.

Marie Papier wird nicht gegessen. Die sehen nicht aus, als ob sie plündern wollten.

Berthier Ich muss, ich muss – (*rennt zum Tisch*) Lass mir das Manuskript. Ich muss daran arbeiten. Mein Brief an Napoleon, aus Smolensk, ich muss ihn einfügen, er ist wichtig (*wühlt in Laden*). Ich habe die Abschrift doch in meinen Papieren. Nein, nein, die plündern nicht, die kennen ihren Weg, die kennen ihr Ziel, die ziehen durch Freundesland. Ah, hier! (*nimmt das Blatt, geht zu Marie*) So viele Briefe, Rapporte, Befehle, Entwürfe. Papier, Papier, alles für die Katz, wenn die Sache verloren ist.

Marie Wozu Briefe an Napoleon? Hast du nicht an seiner Seite gestanden?

Berthier Er war überall und nirgends. Er war ungeduldig, aufbrausend, wenn man ihm mit Bedenken kam. Aber gelesen hat er. (*liest*) „Ich halte es für meine Pflicht, Euer Majestät von dem Zustand dero Truppen bei den verschiedenen Armeekorps in Kenntnis zu setzen, die ich in den letzten zwei, drei Tagen an verschiedenen Durchgangsstellen zu beobachten in der Lage war – "

Marie Die französischen Truppen, nicht die russischen.

Berthier Unsere, ja, ja. Die kaiserlichen. Mein Protokoll der Auflösung, mein Protokoll des Zerfalls. Hier. „Die Zahl der Soldaten, die ihren Fahnen folgen, beträgt bei allen Regimentern höchstens ein Viertel, die anderen marschieren für sich nach verschiedenen Richtungen und auf eigene Faust, in der Hoffnung, Nahrungsmittel zu finden, und um von der Disziplin befreit zu sein. Viele Soldaten werfen ihre Waffen und ihre Munition weg" (*lässt dass Blatt sinken*). Auflösung, Chaos, Mutlosigkeit, das Rette-sich-wer-kann, Hunger, Kälte, Krankheit. Die Große Armee ein Flickwerk versprengter marodierender Haufen, die Große Armee ein flüchtender Treck. Sammeln in Smolensk, habe ich den Kaiser beschworen, die Truppen von allem Überflüssigen befreien, von Kampfunfähigen, von Mannschaften ohne Pferde und Waffen –

Marie Ja, und wo sollten die bleiben, mitten in Russland, im Winter?

Berthier Weg mit dem unnützen Gepäck und Artilleriematerial. Aber Ruhetage habe ich gefordert und Proviant für die ausgehungerten und müden Truppen.

Marie Was konnte Napoleon befehlen, in dieser Lage?

Berthier Er wusste, dass alles am Ende war. Aber er musste die Wahrheit hören, von mir. Die Truppen haben sich in Smolensk nicht gesammelt, haben sich wegen des Proviants gegenseitig totgeschlagen, die eigenen Magazine geplündert wie die Heuschrecken und weiter ging's, jeder für sich, in Elend und Tod. Das war die Stunde der Wahrheit, beschrieben den 9. November, 1812 – hier – dreißig Werst von Smolensk. Hörst du? Ich habe den Brief am 9. November geschrieben – das war der dreizehnte Jahrestag des 18. Brumaire, des Tages, an dem Napoleon das Konsulat gewann. Vom 9. November zum 9. November – sollte ich nicht so meine Memoiren nennen? Dreizehn Jahre! Ich muss schreiben, schnell, Marie, geh, ich muss schreiben, gleich. Nein, nein, mir bleibt keine Zeit. Ich will diktieren. Bitte, Marie, lass den Sekretär rufen.

Marie Du hast so viel Zeit, Alexander. Gut, meinetwegen. Das wird dich auf andere Gedanken bringen (*geht*)

Berthier (*am Tisch, schreibt stockend*) Tausend Memoranden diktiert, tausend Lagen und Dispositionen gefertigt, warum fällt mir das Schreiben so schwer? (*Vor dem Balkonfenster schließen sich die Vorhänge*) Es wird so dunkel hier. Was soll ich beschreiben? Meine Pläne, mein Scheitern? Meine Hoffnung, meine Verzweiflung. Die Stunde der Wahrheit. Meiner? Napoleons? Der kämpft noch und ich – pfui Teufel, ich schreibe. In der Erinnerung ist die Wahrheit eine kalte Suppe.

(In Berthiers Rücken erscheinen von links Lady Hamilton in eleganter Herrenkleidung, von rechts Talleyrand, aus dem Vorhang am Balkon Maret)

Lady Hamilton Ich berate Sie gern, Herr Marschall. Ich kann die Wahrheit vor die Augen stellen.

Talleyrand Auch ich berate Sie gern, Monseigneur Ich kenne die Wahrheit der Situation.

Maret Ich stehe Ihnen zur Verfügung, Fürst, ich bin der Meister des Bulletins.

Berthier Setzen Sie sich, Herr Sekretär. Ich will Ihnen diktieren. Monsieur Maret!

Lady Hamilton Wir sind in der Mitte des Spiels, im dritten Akt. Großes Welttheater im Schloss zu Erfurt. Heute ist der 2. Oktober 1808. Finden Sie in den Tag in Ihrem klugen Manuskript, in der Mitte?

Berthier Sie sind – ?

Lady Hamilton Aber Sie erinnern sich doch, Herr Marschall? Ich bin Talma, François Talma. Wir sahen uns in Erfurt. Sie sahen mich, den Lieblingsschauspieler seiner Majestät des Kaisers, seinen Lehrmeister und Berater in allen Fragen, die das große Welttheater betreffen.

Talleyrand Sie haben das Erfurter Stück glänzend inszeniert, Monseigneur. Ich erinnere mich mit höchstem Vergnügen.

Maret Der Zar Alexander, zwei Stunden vor Erfurt vom Kaiser umarmt, Napoleons Könige, die von Bayern, Württemberg, Sachsen und Westfalen, 34 Fürsten und Prinzen des Rheinbundes, 24 Staatsminister, darunter auch ich, dreißig Marschälle, in ihrer Mitte an prominentester Stelle Sie, der Marschall Berthier – eine illustre Versammlung.

Lady Hamilton Und der Schauspieler, der vor einem Parterre von Königen spielt. Nie wieder hatte ich ein so bedeutendes Publikum. Und die

Dichter und Philosophen nicht zu vergessen. Das Publikum hat mitgespielt. Erinnern Sie sich, Herr Marschall, der Zar neben Napoleon! Ergriffen von den hohen Bühnenworten „Die Freundschaft eines großen Mannes ist eine Gabe der Götter", ergreift er Napoleons Hand und sagt: Das habe ich nie tiefer gefühlt als in diesem Augenblick – ein Wort für vier Jahre, ein Wort der kurzen Wahrheit.

Berthier Erfurt! Nicht Smolensk.

Lady Hamilton Die Wahrheit des Scheins.

Talleyrand Die Wahrheit der Interessen.

Maret Die Wahrheit einer guten Formulierung.

Alle drei: Wir beraten Sie gern.

Berthier Und meine Wahrheit? Wo finde ich meine Wahrheit?

Lady Hamilton Bei mir. Lass dich von mir beraten. Ich will dein Stabschef sein. Haltung, Herr Marschall!

Talleyrand Sie kennen mich, Monseigneur, ich rate nicht, ich frage. Ich frage Sie: was wollen Sie, wirklich und ganz und Sie allein? Ich helfe Ihnen, Ihr Ziel zu finden. Was wollen Sie aus den Jahren machen, die Ihnen in unserm Alter bleiben? Glanz und Ehre in hohem Dienst, Frieden und häusliches Glück, den Besitz mehren, den Napoleon Ihnen im großen Maß gegeben und der König in Teilen fortgenommen hat? Das Schicksal, Monseigneur, ist eine Verabredung von Bundesgenossen, die Ihre Interessen kennen.

Maret Ich feile das Aide-mémoire. Für die Zeitgenossen, oder, wenn Sie wollen, für die Nachgeborenen. Meine Feder war schon in der Revolution berühmt.

Lady Hamilton Der letzte Vorhang macht das Glück.

Maret Das Wort sie wollen lassen stah'n, sagen die Deutschen, die nicht weniger verliebt sind in ihre Ewigkeitsworte als wir Franzosen.

Berthier (*blättert in seinem Manuskript*) Erfurt. Karl der Große in seiner Pfalz.

Talleyrand Der Franz von Österreich ist nicht zugegen, nicht die Preußen sind's, nicht die Engländer. Und der Zar trägt die Depesche der

Preußen in der Tasche, die ihn vor den Sophismen, Lügen und Fallstricken warnen, die seiner in Erfurt warten. Es ist ein Vasallenkongress.

Lady Hamilton Waren Sie es nicht, Herr Marschall, der dem Kaiser riet, heute Abend nicht unseren großen Voltaire zu geben? Seinen Mahomet, in dem mir meine schönste Rolle auf den Leib geschrieben ist, Sëide, der Sklave – wie gern würde ich ihn heute Abend spielen!

Berthier In literarischen Dingen bedarf der Kaiser meines Rats nicht, dort gewiss am wenigsten.

Lady Hamilton Wer hat ihn gekrönt, fragt Mekkass Scherif, und Mahomets Marschall antwortet: der Sieg! Wie für den Erfurter Tag geschrieben – „Bedenke seine Macht und seinen Ruhm! Man nennt ihn Überwinder, Held, Eroberer, doch heute will er Friedensstifter heißen". Aber ein bisschen peinlich doch. Wer kann einem Kongress die Friedensbotschaft glauben, den ein Befehl zusammenrief? Der Kaiser findet die Tragödie lächerlich. Da hat er Recht. Zu krass enthüllt der Selbstherrscher sein Seelenbild. Hat er es nicht gesagt, dass es nur ein kleiner Schritt sei vom Erhabenen zum Lächerlichen? Oder hat er das von meinem Voltaire gelernt?

Maret Ist das nicht ein schöner Satz für sie, Fürst, der letzte Satz vorm letzten Vorhang? – „Dich nicht zu sehen, ist das größte Glück. Die Welt ist für Tyrannen – lebe du!"

Lady Hamilton Er hat befohlen, den Cinna zu geben. Das ist ein Stück nach seinem Herzen. Nun, nach meinem auch. Der römische Spuk, die Schule der Diktatoren und Soldatenkaiser, das Ränkespiel eingehüllt ins edle Wortkostüm, der Katechismus der Herrscherkunst. Ehre, Ruhm, Pflichtgefühl, Vaterlandsliebe – das Pathos bemäntelt die Logik der Macht. Da kann keiner unseren Corneille übertreffen – und mich! Er hat für den Kaiser geschrieben, der Kaiser dankt es ihm heute Abend. Ich, Talma, werde mein Bestes geben.

Talleyrand Beneidenswert. Sie, großer Talma, beraten den Kaiser in einer Zunge, der Thalia Geschmeidigkeit gegeben hat.

Maret Hat nicht auch Herr Goethe den Kaiser beraten? Mein Prinz, und

Sie, Fürst, Sie waren Zeugen des Gesprächs, das einzufädeln mir ein besonderes Vergnügen war. Ich sah den Kaiser lächeln, vorhin, als Herr Goethe ihn verließ. Was sagte Monsieur Goethe?

Talleyrand Es war der Kaiser, der Monsieur Goethe einen Rat gegeben hat. Siebenmal hat er den Werther gelesen – und siebenmal den Kopf geschüttelt über Werthers Liebestod.

Lady Hamilton Ich habe dem großen Goethe viele Vorschläge gemacht, wie er seinen famosen Roman auf unsere Pariser Bühnen bringen könne. Werther, das ist meine Rolle, die Lotte, das ist meine Frau Charlotte. Welch ein Ereignis! Romane, die alle Herzen bewegen, gehören in Bild und Szene gesetzt. Rasen wird das Publikum. Der Kaiser hat Goethe nach Paris eingeladen. Welchen Text könnte er mir für eine große Rolle schreiben. Ein deutsch-französisches Produkt!

Berthier Ich stand am Rande. Wie erschrocken war ich, als ich den Namen Werther hörte, denn ich hörte Berthier. Stets erschrak ich, wenn der Kaiser mich rief.

Talleyrand Ich lauschte. Monsieur Goethe habe seinem Werther den Schluss verdorben, urteilte der Kaiser, auch das Motiv des Selbstmords müsse eindeutig sein. Corneille hätte das sauberer gemacht. Liebesleid mag einen Menschen in den Freitod treiben, aber Monsieur Goethe habe ein anderes Motiv hineingemengt, den gekränkten Ehrgeiz nämlich. Gekränkte Eigenliebe, bestohlener Ehrgeiz. Ein schönes Motiv, das einen Kaiser in den Freitod treiben könnte.

Berthier Über Selbstmord hat der Kaiser gesprochen? Liebesleid? Eigenliebe? Eitelkeit. Er hat mit dem Daru über die Kontributionen gesprochen. Das habe ich wohl gehört. Nichts von Liebe und Tod.

Talleyrand Der Kaiser schätzt das Spiel gegen viele Spieler in einem Augenblick, braucht mehr Triumphe zu seinem Wohlbefinden als wir normalen Sterblichen. Monsieur Goethe hat genickt. Ich sah's. War es der Dichter oder der Hofmann, der sich vom Kaiser hat belehren lassen? Monsieur Goethe hat gelächelt, in feiner Zustimmung. Das Trauerspiel solle die Lehrschule der Könige und Völker sein, das sei das Höchste, was der Dichter erreichen könne. Das hat Napoleon gesagt.

Berthier Napoleon? Das Trauerspiel? Warum das Trauerspiel?

Lady Hamilton Die Bühne, das fesselnde Beispiel des Menschlichen. Geschichte, die hohe Attitüde. Das, was im Gedächtnis der Menschen bleibt.

Maret Der Kaiser hat gefühlt, dass da einer ist, in Deutschland und in der Welt, der ihn versteht. Ich habe mit Monsieur Goethe oft über den Kaiser gesprochen, er lud mich in sein Haus, vielleicht nur, weil er Napoleon nicht einladen konnte. Der Kaiser, sagt er, lebt immer in einer Idee, in einem Zwecke, in einem Plan, und man hüte sich, ihm in den Weg zu treten, weil er in diesem Punkte keine Schonung kenne. Wer die große Schöpfung störe, gehöre bestraft, seit Adams Tagen. Er findet es ganz natürlich, dass ein Schreiber wie der Palm erschossen wurde –

Berthier O Palm, immer dieser Palm!

Maret Oder dass er dem unglücklichen Herzog von Enghien eine Kugel vor den Kopf schießen ließ –

Lady Hamilton Wie gern würde ich heute auf der Bühne sagen, aus dem Mund des Sklaven Sëide: „Ich höre Gottes Stimme: die befiehlt, und ich gehorche". Doch Napoleon mag das Stück nicht. Corneille ist sein Mann, nicht Voltaire.

Maret Monsieur Goethe meint, dass der Kaiser seine Welt nach denselben Grundsätzen regiere wie er sein Weimarer Theater.

Lady Hamilton Ein exquisites Theater. Ich habe es mit meiner Charlotte in Goethes Loge genossen. Unsere Gespräche über das Theater! Wie dankbar lauschte der Könner dem Kenner! Er hat mich gewarnt, mich, Talma, in der Melodie meiner Stimme die Sprünge und Läufe nicht zu übertreiben. Vielleicht sollt' ich mein Talent der Weimarer Bühne schenken?

Maret Monsieur Talma!

Berthier Sprünge? Läufe?

Talleyrand Eine gute Tragödie, weiß der Freund des Schlachtenlenkers, ist die würdigste Schule des höheren Menschen. Ruhe, Gemessenheit, Harmonie, kein effektvolle Übertreibung.

Berthier Keine Sprünge? Keine Läufe?

Lady Hamilton Man sagt, Monsieur Goethe habe den Mahomet, der heut' nicht gegeben wird, ganz vorzüglich in das Deutsche übertragen. Könnten wir nicht seinen Propheten in Erfurt geben?

Berthier Meine Herren, Sie verwirren mich. Erfurt, Erfurt! Das liegt weit zurück. Wir sind im fünften Akt, Monsieur Talma, nicht in der Mitte.

Talleyrand Nehmen Sie die Verworrenheit der Dinge als einen Befehl, Monseigneur, sie mit ruhiger Hand zu entwirren.

Maret Schleifen Sie Ihre Erinnerungen, Fürst, bis alle Splitter zueinander passen.

Lady Hamilton Und Monsieur! Ruhe, Gemessenheit, Harmonie! (*geht ab, Maret und Talleyrand am Arm führend*)

Berthier (*folgt ihnen bis zur Balkonbrüstung*) Der Vorhang, er hat sich geöffnet.

XII

(*Berthier schließt den Vorhang vorm Balkonfenster. Marie und Marie Louise, geschmückt mit Kürbisblüten-Kronen, tragen das Bild eines lockigen fünfjährigen Knaben*)

Berthier (*umkreist die Frauen*) Keine Sprünge! (*springt*) Keine Läufe! (*läuft*) Ruhiger Schritt! (*schreitet*)

Marie Louise Mein Napoleon.

Marie Mein Napoleon.

Berthier Mein Napoleon.

Marie Louise Der König von Rom.

Marie Der Fürst von Wagram.

Berthier Das königliche Kind.

Marie Louise Wir tragen das Bild des Kindes aufs Schlachtfeld.

Berthier Borodino, der kleine König von Rom, war nach Moskau gekommen, am Tag vor der großen Schlacht, in der es keinen Sieg und keine Niederlage gab und die doch der Anfang vom Ende war. Mein Kaiser war entzückt vom Bildgruß seiner Marie Louise, der ihn mit dem Lächeln seines Sohns bezauberte.

Marie Louise Wir tragen das Bild des Kindes aufs Schlachtfeld. Ihr Krieger sollt wissen, dass es um das Leben geht und nicht um den Tod.

Marie Das Kind will das Leben und nicht den Tod. Wir tragen das Bild des Lebens aufs Schlachtfeld.

Marie Louise Das Bild ruft den Vater zurück nach Frankreich.

Marie Das Bild ruft dem Vater zu: bleibt bei uns im Frankenland.

Berthier Das Kind ist ein König. Der Künstler gab ihm den Ball in die Hand, der einst ein Reichsapfel sein wird, und ein Stäbchen, das einst ein Zepter sein wird. Es ruft uns zur Schlacht, damit wir ihm sein Königreich sichern.

Marie Das Königreich ist die Zukunft. Kinder herrschen über die Zukunft. Wer sagt dir, dass die Zukunft durch Kriege gewonnen wird?

Berthier Mein Leben sagt mir's.

Marie Dein Leben ist nicht das deines Kindes.

Berthier Wir müssen es ausfechten, ein für allemal, damit die Kinder künftig in Frieden leben können.

Marie Louise Du redest wie dein Herr, der Kaiser. Der Traum von der friedlichen Herrschaft in der Hauptstadt der Welt. Das Blut der Krieger soll zur Quelle des Lebens werden. Absurd wie ein Traum.

Berthier Ja, Leben und Frieden werden mit den Schmerzen der Krieger bezahlt.

Marie Das Leben mit dem Tod?

Berthier Ja, ja! Das Leben der Kinder mit dem Tod der Väter. Einmal muss es ausgefochten werden, ein für allemal, ob es ewigen Frieden gibt oder ewigen Krieg.

Marie Louise Der König von Rom als Herrscher in einem friedlichen Europa, in dem die Armeen nur noch die Ehrengarden der Regenten sind.

Marie Und mein Napoleon – ein Minister, ein Senator.

Berthier Ein europäischer Fürst.

Marie Louise Marie, teilen sich unsere Männer einen Traum? Erzählt er dir von ihm am Frühstückstisch, zwischen den Depeschen, die er mit Orangeade und Eidotter bekleckert? Auf die alten Tage auf dem Lande leben, friedlich mit der geliebten Frau, Berater und heimlicher Beherrscher des Sohns, Gewissen der Nation, Friedensrichter, Gnadenspender, kunstsinniger Mäzen, väterlicher Reisender in Sachen Wohltätigkeit und Gerechtigkeit? Den Sohn zum rechten Regiment erziehen? Bis der als Greis seine Reifeprüfung besteht? Kennst du den Traum?

Berthier In Borodino kämpfte schon Europa, Hunderttausende von Söhnen des gemeinsamen Vaterlands, die Franzosen waren eine Minderheit. Alle wussten, wofür sie standen – Österreicher, Preußen, Sachsen, Polen, Bayern, Württemberger, Mecklenburger, Spanier, Italiener, Neapolitaner. In unserer eigenen Großen Armee die Kontingente der Völker, die Holländer, Belgier, Rheinländer, Piemontesen, Schweizer, Toskaner, Römer, die Hanseaten. Die standen für eine neue Zeit, die keine Grenzen mehr kennt. In Moskau hätten wir den letzten Grenzpfahl eingerammt – Borodino, die letzte große Schlacht, die fürchterlichste seit der Erfindung des Schießpulvers. Nie mehr hätten wir es gebraucht.

Marie Louise Für den König von Rom?

Berthier Für den europäischen Kaiser, der die Herrschaft mit dem europäischen Volke teilt, für den konstitutionellen Volkskönig. Das war die napoleonische Disposition.

Marie Das alles wolltet ihr dem Kind auf seine Locken drücken, die Tonnenkrone auf das engelhafte Köpfchen? Könnt ihr hineinschauen in das Köpfchen?

Berthier Der Kopf Napoleons!

Marie Louise Mein Kopf!

(Auf das Bild des Knaben senkt sich ein mächtiger erleuchteter Kürbis, um ihn acht kleinere Kürbisse verschiedener Größe; unter die kleineren treten die Marschälle; der Mann mit der Tasche umkreist die Gruppe)

Ney Komm nach Fontainebleau, Kamerad Berthier. Es ruft dich dein Kamerad Ney, der Fürst von der Moskwa. Wir wagen es noch einmal. Wir befestigen unser Vaterland zwischen Bergen, Meer und Strom. Wir sammeln unsere Kräfte. Wir brauchen dein Genie, Kamerad Berthier, wie brauchen deinen Kopf, dein Wissen um Plan und Methode, Zahl und Instrument, um Organisation und Zusammenspiel. Wir brauchen dich, Kamerad Berthier, jetzt, heute.

Davoust Komm nach Paris, Kamerad Berthier, König Ludwig braucht deinen Rat. Es ruft dich dein Kamerad Davoust, der Fürst von Eggmühl. Bleib in Bamberg, bis der Unbelehrbare belehrt ist, dass er nicht Frankreich ist. Diene deinem Vaterland, damit es sich im alten Geist erneuert und seinen Thron befestigt. Dein Vaterland braucht Ansehen und Respekt bei den Regenten der Völker. Wir brauchen deinen Kopf, Kamerad Berthier.

Lefebvre Komm nach Paris, Kamerad Berthier. Hör auf den alten Lefebvre, den Herzog von Danzig. Wir haben den Kaiser gekrönt, hilf ihm, wieder seine Größe zu zeigen, damit wir die Kaiserin und den König von Rom krönen können. Wir sind mit dem Kaiser gestiegen, nur wenn wir den Kaiser verlassen, werden wir mit ihm untergehen. Das Vaterland wird deine Treue zu schätzen wissen, Kamerad Berthier.

Marmont Höre auf mich, Kamerad Berthier, auf Marmont, den Herzog von Ragusa. Das Vaterland braucht Frieden und Ruhe. Wir haben mehr gelernt, als Kriege zu führen. Lass Straßen bauen, Kanäle und Brücken, lass uns Fabriken gründen, Eisenwerke für das kommende eiserne Zeitalter. Wir wollen die Ingenieure der neuen Zeit sein. Was wir im Kriege lernten, wollen wir im Frieden nutzen. Ich liebe Napoleon, ich schütze König Ludwig. Mach dich nützlich im unternehmerischen Geist. Du bist ein Ingenieur, Kamerad Berthier.

Mortier Das Volk liebt seine Marschälle, Kamerad Berthier. Was sind Kaiser oder Könige? Bedenke, was ich dir zu sagen habe, Mortier, der Herzog von Treviso. Wir Marschälle sind die Meister der Stunde, wir tun, was die Stunde befiehlt. Wir Marschälle müssen zusammenhalten, wir sind die Herren der Tat, die dem Volk in Tagen der Gefahr dient. Komm nach Paris, du sollst der Erste unter den Gleichen sein, der Älteste unter uns Brüdern.

Moncey Komm nach Paris, Kamerad Berthier. Das rät dir Moncey, der Herzog von Conegliano. Wir beiden Alten müssen nicht mehr kämpfen. Uns wird man in Ruhe lassen, der Kaiser, der König, das Volk, mag herrschen wer wolle. Wir sind Denkmäler einer großen Zeit, wir führen das stille Heer der Veteranen und Invaliden und ehren das Andenken der Toten. Wir leben dafür, dem Vaterland zu zeigen, dass jede Tat und jedes Opfer für das Vaterland ruhmvoll und voller Ehren ist. Du wirst geliebt und bewundert sein bis zum Tod, Kamerad Berthier.

Oudinot Du bist Offizier, Kamerad Berthier. Wir haben unseren Rang durch unsere Wunden, die uns der Krieg schlug. Muss ich dir das sagen, dein Kamerad Oudinot, der Herzog von Reggio? Diene dem Kaiser oder dem König, aber diene deinen Truppen. Sei ein Vorbild für Pflichterfüllung und Tapferkeit. Höre auf das Heer, höre seine Herzen schlagen, die furchtsamen, die übermütigen, die verzweifelten, die leeren und die übervollen. Du gehörst an die Spitze einer Truppe, Kamerad Berthier, was schert dich das Ziel, zu dem sie marschiert.

Macdonald Bleib in Bamberg, Kamerad Berthier, bleib, wo du bist. Lass sie streiten, toben, intrigieren. Mach's wie ich, dein Kamerad Macdonald, der Herzog von Tarent, bleib im Stillen, warte, warte. Das Verdienst bleibt unvergessen. Sei weise und begreife, dass ein tüchtiger Mann seinen Taten keine Träne nachweint, wenn sie verloren und vergeblich sind. Er hat sie getan. Sie waren groß und gut zu ihrer Zeit. Bleibe du in Bamberg im Bewusstsein deines Werts.

Berthier Das Kind! Es lacht. Es ergötzt sich an den Lampions. Es greift nach ihnen. Seht doch! (*Marie und Marie Louise versetzen die Kürbisse in Schwingungen; Berthier hält das Bild*) Napoleon, kleiner Napoleon, sieh, die Masken, wie sie leuchten, wie sie tanzen. Hörst du sie sprechen, die hohlen Köpfe? Hörst du ihre Geschichten? Soll ich auf sie hören, meiner kleiner Napoleon? Du kannst mit ihnen spielen, sieh, du

kannst die Lichter löschen und entzünden. (die *Kürbisse flackern*)
(*Lady Hamilton in der Gestalt der Athene, ohne kriegerische Symbole, ähnlich der Athene von Velletri im Louvre, begleitet von Talleyrand und Maret. Ihnen folgen die drei Uniformierten: der erste trägt Napoleons Standarte, den golden Adler mit erhobenen Flügeln, der zweite trägt das Clairon, der dritte ein Gewehr*)

Lady Hamilton Die Illumination für meinen Auftritt ist superb, Monseigneur. Und Sie haben so viele Gäste. Welch ein illustres Publikum. Sollte da Athene, die kluge Helferin der Helden, fehlen? Ist das die Versammlung eines hohen Rats? Lassen Sie mich weissagen! Der Athene ist diese Gabe gegeben. Dieses Licht (*zeigt auf den großen Kürbis*) wird erlöschen (*es erlischt*). Bellerophon, das stolze Schiff meiner Engländer, wird den heldischen Kaiser nach Sankt Helena tragen. Das ist die Poesie der Geschichte. Ich lehrte den Bellerophon den Pegasus zu zähmen. Oh, das beschwingte Pferd hätte ihn als Boten eines hellen Himmels durch Europa tragen können, wäre er klug, maßvoll, besonnen, menschenfreundlich gewesen. Doch er missbrauchte es, riss es zur Wildheit hin, gab ihm grausam die Sporen seines starken Willens, um mit ihm auf den Olymp zu reiten und Zeus den Weltenthron abspenstig zu machen. So warf es ihn von seinem Rücken, und er muss, lahm und blind, von den Göttern verachtet, von den Menschen gemieden, umherirren bis zu seinem Tod, auf einem Felseneiland, auf dem er sich nicht mehr verlaufen kann. Ein großes Schauspiel hat er der Welt geschrieben. Ich will die Friedlichen begleiten. (*Die Uniformierten werfen Adler, Clairon und Gewehr zu Boden*) Soll ich euch den Waffentanz tanzen, den ich zur Feier meines Siegs über die Giganten getanzt habe? Nein, meine Damen, meine Herren, lassen Sie sich von mir zum Schlussapplaus gruppieren (*dirigiert alle unter dem großen Kürbis zu einer Gruppe, mit ihr selbst in der Mitte, Talleyrand steht abseits*) Alexandre Berthier, kommen Sie, der Platz neben mir ist frei, in der Mitte. Kommen Sie!

Marie Louise Fürst von Wagram!

Marie Alexander!

Berthier (*hat die Adler-Standarte ergriffen*) Keine Sprünge! (*springt*) Keine Läufe! (*läuft*) Ruhiger Schritt! *(schreitet)*. Kein Gänschen, ein Adler, frei, frei. Fliegen! Fliegen! (*Der Vorhang vor dem Balkon öffnet sich*) Der Vorhang ist offen. Er kann nicht fallen. (Er rennt zur Brüstung, wirft den Adler in hohem Bogen hinaus, springt ihm nach).

Des Pudels Kern

Personen

Goethe
Karoline Jagemann/von Heygendorff
August von Goethe
Ottilie, seine Frau
Ulrike von Pogwisch
Professor Riemer
Dr. Eckermann
Kanzler von Müller
Oberbaudirektor Coudray
Goethes Enkel
Friedrich, Diener

Ort und Zeit

Goethes Haus am Weimarer Frauenplan, März/April 1825

I

1

(Raum am Frauenplan. Goethe an einem Fenster zur Straße)

Goethe Taghell ist die Nacht gelichtet. Immer fällt mir mein Schiller ein. Feuriger Brausekopf. Heulend kommt der Sturm geflogen, der die Flamme brausend sucht. Rot wie Blut ist der Himmel. Da haben wir gestanden, rechte Kerls waren wir, da haben wir's gemacht, gegen die Welt, für die Welt, unser Theater. Das ist noch im Untergang ein Schauspiel. Der Schiller hätte noch diesen Brand auf die Bühne gebracht. Mitsamt dem gaffenden Volk. Wo Leben ist, Handlung, wo sich's drängt und quirlt und effektvoll zusammenballt, da war Schillers Stunde. Er war der Große auf den Brettern. Ich habe sie ihm gezimmert. Jetzt brennen sie. Das Haus war mein, die Bühne war mein Reich, Meisters Sendung, das war's, das Nationaltheater, das wahre. Hoffnungslos weicht der Mensch der Götterstärke, müßig sieht er seine Werke und bewundernd untergehn. Bewundernd? Götter? Da brennt's, mein Haus. Sollt' ich nicht hingehen? Der Vorhang fällt, fällt brennend, fällt in Flammen. Es war schon lange nicht mehr mein Haus. Ich hab's verlassen, verlassen müssen. Acht? Acht Jahre, ja. Ich bin nicht mehr der Direktor, ich bin nicht verantwortlich. Der Herzog wird da sein. Alle werden dort sein. Das Theater! – das ist etwas in Weimar. Ein Dom. Jetzt stürzt er ein. Die hohe Flamme! Prasselnd in die dürre Frucht fällt sie – riesengroß! Ja, es war alles riesengroß beim Riesen Schiller. Alles verbrennt. Die Kulissen – der Tell sollte in der Schweiz stehen, nicht vor der Schweiz! Ich habe ihm die Landschaft selbst bemalt. Gut, Plunder alles, die Requisiten, die Kostüme, alles zusammengestückelt und zusammengeschnorrt, geizig war ich, damit meine Spieler mehr zu beißen hatten. Die Bibliothek! Himmel, was geht da verloren, die hätten wir doch längst sicher deponieren müssen. Zwei Jahre vor dem neuen Jahrhundert haben wir das Haus eingeweiht, mit dem Wallenstein. Groß, groß. Siebenundzwanzig Jahre! Ist heute nicht die erste Frühlingsnacht? Die Intendanz, 91. Ich hab sie mir erzogen, die Schauspieler, das Publikum. Der Kotzebue für die Kasse, mein Schiller für Geist und Gemüt. Fürs Große! Meinen Tasso, meine Iphigenie, die haben sie mir geduldet. Gejubelt haben sie beim Schiller. Doch das Theater – das war mein. Der Goethe für alles, für den Stil, der das Ganze macht. Goethes Bühne zerstört kein Feuer. Lass es brennen! Nein, der 22. ist heute – er hat schon begonnen, der 22. März – man wird sich das Datum merken müssen, den feurigen Punkt hinter einer Epoche. Epoche haben wir gemacht, der Schiller, der Große, und ich, der Goethe. Einen Blick nach dem Grabe seiner Habe sendet noch der Mensch zurück, greift fröhlich dann zum Wanderstabe! Da war ich jung, anno 91, als ich das Zepter über das alte Komödienhaus ergriff, halb zog es ihn, halb sank er hin. Was haben wir gemacht in fünfundzwanzig Jahren! Puh, der Funkenregen! Jetzt ist das Gerüst zusammengebrochen. Wenn der Schiller noch gelebt hätte, als sie mir die Intendanz vergraulten, vor acht Jahren! Wenn ich mich nicht zersplittert hätte in all den Geschäften des Tages, wenn ich der Bühne meine Werke gegeben hätte – oh, an Ideen hat es nicht gefehlt! Was hätten wir erreichen können! Aber auch das Halbvollendete – wie hat es gewirkt, wie hat es geleuchtet. Es leuchtet noch in diesem Brand. Lasst es brennen! Kochend, wie aus Ofens Rachen glühn die Lüfte, Balken krachen, Pfosten stürzen, Fenster klirren – oh, dieser Schiller! Immer groß, immer deutlich. Wirkender, wirksamer Kopf. Sollten wir weinen vor diesen Flammen? Theater werden immer wieder brennen. Aber diese Asche wird noch lange glühen, lange, lange, daran können noch viele, viele ihre Lunten zünden. Sollte ich nicht doch hingehen? (*läuft zurück ins Zimmer*) Meinen Mantel! Karl August wird dort sein, alle werden dort sein. Ist es meine Sorge noch? (*geht zum Fenster*) Soll ich hingehen und mich begaffen lassen – da ist der Goethe, der alte traurige Direktor. Weint er nicht? Hat er geweint, als er sein Theater verlassen musste, anno 17?

Vielleicht wird er lachen! (*schlägt das Fenster zu*) Wer will das Feuer löschen? Will ich's, will's der Herzog? (*öffnet wieder das Fenster*).

2

(*Ottilie von Goethe, im Nachthemd*)

Ottilie Vater! Es ist das Theater, das brennt! Das Theater!

Goethe Ich weiß, das Theater.

Ottilie Nicht ans Fenster, Vater, du erkältest dich. Die Nacht ist kalt. (*schließt das Fenster*)

Goethe Ist das Feuer nicht heiß genug?

Ottilie Das Theater. Dein Theater, Vater! Unser Theater. Es ist entsetzlich. Es ist so grauenhaft. Heute Abend war ich mit Ulrike dort. Cumberlands Jude, der La Roche, wie war er groß als Schewa. Zum letzten Mal! Ein Leben ohne das Theater – lieber Vater!

Goethe Es wird sich ein neues finden. Sag, Ottilie, ist August schon zurück?

Ottilie Er kommt morgen von Jena. Ich will zum Feuer, aber ich trau' mich nicht.

Goethe Komm ans Fenster, Töchterchen. Das Feuer malt sich hell am Himmel wie in der Laterna magica, du musst nicht die traurigen Trümmer sehen.

Ottilie Ich gehe morgen, sobald es hell ist. Ich kann es nicht glauben. Unser Theater. Werden sie gar nichts retten können?

Goethe Das brennt. Tabula rasa, nur ein Tuch von glimmender Asche, Rauch und Gestank. Geh nicht hin. Man soll sich nicht an Bildern der Zerstörung und des Verfalls ergötzen. Das macht krank. Ich weiß Besseres. Geh, Töchterchen, hole mir die Pläne –

Ottilie Das Haus der tausend schönen großen Stunden! Ich werde gehen, in der Frühe, ich will Abschied nehmen. Pläne, Vater? Welche Pläne?

Goethe Bei den Grundrissen. In der obersten Lade. Sie liegen obenauf im blauen Band. Nein, lass mich selber –

Ottilie Vater, du bleibst! Es ist kalt. Ich hole sie dir. In der obersten Lade – gleich. (*ab*)

Goethe (*geht ans Fenster, öffnet es*) Noch im Untergang wärmt es. Wärmt das Herz, schärft die Sinne, öffnet das Gemüt, ergötzt, erschüttert, und liefere uns nur die Natur das Schauspiel. Wohltätig ist des Feuers Macht, wenn sie der Mensch bezähmt, bewacht, und was er bildet, was er schafft, das dankt er dieser Himmelskraft. Könnt ich statt Feuer auch Bühne sagen. Geb' uns der Himmel Kraft, rasch die neue Bühne zu schaffen. Hab' ich dem Volke und seiner Bildung mein ganzes Leben gewidmet, warum sollte ich ihm nicht auch ein neues Theater bauen? Ich sollte den John wecken und gleich das Nötige diktieren. An Schlaf ist nicht zu denken.

Ottilie (*bringt zwei Rollen*) Die mit dem blauen Band, ja?

Goethe Die, ja, die. Kerzen! Am Tisch! (*Ottilie stellt Kerzen auf den Tisch*) Mehr Licht! (*Ottilie holt weitere Kerzen*) So ist's recht. (*entrollt einen Plan, stellt Kerzenständer auf die Ränder*) Was siehst du, meine Tochter?

Ottilie (*liest*) Neubau des Weimarer Hoftheaters. Nein!

Goethe Ein Wurf, eine Idee, ein Plan.

Ottilie Neubau? Unseres Theaters? Das da gerade brennt –

Goethe Psst!

Ottilie Du hast ein neues Theater geplant, Vater?

Goethe Psst! Sag es niemand, nur den Weisen, weil die Menge gleich verhöhnt. Jetzt steckst du schon in der Verschwörung, Ottilie. Du bist der erste Untertan unsres Fürsten, dem sich der schöne Plan entrollt. Ich schenke dir ein Privileg –

Ottilie: Du planst mit dem Fürsten?

Goethe: Unser Großherzog – er weiß um diesen Plan. Er ist ein Geheimnis, Töchterchen, ja? Pläne müssen verborgen sein, damit sie nicht von Leidenschaft und Unverstand zerredet werden, ehe sie das Licht des streitbaren Tages erblicken. Achthundert Zuschauer! Wir haben uns ein Publikum gebildet in unsrem kleinen Land, jetzt ruft es nach seinem Platz. Kannst du dir's vorstellen? Darin werden Walter und Wölfchen noch die schönsten Tage ihres Greisenalters erleben.

Ottilie Das Theater brennt, Vater! Du holst den Plan aus deinen Laden –

Goethe Du hast ihn mir geholt, du, kluge Agentin des Publikums.

Ottilie – als hättest du geahnt, dass unser Theater so bald schon ein Raub der Flammen wird. Ja, bist du denn froh, dass dein schönes Haus niederbrennt, vor deinen Augen?

Goethe So nicht, so nicht! Die neue Zeit, Töchterchen, die neue Zeit. Immer muss die neue Zeit uns vorbereitet finden. Wir wollen ernten, was wir gesät haben, da brauchen wir größere Scheuer, kluge Ökonomie, den Apparat, der dem größeren Willen geschmeidig gehorcht –

Ottilie Da freust du dich über das Feuer, Vater?

Goethe Du sahst mich am Fenster. Ich schaute auf das Grab meiner Erinnerungen, der schönsten, die ich habe. Schon einmal, vor meiner Zeit, ist in Weimar die Bühne mitsamt dem Schlosse niedergebrannt. Feuer, Flammenschrift, Menetekel. Der Eifer späht immer nach Gelegenheiten. In stiller Arbeit habe ich mit dem Oberbaudirektor Coudray die Grundrisse der großen Häuser studiert, München, Wien, Mannheim, Berlin – dort brannte das Königstädter Theater nieder. Wir hatten Muster vor Augen – und die kleine Hoffnung und die verwegene Erwartung, unsrem Fürsten könnt' in seinem Jubeljahr der Sinn nach einem schöneren Theater stehen. Wir sind in Weimar, Ottilie!

Ottilie Und ihr habt einen Plan fürs Denkbare und Wünschbare gemacht?

Goethe (*rollt den Plan zusammen*) Ein großer Wurf. Coudray hat gute Arbeit getan. Töchterchen, den ersten Plan macht der Kopf, und der Kopf gewinnt im Konzert der Grillen.

Ottilie Lass ihn mich noch einmal sehen, Vater!

Goethe Dass du gleich etwas zu kritisieren hast.

Ottilie Wenn ich in der Frühe zu den Ruinen gehe, wird der Gedanke an deinen Plan mich trösten, Vater. Wie soll ich ohne unser Theater leben? Vater, wie?

Goethe Bravo, meine Verbündete! Weimarer Bürger fordern von ihrem Fürsten das Theater ein! Ein Theater der neuen Zeit, in dem die Alten als Kobolde und Genien durch die Kulissen tanzen. Das Volk ruft nach dem Theater! Serenissimus muss die Schatulle öffnen. Bravo! Geh zu Bett, mein Kind. Träum von deinem Theater. Es gibt keinen schöneren Traum. Ich gehe zu Bett –

Ottilie Die Pläne, ich lege sie zurück.

Goethe Die gehen mit mir zu Bette. Träume brauchen gerade Linien, Winkel, Proportionen, die Phantasie braucht Kalkül. Das Feuer lässt mich nicht schlafen, gut, ich werde zu planen haben. Und morgen, Ottilie, morgen bin ich krank, ich werde im Bette bleiben, den ganzen Tag.

Ottilie Du hast dich erkältet, du spürst es schon! Vater, ich rufe Dr. Vogel, noch in der Nacht.

Goethe Kind! Morgen wird's brummen und summen in unserer Stadt, und alle werden herfliegen und mir den Kopf vollstopfen mit Gerüchten, Forderungen, Propositionen. Morgen bin ich unpässlich. Keine Besucher! Aber komm du zu mir, Ottilie, wenn du an der Brandstätte gewesen bist. Bei den leeren Fensterhöhlen. Geh für mich. Weine für mich! Die Träne fällt in den Staub, schon grunelt's.

Ottilie Schlafe doch ein bisschen, Vater.

Goethe Ich lege meinen Nacken auf diese Rollen. (*Ottilie zur Tür*) Ottilie! Die Kerzen! Wo habt ihr nur eure Sinne, ihr ewig Aufgeregten!

(*Goethe ab, Ottilie löscht die Kerzen*)

3

(*Schlafraum, neben dem Bett der Sessel. Goethe im Bett. Der Diener Friedrich räumt Geschirr auf ein Tablett; später Wolf, Ottilie, Ulrike*)

Friedrich Soll ich die Rollen fortschaffen, Euer Exzellenz?

Goethe Die bleiben hier. Eine ist mir unter das Bett gefallen, da! (*Fried-*

rich bückt sich) Dass mir keiner auf Pläne trete. Auf den Sessel damit, Friedrich. Ist meine Schwiegertochter schon wieder im Haus?

Friedrich Die Frau Kammerrätin und Fräulein Pogwisch sind mit den Kindern beim Theater. Furchtbar, dieser Brand, Euer Exzellenz.

Goethe Ja, so ist's, Friedrich. Heute Abend kommt wieder Professor Riemer. Sonst keine Besucher, Friedrich, niemand!

Friedrich Der Herr Kanzler von Müller hat Eure Exzellenz um ein Gespräch ersuchen lassen. Es sei dringend, wegen des Theaters, ließ er ausrichten.

Goethe Der Kanzler, hm. Wegen des Brandes. Ja, so. Dann soll er kommen, am Nachmittag. Aber nur er! Haltet mir alles vom Leib, was nach Feuer und Rauch stinkt, ja?

Friedrich Nach Rauch, ja, sehr wohl, Euer Exzellenz. (*mit dem Tablett zur Tür, die von Wolf aufgestoßen wird; Friedrich entgleitet das Tablett*)

Goethe Herrje, herrje, haben wir nicht genug Scherben und Trümmer gehabt diese Nacht! (*Friedrich sammelt das Geschirr auf, Wolf stürzt an das Bett und setzt sich auf die Bettkante*)

Wolf (*noch im Laufen rufend*) Großvater! Wir haben das Feuer gesehen!

Goethe Wölfchen Wirbelwind! Ja brennt es denn noch?

Wolf Überall ist Rauch. Es waren noch Funken an den Balken. Das war ein fürchterliches Feuer. Hast du es gesehen, Großvater?

Goethe Aus der Ferne, von meinem Fenster, ja. Ich habe es gefühlt, da, auf meiner Haut, als hätte ich mitten drin gestanden.

Wolf Mama sagt, dass du jetzt sehr traurig bis. Bist du traurig, Großvater?

Goethe Ach Wölfchen, wir alle haben Herrliches verloren. Soll ich da nicht ein bisschen traurig sein?

Wolf (*blickt Goethe lange an, nimmt seine Hand*) So geht's den Menschen, Großvater.

Goethe Ach, du Lieber, was ließe sich wohl mehr darüber sagen. Dreißig Jahre hab' ich mir so viel Mühe gegeben mit dem Theater, und jetzt nur Schutt und Trümmer.

Wolf Du brauchst ein neues, ja? Wir haben dir Steine mitgebracht. (*läuft zur Tür*) Mama! Tante Ulrike! Ich bin schon hier, bei Großvater! (*Ottilie und Ulrike v. Pogwisch, beide noch in Mantel und Hut*)

Ottilie Vater, wie fühlst du dich heute Morgen?

Goethe Leidlich, ihr Lieben. Ihr findet mich gefasst. Und ihr – ihr habt euch am Feuer gewärmt?

Ottilie Pfui, Vater. Die ganze Stadt ist aufgeregt und traurig. Und wir sind es auch. Wenn du die Ruinen nicht gesehen hast, glaubst du's nicht.

Wolf Mama, die Steine! Zeig Großvater die Steine!

Ulrike Wölfchen, lauf, sie liegen draußen auf dem Tisch.

Wolf Die Steine für das neue Theater. (*läuft*)

Goethe Da hätten wir den Riss – (*greift nach einer Rolle auf dem Sessel*) und schon ein paar Steine dazu. Da kann's an nichts fehlen. Das Schlimme und das Gute aus der Büchse der Pandora –„Das brenne nieder! – schöner baut sich's wieder auf".

Ulrike Wir haben noch ein Stück der Tapete gefunden, Herr von Goethe.

Goethe O wie begierig seid ihr Seelen doch auf die Reliquien, als brächten sie die schöne Gegenwart zurück.

Ulrike Nur ein wenig angesengt. Die Tapete ist gewiss vom Balkon, wo wir unsere Stammplätze hatten. Wie oft haben wir das feine Muster bewundert.

Goethe So gehört die Tapete wohl zum Kunstwerk, das Theater heißt. Das habe ich nicht bedacht.

Wolf (*bringt die in die Tapete gewickelten Steine*) Hier, Großvater, fass sie an. Die Steine sind noch warm, vom Feuer.

Goethe Dank dir, Wölfchen. (*legt die Hand auf die Steine*) Wir mauern sie wieder ein. Du wirst dabei sein, wenn wir sie setzen. Fürs erste legen wir sie in meine Sammlungen, das sind zwei kostbare Exemplare. (*nimmt sie in die Hand*) „Saget Steine mir an! O sprecht, ihr hohen Paläste! Straßen, redet ein Wort! Genius, regst du dich nicht?" Nimm sie, Wölfchen, bewahre sie mir gut. Bewahre immer unser Haus,

Wölfchen, hörst du? Unser schönes Haus, bewache es! Dass nicht in hundert Jahren ein Knabe die verbrannten Steine aus den Trümmern unseres Hauses trage und nach dem Glanze frage, der sie zusammengehalten hat. (*Wolf nimmt die Steine und setzt sie am Boden aufeinander*)

Ottilie Das werden öde Zeiten. Eine Stadt ohne Theater ist ein Haus ohne Fenster. Wie sollen wir da leben? Ein ewiger Alltag ohne Feiertag.

Goethe Ja, so hab' ich's gerne. Wer jung ist und nicht ganz und gar verwöhnt, findet nicht leicht einen Ort, wo es ihm wohler sein könnte als im Theater. Man macht an euch gar keine Ansprüche, ihr braucht den Mund nicht aufzutun, vielmehr sitzt ihr da im völligen Behagen wie Königinnen und lasst euch alles bequem vorführen und euch Geist und Sinne traktieren, wie ihr es nur wünschen könnt. Da ist Poesie, da ist Malerei, da sind Gesang und Musik, da ist das schöne menschliche Spiel – und die Tapeten. Das ist doch wirklich ein Fest, das mit keinem zu vergleichen ist.

Ulrike In diesem Jahr war ich schon zwanzigmal in unserem Theater.

Goethe Und sind nicht einmal drei Monate vergangen und öffnet unser Festhaus nur dreimal in der Woche seine Pforten! Warum nicht jeden Tag? Warum nicht jeden sauren Tag ausklingen lassen in Wort und Bild, Bewegung und Musik, Licht und Farbe? Wir Menschen wären glücklicher.

Ulrike Wir werden das Theater so lange entbehren müssen. Keine Freude vor dem Vorhang, keine danach, keine Tage ohne das Gespräch über das herrliche Spiel, keine Begeisterung –

Goethe Und keine Nörgelei!

Ottilie Vater, du musst uns helfen. Sprich mit der Frau Großherzogin! Wir brauchen das Theater ganz, ganz schnell.

Goethe Kopf hoch! Wir werden uns rasch einrichten. Tut's der große Apparat nicht mehr, muss es der kleine machen. Ich würde schon in der nächsten Woche wieder spielen lassen, im Fürstenhaus oder im Saal des Stadthauses, gleichviel. Ihr habt recht, Kinder. Wir dürfen keine lange Pause dulden, damit das Publikum sich für seine Abende nicht andere

Quellen der Unterhaltung suche. Nur rasch gespielt!

Ulrike Alles ist vernichtet, die Kostüme, die Dekorationen.

Goethe Wir haben doch ein Stück der Tapete gerettet! Keine großen Stücke, irgendein kleines Lustspiel, eine Posse oder Operette, ein Akt, nicht mehr, mit wenig Tand und Flitter. Aber das Leben muss wieder her. Dann irgendeine Arie, irgendein Duett, das Finale einer beliebten Oper – ihr werdet schon zufrieden sein, und unsre Künstler auch. Den April werdet ihr so heiter und getröstet überstehen, und im Mai, da habt ihr schon die Sänger des Waldes. Nein, seid ganz beruhigt, schon im Sommer werdet ihr das neue Haus auf den Trümmern des alten wachsen sehen.

Ottilie (*küsst Goethe*) Versprochen!

Goethe Was ein verabschiedeter Direktor versprechen kann. Lasst mir jetzt meine Ruhe. Alte Männer haben mehr zu arbeiten als das junge Volk. Hinaus mit euch! Wölfchen, pass mir auf die Steine auf!

4

(*Goethe im Schlafrock im Sessel neben dem Bett, blättert in Heften; die Lade des kleinen Tisches neben dem Sessel steht offen; später Eckermann*)

Goethe 1807, 1808, für Riemer, heute Abend. Wir müssen die Jahreshefte fertig machen. Merkwürdig – 1808 – dass ich das Jahr des Theaterunfugs gerade heute in der Hand habe, nach dem Feuer. Dieser Streit mit der Jagemann und dem Strohmeyer. Mit den Schauspielern ging's gut, aber diese Sänger! Das alles blieb mir viel zu lange liegen. Man sieht's ja, plötzlich brennt einem das Dach weg. Die Jagemann, die Primadonna –

Friedrich *(an der Tür)* Euer Exzellenz, Herr Doktor Eckermann bittet um eine Minute, mit Neuigkeiten vom Schauplatz des Brandes, sagt er.

Goethe Den Lieben darf ich nicht enttäuschen. Mag kommen. (*Fried-*

rich ab) Die Bundessache, die muss vom Tisch! Die Herren Buchhändler sollen mir meinen Faust und alles nicht zu billig haben. Das Erbe den Kindern und Kindeskindern, das Privileg der Bundesversammlung muss her. Brennt doch grad jetzt das Theater ab! Ist ein Vorzeichen vielleicht. Fertig machen, fertig machen, es liegt so vieles herum. Der Eckermann wird mir den Kopf noch verwirren mit seinen Brandgeschichten. Widerwärtigkeiten soll frische Tätigkeit mir überwinden, Motto für die Jahreshefte. Herein! Lieber Eckermann!

Eckermann Guten Tag, Exzellenz. Bitte, sehen Sie mir meine Aufdringlichkeit nach. Friedrich sprach von einem Unwohlsein, das betrübt mich sehr –

Goethe: Die Nacht war mir nicht zum Wohlsein. Sie bringen Nachrichten, mein Bester? Setzen Sie sich auf mein Bett. *(Eckermann setzt sich zögernd)*

Eckermann Der Brand, er hat mir die Seele aufgewühlt –

Goethe Lasst ihn wühlen. Keine Nachrichten?

Eckermann Kurz nach Mitternacht der Feuerlärm. Ich eilte gleich an Ort und Stelle. Oh, die Gewalt dieser Vernichtung! Das Feuer scheint, so hörte ich, durch die Heizung veranlasst, ist im Parterre ausgebrochen –

Goethe Im Parterre.

Eckermann Alle Spritzen waren rasch zur Stelle, Unmassen von Wasser auf die Glut, vergeblich. auf den Feuerleitern, an den Spritzen Feuereifer – pardon –

Goethe Feuereifer ist gut.

Eckermann Exzellenz! Alles müßig. Alles ein Raub der Flammen.

Goethe Wissen Sie, mein Allerbester, dass ich einst als junger Rat vor fünfzig Jahren an der Weimarer Feuerordnung gearbeitet habe? Ich kenne mich aus mit Feuersbrünsten. Ich kenne dieses gefräßige Element.

Eckermann Ist's wahr? Eine Feuerordnung. Exzellenz, das ist von hohem Interesse für mich. Eine Feuerordnung?

Goethe Weiter.

Eckermann Ich sah unseren Fürsten am Feuer stehen. Er stand ruhig da, rauchte seine Zigarre, gab seine Befehle. Fast hätte ich ihn nicht erkannt in seinem Mantel mit der Militärmütze, er stand gefasst da wie ein –

Goethe Ein Feuerwehrhauptmann.

Eckermann Beim ersten Anblick wie ein müßiger Zuschauer –

Goethe Haben Sie im Theater schon einmal einen müßigen Zuschauer gesehen, mein Lieber?

Eckermann Ja, nein, gewiss. Exzellenz, der Fürst war ein Fels in der Brandung. Er soll, so hörte ich sagen, den Befehl gegeben haben, das Gebäude in sich zusammenstürzen zu lassen und alle entbehrlichen Spritzen gegen die Nachbarhäuser zu wenden.

Goethe Ein wackerer Beschluss. Es war wohl nichts zu retten? Sagt' das der Augenschein?

Eckermann Es gab ein Murren in der Menge. Es war die Empfindung in allen Herzen: dieses Denkmal unseres Stolzes und unserer Erbauung sollte nicht einen größeren Einsatz zu seiner Rettung verdient haben?

Goethe Setzen Sie sich nicht die Mütze des Herrschers auf den Kopf, lieber Doktor. Das ist nicht ihr Geschäft.

Eckermann Ihr Theater, Herr von Goethe!

Goethe Es ist das Theater des Großherzoglichen Hauses.

Eckermann O nein! Es ist das Haus Goethes. Goethe, Goethe, hörte ich es murmeln, ja rufen in der Menge, als wäre Ihr Haus von den Flammen bedroht.

Goethe So?

Eckermann Als wollte sogar der Feuersturm bestätigen, was ich Ihnen berichte, Exzellenz! – also, gerade bin ich noch einmal hingeeilt zu der traurigen Stätte, und als ich gedankenschwer am Rande der Ruinen stand, fand ich zu meinen Füßen – dies! (*holt ein paar Blätter aus der Jacke*) Versengt, verkohlt an den Rändern, doch lesbar die Fragmente alle! – wohl Blätter der Rollenschrift. Hier, Exzellenz! (*gibt Goethe die Blätter*)

Goethe (*prüft die Blätter*) Merkwürdig.

Eckermann O ja, Exzellenz, ist es nicht wunderbar, wie der Zufall die unzerstörbare Botschaft des Schicksals in unsere Herzen sendet?

Goethe Schicksal. Das hab ich gemacht. Meine Worte sind's, von mir selbst redigiert. Das Manuskript des Tasso!

Eckermann Des Tasso, es ist überwältigend –

Goethe Das ist doch – (*nimmt das erste Blatt, liest*)

> Wenn ganz was Unerwartetes begegnet,
>
> Wenn unser Blick was Ungeheures sieht,
>
> Steht unser Geist auf eine Weile still,
>
> Wir haben nichts, womit wir das vergleichen …

O Eckermann! (*nimmt das zweite Blatt*)

> Und wenn das alles nun verloren wäre?
>
> Wenn einen Freund, den du einst reich geglaubt,
>
> Auf einmal du als einen Bettler fändest? …

Als einen Bettler. O die Sibylle! (*nimmt das dritte Blatt, blickt eine Weile schweigend drauf*)) Tasso! Zum ersten Mal haben wir ihn anno Sieben gegeben. Da hat die Karoline Jagemann mir die freundliche Konzession gemacht – die erste belangvolle Novität auf unserer Bühne seit Schillers Tod. Mein Freund, Sie finden mich bewegt. Ihr seltsamer Fund ist ein Geschenk. Es erschüttert mich, es richtet mich auf (*umarmt Eckermann*). Erinnerungen – puh, das sind die Hoffnungen von gestern. Der Faust will jetzt endlich fertig werden. Das Haus für meinen Faust wurde noch nicht gebaut.

Eckermann Ich will mich verabschieden für heute, Exzellenz.

Goethe Bleiben Sie, mein lieber Doktor.

Eckermann: Der Brand des Hauses heute, Exzellenz, in dem Sie und Schiller viele Jahre so fruchtbar gewirkt haben – ist er nicht der Schlusspunkt unter eine Epoche, die für unser Weimar so bald nicht zurückkommen dürfte? Wie viele Erfolge haben Sie feiern können!

Goethe Last und Not. Ihr jungen Leute seht nur den Erfolg. Last und Not. Alle diese Trippelschritte zum Applaus.

Eckermann Zur Erziehung der Menschen!

Goethe Gut. Ja. Der Mensch stolpert ins Leben hinein, und da kann es von Nutzen sein, dass die Bühne ihn ein bisschen Haltung, Gewandtheit und Menschenverstand lehrt. Der Theaterdirektor ist ein Lehrer, wohl wahr. Ein Nationaltheater, ja, das schwebte mir vor! – wirkend auf die Nation, von der Bühne hinab ins Leben. Das Beste in uns will Erzieher sein.

Eckermann Wieviel habe ich gelernt, Herr von Goethe!

Goethe Sie haben einen guten Kopf, mein Allerbester. Sie sind ein Wunder der Lernbegierigkeit. Sehr viel ist zu erreichen durch Strenge, mehr durch Liebe.

Eckermann Liebe, ja!

Goethe Der Mensch ist ein störrisches Wesen. Er sieht's oft nicht als Beweis der Liebe, wenn man geduldig versucht, ihn zur Einsicht zu führen, ihm seinen Wert fürs Ganze klarzumachen durch unparteiische Gerechtigkeit.

Eckermann Die Liebe zu den Menschen ist die Lehrmeisterin – wer kann das vergessen?

Goethe Auf der Bühne habe ich immer das Talent geliebt, mit Leidenschaft. Da ist's mir manchmal schwer geworden, das Herz in Kälte und Vorsicht vor Parteilichkeit zu wappnen. Die Parteilichkeit des Herzens ist gefährlich. Ist es Ihnen, mein Lieber, nicht auch schon so ergangen, dass der Zauber einer Aktrice ihr Herz bestrickte?

Eckermann Oh, Exzellenz –

Goethe Warum sollte es Ihnen anders gehen als dem Schopenhauer, der unsere Jagemann partout heimführen wollte und wenn er sie an der Landstraße Steine klopfen fände. Kein Wort darüber. Es fehlte in unserem Theater nicht an Frauen, die schön und jung und dabei von großer Anmut der Seele waren. Ich fühlte mich zu mancher leidenschaftlich hingezogen, und manche kam mir wohl auf halbem Weg entgegen. Allein – ich fasste mich und sagte: nicht weiter! Ich kannte meine Stellung. Ich war der Chef einer Anstalt, deren Gedeihen mir mehr galt als mein persönliches Glück. Das Glück allein liegt im Gelingen des Werks.

Eckermann Ältere Personen, die jene Zeit erlebt haben, können mir nicht genug rühmen, auf welcher Höhe das Weimarer Theater damals stand.

Goethe Ich habe auf gute Stücke gesehen. Jedes Genre war mir recht, wenn es nur Geist hatte. Groß und tüchtig mussten die Stücke sein, heiter und graziös, gesund, alles musste seinen Kern haben. Nichts Krankhaftes, Weinerliches, Schwaches – davon hat das Herz in sich genug. Kein Schrecken, keine Gräuel – und die guten Sitten nicht verlachen auf den Brettern, da kann man auf der Straße bleiben. Ja, das Theater, das wir brennen sahen in der Nacht, war mein Haus. Ich habe es seit langem nicht mehr bewohnt.

Eckermann Exzellenz, es könnte lehrreich für die Nachwelt sein – könnten Sie nicht, in den Jahresheften vielleicht, die Gründe darlegen, die Sie bewogen haben, der Direktion Valet zu sagen?

Goethe Ach, man kennt die Geschichte in Weimar doch. Ein Pudel war's –

Eckermann Ich kenne die Geschichte. Aber doch nicht der Pudel –

Goethe So fragen Sie nach des Pudels Kern? Kein Wort kommt über meine Lippen. Nur so viel. Der Herr des Theaters hatte einen Herrn über sich, den Herzog, und bald auch eine Herrin, die ihr stilles Herrschertum der Huld des höchsten Herren dankte. Serenissimus missachtete den Grundsatz, der mir heilig war. Die Parteilichkeit der Liebe – was soll man dazu sagen? Das Leben muss seine Stücke nicht schreiben, nicht die Possen, nicht die Tragödien.

Eckermann Karoline Jagemann – ich meine, Frau von Heygendorff –

Goethe Keine Namen, junger Freund! Genug geplaudert. Das Theater ist nicht mehr. Das einzige, was nicht verbrannte, sind ein paar Fetzen meines Tasso und ein paar Tapetenreste. Wir sehen uns morgen, mein Allerbester. Machen Sie mein Bett frei, Doktor!

Eckermann: Danke! Danke! Auf Wiedersehen, Exzellenz (*geht*)

Goethe Als nächstes die Eingabe an die Bundesversammlung. Der John muss kommen, ich muss ihm einiges diktieren. Friedrich!

(*Goethe und Kanzler von Müller in einem Raum am Frauenplan*)

Müller Ich hörte, dass Sie nicht wohl seien, Herr von Goethe. Ich will mich kurz fassen mit meinem Anliegen.

Goethe Der Brand. Ich bin nicht recht kommunikabel heute, das ist wahr, Herr von Müller.

Müller Ich bin gekommen, Herr von Goethe, Ihnen zu melden, dass ich noch gestern Nacht – die Flammen schlugen noch gen Himmel – mit Serenissimo die Kompetenz zur Untersuchung der Brandereignisse erörtern durfte.

Goethe Der Ursache.

Müller Gewiss, der Ursache. Wir brauchen einen Bericht der Fachleute, eine Kommission –

Goethe Das Theater ist verbrannt.

Müller Das Land darf eine Stellungnahme der Sachverständigen erwarten. Schuldige müssen gestraft, das System der Überwachung und Vermeidung muss verbessert werden, die Aufmerksamkeit geschärft.

Goethe (*hat den Kopf wie aus Schläfrigkeit sinken lassen*) Hm.

Müller Ich hab' es noch im Ohr, was Sie mir kürzlich über das Stochern im Vergangnen sagten –

Goethe Stochern, das ist gut, Stochern in der Asche.

Müller Unser Wille, sagten Sie, müsse stets produktiv sein, um ein neues Besseres zu schaffen.

Goethe Hm.

Müller Als hätte unser Großherzog Ihre Worte gehört, hat er in der Nacht schon – das Theater brannte furchtbar-schön noch immer – Pläne für den Wiederaufbau gemacht.

Goethe (*erhebt sich schnell, auch Müller steht auf*) Für den Wiederaufbau. Das nenne ich mir einen wahrhaft velociferischen Charakter: Schnelligkeit ist Trumpf! Aber warum nach der Ursache forschen? Aufbauen, anpacken! Keine Vorwürfe über Vergangnes, nun doch nicht zu Änderndes, keine Rekriminationen. Jeder Tag bestehe für sich. Anordnen: lakonisch, imperativ, prägnant. Mag das Feuer noch brennen. (*setzt sich*)

Müller Die Erforschung der Brandursache wird in meinen Händen liegen, desgleichen der Bericht über die Zweckmäßigkeit der Löscharbeiten.

Goethe Wird ein Leichtes sein.

Müller Ich bin zu Ihnen gekommen, Herr von Goethe, um Ihren Rat zu erbitten.

Goethe Hm.

Müller Ich war schlaflos diese Nacht, und ich werde schlaflos in den kommenden Nächten sein.

Goethe Ein junger Mann wie Sie!

Müller Herr von Goethe, wäre ich in Ihrem Haus nicht tausendmal ein willkommener – darf ich hoffen? – ein willkommener Gast gewesen, ich würde es nicht wagen, Ihnen meine – meine geheimen, ja geheimsten Sorgen vorzutragen.

Goethe So.

Müller Glaubt der Dichter, glaubt der Staatsmann, glaubt der große Mann, dessen Wort wir lauschen, an die Macht des Zufalls, Herr von Goethe?

Goethe Ihr sollt mich nicht fragen, ihr jungen Leute, sondern mehr in meinen Büchern lesen. Ich sage wie der kluge Abbé im Wilhelm Meister: Das Gewebe dieser Welt ist aus Notwendigkeit und Zufall gebildet. Und ich sage auch wie mein Abbé: die Vernunft behandelt das Notwendige als den Grund des Daseins, aber sie weiß das Zufällige zu lenken, zu leiten und zu nutzen.

Müller Das Zufällige zu lenken! Das ist der Grund meiner Sorge, meiner Bedenken, meines Zauderns.

Goethe So?

Müller Der Zufall, denke ich, scheint in einen verborgenen Plan gewoben zu sein. Serenissimus steht am Rande des großen Feuers und blickt in das Inferno, als erfülle sich in ihm ein himmlischer Plan. Keine Regung, keine Rührung, kein Entsetzen, das doch alle Umstehenden mit niederschmetternder Wucht ergreift. Den Feuerwehren gebietet er Einhalt, als wollt' er bedeuten: Lasst das Feuer den Schutt wegräumen, das ist billiger, als wenn die Hände es tun müssten. In der Nacht des Brandes, die Glut knistert noch in den Kohlebalken, der Rauch liegt noch in den Poren der Menschen und der Mauern unserer Stadt, noch lähmt der Schreck die Gemüter, spricht er geschäftsmäßig und kühl von seinen Plänen für den Wiederaufbau, nein, für einen Neubau, wie er sagte.

Goethe Ach, verehrter Kanzler, es ist gut, wenn wir unsere Geschäfte abstrakt behandeln, nicht menschlich mit Neigung und Abneigung, Leidenschaft, Furcht, Hoffnung.

Müller Herr von Goethe, die Haltung unseres Fürsten scheint Sie nicht zu überraschen.

Goethe Ich kenne ihn lange, fünfzig Jahre. Ich habe an der Wiege seines Regiments gestanden.

Müller Ich meine, Herr von Goethe – hat unser Herr mit Ihnen, seinem so vertrauten Ratgeber, über Pläne zum Neubau eines Weimarer Theaters gesprochen? Ich hörte das Wort Jubiläumstheater. Verzeihen Sie meine Neugier!

Goethe Neugier ist immer gestattet.

Müller Gibt es Absichten, Pläne, Projekte von langer Hand? Der großherzoglichen Familie ist das Theater teuer.

Goethe Mein werter Kanzler, verrate ich ein Staats- und Hofgeheimnis? Ja, vorgestern, am Sonntag war's, kam Serenissimus in mein Haus. Manches wurde vorgezeigt und besprochen, ja, so manches.

Müller Den Theaterbau betreffend?

Goethe: Hm.

Müller Verzeihen Sie, ich will nicht in Sie dringen, Herr von Goethe.

Goethe Machen Sie Ihren Bericht über den Brand, Herr von Müller, die Ursache wird sich finden lassen.

Müller Wir alle stehen mitten in den Zurüstungen für das goldene Regierungsjubiläum. Kann es wohl sein, Herr von Goethe, dass wir jetzt

Aufmerksamkeit und Kraft und Mittel auch auf den Bau eines Theaters wenden müssen?

Goethe Mag sein, mag wohl sein.

Müller Und wenn der Neubau eine der Hoffnungen des Großherzogs für das große Fest gewesen wäre – eine Krone der Kunst und der Volksbeglückung auf das Regierungswerk der fünfzig Jahre? In denen Sie an der Seite des Fürsten gestanden haben?

Goethe Wer hegte nicht immerfort kühne schöne Hoffnungen?

Müller Wäre dann das Feuer nicht ein Geschenk des Himmels gewesen?

Goethe Der Blitzschlag scheidet aus.

Müller So reich ist unser Land nicht, dass der Fürst zur Zierde eines Jubiläums den Abriss und Neubau des Theaters befehlen kann. Verstehen Sie mich recht, Herr von Goethe, Sie sind mein Vorbild, mein Mentor stets gewesen – warum soll ich dem Großherzog Ursachen oder verdächtige Urheber präsentieren, die er nicht strafen, die er prämiieren müsste.

Goethe Oh!

Müller Die Ursache ein Wunsch?

Goethe Sie müssten mich der Brandstiftung bezichtigen, Herr Kanzler –

Müller Herr von Goethe!

Goethe Auch ich träumte wie mein Fürst von einem neuen Haus zur künftigen Feier dessen, was Einsichtige und Wohlmeinende den Weimarer Stil nennen, von einem Geschenk, von einer Belohnung der Zeit.

Müller Im Jubeljahr!

Goethe Herr Coudray hat meinem Wollen den Plan gemacht. Ja, es gibt einen Plan.

Müller Unser Fürst hat seinen Segen dazu gegeben?

Goethe Er weiß, dass wir planen.

Müller Herr von Goethe, martern Sie mich nicht! Darf ich vermuten, dass der Großherzog Ihnen von seinem Herzenswunsch gesprochen hat, an der Pflanzstätte deutscher Theaterkunst ein neues Haus zu errichten – zu seiner Zeit?

Goethe So nicht.

Müller Hätten Sie Serenissimus mit Ihren Plänen überraschen wollen, Herr von Goethe?

Goethe Ein guter Diener kennt die Wünsche seines Herren. Auch die geheimen.

Müller Ich bitte Sie, Herr von Goethe, helfen Sie mir. Ich muss die Kommission berufen, die der Brandursache zu Leibe rücken soll. Geben Sie mir einen Rat. Wen soll ich berufen? Männer, die als Sachverständige ausgewiesen sind? Männer, die dem alten Haus wie der Großherzog selbst keine Träne nachweinen?

Goethe Männer mit Verstand.

Müller Ich fürchte, Sie verstehen mich nicht.

Goethe Herrgott! Schleich er nicht herum um seine Frage wie der Pudel um den alten Faust! Gerade heraus! Was ist denn, will mein furchtsamer Kanzler wissen, wenn die gewissenhafte Inspektion des Aschehaufens nicht hinführt zu Schlendrian oder force majeur, sondern in die Nähe allerhöchster Gewalten.

Müller Herr von Goethe, ich bitte um Erbarmen, ich bin der Justizminister dieses Landes!

Goethe Tun Sie, was Ihre Pflicht ist, und lassen Sie dem Fürsten sein Recht. So, mein Herr von Müller, jetzt müssen Sie mich schonen. Doch kommen Sie bald einmal wieder, damit wir die Pläne für den Neubau beschauen. Wer bauen will, braucht früh Verbündete.

6

(Im selben Raum; Goethe geht auf und ab; später Ottilie)

Goethe *(bleibt stehen, schlägt mit der Hand auf den Tisch)* Redet mir der Müller vom Zufall! *(geht wieder, bleibt stehen)* Will ich doch grad' heut' das Jahr 8 durchgehen mit dem Riemer. *(hebt ein Tagebuchheft auf, blättert)* Kam da der Müller nicht zum ersten Mal in mein Haus? Die

Theaterquerelen waren gerade ausgestanden, mit der Jagemann. War er Regierungsrat, tüchtig, tüchtig. Hab' ich gerade heute das Jahr 8 unter den Händen, mit all dem Theaterunfug, heute, da mir das Theater weggebrannt ist. Und anno 17 war's, da war's nicht mehr zu verkleistern, da musste ich die Direktion niederlegen, was ich schon anno 8 hätte tun sollen – vielleicht auch getan hätt', wäre die Luise nicht so klug und so schmeichlerisch gewesen und so widerständig gegen Augusts Favoritin. (*Ottilie kommt*) Noch mehr Besucher?

Ottilie Vater, du hattest mir versprochen, im Bett zu bleiben, den ganzen Tag. Nach dieser Nacht!

Goethe Sollt ich den Kanzler im Schlafrock empfangen.?

Ottilie Den ganzen Tag ein Kommen und Bitten. Alle wollen dich sehen, Vater, dich fragen, hören, was du sagst über das schreckliche Ereignis. Ich war dein Zerberus. Keiner ist mir über die Schwelle gekommen.

Goethe Danke, meine Tochter.

Ottilie Du willst arbeiten, Vater?

Goethe Mit Riemer eine kleine Stunde. Ich geh' mit ihm in die Vergangenheit. Die Flammennacht hat sie mir hervorgerufen.

Ottilie Eine Stunde! Ich komme und weise ihm die Tür, wenn er eine Minute länger bleibt. Soll ich dir den Brunnen bringen?

Goethe Danke, Liebe, nein. In meinen Gedanken und alten Papieren werde ich heute wieder nach Karlsbad reisen, nach Franzensbrunn. Anno 8. Der August ging nach Heidelberg –

Ottilie Da starb die Großmutter – August sah sie noch auf seiner Reise nach Heidelberg.

Goethe Und bist du nicht ein Jahr darauf mit deiner Mutter nach Weimar gekommen. Ich werd' dem Riemer sagen, dass wir uns erst das Jahr 9 vornehmen wollen, das dich mir schenkte – und den Theaterunfug können wir erst einmal überspringen.

Ottilie Unfug? Meinst du das Feuer?

Goethe Das nicht. Ich denke ans Jahr 8 – da ist mir mein Theater zum ersten Mal verbrannt. Das zweite Mal im Jahre 17 – da hab ich mir's aus dem Kopf gerissen. Merkwürdig, da gehe ich mit Professor Riemer die Chronik durch, für die Werkausgabe, das Wort „Theater, Theater" springt mich aus allen Zeilen der Hefte an, abgetan alles, fast vergessen – da brennt mir das Theater ab.

Ottilie Könntest du meine Tagebücher lesen, Vater! Du würdest alle Stücke auf seinen Seiten finden – wie herrlich, dem flüchtigen Ereignis durch ein paar Sätze des Lobes, der Begeisterung Dauer zu geben. Jetzt wird mein Tagebuch mir leer bleiben.

Goethe Das Leben ist nicht nur Theaterleben. Ich schrieb auch alles auf, hier – Figaros Hochzeit habe ich dreimal gesehen, anno 8. Und den Tell haben wir gegeben, siebenhundert drängten sich in unsrem viel zu kleinen Haus. Hier, was ich in meiner Pyrmonter Chronik fand – die Inschrift an einem Haus in Lügde (*liest von einem Blatt*)

Gott segne das Haus!

Zweimal rannte ich heraus,

Denn zweimal ist's abgebrannt.

Komm ich zum dritten Mal gerannt,

da segne Gott meinen Lauf,

Ich bau's wahrlich nicht wieder auf.

Ottilie (*nimmt Goethe das Blatt aus der Hand, läuft um ihn herum*) Das dichtete ein Prophet. Fein, fein, Vater! Du baust ein neues Haus, und nie, nie wieder wird es brennen. Gib mir das Blatt, ich will die Verse in mein Tagebuch schreiben – auf die leeren Seiten.

Goethe Ei gewiss. Oder sollte ich es anders deuten? Vielleicht wär's ein Segen für mich, ich baute es wirklich nicht wieder auf.

Friedrich: Herr Professor Riemer, Euer Exzellenz.

Ottilie Kramt ihr in euren Papieren (*ab)*

(Im selben Raum, Goethe, Riemer mit Manuskripten)

Goethe (*öffnet die Arme*) Professor! Endlich! Arbeit!

Riemer: Ich wünsche einen Guten Tag, Herr von Goethe. Ist er auch gut zur Arbeit? Nach dieser Schreckensnacht?

Goethe Arbeit, die Medizin, die alles heilt. Sie haben alles durchgesehen, lieber Professor?

Riemer: Mit Anteilnahme. Mit Spannung. Karlsbad, Franzensbrunn, eine erquickliche Reise mit freundlichen Begegnungen. Treffliche Charakterisierungen. Alles in allem ist mir doch aufgefallen – gewissermaßen im Schein des Feuers dieser Nacht –, dass Ihre Notizen zum Theater recht knapp geraten sind. Dabei ist mir in unserer Arbeit an der Chronik doch so recht bewusst geworden, dass ein Mittelpunkt ihres Lebens, Herr von Goethe, in diesen Jahren doch wohl die Intendanz gewesen ist. Sollten Sie die Jahreshefte nicht nutzen, Ihr Verhältnis zum Theater einmal recht grundsätzlich darzustellen? Ein Vermächtnis sozusagen, als Warnung und Mahnung für die Kommenden –

Goethe Vermächtnis!

Riemer Ja, ich will auf dem Begriff beharren. Die Frage ist allerdings, ob die Chronik nicht zu eng für diese große Herzenssache sei. Der Rücktritt anno 17 – das wäre ein Rückblick nur. Aber im Jahre 8 stehen wir noch im Strom der fruchtbarsten Entwicklungen.

Goethe Hm. So.

Riemer Ich war Augusts Lehrer in dieser Zeit, Ihr besorgter Hausgenosse, ich weiß, wie Sie gelitten haben unter dem Theaterelend, wie Sie es wohl nannten. Das wäre ein Roman.

Goethe Sollt' ich einen Roman diktieren?

Riemer: Die Weimarer Bühne würde in weniger als nichts zerfallen – sagte Herr von Humboldt über Ihren angedrohten Rücktritt damals.

Goethe Mein Theater hat den Menschen Freude gemacht – bis gestern.

Nur das Feuer kann ein Theater vernichten, schlechte Leiter können das nicht. Die Zeit sucht sich neue Leiter jeden Tag.

Riemer: Doch der Direktor Goethe hat gekämpft um sein Theater, anno 8, anno 17!

Goethe Einmal gewonnen, einmal verloren. Haben Sie eine Aufgabe, müssen Sie kämpfen. Beweise ein anderer, dass er es besser kann. Eine Aufgabe ist ein Auftrag, den Sie niemals restlos erfüllen.

Riemer Der Auftrag des Publikums!

Goethe Der Auftrag der Kunst, die sich das Publikum bildet. Hat das Publikum eine Stimme? Den Auftrag müssen Sie sich selber geben.

Riemer Doch anno 8! Ist die Herrschaft über das Theater eine künstlerische oder eine politische. Das war doch der Kern der Krise. Kunst oder Dilettantismus!

Goethe Hat das Leben Grundsätze? Die Theaterleitung ist immer politisch, denn das Theater wirkt auf den politisch-moralischen Zustand des Volks.

Riemer Durfte der Hof darum Ihr Direktionsrecht antasten? Hatte nicht der Herzog den Tenor, der nicht singen wollte, mit Hausarrest belegt und ihm eine Schildwache vor die Tür gestellt –

Goethe Das tat ich!

Riemer – weil Frau Jagemann darauf bestanden hatte, dass er singen sollte trotz seiner Heiserkeit, weil sie singen wollte – mit diesem geflügelten Wort: „Wenn der Hund nicht singen kann, so soll er bellen!"

Goethe Ja, unsere Caroline Jagemann hatte es mit den Hunden. Wie unser Herzog auch. Ich habe den Tenor nicht entlassen, wie der Herzog es befahl. Mein Direktionsrecht blieb unangetastet. Doch der Herzog hat den Tenor des Landes verwiesen. Da war ich's leid, ich bat um meine Entlassung.

Riemer Was lag Ihnen denn an den Opern, Herr von Goethe?

Goethe Dem Herzog waren sie lieb. „Sangrine oder der Zögling der Liebe" – abgeschmacktes Zeug. Aber der Herzog war ein Zögling der Liebe. Unsere verehrte Frau Jagemann hatte den Zipfel in der Hand, und sie hätte mir wohl das ganze Bettruch weggerissen. Dem Herzog war sein Goethe wert und lieb, der sollte das Regiment behalten, doch der Jagemann und dem Strohmeyer wollte er besondere Rechte einräumen. Was soll eine Organisation, die dem persönlichen Einfluss ein Türchen offen lässt? Ich bat erneut um meine Entlassung.

Riemer Und Ihre hohe Verbündete, Herr von Goethe, unsere kunstsinnige Fürstin?

Goethe Ja, das war sie, doch eine machtlose. Ein Statut, Professor, das den Streit um die Kompetenz zur Regel macht, bringt alles auf den Hund. So habe ich's in meinem Resümee dem Herzog dargelegt: gerade weil ich ihm so sehr und fürs ganze Leben attachiert sei, müsste ich gehen – mich selbst entweder für den elendsten Menschen halten oder mich mit meinem Fürsten alle Tage überwerfen.

Riemer Sie haben sich durchgesetzt, Herr von Goethe!

Goethe Nein, ein Konflikt schwelt ewig wie der brennende Berg, den ich in meiner Jugend im Land der Saar besuchte – wie zwischen Parteien, die sich auf Regeln verständigen, ohne ihren eifersüchtigen Willen zu verändern. Wie machtlos sind Organisationen gegen die Macht der Herzen. Zehn Jahre hat sich's hingeschleppt. Ich hätte dem Herrn die Leitung anno 8 vor die Füße legen sollen. Was hätte ich gewinnen können! Ich bin 75 und bastele immer noch an meinem Faust. Die neue Helena hätte nicht so lange auf ihre Auferstehung warten müssen.

Riemer Dennoch. Die Theaterkrise ist ein Kapitel wert in Ihrer Chronik.

Goethe Ich soll schreiben, dass ich auf eine unumschränkte Gewalt im Kunstfach pochen musste!

Riemer Ja. Als Gebot und Grundsatz für alle Zeiten.

Goethe Ach, Riemer, was sollen mir Gesetze gegen Herzenssachen? Im Theater schlägt das Herz des Menschen. Nicht nur meins, auch das meiner Widersacher. Nun, der Jagemann will ich in meinem Garten kein Denkmal setzen wie dem holden, zarten Engel Christiane Neumann, die meine Euphrosyne war. Sie starb so jung. Ihr Bild war es, das mich an die Bühne fesselte. Ach, die Jagemann wurde ihre Nach-

folgerin, vor bald dreißig Jahren. Und da steht sie noch heute. Als Poly-
hymnia und Thalia hat sich unser Fürst ihre drallen Statuen ins Schloss
gestellt. Aber sie lebt! Und in drei Tagen wird sie mich besuchen, Professor Riemer. Das Theater ist abgebrannt. Guter Rat ist teuer.

Riemer Vertagen wir das Jahr 8 aufs Jahresheft für 17. Das Thema ist bedeutend, es hat ein nationales Interesse und darf nicht verloren gehen.

Goethe Vertagen, ja. Warum nicht gleich aufs Jubiläumsjahr 1825?

Riemer Die Reisen also, Karlsbad, Franzensbrunn –

Goethe Sie haben mich verwirrt, Professor, Sie sehen mich etwas erschöpft. Vertagen wir's. Meinen Dank, Professor.

Riemer Auf Wiedersehen, Herr von Goethe, und eine gute Nacht. Die
Manuskripte lasse ich bei Ihnen?

Goethe Ja. (*Riemer geht*) Professor, eine Weile noch! (*Riemer zurück*)
Wir sollen's abtun. Darf ich Ihnen diktieren? (*Riemer bereitet sich vor*)
So! Gegen Ende des Jahres ergaben sich beim Theater manche Miss-
helligkeiten, welche – zwar ohne den Gang der Vorstellungen zu un-
terbrechen – doch den Dezember verkümmerten. Ja, verkümmert, das
trifft's. Nach mancherlei Diskussionen vereinigte man sich über eine
neue Einrichtung – in Hoffnung, sich diese werde eine Zeitlang dauern
können. Das war's, Fortsetzung 1817. Ist das was?

Riemer Sätze von hoher Allgemeinheit, Exzellenz.

Goethe Ach, ist doch immerfort dasselbe. Wir haben's nicht liegen lassen, und das verehrte Publikum wird erfahren, dass sich der Vorhang
hebt, auch wenn Streithähne an den Stricken reißen. Gehen Sie zu Ihren schöneren Geschäften, Professor Riemer.

II

1

(Drei Tage später, Zimmer am Frauenplan, Goethe und Karoline Jagemann stehend, über die Pläne für das Theater gebeugt)

Jagemann Sie überraschen mich, Exzellenz, ich bin erstaunt. Drei Tage lang starren wir auf die Ruinen, und schon haben Sie Ihr Theater im Geiste wieder aufgebaut.

Goethe Nicht mein Theater, liebe Frau von Heygendorff, nicht meins. Ich kann meinem Fürsten helfen, ein schöneres zu bauen. Ich kann mich nützlich machen, freudig dienstbar sein. Für die Zukunft zu sorgen, Madame, gibt es ein schöneres Geschäft?

Jagemann So viele Jahre sind Sie unsrem Theater ferngeblieben, Herr von Goethe. Wie freute ich mich, dass Sie im vergangnen Jahr unserer Bühne wieder Ihre Gunst schenkten.

Goethe Die Arbeit, liebe Freundin, die Arbeit und das Alter, man muss haushälterisch mit den Stunden umgehen, vieles ist ungetan, das späte Leben duldet keine Zerstreuung, und seien es die angenehmsten. Herr Strohmeyer brachte mir den Schlüssel zu meiner Loge –

Jagemann Auf meinen Wunsch, Herr von Goethe. Mir war das Theater leer, solange Ihre Loge leer war.

Goethe Sehr liebenswürdig, Madame. Ja, mir ist wieder bewusst geworden, dass unser Theater doch der Mittelpunkt unseres Weimarer Lebens ist. Die Ruine eines Theaters macht Stadt und Land zur Ruine.

Jagemann Der Großherzog – kennt Ihre Pläne?

Goethe Die Idee! Nicht mehr. Ich werde die Pläne unsrem durchlauchtigsten Herrn präsentieren, bald. Gefallen sie Ihnen, Madame? Wenn ich des Beifalls der Königin unseres Theaters sicher sein könnte, wäre ich mutiger. Die Reihe der Logen hier, Madame –

Jagemann Exzellenz, der Großherzog hat seine Pläne gemacht. Rasch soll nach seinem Wunsch gehandelt werden, damit das neue Haus nicht zerredet und zerstritten wird wie alles, worauf die Allgemeinheit ein Recht zu haben glaubt. Die Eröffnung ist im September – das neue Theater wird die Feier des Regierungsjubiläums krönen. Nach fünfzig Jahren ein Haus, das in der Größe und der Ausstattung einem leidenschaftlichen lebenslangen Interesse gerecht wird, ein Volkstheater, in dem der Fürsten seinem Volk in Unterhaltung und geistigem Genuss nah sein kann.

Goethe Wir erweitern die Logen, unser Theater wird viel mehr Personen Platz bieten –

Jagemann Tausend wohl?

Goethe Tausend?

Jagemann Eine antike Säulenhalle? Hübsch.

Goethe Der Eingang stimmt uns hoch. Was wir auch geben, war wir auch erleben – wir treten in einen Tempel. Wir wollen dem Geist unserer Bühne einen Tempel bauen.

Jagemann Herr Strohmeyer wird ein Gutachten fertigen, das ist beschlossen. Der Großherzog dringt auf Größe, ökonomische Proportion, vorzügliche Bühnenmechanismen.

Goethe Der Plan ist offen für alles Zweckmäßige, Frau von Heygendorff.

Jagemann Der Termin! Der Termin ist das Wichtigste, der 3. September.

Goethe Keine Sorge, teure Freundin. War es doch schon lange der Wunsch des Landes, seinem Herrn zu seinem Jubiläum ein würdiges Theater zu schenken, das der Wohltat seiner Regierung ein ewiges Denkmal setzt. Das Weimarer Theater!

Jagemann Der Wunsch des Landes kaum, Exzellenz. Das Land ist arm. Aber ist es nicht ein weiser Ratschluss des Himmels, dass unser altes Theater – erlauben Sie den Ausdruck – geradezu termingerecht in Flammen aufging? Als wollte der Himmel selbst den Befehl zum Neubau geben. Rasch muss gehandelt werden, Exzellenz, wir müssen die Gunst der Stunde nutzen. Die Trauer um die niedergebrannten Mauern muss die Hoffnung auf neue bessere nähren.

Goethe Und schönere, Madame!

Jagemann Aber es darf keinen Streit um Formen, Kosten und Quisquilien geben, im Handstreich geradezu muss der Bau hingestellt werden – als hätte ihn ein Bühnenmeister auf offener Szene vor den Augen eines überraschten Publikums verwandelt. Was die Flammen vernichtet haben, muss in Flammen der Begeisterung neu entstehen.

Goethe Flammen, ei gewiss. Was sagt unser gnädiger Herr über den Brand? Er hat ihn am Ort des Feuers erlebt, hörte ich, er hat das Feuer – er hat den Kampf gegen das Feuer dirigiert, voll Umsicht, in jener ruhigen Entschlossenheit, die wir an ihm schätzen.

Jagemann Er schweigt, er plant, er sinnt unaufhörlich darauf, den Neubau rasch zu vollenden. Ich lasse ihn mit seinen Gedanken nicht ganz allein. Auch stehen Sie mir bei, verehrter Herr von Goethe. Was tun wir in der Wüstenei der nächsten Monate? Was spielen wir, wo spielen wir?

Goethe Es geht nur um ein paar Wochen, der April, der Mai – dann kommt der Sommer mit seinen natürlich-heiteren Unterhaltungen. Gehen Sie aufs Stadthaus. Nehmen Sie Fischers Singspiel, Herr Strohmeyer kann eine Arie aus der Agnes bringen, der Moltke die Bildnisarie, brillieren Sie, Karoline Jagemann, in Rodes Violinvariationen – das Ganze eingeleitet von Eberweins Grafen von Gleichen und geschlossen mit dem Juan-Finale. Die Solisten und der Chor finden sich ohne Aufwand am Schluss des Figaro zusammen. Das Duett aus den Vestalinnen – Strohmeyer und Moltke werden begeistert sein. Stellen Sie sich, Karoline Jagemann, auf die allerleichtesten Bretter, und der Abend wird fürs Publikum ein Fest sein.

Jagemann Sie wissen immer Rat und Tat, Exzellenz.

Goethe Rat und Tat – das waren doch die Worte des gnädigsten Herrn, als er mich aus der Direktion entließ. Rat und Tat sollte ich dem Theater schenken, wenn's nötig wäre. Ach, wer fragt den Direktor ohne Amt?

Jagemann Immer noch so bitter, Herr von Goethe?

Goethe Mein Herz hing am Theater. Sie wissen es, Madame.

Jagemann Sie haben mir verziehen, Exzellenz? Mir, der bösen, intriganten Jagemann, auf die ganz Weimar mit dem Finger zeigte? Die den Pudel auf die Bühne brachte, den vierfüßigen Protagonisten aus dem Wald bei Bondy, den vom Direktor verabscheuten und gehassten, um den Direktor in die Flucht zu schlagen?

Goethe Ich hab' den dressierten Köter vergessen. Um den ging es nicht.

Jagemann Sollte es wahr sein, dass Sie immer noch dächten, ich hätte unseren Fürsten bestimmt, Ihnen den Abschied von der Direktion nahezulegen in dieser Pudelaffäre?

Goethe Seit acht Jahren habe ich mit dem Theater nichts zu schaffen, das ist eine Ewigkeit.

Jagemann Nein, gestern war's. Ich sollte gegen Sie gearbeitet haben, die Karoline Jagemann, die Ihnen soviel dankt und stolz ist, Ihre Schülerin genannt zu werden?

Goethe Karoline Jagemann ist ein Muster aus Ifflands hoher Schule. Sie waren sein Geschenk an Weimars Bühne –

Jagemann Sie haben es genommen, haben mich engagiert mit guten Konditionen, Sie haben am Anfang meines Wegs gestanden –

Goethe Die Karoline Jagemann! O ja, ich konnte die Eintrittspreise erhöhen, als sie den Oberon spielte und Wieland jauchzte: Das ist mein Oberon, so habe ich ihn mir gedacht. Und Schillers Thekla erst! Ihr Nachtigallenton voll Fülle, Rundung und Kraft. Und Ihre Gabe fürs Schauspiel dazu, was steht höher? Nein, meine liebe Freundin, meine Schülerin sind Sie nicht. Sie waren auf den Brettern wie geboren, Karoline Jagemann, gleich in allem sicher und gewandt und fertig wie die Ente auf dem Wasser –

Jagemann Ente! Vielen Dank.

Goethe Sie bedurften meiner Lehre nicht. Sie taten aus Instinkt das Rechte und – vielleicht ohne es zu wissen.

Jagemann Abermals danke. Sie häufen Ihre Komplimente, Exzellenz. Oh, ich war ehrgeizig, ich war mir meines Werts bewusst. Ich gebe es zu, Herr von Goethe, dass ich Ihnen eine widerspenstige Schülerin war. Der schönste Gewinn des Talents ist es, dass es uns eine gewisse Unabhängigkeit schenkt, auch wo wir untertan sind.

Goethe Sie sagen es, Madame.

Jagemann Die Pudelkomödie, Exzellenz, ich bitte Sie! In ihr habe ich nicht mitgewirkt. Der Großherzog hatte entschieden, er allein. Er wollte den Pudel auf der Bühne sehen.

Goethe Es ist immer eine Komödie, wenn ein König sein Reich verlassen muss. Das Theater war mein Reich. Das Schauspiel, das man zu meinem Abgang inszenierte, hat mir nicht gefallen.

Jagemann Herr von Goethe, das Publikum ist unparteiisch. Ihr Haus, Exzellenz, Ihr schönes Haus am Frauenplan, ist eine Bühne der Welt und wird es ewig sein. Auf ihr lassen Sie uns das Stück „Der Direktor und der Pudel" geben – nur die Szene der Entscheidung. Lassen Sie das Publikum urteilen. Wir schauen aus Ihrer Loge zu, Exzellenz. Ihre Hausgenossen kennen die Rollen. Das Theater am Frauenplan. Die Regie führt –

Goethe Karoline Jagemann, wie immer?

Jagemann: Das Publikum. Der Pudel, meinetwegen. Kommen Sie, Herr Direktor.

2

(Goethe und Karoline Jagemann in der Loge, August von Goethe, Riemer und Eckermann stehen unschlüssig am Tisch)

Jagemann *(aus der Loge)* Dr. Eckermann, nehmen Sie Platz zur Sitzung der Intendanz des Weimarer Hoftheaters. Es ist der 21. März 1817 –

Goethe: Gerad an diesem Tag brannte mir jetzt mein Theater nieder.

Jagemann Herr Eckermann, Sie sind der Obermarschall Graf von Edling, Sie haben den Vorsitz. Setzen Sie sich *(Eckermann setzt sich)* Herr von Goethe, sie spielen sich selbst, den Stellvertreter Ihres Vaters in der Intendanz. Professor Riemer, Sie sind der Kammerrat Kirms. *(beide setzen sich)* Sie kennen Ihre Rollen!

Riemer Wir wissen alle, was geschah.

August Goethe Ich habe an der Sitzung teilgenommen.

Eckermann Ich mag diese Rolle nicht spielen.

Goethe Spielen Sie schon, Eckermann, wir müssen uns fügen.

Jagemann Der Direktor und der Pudel. Vorhang auf.

Eckermann/Edling Meine Herren, wir können die Entscheidung nicht verschieben. Serenissimus ist ungeduldig.

Riemer/Kirms Mir wäre es lieber, Exzellenz, wir könnten die Entscheidung in Gegenwart des Herrn Staatsminister von Goethe treffen.

August Goethe Exzellenz, Herr Kammerrat, ich habe Vollmacht von meinem Vater. Mein Vater hat sein unumstößliches Nein gesprochen, gegen das Ansinnen des Herrn Karstens vom Theater an der Wien, seine Pudeldressur auf unsrem Theater zu geben! Ich kann nur das Nein übermitteln, nichts anderes.

Eckermann/Edling Pudeldressur? Der Karstens bietet uns ein Stück an, ein historisch-romantisches Drama – der Hund des Aubri de Mont-Didier. Der Hund spielt wohl eine Rolle, wie der Titel sagt, aber es ist beileibe keine Hundedressur.

August Goethe Die akrobatische Nummer soll Sensation machen, das Stück hat kein Niveau.

Eckermann/Edling Sie kennen das Stück, Herr von Goethe?

August Goethe Exzellenz, ein dressierter Pudel im Verein mit unseren Schauspielern! Alle weigern sich, neben einem Vierbeiner aufzutreten.

Eckermann/Edling Eine Unterhaltung, gewiss, ein hübsches Spiel. Eine Novität, etwas exzentrisch. Seit wann hätte unser Theater nicht die Aufgabe gehabt, das Publikum zu unterhalten? Sensation – wo gibt es die nicht? Sie wird unsre Weimarer Bühne nicht entweihen.

Riemer/Kirms Es tut der Kasse gut, kein Zweifel. Wir können's brauchen. Auch Herr von Goethe hat immer Wert darauf gelegt, dass wir die kleinen Stücke im Repertoire haben, die uns den Sockel für die großen liefern.

August Goethe Im Repertoire. Doch kein durchreisender Gaukler soll unser Publikum betrügen.

Riemer/Kirms Zwei Aufführungen nur. Die sind bald vergessen. Das Publikum wird uns die kleine Konzession danken. Außerhalb des Abonnements!

August Goethe Der Pudel –

Riemer/Kirms Ein weißer Pudel, hörte ich.

August Goethe Der Hund kommt mir nicht auf die Bühne, sagt mein Vater. Das Veto ist zu respektieren.

Eckermann/Edling Meine Herren, nachdem Herr Karstens bei seiner Exzellenz keinen Permiß gefunden hat, kam er zum Marschallamt. Bei Serenissimo hat er ein offenes Ohr gefunden. Ich habe Ihnen mitzuteilen, meine Herren, dass unser durchlauchtigster Herr das Gastspiel wünscht. Wir haben den Befehl, zugunsten des Herrn Karstens und seines Wunderhundes zu entscheiden. Verachten Sie das possierliche Tier, aber machen Sie ihm die Bühne frei.

August Goethe Unser Fürst hat die Autonomie der Intendanz stets respektiert.

Riemer/Kirms Kotzebues Schutzgeist ist kürzlich auch gegeben worden, obwohl Ihr Herr Vater sich gegen die Aufführung ausgesprochen hat – und, wie Sie wissen, mit seinem Rücktritt von der Intendanz gedroht hat.

August Goethe Unser Theater hat seine Statuten, durch allerhöchsten Befehl gebilligt. Sie haben sich bewährt und den Ruhm unseres Theaters begründet. Unsere Regisseure können sich darüber nicht hinwegsetzen. Paragraph 14 –

Goethe Kein Hund darf mit auf das Theater gebracht werden!

August Goethe Kein Hund –

Eckermann/Edling Das sind Anordnungen für die Schauspieler, nicht für die Stücke. Wollen Sie vielleicht den Großherzog mit acht Groschen Strafe bedrohen?

Riemer/Kirms Ich zahle sie gleich. (*Eckermann und Riemer lachen*)

Goethe Man lache nicht!

Eckermann/Edling Was die opponierenden Herren Schauspieler betrifft, so darf ich wohl annehmen, dass sie weder in einem Pudel ein denkendes Wesen und unliebsamen Kollegen noch sich auf die Stufe des Tierischen herabgezogen sehen werden.

Riemer/Kirms Bliebe die Frage zu klären, wer von uns dem Herrn Staatsminister den Beschluss der Intendanz –

August Goethe Des Fürsten!

Riemer/Kirms – den Beschluss der Intendanz übermittelt. Ich tu's nicht. Ich arbeite mit dem Herrn Staatsminister verträglich zusammen, solange die Bühne besteht.

August Goethe Es wäre meine Aufgabe, aber von mir können Sie's nicht verlangen.

Eckermann/Edling Herr von Goethe ist seinem Fürsten treu ergeben. Er wird wissen, dass unser Herr die Jagd liebt und seine Hunde über alles, dass er Bücher über Hunde mit unsäglichem Vergnügen studiert.

Jagemann Sein großer Wasserhund durfte ungestraft meinen kleinen Joly totbeißen!

August Goethe Mein Vater mag die Hunde nicht, er duldet sie nicht in seinem Haus.

Eckermann/Edling Herr von Goethe! Wollen Sie unsrem Herrn nicht das unschuldige Vergnügen gönnen, das kluge Abbild seiner intelligenten Jagdgefährten auf seine Bühne agieren zu sehen? So manches Mal hat er zugunsten des Publikums auf seine Lieblingstücke verzichtet.

August Goethe Der Weimarer Gesellschaft die Kunststücke eines Pudels zuzumuten!

Eckermann/Edling Die kenne ich wohl besser als sie, Herr von Goethe. Der Hund des Aubri wird gegeben. Regisseur Oels wird den Herrn Staatsminister in seinem Haus aufsuchen, um ihn von unserem Beschluss zu unterrichten.

August Goethe Das ist nicht möglich, Exzellenz, mein Vater ist heute nach Jena abgereist.

Eckermann/Edling Ja, soll denn unser Fürst nach Jena reisen, um den Unbeugsamen um einen netten Abend nach seinem Gusto zu bitten?

Ich fürchte, das wird Folgen haben – für die Intendanz.

Goethe Es reicht, August. Du hast in der Intendanz nichts mehr zu tun.

August Goethe Exzellenz, Herr Kammerrat, ich darf mich zurückziehen mit Ihrer Erlaubnis. *(ab)*

Eckermann/Edling Er ist in Jena? Wann ist er im Theater? Nur noch der Jupiter, der die Szene vom Olymp herab regiert? Der Meister, der in allen seine Schüler sieht? Ich fürchte, Herr Kammerrat, unser Fürst wird nicht länger der Schüler sein wollen.

Riemer/Kirms Das Theater ist auch ein Geschäft und braucht Sorge, Mühe und Gegenwart Tag für Tag. Unser großer Goethe hat es gewusst, doch er hat's vergessen. Ist er müd' geworden? Dass er am Amte hängt, ist kein Geheimnis. Ich würd's ihm gönnen, ein Lebenlang, seinem Verdienst und seinem Genie entsprechend.

Eckermann/Edling Unser Fürst liebt das Genie, wenn es nicht herrschen will. Seine Geduld ist erschöpft. Werden Sie im Amte bleiben, Herr Kammerrat, wenn unser Herr Veränderungen befiehlt?

Riemer/Kirms Ich bin der Verwalter, Exzellenz. Wenn alles flieht, Gunst, Geist, Genie, ich bleibe. Das Theater muss verwaltet werden, gut, wie alles. *(beide ab)*

(Über die Bühne wird ein weißer Pudel geführt, der ein paar Dressuren zum besten gibt. Jagemann klatscht)

3

(Goethe und Jagemann aus der Loge auf die Bühne, setzen sich)

Goethe Sie werden mir noch Fausts Pudel auf die Bühne bringen. Man zaubere ihn hervor, Imagination, meine Herren. Abscheuliches, gräuliches Vieh. Im Pudel steckt allemal der Teufel.

Jagemann Ich war's nicht, der ihn auf die Bretter schickte. Es war der Wille unseres Herrn. Ich habe ihm das Bedenkliche seiner Liebhaberei nicht vorgehalten, das ist wahr. Nachsicht, Herr von Goethe, der Fürst stand meinem Herzen näher als der Intendant.

Goethe Liebe, teure Freundin, weiß ich's doch selbst, dass ich nicht über einen Hund gestolpert bin. Ja, ich wollte wohl die Oberaufsicht über unser Theater, ohne mich von Nebendingen hudeln zu lassen. Ich dachte, ich hätte mir in fünfundzwanzig Jahren das Wächteramt verdient.

Jagemann Wie liebt der Fürst seinen Goethe! Hatte er nicht recht, als er ihn von dieser Last befreite? Ich weiß doch, welch tonnenschwere Bürde eine Bühne ist. Die Anstrengungen waren zu groß für Sie, Herr von Goethe, und alle, alle haben es gewusst. Der Pudel! Als der Vorhang fiel, hatte der seine Rolle ausgespielt. Das unvergängliche Verdienst des Dichters um seine Bühne bleibt, so lange es Theater gibt.

Goethe Und das Verdienst des Direktors – war es eine Episode, die im Pudelpossenspiel ihr Ende fand?

Jagemann Iffland, Schröder, große Namen – nach ihnen wird der Name Goethe ewig leuchten.

Goethe In dieser Reihenfolge? In dieser Reihenfolge, ja. Hätt' doch dieser lächerliche Pudel nicht den Punkt gesetzt! Ach, Gnädigste, hat der Großherzog mich je verstanden? In fünfzig Jahren?

Jagemann Muss Liebe verstehen? Viele haben Kritik an Goethes Direktion geübt, viele – auch ich. Sie wissen es. Aber wir wollen doch den Pudel nicht dulden zwischen uns.

Goethe Vergessen Sie dieses Vieh, Karoline Jagemann. Doch von der Bühne wird es nie verschwinden! Man lässt auf der Bühne die Tiere die Menschen nachäffen und wird erleben, dass die Menschen die Tiere nachäffen. Ich glaube an die Macht des Theaters. Sie mag dämonisch sein, o ja, doch immer ist sie bildend, solange sie unter der Zucht des Geistes steht. Doch lasst nicht die Spiellust ihre eigenen Dämonen entfesseln. Ich kann's nicht wehren, dass man die Schauspieler in Tierhäute steckt. Irgendwann sollen sie die Tiere selber sein. Man wird sie an Halsband und Leine über die Bretter zerren, auf allen Vieren müssen sie den Kettenhund mimen, hechelnd, mit glotzenden Augen, mit rausgestreckter geifernder Zunge. Sie werden Menschen sehen auf der Bühne, die wie Straßenköter übereinander herfallen – nicht einmal mehr im Schutz des Fells, das Tiere vor der Nacktheit schützt. Gräuliches werden Sie auf der Bühne erleben, Frau Hofsängerin und Hofschauspielerin. Mit dem Tier fängt's an und endet in der Bestialität. Und das Publikum. Es wird grunzen und bellen. Es hat doch seine Scham und seine Ehre! Ich habe die Schauspieler nicht aus ihren Jahrmarktbuden zu hoher gesellschaftlicher Stellung emporgehoben, um sie auf den Hund zu bringen. Ich habe dem Kotzebue tausendmal sein Recht gegeben, doch der Hund des Karstens – der war zum Kotzen. Eines Tages wird man auf der Bühne zeigen, was meinem Götz, dem Grobian, nur eine trotzige Verwünschung ist. Sie werden Stücke sehen, da wird der Held seinen Kot fressen – Pardon, Madame, ich ging zu weit, Pudel tun so etwas nicht.

Jagemann So gefallen Sie mir, Exzellenz! Deutlich, klar. Wer sich unter die Treber mischt, wird von den Schweinen gefressen, nicht wahr? Sie haben uns gelehrt, ganz oben, auf dem haarfeinen Grat des humanen Ideals zu schreiten, edel und verhalten in Mimik und Gebärde, haben uns befohlen, uns sprechend und agierend vor dem Publikum wie vor einem Königsthron zu neigen, haben uns hineingetrieben in die Gemessenheit der Jamben, hineingezwungen in den schönen Faltenwurf der Sprache, damit wir auf den groben Brettern nicht grob und gewöhnlich wie in Wirtshäusern schwatzen. In Berlin, in Dresden, in Wien habe ich mich fragen lassen müssen, ob ich noch Ifflands Schülerein oder die Professorin der Weimarer Akademie sei. Ich hab' den Spott ertragen, weil ich wusste, Herr von Goethe, dass Schiller und Goethe etwas anderes, etwas Größeres wollten. Sprache! Haltung! Das haben Sie hochgehalten. Doch an dem, wonach das Auge hungert, haben Sie gespart – an Kostümen, Requisiten, allem Glanz. Nur die Dekorationen waren schön, in aller Knauserigkeit, weil Sie ein Malerauge haben. Wie lieblos, wie nebenher haben Sie das Singspiel und die Oper ihr Schattendasein fristen lassen, die doch in der Gunst des Publikums – und des Hofs! – ganz oben stehen. Ich, eine Sängerin nicht ohne Gaben, habe die Kröte Ihrer Wortversessenheit schlucken müssen, nicht immer klaglos, nein, ich habe mich gewehrt, wie man ums Leben kämpft, habe den Direktor wohl getadelt, ich habe mich nicht ohne List bemüht, Herrn Strohmeyer an die Spitze der Oper zu befördern, weil Sie – mein großer Dichter – leider ein Sänger ohne bunte Melodien sind. Habe ich mich nicht bemüht, Ihnen zu gefallen? – war ich nicht eine ergreifende Iphigenie, als Leonore und Prinzessin nicht ebenbürtig Ihrem Tasso, habe ich der Thekla nicht meine innigste Stimme gegeben?

Goethe Ja, schöne stolze Karoline Jagemann, ja, ja, tausendmal ja, meine Königin von Schottland.

Jagemann Und hat nicht das Talent des Spiels das natürliche Recht, dem Genie der Direktion und Regie zu opponieren? Ja, ich habe meine Stellung, den der Platz im Herzen unseres Herrn mir schenkte, wohl umgemünzt in stillen Einfluss auf den Souverän des Theaters, unseres Hoftheaters. Dürfen wir nicht nutzen, was die Natur uns schenkt? Haben Sie die Sympathie des Fürsten, Exzellenz, nicht auch für Ihre Zwecke klug genutzt.?

Goethe Ich habe seinen Geschmack gebildet, indem ich seinen Willen durch das höchste Muster zu formen suchte.

Jagemann Ist es Ihnen gelungen, das Herz zu modeln, das so leidenschaftlich seinen eigenen Wünschen schlägt?

Goethe Ich fürchte –

Jagemann Fürchten Sie nichts! Der Großherzog hat mehr von seinem Volk im Herzen als alle, die aus dem Volk eine Gottheit machen wollen. Und Sie! Mein Goethe! Leben, Leben auf der Bühne, haben Sie gerufen, so oft, und nicht nur, als Sie den Wallenstein probten, das Lagerleben, das Schiller bunt und drastisch haben wollte. Mit welcher Liebe haben Sie uns das Jahrmarktsfest zu Plundersweilen gestaltet! Sie, Herr von Goethe, hätten dem Volk – dem Volke, Exzellenz! – die größten Stücke schenken können, Stücke zum Schauen, zum Spielen, zum Hören, zum Genießen, Sie hätten das Leben auf die Höhe Ihres Geistes führen können! Aber Sie, Herr Direktor, haben versucht, das Leben in Ihrem Geist zu zähmen. Und deshalb sollte Ihre Herrschaft über das Theater absolut und ausschließlich sein. Das Vergnügliche, das uns das Bild des Lebens schenkt, haben Sie geduldet, wie man Kindern ihre Kinderspiele gönnt.

Goethe Karoline Jagemann, ich protestiere! Ich habe Iffland und Kotzebue die Ehre gegeben. Ich brachte Weimar, weil wir in Weimar sind, den Shakespeare. Wollen Sie sagen, dass ich das Leben auf der Bühne fürchtete? Welches Leben wollen wir sehen, das wahre oder das platte?

Jagemann Ja, Sie waren der Lebendigste. Und haben doch das Leben eingeschnürt und uns das freie Atmen zur Qual gemacht. Ihre Regeln, Statuten und Muster –

Goethe Das Handwerk ist der Nerv der Kunst! Ich musste ein Ensemble von Könnern bilden. Kunst ist Disziplin!

Jagemann Das Leben spricht nicht nach Regeln. Erinnern Sie sich, als Sie den Falstaff spielten –

Goethe Den Falstaff? Ich?

Jagemann Die Leseprobe in Ihrem Haus.

Goethe Wollen Sie mir meine Proben vorhalten? Wie sollen wir den Geist der Rolle studieren. Wie wollen wir dem Wort sein Gewicht geben, seine Gewalt? Aus dem Wort des Dichters kommt das Leben, das auf der Bühne zählt.

Jagemann Und das Wort des Schauspielers? Das Wort des Dichters ist auf der Bühne nur die halbe Wahrheit.

Goethe Ich stimme Ihnen zu, Madame. Doch ich bleibe dabei: Im Anfang steht das Wort.

Jagemann Die Tat, Herr von Goethe, die Tat, die Taten der Spieler und des Spielleiters.

Goethe Das Wort des Dichters hat sie vorgezeichnet.

Jagemann Wir führen den Dichter über die Bretter. Stolpern würde er ohne uns, tappen wie ein Blinder.

Goethe Der Dichter ist der beste Regisseur. Tapst ihr durch eure Szene, wenn sie nicht dem Wort gehorcht, stottert euren Text auf den wackeligen Brettern, wenn ihr das Wort nicht in eurem Herzen habt. Nein, Madame, lassen Sie dem Dichter die Macht im Theater. Den Falstaff hätte ich gelesen, sagen Sie, Madame, ich den Falstaff?

Jagemann Das ist lange her. Gearbeitet haben Sie mit Ihren Schauspielern, sie haben sie nicht dirigiert. Nicht um die Verfassung ging es Ihnen, um Ihre Aufsicht, um Ihre Macht – Sie haben gespielt, Sie fühlten eine Sendung, Ihre theatralische Sendung.

Goethe Was ist Sendung ohne Macht? Ein lächerlicher Traum! Ohne das strenge Regiment ist mein Nationaltheater eine Wahnidee.

Jagemann In Ihrem Regiment haben Sie die Liebe zum Theater verloren, Herr von Goethe. Wir haben Sie verloren, unsren Goethe! Die Liebe zum Theater ist Ihnen gestorben, als Schiller starb.

Goethe Sollte ich zwanzig Jahre mit Chimären vertan haben? Den Falstaff? Ja, jetzt ist er wieder da – der Krüger fand nicht den Ton, ich musste intervenieren.

Jagemann Sie haben ihm den Falstaff vorgespielt, dass es eine Freude war. In dem burlesken Rollentausch, wenn Shakespeare den monströsen Falstaff als Regisseur den Liederjahn Harry und seinen strengen Vater Heinrich ihren pädagogischen Disput probieren lässt. Als wollten Sie das Werk des großen Briten noch einmal schreiben! Herrlich.

Goethe Danke, Frau von Heygendorff, für das kleine Fest der Erinnerung. Ja, der Krüger war dann ein guter Falstaff, ein sehr guter. Mein Publikum saß ratlos vor dem Heinrich, ratlos vor dem Shakespeare, diesem Riesenkerl, vor dessen Spiel alles zur Puppenbühne wird. Aber ich habe unsrem Weimar den Shakespeare gebracht. Das Publikum muss das Große erleben, damit es sich zur Größe des Menschen erheben kann, zum Stärksten, zum Kräftigsten, was in ihm lebt. Waren wir erfolgreich? Eine Frucht, die langsam reift, ist kein Misserfolg.

Jagemann Gehen Sie mir mit diesen schrecklichen Königsdramen. Sie haben keine guten Frauenrollen!

Goethe Nehmen Sie den Johann. Den Arthur spielte unsre Christiane Neumann. „Der Himmel nehme meine Seele" – schon auf der Probe füllten sich ihre Augen mit Tränen, es war, als spränge sie aus unsrem Leben, als der Arthur sich zu Tode stürzte. Meine Euphrosyne aus dem Petermännchen. Mein Urbild beseelten Spielens! Wie habe ich sie geliebt, von uns gerissen, jung, so jung, durch grausam frühe Kindbetten.

Jagemann Doch dann kam ich auf Ihre Bühne. Haben Sie mir das jemals verziehen, Goethe?

Goethe Was sagen Sie? Sie waren göttlich. Ich bin Ihnen dankbar für Ihre Gabe, mit der Sie mir auch meine Euphrosyne zurückgerufen haben ins Leben. Sie haben mir meine Euphrosyne nicht nur im Johann wiedererweckt. Wie müssen wir die Kunst des Schauspielers achten! Seine Kunst ist die schmerzlichste, denn mit seinen starken und doch so flüchtigen Mitteln arbeitet er an den lebendigen Formen. Es ist die Seele, in die er seinen Spatel gräbt, er berührt die Haut des Nervs mit seinen Fingern, er führt die Sonde seines Blicks in unser Innerstes, er verschwistert sich dem Dämon in unserer Brust. Liebt ihn, hütet euch vor ihm, flieht ihn, sucht ihn. Er ist euer Gefährte in Liebe, Leben und Tod.

Jagemann Aber Euphrosyne war ich nicht. Meine drei Kindbetten haben mich nicht umgebracht. Ich wäre nicht in Ohnmacht gefallen im Probespiel mit Ihnen, mein ungestümer Herr Regisseur. Ich musste immer auf festen Beinen stehen, auf meinen, den eigenen. Ich war die Fremde in Ihrer schönen Bühnenwelt mit seinen kostümierten Deklamatoren (*Goethe hebt abwehrend die Hand*), ich, das Ifflandkind mit seinem eigenen Kopf, mit seinem naturalistischen Tick. Wollte nicht als wachsender Zögling von Ihnen geformt werden. Wachsen wollt ich, doch wohl nicht zu Ihrem Entzücken.

Goethe Ich war Ihr Freund, Ihr Förderer, zu jeder Zeit. Die strengen Grundsätze unserer Theaterkommission galten nicht für Sie schon bei Ihrem ersten Engagement. Hier (*zeigt auf den Raum*) haben wir gelesen und gearbeitet, die Rollen studiert, die Amenaide, die Thekla, viele mehr. Mein Haus stand Ihnen offen – immer, in guter und in schwerer Zeit.

Jagemann Immer, ja – als der Pöbel mir die Hurenplakate ans Haus klebte, als er mich beschimpfte, da ich ja – pfui! – mit meinen Ansprüchen das Land ruinierte! Ich danke Ihnen, Herr von Goethe. Wie hätte ich gewünscht, ein feenhaftes Bild der Euphrosyne für Sie gewesen zu sein.

Goethe Sie bleiben zu Tisch, Madame? Es tut mir leid, dass meine Hausgenossen Ihnen heute zur Unterhaltung nur Feuer- und Brandgeschichten servieren werden. *(reicht ihr den Arm).*

III

1

(August und Ottilie am Tisch, Oberbaudirektor Coudray erregt auf- und abgehend)

Coudray Der Grundstein ist gelegt. Diese Eile! Keine zwei Wochen nach dem Brand. Ich begreife es nicht.

August Das Jubiläum, Herr Oberbaudirektor, der 3. September. Jeder Tag ist kostbar.

Coudray Aber man wartet mit dem Grundstein, bis der Plan bestimmt ist. Man muss wissen, wo es hinausgeht, ehe man beginnt. Anzufangen, ohne das Ende zu kennen! Wir bauen ein Theater, da hat jeder Stein, jeder Balken, jede Vorrichtung einen bestimmten Zweck. Das Ganze muss vollendet sein, ehe man beginnt.

Ottilie Das sagt der Vater auch. Gestern hat er mir erzählt, wie er als Kind im Vaterhaus am Hirschgraben den Grundstein legte zum großen Umbau. Das sei der Stein, habe sein Vater gesagt, auf dem ich meinen Plan baue.

Coudray Der Plan, ja, ich sage es.

Ottilie Nicht eher als mit dem Ende der Welt möge der Stein verrückt werden. Das Haus ist nicht abgebrannt, und doch hat er es verloren.

Coudray Das Jubiläumstheater! Wir bauen für Jahrhunderte, und am Hof denkt man an ein Jubiläum. Diese Eile, ich begreife sie nicht. Wir haben einen Plan. Jetzt wenden sie ihn hin und her, disputieren, räsonnieren, rechnen, spekulieren. Der Plan ist gut, Größe hat er, Vorbilder, die Erfahrung Goethes – Goethes! – ist hineingeflossen. Noch redet man, aber schon ist der Grundstein gelegt.

August Vielleicht will Serenissimus mit seinem Stein alle widerspenstigen Argumente erschlagen.

Codray Wessen Argumente, das ist die Frage! Ich fürchte, es gibt Gegenpläne, die wir nicht kennen. Der Oberdirektor Strohmeyer soll ein Gutachten geschrieben haben –

August Die Compagnie Strohmann und Jagemeyer.

Coudray Wie?

Ottilie Lass das, August. So nennt Professor Riemer das Kabinett des Großherzogs in Theaterangelegenheiten.

August Das Theaterkabinett.

Coudray Der Fürst scheint Ihren Vater sehr lange aufzuhalten heute. Ihr Vater hatte mich für drei bestellt.

August Je länger, desto günstiger. Mein Vater hat den Kopf voll von Ideen. Der Vater denkt an alles. Er will dem Großherzog einen Plan – eine Strategie gewissermaßen – vorlegen, wie er den Neubau auch publizistisch wirksam flankieren kann.

Coudray Gut, gut. Aber der Grundstein ist gelegt. Ist er für unsren Plan gelegt? Der Hof war einverstanden, das Parkett zu erweitern, wie wir's wollten, auch mit unserer Absicht, den Balkon zu vergrößern. Jetzt wollen sie uns den zweiten Logenrang streichen, weil partout tausend Menschen Platz finden sollen – mein Gott, Weimar ist klein. Haben wir denn viel mehr als hunderttausend Seelen im ganzen Land? Die Logen haben ihren Sinn, die Gesellschaft –

August Der Vater wird seine Loge behalten, unter der des Fürsten.

Ottilie Tausend für hunderttausend! Das ist doch viel zu wenig.

Coudray Nicht alle gehen ins Theater, eine kleine Spitze, eine aufgeschlossene Minderheit.

Ottilie Unser Theatervolk ist viel größer, als Sie denken, Herr Oberbaudirektor. Dreimal die Woche oder viermal, wenn, wie's der Vater will, der Hof das Theater auch für den Sonntag freigibt, zweihundert Aufführungen mal Tausend, das heißt doch: nur zweimal im Jahr darf der Untertan des Fürsten in sein Theater gehen – ich gehe allein wohl hundertmal. Das Volk will sein großes Theater.

Coudray Ach, diese Idee von einem Volkstheater! Sogar Serenissimus soll das Wort ja schon im Munde führen. Der Tempel unserer höchsten Kunst!

August Unser Fürst hat sein Herz für das Volk entdeckt, Herr Coudray. Der Bürger will mehr als ein Hoftheater. Auch der Hof muss sich seine Stamm- und Freiplätze verdienen. Will unser Großherzog eine neue, bessere Verfassung für sein Land, ja für ganz Deutschland, darf er auch ein anderes Theater wollen.

Ottilie Das Billett wird billiger.

August Meine Haushaltskasse wird entlastet.

Ottilie Ach, geh, August, du willst mir doch nicht mein schönstes Vergnügen vorrechnen?

Coudray Die rechnen zuviel. Die rechnen mir den Aufwand für meinen Portikus vor.

August Die Fassade ist wichtig. Ohne Fassade kein würdiges Haus. Ich stimme Ihnen zu, Herr Oberbaudirektor, aus vollem Herzen. Das Theater ist nicht irgendein Haus.

Ottilie Fassaden! Die Bühne ist das Herz. Größer muss sie sein, höher das Bühnenhaus, bessere Technik, bessere Prospekte, raschere Verwandlung. Ihr Säulenheiligtum lasse ich Ihnen gern, Herr Baumeister. Aber die Bühne! Sie ist wichtiger.

Coudray Meine Pläne tragen das Siegel eines erfahrenen Direktors, Frau von Goethe.

Ottilie Ich will ein gutes Theater, dann ist es auch schön. Wär' ich ein Baumeister –

August Du bist es nicht, Ottilie.

Coudray Wir haben zu viele Baumeister im Land. (*geht zum Tisch, entrollt die Pläne*) Gibt es ein schöneres? Das ist das Geschenk Ihres Vaters für sein Land. Da hatten wir das gnädige Zerstörungswerk der Flammen, und wir sollten es nicht nutzen? Wir müssen kämpfen um unseren Plan.

August Ein gnädiger Feuerzufall. War der Zufall im Bund mit dem Fürsten? Oder mit meinem Vater? Als Serenissimus am Sonntag vor dem

Brand hier bei meinem Vater in Hause war – hat er wohl mit ihm über das neue Theater gesprochen, das große Jubiläumsgeschenk?

Coudray Ob er ihm die Pläne zeigte – ich weiß es nicht. Doch gesprochen wurde darüber, ein neues Theater zu bauen.

August Ganz zufällig an diesem Sonntag vor dem Feuer.

Coudray Der Neubau bewegt die Herzen seit langem. Der Gedanke liegt in der Luft.

August In der Luft. Ob der Fürst an jenem Sonntag wohl schon Ihren Plänen Beifall gezollt hat, Herr Oberbaudirektor?

Coudray Er hat nicht die Pläne, er hat unser Planen gebilligt. Größe Pläne brauchen eine gute Vorbereitung.

August Für den Fall, dass man sie unverhofft gebrauchen könnte. Ein neues Theater wohl an einem neuen Platz?

Ottilie Aber der Grundstein liegt am alten Ort. Ihn hat die Asche noch gewärmt, wie die Steine, die wir dem Vater brachten.

August Wirklich ein gnädiges Zerstörungswerk. Soll der schlimme Zufall der Genius des neuen Hauses sein? Das Sujet für ein kleines Spiel, das der Vater daraus machen könnte. In hübschen Reimen – auf Feuer reimt sich so viel.

Ottilie Gemäuer, morsches Gemäuer.

August Nicht ganz geheuer.

Ottilie Neuer, teuer!

Coudray Herr Kammerrat, wollen Sie sagen –?

August Nichts, gar nichts.

Coudray Dass der Großherzog, dass unser Herr –

August Nein, nein.

Coudray Dass der Großherzog und sein Minister das Feuer gewünscht haben könnten?

August Wie man den Zufall nutzt, wie man ihn meistert. Ein hübsches Spiel, nur das, eine kleine Burleske fürs Stadthaus. Darf nicht ein August Goethe auch mal eine gute Idee haben.

Ottilie Aber doch nicht so etwas, August.

(Die Vorigen. Goethe)

Goethe Ich komme spät, Herr Coudray, haben Sie Nachsicht.

Coudray Ich werde belohnt durch gute Nachricht, Herr von Goethe?

Ottilie Dein Theater wird gebaut, Vater!

Goethe Unser Plan, Herr Coudray, hat Gnade gefunden, im Großen und Ganzen. Die Projektemacher sind aus dem Felde geschlagen. Allerdings – setzen wir uns, Herr Coudray.

Coudray Ich bin so unruhig, solang ich unsren Plan auf dem Tisch liegen sehe. *(Goethe, Coudray, August setzen sich)*

Goethe Das Theater wird größer, als wir gedacht haben, Herr Coudray.

Ottilie Fein, Vater.

Goethe Das Bühnenhaus – da haben wir zu eng gedacht. Auch den Malersaal haben wir wohl nicht in den rechten Proportionen gesehen.

Coudray Der Herr Strohmeyer! Ist er dem Großherzog doch beigekommen!

Goethe Es fehlt noch manche Einzelheit. Der Grundstein ist gelegt, und er wird ein vortreffliches Theater tragen. Gewisse Einsparungen werden unerlässlich sein. Unser zweiter Logenrang –

Coudray Gestrichen!

Goethe Dem Bühnenhaus geopfert. Aber das Parterre wird geräumig. Unser Iffland hätte seine Freude daran gehabt *(entrollt den Plan)*. Die Balkonlogen werden eine größere Tiefe erhalten, hier. Im Hintergrund des Parterres vielleicht sechs oder acht Logen für Fremde. Vom Proszenium bis zur herrschaftlichen Loge 42 Fuß, die Herrschaftsloge 12 Fuß. Das sind Daten, lieber Coudray. Wir müssen die akustischen Probleme bedenken.

Coudray Die Mehrkosten für das Bühnenhaus sind gedeckt?

Goethe Wie man's nimmt. Es könnte sich erweisen, dass die neuen technischen Vorrichtungen mehr Geld verschlingen, als wir alle denken –

Des Pudels Kern

August Der Fürst wird sich das Jubiläumsgeschenk des Landes doch etwas kosten lassen, Vater!

Goethe Herr Coudray, wir haben uns ein neues Theater auf dem Papier erträumt. Jedoch – der wahre Architekt ist das Feuer. Ohne Brand ein Traum. Die großherzoglichen Kassen hätten ein neues Theater zur Feier des Jubiläums nicht erlaubt.

Ottilie Wenn ihr das Volk befragt hättet!

Goethe Der Fürst eines armen Landes muss rechnen und rechten, den Pluto gibt es nur in meinem Faust. Wie dem auch sei – der Brand hat die Erlaubnis zum Neubau gegeben, jetzt wollen wir auch aus der Not etwas Großes und Schönes machen.

Coudray Etwas Schönes, Herr von Goethe, etwas Bleibendes!

Ottilie Groß, ja.

Coudray Das Bühnenhaus bei einer Bühnenhöhe von –

Goethe 26 Fuß! Aber die Prospekte – sie sollen gerade in die Höhe gehen können.

Coudray Ein gewaltiges Bühnenhaus. Unsere Säulenhalle hätte einen anderen Hintergrund –

Ottilie Auf die Bühne mit den Säulen, wenn das Schauspiel sie braucht!

Goethe Meine liebe Tochter, psst!

Coudray Werden wir den Portikus verändern müssen? (*nimmt den Plan hoch, als hielte er ihn gegen das Licht*)

Goethe Die Säulen – wir müssen um sie fürchten, Herr Coudray. Das Budget! Leider. Von Etats verstehe ich genug.

Coudray Unser Theater ohne den Portikus – nie!

Goethe Ein bisschen mehr oder weniger –

Coudray Herr von Goethe! Wir haben gemeinsam die höchsten Muster studiert, wir wollen unserem Geist in unserer flachen Zeit das Denkmal seiner Größe setzen – wir reden nicht von Giebeln oder Simsen.

Goethe Ein bisschen mehr oder weniger ist nicht der Rede wert. Wir werden ein ganz leidliches Haus bekommen, wir werden voller Freude hineingehen, und es wird am Ende alles ganz artig ausfallen.

Ottilie Du wirst auch wieder mehr ins Theater gehen, Vater!

Coudray Ich bin erschüttert, Herr von Goethe. Ich werde mich gegen den Vandalismus des Geldes zur Wehr setzen, so lange die Leitung des Baus in meinen Händen liegt.

August Freuen Sie sich, Herr Oberbaudirektor, dass Sie überhaupt bauen dürfen. Das alte Theater hätte uns alle überlebt.

Goethe Dich nicht, mein Sohn.

August Ein Bau für viele Generationen, welch eine Gelegenheit!

Coudray Wir müssen für die Idee des Großen kämpfen. Als Ausdruck unsrer hohen Zeit muss das Theater auf die Nachwelt kommen. Sie müssen kämpfen, Herr von Goethe. Es geht um ein Symbol Ihres Lebenswerks. Wir feiern in einem edlen Bau nicht nur das Regierungsjubiläum eines Fürsten, auch Ihres, Herr von Goethe, des ersten Mannes nach dem Fürsten.

Goethe Unter dem Fürsten, Herr Coudray!

Coudray Neben, neben! Goethe muss kämpfen.

Goethe Das habe ich fünfzig Jahre lang getan. Ich habe andere Säulen gesetzt.

Coudray Man wird sie einreißen. Man weiß, dass der Portikus Ihnen am Herzen liegt.

August Ein neuer Baumeister wartet schon.

Coudray Ohne mich! Herr von Goethe, wollen Sie dieser Halbheit Ihren Namen leihen?

Goethe Mich hat mein Schicksal zu hoch ins Regiment dieses Landes geflickt, als dass ich ‚ohne mich‘ sagen könnte. Herr Coudray! Wir reden nicht von Staatsdingen. Wir reden von der Welt des hohen schönen Scheins. Die wird immer gegen Realforderungen der Welt zurückstehen müssen. Leiten Sie oder leiten Sie nicht – am 3. September wird das Theater stehen, spätestens –

Ottilie Am 7. November, lieber Vater, an deinem Tag.

Goethe Das Eröffnungsprogramm ist festgelegt – Semiramis, zwei Tage drauf den Tasso. Das ist doch was!

Ottilie Dein Tasso, fein, schöner als alle Säulen!

Coudray Ohne mich. Ich werde mich nicht damit abfinden, dass unser Plan zu den Akten gelegt wird.

Goethe Dann werden Sie weniger Ärger haben, weniger Verdruss. Wir haben das unsere getan. Es wird anders kommen, als wir es uns erhofft hatten. Mir kann es ganz recht sein. Ein neues Theater ist am Ende doch immer nur ein neuer Scheiterhaufen, den irgendein Ungefähr über kurz oder lang in Brand steckt. Die Welt wird noch viele Theater bauen. Damit tröste ich mich, Herr Coudray. Sie entschuldigen mich. Ich bin so müde und so matt, der Tag hatte seine Last. (*rollt den Plan auf, legt ihn in eine Lade*).

3

(Mansardenzimmer im Haus am Frauenplan. Ottilie, Ulrike, Eckermann)

Ottilie *(am Tisch mit Papieren beschäftigt)* Die erste Ausgabe habe ich schon beisammen. Hätten wir schon unsere Zeitung, könnten wir uns einmischen in den Theaterstreit.

Ulrike *(ein Knäuel aufrollend von der Wolle, die Eckermann zwischen den Händen hält)* Dein Ehrgeiz in Ehren! Wer wird dein Blättchen schon lesen?

Eckermann Ich könnte –

Ulrike Still halten, Herr Eckermann. Sie bringen mir den Faden durcheinander.

Ottilie Chaos! Das wäre ein hübscher Titel für unser Blatt. Kleine Auflage, große Wirkung. Jetzt könnten wir sie in den Kampf schicken – für das neue Theater, für uns. Herr Eckermann, Sie helfen mit, ja?

Eckermann *(bewegt sich zum Tisch)* Ich könnte –

Ulrike Herr Eckermann! Sie halten still!

Ottilie Aber Vorsicht! Da unten *(zeigt auf den Boden)* könnte es grummeln, wenn wir unser ‚Chaos‘ am Frauenplan produzieren. Nur vier

Blätter, jeden Sonntag, und uns wäre ein bisschen weniger langweilig. Sogar mein August geht unter die Dichter. Das werd' ich aufnehmen, mag's dem Vater auch nicht gefallen. *(Liest vom Blatt)* „Ich will nicht mehr am Gängelbande / wie sonst geleitet sein, / und lieber an des Abgrunds Rande / von jeder Fessel mich befreien". Hübsch zornig!

Eckermann Das ist unmöglich, Frau von Goethe! Chaos – aus Goethes Haus! Wollen Sie des Chaos vielgeliebte Tochter spielen? *(gestikuliert, Wolle fällt von seinen Händen)* Meine Feder könnten Sie dafür nicht gewinnen.

Ulrike Herr Eckermann, bleiben Sie mir am Gängelband! *(ordnet die Wolle an seinen Händen)*

Eckermann Verzeihen Sie mir, Fräulein von Pogwisch.

Ottilie Ein Blatt für die Liebhaber des Theaters. Exklusiv. Die Liebhaber sind die wahren Kenner.

Ulrike Eine Laufbahn im Rampenlicht für meine Schwester – auf dem Papier!

Ottilie Hausfrau oder Nonne – nur kleine Rollen gibt's für uns auf der Weltenbühne. Oh, ich möchte mich einmischen in die Welt. Ich könnte dem lieben Vater helfen in seinem Kampf. Der ist so still, so in sich gekehrt. Der leidet, schmollt und schweigt.

Eckermann Gestern hat er zu mir über das Theater gesprochen. Man kann nicht alles machen, hat er gesagt. Schiller, immer wieder Schiller. Der hat ein eigenes Haus nur für die Tragödie gewollt, damit nicht alles durcheinander gehe, der Hamlet und das Staberle, die Zauberflöte und das Neue Sonntagskind. Das gibt nur Konfusion im Urteil des Publikums. Ist einer Freund von Schlehen, soll er sich nicht an den Feigenbaum wenden, sondern an die Dornen halten.

Ulrike Schreiben Sie das nur auf, Herr Eckermann, aber nicht gleich, bitte. Stillgestanden!

Eckermann Jede Woche ein Stück nur für Männer – aus Gründen der Schicklichkeit. Das habe Schiller auch gewollt. Wie aber sollte das gehen, hat Ihr Schwiegervater gerufen, in unserer kleinen Residenz?

Ottilie Ein Stück für Männer! Da wär' ich gespannt!

Eckermann Und dass am Theaterbau zu sparen sei. Seine Logen will er für den gebildeten Mittelstand haben, schön getrennt vom Adel des Balkons, dem Volke auf der Galerie und den lärmenden Studenten im Parterre.

Ulrike Ein Klassentheater.

Eckermann Nein, über die größere Masse freut er sich auch. Das neue Theater wird größer. Und doch macht er sich Sorgen. Ein Volkstheater für eine Stadt ohne Volk? Weimar mit seinen zehntausend Poeten und den wenigen Einwohnern dazu? Er sorgt sich um die Ökonomie. Nie aus dem Vollen wirtschaften, sagt er, den fürstlichen Zuschuss begrenzen und Prämien für die Leitung und die Spieler, wenn sie die Bühne klug ins Budget einpassen.

Ottilie Um die Kasse sorgt er sich? Er fürchtet, dass sein Einfluss auf die Theaterdinge vollends schwindet. Die haben ihm wieder einen neuen Pudel über die Bretter gejagt.

Eckermann Nein, nein. Er war sehr liebenswürdig zu Frau von Heygendorff das letzte Mal, als hätte sie ihm alle Vollmachten des Fürsten überbracht.

Ottilie Die kluge Jagemann. Die steht ganz oben jetzt. Ihr Strohmeyer führt das Kommando. Eine Frau von großer Macht, die braucht kein Zeitungsblatt, kein Memorandum – sie ist dem Herzen und dem Ohr des Mächtigen nah, beneidenswert. Nicht nur die Mutter seiner Kinder, auch die Herrscherin über sein liebstes Steckenpferd.

Ulrike Und ist bald fünfzig, und immer noch will sie alle Rollen spielen, als wären zwei junge Frauen in ihrer fülligen Figur vereint.

Ottilie Kein Spott über die Karoline Jagemann, Ulrike. Sie ist eine Königin! Sie kann's. Sie ist's, der ihr Fürst sein neues Theater baut. Er krönt ihr Verdienst.

Ulrike Ihr Verdienst um ihn.

Eckermann Goethes Verdienste wären zu krönen. Es sollte sein Theater sein, aus seiner Hand, sein Nationaltheater, würdig aller seiner hoch verdienstvollen Bestrebungen.

Ottilie Und dann kommt Johann Peter Eckermann und nagelt ans Portal im feierlichen Portikus seine 91 Thesen, die Regeln für Schauspieler. Den neuen Katechismus fürs Theater.

Eckermann Mit dem Beifall Goethes habe ich die Regeln niedergeschrieben. Nur die Erfahrungen seiner Schauspielschule habe ich für die Nachwelt aufbewahrt, zum ewigen Muster. Da gibt es nichts zu spotten, Frau von Goethe. Ich liebe das Theater, ebenso wie Sie. Ich habe alle Notizen des größten Theatermannes in ein System gebracht.

Ottilie 91 Paragraphen.

Eckermann Tausend Details machen die Kunst.

Ulrike Herr Eckermann, den Faden stramm, bitte! *(Eckermann wendet sich Ulrike zu, mit dem Rücken zum Publikum)*

Ottilie Verstoß gegen Paragraph 37, nie im Profil schielen, nie dem Publikum den Rücken zuwenden, nie den Allerwertesten.

Eckermann *(macht eine abwehrende Geste mit den gefesselten Händen)* Ja, ja, der Schauspieler ist um des Publikums willen da, ja!

Ottilie Paragraph 46 – oder ist es 48? Die Hände nicht übereinanderlegen, nicht auf dem Bauche ruhen lassen und nicht in die Weste stecken – und nicht von Wolle gefesselt gestikulieren. Sie müssen einen neuen Paragraphen einführen, Eckermann. O Ihre Grammatik!

Eckermann Ich habe die Regeln nicht für Sie geschrieben, Frau von Goethe. Wenn die Regeln nicht helfen würden, Harmonie und Grazie auf der Bühne zu etablieren und die groben Bretter feiner zu hobeln, hätte ich mir die Mühe nicht gemacht – trotz der Ermunterung eines Goethe.

Ottilie Hat die Karoline Jagemann Ihre Regeln gelesen? Wäre sie mit Eckermanns Regeln Weimars Königin geworden?

Eckermann Sie sind ungerecht, Frau von Goethe. *(Er streift die Wolle von den Händen und wirft sie zu Boden)*

Ulrike Pfui, Herr Eckermann. Den Mitspielern die teuren Requisiten vor die Füße zu werfen!

Ottilie Halt! So bleiben Sie stehen! Still! Ja, das ist's, Paragraph 37 – die Brust herausgekehrt, die Arme bis zum Ellenbogen an den Leib geschlossen – der Kopf, ja, drei Viertel des Gesichts gegen die Zuschauer gewendet. Ja! Gut! Und die Hand erst! Die zwei mittleren Finger zusammen, der Daumen hängt, Zeige- und kleiner Finger auch, eine herrliche Ikone. Graziös, Eckermann, Anmut, Anstand. Herr Eckermann, wollen Sie mir nicht einen Beitrag für mein Chaos-Blättchen schreiben? Chaos, Leidenschaft, Hingabe, Raserei – die Regeln für das Regellose. Damit könnten Sie Ruhm erwerben.

Ulrike Herr Eckermann, die Wolle!

Ottilie *(greift nach der Wolle am Boden und wickelt Eckermann ein)* Ich will nicht mehr am Gängelbande wie sonst geleitet sein und lieber an des Abgrunds Rande von jeder Fessel mich befrei'n. Herr Eckermann, Sie sind der geborene Schauspieler aus Goethes Schule. Stellen Sie sich zu den Säulen – ein idealistischer Säulenheiliger. Paragraph 1 – man spreche niemals Kunst wie Gunst! Und doch ist es die einzig richtige Art, das schwere Wort zu sprechen. Die Jagemann soll die Regeln schreiben.

Eckermann Das ist Verrat, Frau von Goethe, Verrat in diesem Haus!

Ottilie Wir fesseln ihn, Ulrike, wir fesseln ihn – die Hand, die Hand, festbinden. Niemals mehr soll sie Goethes Worte niederschreiben, nie mehr aus Sinn Unsinn, aus Wohltat Plage machen. Wir dürfen es nicht zulassen, dass der kleine Eckermann den großen Goethe erfindet.

Eckermann Sie sind ungerecht, Frau von Goethe. Fräulein von Pogwisch! Lassen Sie das! *(Die Frauen führen ihn zur Tür)*

Ottilie Wir führen ihn zur Königin Karoline. Sie mag ihn begnadigen.

4

(Raum am Frauenplan Goethe, Kanzler von Müller)

Goethe Bald zwei Wochen haben wir uns nicht gesehen, Herr von Müller? Es kann viel geschehen in zwei Wochen.

Müller Zweimal habe ich vor Ihrem Haus gestanden, Herr von Goethe.

Ich muss gestehen, ein wenig ratlos. Ihre Tür war mir versperrt. Und dann Ihr Brief –

Goethe Ich bitte um Nachsicht und Verständnis. Dass ich Sie bat – wie alle meine Freunde! –, alles Nötige schriftlich zu besorgen, hat seinen Grund in den verwirrenden Ereignissen der letzten Zeit.

Müller Ich hab' es recht verstanden, Herr von Goethe. Mich hat Ihr Hinweis versöhnt, dass Sie sich gelegentlich auch mit dem Staatsminister Voigt über die schonende Distanz verständigt haben.

Goethe O ja, er war mein aktiver, mein hilfreichster Freund. Er starb vor sechs Jahren – am 22. März. Das ist der Tag, das ist die Nacht, in der uns das Theater niederbrannte. Darf uns das Feuer nicht an den Tod gemahnen? Wir haben nicht viel Zeit, haben sie nie. Ich musste mich einige Tage ganz in der Stille halten. Nur sie machte es mir möglich, die physischen und moralischen Folgen jenes schrecklich-traurigen Ereignisses zu überwinden.

Müller Auch Serenissimus ist voller Gram nach Eisenach gereist. Ich verstehe, ja.

Goethe Ich habe mit Zeit und Kräften zu ökonomisieren. Die Werkausgabe der letzten Hand! Ich muss mich eilen. Die Verhandlungen mit den Herrn Verlegern stehen gut, der Cotta in Stuttgart, der Hahn in Hannover. Auch in Frankfurt steht meine Sache gut – die Bundesversammlung scheint geneigt zu sein, mir den pekuniären Ertrag meines Lebens gegen die Räuberei der Buchhändler zu schützen. Das wäre ein Sieg, Herr von Müller!

Müller Den Sie für alle deutschen Schriftsteller erfochten haben werden! Achtung vor dem geistigen Besitz – auch das ein Vermächtnis aus Goethes Geist.

Goethe Ja, nur wer keinen Geist hat, glaubt nicht an geistiges Eigentum. Blätter, Tausende von Blättern, Manuskripte, Unvollendetes zuhauf – ein Feuer in meinem Haus und alles wäre Asche wie unsere Theaterbibliothek. Der 22. März – ein Menetekel†. Es hat mir einen Stoß gegeben. (*geht zu einer Lade, nimmt die verbrannten Tasso-Papiere heraus*)

Hier, das hat der Dr. Eckermann mir aus dem Schutt gerettet. *(Müller betrachtet die Blätter)* Ich muss alles sichern. Sie werden mir sonst noch meinen Tasso verbrennen.

Müller Ihr unzerstörbares Werk! Herr von Goethe!

Goethe Die Zeit kann nicht alles verbrennen. Der Geist der Zeiten, lieber Herr von Müller, ist allemal auch ein Feuer. Wenn es nicht so schwierig wäre, würde ich die Souveräne im Bundestag auch bitten, mir meine Aufführungen zu patentieren. Wir gehen in eine neue Zeit! Sie machen mir aus meinen Tasso noch einen Hofnarren und aus dem Faust einen Hanswurst oder deutschen Philister. Wer gibt mir die Herrschaft über den Geist der Zeiten!

Müller Die Herrschaft über die Gegenwart ist schon schwer genug. Als unser Fürst nach Eisenach ging, zwei Tage nach dem Brand, sagt er, traurig und tief missgestimmt, er sei froh, aus all dem Geschwätz über das Theater herauszukommen.

Goethe Ja, das hat Serenissimus sich anders gedacht. Die Pläne waren fertig.

Müller Sogar das Feuer schien sich wohlmeinend in den Plan zu fügen. Herrschaft sogar über die launischste Gewalt. Serenissimus hat darauf verzichtet, die Schuldigen –

Goethe Die Schuldigen, die Mitschuldigen, was soll's?

Müller Er hat darauf verzichtet, die Verantwortlichen zur Rechenschaft zu ziehen. Es gibt nun mal Verantwortliche, die über offenes Feuer zu wachen haben. Sei es eine Lampe, ein Ofen –

Goethe Schafft Vorkehrungen, dass die Verantwortlichen ihre Verantwortung künftig besser und klüger tragen können. Regeln, Herr von Müller, klare eherne Regeln, damit Ihr Nachlässigkeit in ein Schuldbuch schreiben könnt. Das Theater war dem Feuer geweiht, bei all dem Schlendrian, der eingerissen war seit – ach, lassen wir das! Asche zur Asche.

Müller Der Plan war fertig in der Feuernacht. Oder war er's nicht? Jetzt streiten die Parteien. Volkstheater, schreit die eine, das vollkommene Hoftheater will die andere.

Goethe Ein Scheingefecht. Entscheiden werden zwei Mächte, die Majorität und das Geld.

Müller Die Majorität? Erlauben Sie, Herr von Goethe! Das sagen Sie?

Goethe Das Theater ist immer ein Hoftheater, verehrter Kanzler. Die ewige stille Majorität der Mächtigen – wer gehört zu ihr? Der regiert und der das Geld hat, der sich mit dem Regiment und mit dem Geld arrangiert – der gehört zum Hof. Soll ich mich streiten? Ich gehe immer in die Mitte. Wir werden einen Weg finden. Im Gedränge zwischen den Parteien gibt es immer einen freien Pfad der Klugheit. Wir werden eine Entscheidung haben, in wenigen Tagen. Wo gab es das? Wir haben die Entscheidung leicht gemacht, weil wir die Pläne früh vorangetrieben haben. Zum Jubiläum wird das Theater seine Pforten öffnen für alle, für Hof und Stadt und Land und Welt. Kommen Sie, wir gehen in den Garten. Es blüht schon – das Grün quillt hervor, Krokus, Tausendschön – übers Unabwendbare wollen wir uns hinwegsetzen, das Immerwiederkehrende können wir genießen. *(Es klopft)* Ja! *(Diener Friedrich)*

Friedrich Herr Professor Riemer fragt, ob er stören darf – in Theaterangelegenheiten.

Goethe Das Theater stört mich immer, der Professor nicht. Er möge kommen – ist's recht, Herr von Müller?

Riemer Ich bitte um Entschuldigung –

Goethe Rasch, Herr Professor, rasch, wir wollen in den Garten. *(Riemer verbeugt sich)*

Riemer Es ist nur, Exzellenz – wegen des Richtfestes.

Goethe Er spricht vom Richtfest!

Riemer Ich hörte, es soll Ende Juni sein.

Goethe So.

Müller Mir ist das neu.

Goethe Und das gefällt Ihnen nicht, Professor?

Riemer Die Zimmermannsrede. Ich will Sie gerne schreiben, aber – nicht den Prolog zur Einweihung.

Goethe Erst das Richtfest, jetzt schon die Einweihung.

Riemer Es ist ein ehrenvoller Auftrag, den Prolog zu verfassen, aber ich meine, das Publikum und Serenissimus erwarten, dass der Prolog – dass er ein Werk Goethes sei.

Goethe Da drückt der Schuh. Mir drückt er nicht. Meine Prologe sind verbrannt, und ich stochere nicht in der Asche. Sie schreiben ihn, Professor!

Müller Oh, wenn sich der Jurist eine Anregung erlauben dürfte –

Goethe Wir Juristen dürfen alles.

Müller Vor ein paar Tagen, abends bei den Egloffsteins, kam das Gespräch auf die Einweihung des Theaters, und man erinnerte sich Ihres Gleichnisses der Ameisen –

Riemer Ameisen?

Müller Paläophron und Neoterpe, ich habe nachgelesen. Sie sollten es verwenden, Herr Professor –

Drum auf bei Zeiten morgens! Ja, und fändet ihr
Was gestern ihr gebaut schon wieder eingestürzt,
Ameisengleich nur frisch die Trümmer aufgeräumt!

Goethe Bravo. Die alte und die neue Zeit. Wir gehen in den Garten, da wartet die neue auf uns. Friedrich! Friedrich! *(der kommt)* Die Bestellung an die Brunneninspektion muss raus, heute noch, das Marienbader Wasser, aber 70 Krüge, nicht 50.

5

(Ein Raum am Frauenplan. Jagemann, Goethe)

Jagemann Musste erst das Feuer kommen, um mich wieder in Ihr Haus zu rufen, Herr von Goethe?

Goethe Seien wir den Gewalten dankbar, verehrte Frau von Heygendorff, sie trennen uns, sie führen uns zusammen. Das Theater führt am Ende alle zusammen, je inniger, desto leidenschaftlicher sie gestritten haben.

Concordia – so sollten wir unser neues Theater nennen.

Jagemann Weimarer Hoftheater – wie langweilig!

Goethe Wie würden Sie es nennen, gnädige Frau?

Jagemann Ich weiß viele Namen.

Goethe Ich wüsste nur einen – Schiller.

Jagemann Ich protestiere! O Herr von Goethe, ich liebte Sie dafür, dass Sie in Ihrem Wirken fürs Theater so selbstlos hinter Schiller zurückgetreten sind, ihn immer auf den ersten Platz gestellt haben.

Goethe Das war, das ist sein Platz. Punktum!

Jagemann Lassen Sie mich, das Bühnenkind, auch einen anderen Namen nennen. Iffland! Als er starb –

Goethe Ein großer Mann!

Jagemann Welch eine Trauer, welche eine Wertschätzung legte die Welt bei seinem Tod an den Tag. In nichts hat sich der Aufstieg unserer Kunst deutlicher gezeigt als in den Zeichen des Danks, die das Publikum diesem erlesenen Künstler auf sein Grab gelegt hat. Iffland – und Ekhof und Schröder – haben sich im bürgerlichen Leben Achtung erworben, weil sie ihrem Beruf Hoheit gaben. Sie haben die Menschendarstellung gleichberechtigt neben die anderen Künste gestellt. Und was Dalberg in meinem Mannheim tat, haben Goethe und Schiller vollendet unter dem Schutz Karl Augusts. Diese drei schenkten unserem herrlichen Beruf die Emanzipation.

Goethe Zu viele Namen für ein einziges Theater, Karoline Jagemann. Lassen wir's also beim Hoftheater.

Jagemann Concordia wird sich auch als unpassend erweisen, wenn Sie die Botschaft hören, die ich Ihnen heute bringe.

Goethe Ich meine, ich kenne Ihre Botschaft. Ich denke, Sie wollen mich trösten. Deshalb sind Sie in mein Haus gekommen. Der Baumeister Steinert wird unsren Theaterbau ausführen, und der alte Goethe mag sehen, was aus seinen schönen Plänen wird.

Jagemann Sie wissen's! Aber er wird nach Ihren Plänen bauen, Exzellenz – weitgehend.

Goethe Was von ihnen übrig bleibt. Ich geb' es zu, gern hätt' ich mich in den Bau eingemischt.

Jagemann Eingemischt! Sie sind der Urheber, wie von so vielem.

Goethe Der Zuträger, meinen Sie.

Jagemann Exzellenz, nicht die Bescheidenheit! Ihr Plan ist es gewesen, der unserem Herrn die Sehnsucht nach einem neuen, schöneren, besseren Theater ins Herz gesenkt hat.

Goethe Da es ein Feuer war, das den Boden der Entscheidung planiert hat, möchte ich darauf bestehen, meinen Anteil an dem Neuen nicht gar so hoch einzuschätzen, Frau von Heygendorff.

Jagemann Das Feuer im Herzen – das haben Sie entzündet!

Goethe Ich bin der Diener des Fürsten – ich habe keinen Anteil an Entscheidungen.

Jagemann *(lacht leise)* Diener! Es ist nicht Respektlosigkeit, Exzellenz, die mich lächeln lässt, nein – lachen! Darf ich Ihnen etwas sagen, was ich unsrem Herrn nicht sagen würde? Karl August und Goethe – die nehmen sich nicht viel. In all ihre Handlungen schleicht sich das Autokratische ein, dem Genie fließt's aus der Überlegenheit, dem Fürsten aus der Macht. Aber zwei Fürsten sind's, die über Weimar herrschen.

Goethe Madame –

Jagemann Lassen Sie sich von mir die Wahrheit sagen! Wir Schauspieler gehen jeden Abend der Wahrheit auf den Grund. Es gibt nur einen Fürsten, und der –

Goethe Muss man das eine Wahrheit nennen, Madame?

Jagemann Und der schickt seinen hohen Dienern manchmal einen Pudel über den Weg. Der Goethe hatte recht wie sein Faust: Ich finde nicht die Spur von einem Geist, und alles ist Dressur. Aber der Hund bläht sich auf, er macht sich lang und breit, einmal ins Haus geschlüpft, kann er's nicht wieder verlassen. Er gehorcht einem höheren Willen! Er ist dressiert, ja! Und der Wille, der ihn dressierte, will nur das eine, das alle Herren wollen, denen wir uns unterwerfen, er will Dankbarkeit und Gehorsam. Ihnen, Exzellenz, schickte der Großherzog den weißen

Pudel als Zeichen seiner gnädigen Gesinnung, seines Verständnisses und seiner Liebe, nicht den schwarzen, der sich dem Faust als Geist der Bosheit und Ranküne näherte.

Goethe Vielleicht streunte das mysteriöse Tier, das Sie beschwören, liebe Freundin, ja auch durch das Theater in jener Nacht und hat die Lampe umgestoßen, die alles in Flammen setzte. Hat's mein Faust nicht schon geahnt? – und irr' ich nicht, so zieht ein Feuerstrudel auf seinen Pfaden hinterdrein? Vielleicht trug dieser Pudel ja auch ein Halsband, von schöner Hand mit zierlichem Dekor bestickt?

Jagemann Ein Körnchen Wahrheit entdeckte ich in Ihrem Verdacht, der Pudel könnte ein Brandstifter sein. Vielleicht hat ein Publikum, das in Ihrem Tempel des Wahren und Schönen murrt, den knurrenden Pudel auf die Bühne geschickt. Manchmal will es eben einem Pudel applaudieren.

Goethe Nehmen Sie meine Wahrheit, verehrte Freundin! Mir ging's wie meinem Faust. Der Pudel kam zu ihm, als er des alten Lebens und Streben überdrüssig war. Ein neues Spiel sollte beginnen! Ich wollte immer alles, was ich konnte, spielend treiben, was mir eben kommt und solang die Lust daran währt, und das mein Leben lang, von Jugend an. Der Pudel, der da anno 17 über die Bühne strich, hat mir nicht die Lust an meinem Theater verdorben, aber mir gezeigt, dass ich sie längst verloren hatte.

Jagemann Hatten wir das verdient, Herr Direktor? Was hatte Ihr Publikum, was hatten wir Akteure zu verlieren? Was konnte uns ein Direktor nutzen, der die Lust an seinem Spiel verloren hatte? Wir sind nicht die Puppen in Ihrem Spiel.

Goethe Nutzen! Nützlich! Nutzen, das ist eure Sache. Ihr mögt mich benutzen, aber ich kann mich nicht auf den Kauf oder die Nachfrage einrichten. Was ich kann und verstehe, das werdet ihr benutzen, sobald und solang ihr wollt und Bedürfnis danach habt. Ich will das, was mir wichtig ist, nicht als Profession betreiben. Und jede Profession ist ein Instrument. Aber zu einem Instrument gebe ich mich nicht her.

Jagemann Da haben wir des Pudels Kern! Ich danke Ihnen für Ihr Bekenntnis. Oder sollte ich Geständnis sagen? Wir Schauspieler sollten Instrumente sein in der Hand des Direktors, der sich zu schade war, ein Instrument zu sein. Der wollte spielen! Unsere Profession verbietet es, ein Spiel ein Spiel zu nennen. Wir können das Gericht nicht verschmähen, das uns nicht schmeckt. Ich hab' es gleich gefühlt, als ich nach Weimar kam. Ich kam von einer Bühne, auf der ein Iffland die Profession heilig gesprochen hatte, in Disziplin, Selbstverleugnung, Gehorsam gegenüber dem Publikum, und ich kam auf eine Laienbühne, in ein Liebhabertheater voll hoher Lust am Spiel zwar, aber voller Abscheu gegenüber der Ausschließlichkeit, die jede große Profession verlangt. Die neue Zeit will Professionalität, Herr von Goethe, sie schert sich nicht um die Empfindlichkeit von glücklichen Kindern, denen man das Spiel verdirbt. Der Pudel, Exzellenz, ist zehn Jahre zu spät gekommen. Sie wissen es!

Goethe Ich weiß es, hellsichtige Madame Jagemann.

Jagemann War ich Ihnen nicht auch ein Spielverderber, Herr von Goethe – großer Goethe? Habe ich Ihnen nicht oft Ihr schönes Reglement durch manche Eigenwilligkeit gestört? Ich geb' es zu: mein Ehrgeiz, meine Eitelkeit war'n auch im Spiel, wenn ich meine Gastspielreisen forderte und wenn ich willig die Strafe zahlte, die Sie mir auferlegten, wie ich mich vom Publikum herausrufen ließ, um meinen Beifall als Sondermünze zu kassieren.

Goethe Sie waren der Stern, Karoline Jagemann, der den Glanz meines Ensembles überstrahlte. Aber habe ich ihn nicht strahlen lassen? – gegen alle meine Grundsätze. Die Buße war symbolisch.

Jagemann Das Publikum will Helden –

Goethe Heldinnen!

Jagemann Das Publikum will Liebe. Es gehört zu unserer Profession, ihm die Liebe zu gewähren, nach der der sein Herz verlangt. Wollen Sie diese Liebe käuflich nennen?

Goethe Ich sage es ja: Lust, Liebe, Spiel! Und Sie sagen: Liebhaberei, Dilettantismus. Der Vorwurf trifft mich nicht. Das Spiel, das ich meine, die Lust, die es bewegt, will Meisterschaft. Wir haben uns in unsrem Weimar die hohe Meisterschaft erworben.

Jagemann So lange Lust und Neigung im Spiel waren! Waren sie verflogen, ist alles in Dürre, Routine und Schlendrian gefallen. Ihre Lust, Herr von Goethe, hat sich auf tausend Dinge gerichtet. Haben Sie nicht auch die Lust an Ihrem hohen Ministeramt verloren, und hat unser Herr Ihnen nicht deshalb die Verantwortung für Kunst und Wissenschaft übertragen, weil sich für sie die alte Lust noch regte?

Goethe Es ist ein schwieriges, verdrießliches Geschäft.

Jagemann Darf ich Ihnen noch eine Wahrheit sagen, Exzellenz? Warum kämpften Sie so lange um Ihre Herrschaft über das Theater? Ich sag' es Ihnen, da Sie so geduldig sind, mir zuzuhören. Im Staatsgeschäft konnten Sie Ihrem Fürsten nicht mehr so recht nützlich sein. Aber Sie wollten ihm, sie mussten ihm nahe sein. In seiner unschuldigsten und schönsten Liebhaberei wollten Sie Ihrem Herrn nahe sein, seiner Liebe zum Theater. Dieses Band durfte nicht zerreißen, was verbrüdert stärker als eine gemeinsame Passion? Das trägt Freundschaft, immerwährende Teilnahme – und Gunst. Und dann kam ich, die Karoline Jagemann.

Goethe Der Stern meiner Bühne, ja, der Stern im Herzen meines Herrn, ja.

Jagemann Sollte ich Ihnen die Liebe Ihres Herrn gestohlen haben? Nein! Und wenn ich's tat, ich wollte es nicht. Weiß ich doch, dass Freundschaft stärker als Liebe ist. Sie aber fürchteten –

Goethe Ich fürchte nichts, Madame –

Jagemann Zwei Fürsten gibt es in unserem Land. Zu einem Fürsten hat Sie die Liebe Ihres Herrn erhoben. Ihr schönes Haus steht hier am Frauenplan festgegründet wie ein fürstliches Schloss, Könige verkehren in ihm, ein Hofstaat des Geistes und der stillen Macht, die Tafel ist reich gedeckt für alle, die Rang und Namen haben, kostbare Sammlungen zieren es. Wer Goethe nicht gesehen hat, ist nicht in Weimar gewesen.

Goethe Ich habe den Ruhm des Landes gemehrt, Frau von Heygendorff, das ist wohl wahr.

Jagemann Sie sind ein Fürst, doch Sie danken Ihr Fürstentum der Gnade.

Goethe Der Gnade, die ein Talent belohnt. Der Gnade, die Gaben und Fleiß mir erwarben. Der Gnade, die ein Echo des Verdienstes ist.

Jagemann Der Glanz, der Reichtum, der hohe Rang im Weltgeschäft? Das schenkt nicht das Genie sich selbst. Das ist das Geschenk der Gnade. Wir beide, Johann Wolfgang Goethe, sollten stets zusammenstehen. Verbündete sollten wir sein, denn wir sind beide Geschöpfe der Gunst, auf unsere Höhe gehoben durch die Liebe unseres Herrn. Und es ist dieselbe Furcht, die tief in unserem Herzen nistet – wir können diese Gunst verlieren. Es ist ein Fehler, Exzellenz, wenn wir um die Liebe unseres Herrn wetteifern auf einem Feld, das seinem Herzen naheliegt. Wir können nur hoffen, dass sie uns erhalten bleibt, noch lange, lange. Ihre Stellung, Exzellenz, ist hoch ehrenvoll, meine ist nur fragwürdig. Dem Goethe gönnt man die Gunst seines Herrn, der Jagemann nicht. Er wird von Liebe getragen, sie verfolgt Missgunst und Hass. Sie haben keinen Anlass, Herr von Goethe, misstrauisch gegen mich armseliges Geschöpf einer sterblichen Gunst zu sein. Sie hatten ihn nie.

(Sie weint, Goethe legt tröstend den Arm um sie)

Goethe Sollte meine große Künstlerin nicht noch einen tieferen Grund der Wahrheit finden? Mein Fräulein Jagemann! Meinst du, dass der Dichter blind für die Wahrheit sei? Sie waren mir eine Widersacherin, Frau von Heygendorff, ja, aber eine, der ich dankbar bin. Hätte ich Karl Augusts Liebe nicht verloren, wenn er in Ihnen seine Liebe nicht gefunden hätte? Die Liebe meines Herrn zu Ihnen, verehrte Freundin, hat ihn groß gemacht, menschlich, großherzig. Was wäre aus seinem, aus meinem Leben geworden ohne Ihre Liebe? Ein liebeleeres Leben ist leer von Gnade, Vertrauen und Treue, ist nur Galligkeit, finstere Laune und Misstrauen gegen die Welt. Als wir – Iffland zu Ehren – unser Fest feierten im Jagdschloss auf dem Ettersberg unter den prächtigen Buchen – erinnern Sie sich? –, da kam der Reiter mit den schönsten Blumen aus den Gärten von Belvedere – für wen waren sie bestimmt? Das war ein Rätselraten, ein Ahnen. Ich aber wusste –

Jagemann Er schenkte sie mir! Der Demoiselle Jagemann – mit seinem herzlichen Wohlwollen.

Goethe Wohlwollen! Ja. Das Zeichen eines Lebensbundes, und Wohlwollen schenkte der allen, auch mir. *(geht zur Tür)* Friedrich! *(spricht ein paar Worte mit ihm)*

Jagemann Meine schwerste Rolle! Auf der Bühne war ich mutig und sicher. Ob ich diese Rolle spielen konnte, wollte – ich wusste es nicht. Ein Lebensbund auf der Bühne der Gesellschaft, heikel, fragwürdig, vor den Augen eines Publikums, das Beifall klatschen musste, wo es eigentlich schweigen oder zischen wollte. Ich bin in Weimar geblieben. In dieser engen Welt. Wo doch mein Ehrgeiz mich in die große Welt – nach Hamburg, nach Berlin – getrieben hatte. Ich habe mich nicht professionell verhalten – ich hätte gehen oder bleiben und die Bretter verlassen sollen.

Goethe Sie sind geblieben, groß auf den Brettern, groß in Ihrer menschlichen Rolle. Ich brachte Ihnen den Brief unserer weisen Fürstin – die Botschaft ihres Wohlwollens gegenüber einer schönen Frau, die unserem Herrn Glück und Frieden schenken sollte. Es war der ehrenvollste Auftrag meines Lebens.

Jagemann Ich trage es noch immer – das kostbare Armband, das Sie mir von der Herzogin brachten. *(hebt ihr Handgelenk)*

Goethe Es war eine kleine Krone, Madame! Die Krone für eine Hand. Gern war ich der Bote ihrer königlichen Hoheit. *(geht zur Tür)* Friedrich! Wo bleibt er denn? *(Friedrich an der Tür, gibt Goethe einen kleinen Strauß)* Es ist April. Es blühen nur die Krokusse in meinem Garten. Nehmen Sie die kleinen Kronen des Frühlings aus meiner Hand, gnädige Frau. Und sorgen Sie mir dafür, dass unser Fürst ein würdiges Theater baut, mir und meinem Weimar, würdig dem Jubiläum, würdig der großen Zeit, die dieses Land unter der stillen Herrschaft kluger Frauen erleben durfte. Das Theater wird nie verbrennen! Es darf nur einem noch größeren, noch schöneren weichen, einem deutschen Nationaltheater, wie es mein phantastischer Wilhelm Meister in seinem Herzen trug.

Jagemann Ich möchte Ihnen auch etwas schenken, Herr von Goethe.

Goethe Eine Hoffnung, ein Versprechen?

Jagemann Was eine Schauspielerin zu schenken vermag – eine Szene aus Ihrem Leben, Herr von Goethe, vor zwei Jahren spielte ich sie Ihnen in Ihrem Haus, am 22. März.

Goethe O dieser 22. März!

Jagemann Der Tag einer Auferstehung. Sie hatten krank gelegen –

Goethe Ich stand an der Schwelle des Lebens.

Jagemann Des Todes.

Goethe Vor zwei Jahren, mein erster kleiner Tod. Das Leben kam mir wieder zurück. Vor zwei Jahren – der Tod stand an allen Ecken um mich und breitete seine Arme aus. Sie kamen in mein Haus –

Jagemann Sie erinnern sich, Exzellenz! Ich brachte die Bühne in Ihr Haus.

Goethe Im schönen Kostüm der schönsten Prinzessin, meiner Leonore von Este. Ich saß mit dem Kanzler und den Kindern – ja! Wollen sie noch einmal zu mir kommen, meine verehrte Freundin – Fürstin? Bringen Sie mir noch einmal die Bühne in mein Haus, ja?

Jagemann Sie kommt. Sie kommt in das Haus, in dem der Dichter sie schuf *(ab)*.

6

(Goethe, Kanzler von Müller, später August, Ottilie, Ulrike, Riemer, später Jagemann. In einer Ecke eine Büste der Großfürstin Alexandra; Bücher und Champagnergläser auf dem Tisch)

Goethe Viel Zeit bleibt uns nicht, Herr von Müller. Gleich kommen die Kinder vom Theater, und dann gibt's nur eins: Theater, Theater.

Müller Ich hörte, Sie seien allein an diesem großen Abend –

Goethe Und wollten mir Gesellschaft leisten? Danke. Alle Welt ist im Theater, und Sie kamen zu mir. Danke. Auch ich bin auf der Bühne –

hier, ich lese die Memoiren des Maria Weber, der hatte seinen grandiosen Erfolg bei uns, mit seinem Freischütz. Dann haben sie die Preziosa gegeben – war schwierig, da haben sie ein bisschen Rossini dazugetan – eine Glanzrolle für unsere Jagemann.

Müller Die Pfiffe –!

Goethe Wer pfeift da so grell und markerschütternd? Die Jagemann rauscht von der Bühne, in Zorn und Ärger bebend. Gelächter. Tumult. Ein Äffchen war's – versteckt im Ridikül einer Jenenser Dame. Verrückte Leut'!

Müller Ein verängstigter Affe hatte die Preziosa von der Bühne vertrieben!

Goethe Hunde und Affen – ich sagte es: die Viecher haben im Theater nichts zu suchen.

Müller Heute Abend wird kein Pfiff stören. Ich wäre wohl gern dabei, Herr von Goethe. Der Tasso! Madame Jagemann die Prinzessin!

Goethe Und Sie sind bei mir!

Müller Dem Dichter, dessen Genesung Hof und Stadt heute Abend auf der Bühne feiert. Selten sehen wir den Tasso auf unserer Bühne. Herr von Goethe. Und Madame Jagemann hat doch eine große schöne Rolle.

Goethe Der Tasso kam spät auf unsere Bühne. Der Herzog mochte ihn nicht zeigen lassen. Der Dichter am Hof, der Fürst und sein Poet – das gibt einen Knoten im feinen höfischen Gewebe.

Müller Und lädt ein zu tausend Missverständnissen.

Goethe Wer's missverstehen will. O ja, heikel. Man hört, man liest zuviel hinein. Darf ich Ihnen ein Geheimnis anvertrauen, Herr von Müller? Es war unsere unvergleichliche Jagemann, die unseren Fürsten günstig stimmte für die erste Aufführung.

Müller Werden wir das Werk jetzt wohl öfter sehen können? – den Hof von Ferrara, von dem niemand mehr etwas wüsste, wenn Tasso an ihm nicht sein Jerusalem befreit hätte.

Goethe Werd' ich noch mal eine Genesung feiern können? Das ist ein merkwürdiges Werk. Da ich so viel in den Tasso hineingelegt habe, so freut es mich, gewiss, wenn es allmählich heraustritt. Alles geschieht darin nur innerlich. Ich fürchtete daher immer, es werde äußerlich nicht klar werden. Ich bin kein Schiller! Bei ihm lag alles auf der Hand wie ein Apfel, in den man hineinbeißen möchte. Ich gebe nichts zu beißen, bei mir müssen sie knabbern. Aber auch unser Schiller wird von den heutigen Dramatikern ja ganz anders gesehen und gehört, wie unsereins es tat. Sonst könnten sie unmöglich selbst so verwirrtes absurdes Zeug schreiben.

Müller Es ist die Zeit, die sie verwirrt.

Goethe Schreiben darf man nur gegen die Zeit. Gehen die Leut' ins Theater, um die Zeitung zu lesen?

Müller Zeitung, apropos. Was las ich in der Pariser Zeitung. Deutschlands Voltaire hat den Schauplatz des Irdischen verlassen.

Goethe Ich hab' die Zeitung überlistet –

Müller Sie leben! Doch der Vergleich ist nicht eben schief, was den Rang betrifft. In Jena haben die Freunde ihren Dichter für einen langen Tag und eine Nacht für tot gehalten, in jammervoller Trauer –

Goethe Vergleiche, immer diese Vergleiche. Sie können das Individuelle nicht vergleichen. Wie meine Ärzte. Der Kreuzbrunnen von Marienbad sei Gift für mein entzündetes Herz, haben sie gerufen, als ich auf ihm bestand, und mein Champagner dazu. Ich habe die guten Wasser genommen und genossen. Wenn ich schon sterben muss, so will ich auf meine eigene Weise sterben. Die Ärzte, die Hundsfötter, haben sich beraten wie die Jesuiten, aber raten und retten können sie nicht.

Müller Aber Sie sind genesen, Herr von Goethe, Gott sein Dank, mit Hilfe Ihrer Ärzte!

Goethe Der Dämon schreibt dir das Rezept. Anis taten sie mir in den Tee, ich bestand auf Arnika. Da liegt diese Masse von Krankheitsstoffen aus dreitausend Jahren auf mir – und die Weisheit unserer Zeit sollte mich heilen? Alle hatten mich aufgegeben. Nicht einmal mein Tagbuch haben sie mir fortgeführt – wenn dir der Tag nicht mehr wichtig ist, hast du das Leben verloren. Selbst den Großherzog haben sie mir ausgesperrt, als er mich besuchen wollte. Und er ist gewichen! Ein Fürst muss doch immer gerade durchdringen und darf sich um die Konspiration des Kleinmuts nicht kümmern.

Müller Seien Sie versöhnt mit ihm. Er hat die Feier Ihrer glücklichen Genesung befohlen. Auf der Bühne – mit den Worten des unsterblichen Tasso wird sie gefeiert.

Goethe Und unser Professor Riemer gibt seinen artigen Prolog dazu. Dabei hatte mein Freund Knebel in Jena schon den Epilog geschrieben. Ein Gutes bringt mir der Tasso heute Abend. Meine Engel sind fort, meine Seidenhäschen, Ottilie und Ulrike sind im Theater. Da können wir, mein Lieber, gemütlich unseren Champagner trinken.

Müller Ihre Engel waren Tag und Nacht um Sie, Herr von Goethe.

Goethe Ich will's ihnen danken. *(hebt sein Glas)* Sie haben mich gerettet. Eine Frau heilt mehr als hundert Ärzte. Vier Wochen lang sind die Kinder nicht im Theater gewesen. Das Opfer! Mir, dem alten Mann.

Müller Dem Sie ja auch das Theater danken.

Goethe Lupus in fabula! Da sind sie. *(steht auf, geht zur Tür)* Herein zu mir! *(August, Ottilie, Ulrike, Riemer)*

Ottilie Vater, du hättest da sein sollen. Es war überwältigend. *(wirft sich wie erschöpft auf einen Stuhl)*

August Guten Abend, Herr Kanzler. Ein großer Abend, Vater, er wird Epoche machen.

Ulrike Unser Professor Riemer war der Größte. O wie begeistert sprach er seinen Prolog.

Ottilie Er sprach für uns alle, für die Stadt, für das Land. Du hättest ihn hören sollen, Vater!

Riemer Ich gab mein Bestes. Ich durfte die schönste Stunde meines Lebens erfahren. Goethe, uns wiedergegeben von freundlichen Göttern. Exzellenz, wenn Sie so gütig wären – meinen Prolog zu lesen, in einer ruhigen Stunde. *(überreicht Goethe den Text)*

Goethe Eine Stunde gar. Meinen Dank, Professor Riemer. Es ist gut, Freunde zu haben.

August Das Publikum erhob sich wie ein Mann, als Herr Riemer den Prolog gesprochen hatte. Rührung, Freude, Begeisterung, ja Andacht auf allen Gesichtern. Der Beifall wollte nicht enden –

Ulrike Der Großherzog! – er strich sich mit der Hand über die Augen. Er stand und stand –

Riemer Ich durfte Serenissimi Glückwünsche empfangen.

August Unser Herr hat mich beauftragt, Dir zu sagen, Vater, dass er dich besuchen wird, morgen schon. Er will – wenn es dir recht ist – die Aufführung, mit dem Prolog dazu, wiederholen lassen, wenn Seine Majestät, der König von Bayern, in Weimar ist –

Müller Im Mai schon.

Goethe Ich ließ Serenissimo gestern danken für den Gruß des Königs, den er mir übermittelte. Ja, so viel Anteilnahme – man muss dankbar sein. Und mein Tasso? Kein Wort über den Tasso?

Ulrike Unsere Schauspieler! Nur für Goethe haben sie gespielt, für ihn allein. Jedes Wort, jeder Satz, jede Geste, alles rief Goethe, Goethe.

Goethe Na.

Ottilie Ich sah nie eine schönere Aufführung. Aber das Bedeutendste, das Wichtigste, Vater, wir haben es dir noch nicht erzählt!

August Bist du wohl still, Ottilie!

Goethe Willst du's erzählen, August? Was war so wichtig, meine Tochter?

Ottilie August, lass mich –

August Wir werden es hören. Warten wir ein paar Minuten.

Goethe Wollt ihr den kaum Genesenden auf die Folter spannen, wie ihr es mit dem Kranken tatet? Raus mit der Sprache! Wenn es wichtig war, muss ich nicht einen Atemzug lang warten.

Ulrike Goethes Loge war von einer Girlande geschmückt und goldene Buchstaben riefen: Gesundheit, Glück, Heil.

Goethe Ihr habt doch wohl in meiner Loge gesessen, damit alle sehen, wem ich mein Heil verdanke. Wie machte sich die Prinzessin. Hat man Madame Jagemann noch geglaubt, dass mein Tasso Verstand und Herz an sie verliert?

Ottillie Keiner hat aufs Äußere gesehen. Ihr Vortrag war – von feenhafter Majestät.

Goethe Ja, sie kann's. Feenhaft, so, so. Die Majestät will ich dir glauben.

Riemer Madame Jagemanns Auftritt hat das Publikum als exquisite Huldigung für Sie, Exzellenz, für Weimars Genius, begriffen. Hymnisch war der Beifall, ein Fest für sich.

Ottilie Vater, es gibt noch Wichtigeres! Ich darf es dir nicht sagen! Ein Bild, das uns zu Tränen rührte – ich darf's nicht sagen.

Goethe Tränen bei der Wiederauferstehung? Du machst mich neugierig, mein Kind. August, was war's?

August Unser Mund ist versiegelt.

Goethe Ist mein Tasso für den Sonntag angekündigt? Das wäre eine wichtige Botschaft.

Ottilie Frau von Heygendorff –

August, Ulrike Ottilie!

Goethe Wenn ihr mich foppen wollt, gut. Dann will ich unsren Kanzler Müller wieder zu seinem Rechte kommen lassen.

Müller Pardon, auch ich bin neugierig.

Goethe Dann gehen alle, und ich werde mit dem Professor ein Stück von Kunst und Altertum redigieren.

Riemer Zu Ihren Diensten, Exzellenz, aber ich rate doch, noch ein wenig Geduld zu üben.

Ottilie Das ist nicht nötig – da ist Friedrich! *(Friedrich an der Tür, Ottilie zu ihm, sie wechseln ein paar Worte)* Die Prinzessin!

Goethe Die Prinzessin?

Jagemann *(im Kleid der Prinzessin aus ‚Tasso‘, in der Hand einen Lorbeerkranz)* Goethe!

Goethe Frau von Heygendorff –

Jagemann Kein Wort, Goethe. Die Bühne sendet mich in sein Haus. Ich bin die Botin seines Publikums. Die kleinste Rolle, welche die Bühne kennt, ist heute meine größte. Hier ist die Bühne. Zur Rechten Virgil, zur Linken Ariost, und Tasso, der einzig Lebende, in der

Mitte. *(sie hebt den Kranz in beiden Händen)* „Die Zweige, die ich in Gedanken flocht, sie haben gleich ein würdig Haupt gefunden: Ich setze sie Virgilen dankbar auf". Doch heute, Goethe, bei der Feier seiner glücklichen Genesung, war's nicht die Herme des Virgil, die ich bekränzte. Da stand ein anderes Haupt auf unserer Bühne, Goethes, das Haupt, um das wir alle uns bewundernd scharen, Goethes. Und die Prinzessin Leonore legt ihm den Lorbeer auf die Stirn. Hier ist der Kranz, den an diesem Tag das Publikum umjubelte, das in unserem Theater Jahr um Jahr und Tag um Tag des Meisters gedenkt, der's ihm schuf. Ich bringe Ihnen den Kranz, Herr von Goethe, der im hellsten Licht der Bühne scheint *(hebt den Kranz hoch, als wollte sie ihn Goethe auf die Stirn drücken, doch der wehrt sanft ab und nimmt den Kranz in seine Hände).*

Goethe Madame Jagemann – ich bin gerührt *(hält den Kranz ungeschickt in den Händen, verbeugt sich)* Leonore von Este – in meinem Haus! Sie hat es vor so langer Zeit verlassen. Jetzt kehrt sie heim in die Räume, in denen ich sie sprechen lehrte. Welch eine liebenswürdige Überraschung, Frau von Heygendorff, meinen Dank.

Ottilie So setz ihn dir auf den Kopf, Vater! Komm! *(will ihm den Kranz aus der Hand nehmen)* Wir wollen dich im Kranze sehen.

Goethe *(wehrt ab, blickt unschlüssig, geht zur Büste der Großfürstin Alexandra und stülpt ihr den Kranz auf)* Der Kranz der Prinzessin mag eine Prinzessin schmücken. Herr von Müller, Kinder – bitte, last uns allein. Frau von Heygendorff und ich wollen ein bisschen von alten Theatertagen plaudern.

Ottilie *(enttäuscht)* Vater –

August Komm! *(alle ab, Müller und Riemer unter Verbeugungen)*

Goethe Welche eine zauberhafte Überraschung, meine liebe Freundin, Sie sehen mich verwirrt.

Jagemann *(geht zur Büste, nimmt den Kranz)*
    Du weigerst dich? Sieh, welche Hand den Kranz,
    Den schönen, unverwelklichen, dir bietet!

Goethe

> O lass mich zögern! Seh ich doch nicht ein,
> wie ich nach dieser Stunde leben soll.

Jagemann

> Du gönnest mir die seltne Freude, Tasso,
> Dir ohne Wort zu sagen, wie ich denke.

Goethe

> Die schöne Last aus deinen teuren Händen
> Empfang ich knieend auf mein schwaches Haupt.

(Jagemann bekränzt Goethe, der reißt den Kranz vom Kopf und stülpt ihn wieder der Büste auf)

Genug gespielt, Madame. Ich bin nicht Tasso.

Jagemann Aber wie's Ihr Herzog von Ferrara seiner Schwester befahl, den Tasso zu bekränzen, so hat es unser Herr mir befohlen, und ich habe es getan, als käme der Befehl aus meinem Herzen.

Goethe Und mein Publikum? Es applaudierte?

Jagemann Es raste. Wie ein Feuersturm tobte die Begeisterung zur Bühne hin. Lief zurück, zu Goethes Loge, die niemals leer ist, weil ein allgegenwärtiger Geist in ihr wohnt. Jeder fühlte tief, was Goethe die Prinzessin sagen lässt: Und was man ist, das bleibt man andern schuldig. Dankbarkeit, Herr von Goethe! Niemand bleibt sie Ihnen schuldig. Das gilt für mich an erster Stelle.

Goethe Sollte man für Dank nicht am meisten danken? Ich danke Ihnen, meine teure Freundin. War ich nicht doch der Tasso? Hab' ich meinem Tasso nicht zuviel Misstrauen in das Herz gepflanzt? Hat mein Antonio am Ende nicht doch Recht behalten, als ich ihn über Tasso sagen ließ: sein launisch Missbehagen ruht auf dem breiten Polster seines Glücks.

Jagemann Sein Misstrauen richtet sich sogar auf die Prinzessin! Und die ist doch viel klüger und bescheidener als Ihr ach so empfindlicher Tasso: sie hat nie als Rang und als Besitz betrachtet, was ihr die Natur und was ihr Glück verlieh.

Goethe Madame, nicht so bescheiden. Verachten Sie nicht den Rang, den angeborenes Verdienst verleiht.

Jagemann Der Beifall, Herr von Goethe, schwoll zum Orkan, als unser Publikum den Herzog sagen hörte: Das hat Italien so groß gemacht, dass jeder Nachbar mit dem andern streitet, die Bessern zu besitzen, zu benutzen – ein Feldherr ohne Heer scheint mir ein Fürst zu sein, der die Talente nicht um sich versammelt, ich bin auf ihn als meinen Diener stolz!

Goethe Karoline Jagemann – so lassen Sie uns dienen und herrschen.
(geht an den Tisch, schenkt Champagner ein, sie stoßen hellklingend an)

* * * * * *

Anmerkung

† Wer Goethes Leben betrachtet, kommt an den Frühlingstagen 21./22. März nicht vorbei. Das Theater, das im Mittelpunkt des Lesedramas steht, brannte am 22. März 1825. Die berühmte Sitzung der Intendanz, die zur Pudel-Affäre führte, fand am 21. März 1817 statt. Goethes väterlicher Freund Christian Gottlob Voigt, Präsident des Staatsministeriums, starb am 22. März 1819. Goethes „Auferstehung" von lebensbedrohlicher Krankheit fand am 22. März 1823 statt. Am 22. März 1945 verbrannten in Frankfurt a. M. im Bombenhagel Goethes Elternhaus und die Katharinenkirche, in der Goethe konfirmiert wurde. (Zwei der „verbrannten Steine", die in Szene 3 im Gespräch Goethes mit seinem Enkel erwähnt werden, befinden sich in meinem Besitz. Die Geschichte der Inbesitznahme wird erzählt in Pitt, Die Heimsuchung des Lesers – Literaturgeschichten. Ich gebe die Steine bei begründbarem Interesse zurück.) Am 22. März 1832 starb Goethe.